**ЗВЕЗДЫ
КЛАССИЧЕСКОГО
ДЕТЕКТИВА**

**Книги
ДЖЕЙМСА ХЭДЛИ ЧЕЙЗА
в серии
«Звезды классического детектива»**

Лучше бы я остался бедным

Весна в Париже

Сильнее денег

Перстень Борджиа

Шутки в сторону

Дело о наезде

Запах денег

Карьера убийцы

Он свое получит

Весь мир в кармане

Ты за это заплатишь

Карточный домик

Итак, моя радость...

Без денег ты мертвец

Нет орхидей для мисс Блэндиш

Считай себя покойником

Получи по заслугам

Свобода – опасная вещь

За все надо платить

Двойная подтасовка

Джеймс Хэдли ЧЕЙЗ

ДВОЙНАЯ ПОДТАСОВКА

АЗБУКА

Санкт-Петербург

УДК 821.111
ББК 84(4Вел)-44
 Ч 36

James Hadley Chase
NO BUSINESS OF MINE
Copyright © Hervey Raymond, 1947
THE DOUBLE SHUFFLE
Copyright © Hervey Raymond, 1952
All rights reserved

Перевод с английского Андрея Полошака

Серийное оформление и оформление обложки
Валерия Гореликова

© А. С. Полошак, перевод, 2020
© Издание на русском языке, оформление.
ООО «Издательская Группа
„Азбука-Аттикус"», 2020
Издательство АЗБУКА®

ISBN 978-5-389-17388-0

НЕ МОЕ ДЕЛО

ГЛАВА ПЕРВАЯ

Я — Стив Хармас, иностранный корреспондент газеты «Нью-Йорк кларион». С 1940 по 1945 год мы с коллегами жили в гостинице «Савой» — рассказывали американцам, как воюет Британия. Но когда союзные войска оккупировали Европу, мне пришлось расстаться с уютным отелем и его коктейль-баром. Сподвигнуть меня на такой шаг было не легче, чем оторвать ракушку от стены, но в конце концов я поддался на уговоры редактора. Он все твердил, что такой опыт положительно скажется на моей карьере. Разумеется, карьера моя где была, там и осталась, но приключений на пятую точку я нажил предостаточно.

Когда Германия сдалась, я решил: довольно с меня тягот и лишений военного времени. Поменявшись местами с одним сослуживцем (без его ведома, конечно), я вернулся в Америку, поближе к его карточкам на двухфунтовые стейки.

Через пару месяцев мне предложили написать серию статей о послевоенной Британии. В то время Англия переживала нехватку виски, и новое задание меня не обрадовало. С другой стороны, когда я последний раз был в Лондоне, там жила девушка по имени Нетта Скотт. Вот с ней мне очень хотелось повидаться.

Только не поймите меня неправильно. Я не был влюблен, но Нетта помогла мне, чужаку, шикарно провести время в чужой стране, и я считал, что нужно отплатить услугой за услугу. Раз представилась возможность, грех ею не воспользоваться.

Дело было так. По пути на работу я просматривал карту скачек, все еще размышляя, соглашаться ли на командировку в Англию. Оказалось, после обеда побежит лошадка по кличке Нетта. Шансов на победу у нее было немного, шла она «десять к одному», но я интуитивно решил на нее поставить. Выложил пять сотен и, весь на нервах, уселся возле радио в ожидании результата.

Каким-то чудом та лошадка пришла первой. Именно тогда я решил разделить с Неттой пять тысяч долларов выигрыша и сел на первый самолет до Англии.

До чего же приятно: ввалюсь без приглашения и выложу на стол пять сотен новеньких, хрустящих купюр по одному фунту. Нетта любит деньги, представляю себе ее реакцию. Она вечно ворчала, что ей не хватает на жизнь; я неоднократно предлагал свою помощь, но она всегда отказывалась. Да, она запомнит этот момент. Ну а я погашу свой долг.

Мы познакомились в 1942 году, в роскошном ночном клубе, расположенном в здании Брутон-мьюз, что в районе Мейфэр. Нетта была платной танцовщицей; и если кто-то скажет, что платные танцовщицы только и делают, что прохлаждаются, — не верьте. Мышцы у них покрепче, чем у Эда Льюиса по прозвищу Душитель, а все потому, что девушкам приходится отбиваться от усталых, но назойливых бизнесменов. По долгу службы Нетта разводила недотеп вроде меня на дрянное шампанское (пять фунтов за бутылку). Удовольствие вывести ее на танцпол размером с носовой платок стоило десять шиллингов.

Местечко называлось «Блю-клаб». Заведовал там сомнительный тип по имени Джек Брэдли. Пару раз я с ним встречался. Его боялись все девушки, кроме Нетты, — та вообще никого не боялась.

Чтобы устроиться к Брэдли танцовщицей, нужно было отработать с ним ночную смену. Я слышал, что Нетта тоже через это прошла, но по-своему. Для начала она разбила о голову Брэдли дорогущую картину, так что рама повисла у него на бычьей шее; а потом они мирно уселись за чтение глянцевых журналов. Может, мне соврали. Нетта об этом не распространялась. Но, зная ее, не удивлюсь, если все так и было.

Думаю, клуб приносил Джеку неплохую прибыль. Бывали там по большей части американские офицеры и американские же репортеры, а у этой публики полны карманы денег. В «Блю-клабе» было на что потратиться: первоклассный оркестр, отличная еда, сговорчивые красотки. И все по заоблачному ценнику. Прежде чем взглянуть на счет, стоило надеть кислородную маску.

В клубе работало двенадцать девушек. Я выбрал Нетту с первого взгляда.

Она была просто прелесть: волосы рыжие, кожа сливочная, а щеки румяные, что твой персик.

Обычно я сперва смотрю на фигуру. Так случилось и в этот раз. С Нетты можно было писать картину о первородном грехе. На своем веку я повидал немало роскошных девушек, но Нетта превзошла их всех. Как сказал мой приятель Гарри Бикс, бывалый бомбардировщик: «Будь у мыши пара лыж, она бы с ветерком скатилась по этим склонам. Хотел бы я оказаться той мышью!»

Да, просто прелесть. Очень красивая — такой, знаете, грубоватой красотой искушенной женщины. Сразу видно, что знакома с жизнью не понаслышке. Если надеешься выйти с ней на результат, нельзя церемониться. Будь готов биться без перчаток. И даже в этом случае тебя, скорее всего, отправят в нокаут.

Чтобы расплавить броню Нетты, мне пришлось повозиться. Сперва я был для нее очередным клиентом; затем она стала подозревать, что я ищу любовных приключений. Наконец до нее дошло, что мне одиноко в чужом городе и я хочу с ней подружиться.

Я ходил в «Блю-клаб» каждый вечер. Где-то через месяц Нетта сказала: «Обойдемся без шампанского». Я понял, что делаю успехи. Однажды вечером она предложила: не сходить ли нам в Кью-Гарденз полюбоваться колокольчиками? Как насчет следующего воскресенья? Очевидно, дела мои шли в гору.

В итоге мы стали видеться весьма часто. Я забирал Нетту из квартирки на Кромвель-роуд и вез ее в «Блю-клаб».

Время от времени мы ужинали в «Вэнити-фэйр»; иногда она приезжала в «Савой», и мы вместе ходили в гриль-бар. Нетта оказалась отличной подругой, готовой и посмеяться, и поговорить на серьезные темы — в зависимости от моего настроения. А еще она почти не пьянела, хоть нам и случалось крепко выпить.

Кем она была для меня? Пожалуй, защитным клапаном. Когда работаешь вполсилы, то и дело накатывает смертная скука, а Нетта помогала с ней справиться. Благодаря Нетте я вспоминаю Лондон добрым словом.

Наконец мы стали спать вместе. Пару раз в месяц, не чаще. В этом не было ничего личного; как и другие наши занятия, близость почти ничего не значила. Мы не были влюблены друг в друга. В общении Нетта всегда держала дистанцию, хоть и весьма короткую.

Она ни разу не спрашивала, женат ли я, где живу и чем займусь после войны; ни разу не намекнула, что хотела бы уехать со мной в Штаты. Я же пытался расспросить ее о прошлом, но безуспешно. Нетта считала, что на нас в любое время может упасть бомба или ракета. А пока нужно ловить момент и наслаждаться жизнью. Она была словно обернута целлофановой пленкой. Я видел Нетту и мог дотронуться до обертки, но не более. Как ни странно, меня это устраивало. Мне не нужно было знать, кто ее отец, есть ли у нее братья, сестры или муж-солдат, исполняющий свой долг за границей. Я хотел лишь одного: чтобы у меня была веселая подруга. Нетта отлично справлялась с этой ролью.

Наши отношения длились два года. Затем мне велели отбыть с оккупационными войсками, и пришло время расстаться.

Мы попрощались так, словно встретимся завтра вечером, хотя я знал, что в лучшем случае мы увидимся через год, а в худшем — не увидимся никогда. Нетта тоже это понимала.

— Пока, Стив, — сказала она, когда я высадил ее у подъезда. — Домой не приглашаю. Давай прощаться здесь, и побыстрее. Может, еще свидимся.

— Конечно свидимся, — заверил я.

Мы поцеловались. Ничего особенного, никаких слез. Она поднялась на крыльцо и закрыла за собой дверь, ни разу не оглянувшись.

Я собирался написать ей, но руки так и не дошли. Нас сразу же перебросили во Францию, где события приняли такой крутой оборот, что в первый месяц мне было не до писем. Потом я решил, что лучше мне забыть Нетту. И забыл. А когда вернулся в Америку, вспомнил снова. Я не видел Нетту почти два года, но оказалось, что черты ее лица, изгибы ее тела так впечатались в мою память, словно мы разошлись пару часов назад. В объятиях других девушек я пытался найти покой. Но избавиться от воспоминаний оказалось не так-то просто.

Итак, я приметил ту лошадку, сделал ставку и сорвал куш. Теперь я знал, что снова увижу Нетту, и был этому рад.

Жарким августовским вечером, проделав долгий и утомительный путь из Преступка, я приехал в Лондон. У меня был забронирован номер в гостинице «Савой»; я сразу же отправился туда, перемолвился с администратором (казалось, он рад меня видеть) и поднялся к себе, в комнату с видом на Темзу. Приняв душ и пару стопок виски, я спустился в канцелярию и попросил выдать пятьсот купюр по одному фунту. Просьба, понятно, не из простых, но меня там хорошо знали, и я мог рассчитывать на помощь. Деньги мне отсчитали через несколько минут — так спокойно, словно то была пачка автобусных билетов.

Часы показывали половину седьмого; в такое время Нетта должна быть дома. С семи до восьми она обычно прихорашивается перед работой.

Ожидая такси (людей в очереди было не много, но все как один — важные персоны), я спросил администратора, не закрылся ли «Блю-клаб». Оказалось, не закрылся; но с тех пор, как там поставили пару сомнительных столов для игры в рулетку, репутация у клуба подмокла.

За последние полгода «Блю-клаб» пережил два полицейских рейда, и оба раза его не смогли прикрыть из-за недостатка улик. Похоже, Джек Брэдли был на шаг впереди полицейских.

Наконец я дождался своей очереди. После недолгой перепалки с администратором водитель согласился отвезти меня на Кромвель-роуд.

В десять минут восьмого я подъехал к дому Нетты. Расплатившись с таксистом, встал на краю тротуара и взглянул на последний этаж, на окна ее квартиры.

Домишко был унылый, как и все строения в закоулках Кромвель-роуд. Высоченный подъезд на три квартиры; весь замызганный, а занавески на окнах — отдельная песня. Но в квартире Нетты все еще красовались ярко-оранжевые шторы — их я хорошо помнил. А вдруг я столкнусь с ее новым любовником? Подумав, я все же решил попытать счастья, открыл входную дверь и начал подниматься по лестнице, покрытой ковром из кокосового волокна. Мне предстояло осилить три пролета.

Лестница пробудила во мне массу приятных воспоминаний. Бывало, ночью мы украдкой пробирались наверх, держа обувь в руках, чтобы не потревожить миссис Крокетт, домовладелицу (она, по обыкновению, таилась в засаде на цокольном этаже). Однажды, после участия в налете Королевских воздушных сил на Берлин, я приехал сюда в пять утра: из-за волнения мне было не до сна. Не терпелось рассказать Нетте о своем приключении. И что вы думаете? Ее не оказалось дома. Я решил подождать, присел на ступеньку и в итоге задремал; обнаружив меня, миссис Крокетт пригрозила вызвать полицию.

Проходя мимо дверей, я понял, что до сих пор не знаю, кто за ними живет. За время общения с Неттой я ни разу не видел ее соседей. Дыша тяжелее обычного, я остановился у нужной квартиры, немного помедлил и нажал на кнопку звонка.

Все было в точности как прежде. К двери прикручена все та же крошечная медная рамка, а в ней — карточка с именем Нетты. А вот и длинная царапина на краске; однажды, будучи навеселе, я не попал ключом в замочную скважину. У входа — старый добрый шерстяной коврик. Я обнаружил, что ладони мои стали влажными, а сердце бьется чуть быстрее обычного. Внезапно я понял, как много Нетта значит для меня. А ведь мы так давно не виделись.

Я надавил на звонок, подождал, ничего не услышал и снова надавил на звонок.

Мне никто не открыл. Наверное, Нетта в ванной. Подождав несколько секунд, я опять позвонил.

Из-за спины сказали:

— Там никого нет.

Обернувшись, я посмотрел вниз, в короткий лестничный пролет. В дверях второй квартиры, задрав голову, стоял здоровенный парень лет тридцати, широкоплечий и неплохо сложенный, но совсем не мускулистый: фигура как у метателя молота, но размякшая, уже заплывающая жирком. Парень смотрел на меня с едва заметной улыбкой, словно огромный сонный котяра, равнодушный, самодовольный, самоуверенный. Луч заходящего солнца, пробившись сквозь запачканное окно, отразился от золотой фиксы, и зубы парня вдруг пришли в движение.

— Здравствуй, милый, — произнес он. — Ты, видать, из ее дружков?

Парень едва заметно шепелявил, а его соломенные волосы были коротко подстрижены. На нем был черный с желтым халат, застегнутый на все пуговицы, пижамные брюки цвета электрик и пурпурные шлепанцы. Не человек, а загляденье. Эльф, не иначе.

— Вот ведь нечисть, — буркнул я. — Что ж тебе в лесу не сидится? — И снова повернулся к двери.

Парень хихикнул. Звук был неприятный, шипящий. По непонятной причине я занервничал.

— Нет там никого, милый, — повторил он и шепотом добавил: — Умерла она.

Оставив в покое звонок, я снова повернулся и посмотрел вниз. Парень, приподняв брови, слегка покачал головой.

— Не расслышал? — И он улыбнулся, словно вспомнил шутку, известную только ему.

— Умерла? — переспросил я, отстраняясь от двери.

— Верно, милый, — сказал парень; прислонившись к дверному косяку, он окинул меня игривым взглядом. — Вчера и умерла. Ты принюхайся, до сих пор газом воняет. — Дотронувшись до горла, он вздрогнул. — Я сам вчера чуть не задохнулся.

Спустившись, я встал прямо перед ним. Парень был на дюйм повыше меня и значительно шире в плечах, но я понимал, что со мной он бодаться не рискнет.

— Слышь, жирный, — сказал я. — Уймись и выкладывай, как все было. Какой еще газ? Что за бред?

— Ты заходи, милый, — пригласил он, глупо улыбаясь. — Я и расскажу.

Я хотел было отказаться, но парень вальяжно удалился в большую комнату. Пришлось идти следом. Воздух в комнате был затхлый, а старинную мебель, похоже, никто не протирал.

Всем своим весом парень рухнул в огромное кресло, подняв в воздух густое облако пыли.

— Ты уж прости меня за этот хлев, — извинился он, с отвращением оглядывая комнату. — Миссис Крокетт — та еще неряха. Никогда не прибирается. Ты же не думаешь, что я сам буду наводить здесь порядок, верно, милый? Жизнь слишком коротка. Человеку моих способностей негоже тратить время на уборку.

— Хватит корчить из себя Оскара Уайльда, — нетерпеливо произнес я. — Ты сказал, что Нетта Скотт умерла.

Снова улыбнувшись мне, парень кивнул:

— Какая жалость. Была ведь восхитительная девушка: красавица, да с такой фигуркой, да такая энергичная. И вот, пошла червям на корм. — Он вздохнул. — Правильно говорят, что перед смертью все равны.

— Как это случилось? — спросил я, борясь с искушением схватить парня за жирное горло и вытряхнуть из него всю душу.

— Наложила на себя руки, — скорбно ответил он. — Жуткое дело. Полицейские носятся по лестнице, то вверх, то вниз... «скорая»... врачи... миссис Крокетт орет как резаная... а та жирная сука с первого этажа все злорадствует... на улице толпа зевак, и все хотят взглянуть на останки... отвратительно, просто отвратительно. И еще этот запах газа во всем доме, целый день. Жуткое дело, милый; такое жуткое, что жутче не бывает.

— То есть она отравилась газом? — похолодев, уточнил я.

НЕ МОЕ ДЕЛО 15

— Именно так. Бедняжка. Все щели в комнате проклеены липкой лентой... в несколько слоев. Духовка включена на полную. Теперь буду вспоминать об этом всякий раз, как случится покупать липкую ленту, — монотонно гудел парень, словно выдавая сокровенные тайны.

Меня беспокоила улыбка, не сходящая у него с лица.
— Понятно. — Я развернулся.

Ну вот и все. Внутри у меня стало пусто. Я чувствовал легкую тошноту и бесконечную грусть.

«Что же ты не дождалась меня, Нетта? — думал я. — Всего сутки. Вместе мы бы справились с любой бедой».

— Спасибо, — сказал я, открывая дверь.
— Не стоит благодарности, милый. — Поднявшись с кресла, парень вышел за мной на площадку. — Всегда рад помочь, хоть и повод печальный. Вижу, ты сильно переживаешь. Но ты справишься. Ныряй в работу; ведь работа — лучший лекарь. Как там у Байрона? «Во время дела нет времени для слез»[1]. Хотя ты, наверное, равнодушен к Байрону. Такое бывает.

Я смотрел сквозь парня, не вслушиваясь в его слова. Из прошлого доносился голос Нетты: «И этот дурень покончил с собой? Не хватило храбрости взглянуть в будущее? Нет, что бы я ни сделала, готова сполна за это расплатиться. Самоубийство — не для меня».

Тогда мы читали об одном миллионере; тот, психанув на ровном месте, вышиб себе мозги. Я вспомнил, с каким лицом Нетта произнесла эти слова, и почувствовал, словно щеки моей коснулся холодный ветерок.

Что-то здесь не так. Нетта ни за что не лишила бы себя жизни.

Надвинув шляпу на брови, я нащупал в кармане сигареты и протянул пачку собеседнику:
— Почему она это сделала?

---

[1] «Двое Фоскари», перевод А. Соколовского. — *Примеч. перев.*

— Меня зовут Юлиус Коул, — сказал эльф, выудив сигарету щипком неухоженных пальцев. — Ты ее друг?

Я кивнул:

— Пару лет назад мы общались. — Я дал ему прикурить, после чего закурил сам.

— Значит, повелась на американца, — с улыбкой произнес парень; казалось, он говорит сам с собой. — А американец, значит, повелся на нее; неудивительно — с такой-то фигурой, с таким-то личиком. — Он сонно посмотрел на меня. — Вот бы узнать, сколько английских девушек изнасиловали американские солдаты. Точное число; интересно, правда? Я считаю, такая статистика очень важна. — Он безвольно приподнял широкие плечи. — Хотя это, пожалуй, пустая трата времени, — добавил он, покачивая головой.

— Как все случилось? — напрямик спросил я.

— Хочешь узнать, почему она так поступила? — мягко поправил меня парень и снова приподнял плечи. Шелковый халат затрещал по швам. — Это загадка, милый. Никакой записки... в сумочке пять фунтов... в холодильнике полно еды... никаких любовных писем... никто ничего не знает. — Шевельнув бровями, он улыбнулся. — Возможно, носила ребенка.

У меня не было сил продолжать этот разговор. Беседовать с ним о Нетте — все равно что читать надписи на стене общественной уборной.

— Что ж, спасибо. — Я пошел вниз по лестнице.

— Не за что, милый, — сказал парень. — Какая жалость. Ты, как вижу, совсем приуныл. — Вернувшись в квартиру, он прикрыл за собой дверь.

ГЛАВА ВТОРАЯ

Миссис Крокетт была миниатюрной пожилой дамой с блестящими недоверчивыми глазами и тонкогубым ртом, искривленным в осуждающей гримаске.

Я видел, что она меня не узнаёт. Наверное, решила, что пожаловал охочий до сплетен газетчик. Она вглядывалась в меня из-за приоткрытой двери, готовая захлопнуть ее в любой момент.

— Чего вам надо? — гнусаво осведомилась она. — Проваливайте. Некогда мне отвечать на глупые вопросы, других дел хватает.

— Вы не припоминаете меня, миссис Крокетт? — спросил я. — Стив Хармас, друг мисс Скотт.

— Друг, значит? — произнесла она. — Из любовничков. — Смерив меня строгим взглядом, она кивнула. — Да, я вас вроде как видела. Слыхали, что с нею стряслось?

Я кивнул:

— Слыхал. Я хотел поговорить с вами о Нетте. У нее остались долги? Если да, я их погашу.

Во взгляде старухи мелькнула то ли жадность, то ли практический расчет.

— Была должна за месяц, — быстро сообщила она. — Я-то думала, мне денег не видать. Но раз вы отдаете ее долги, я заберу. Да вы заходите.

Я прошел за ней по темному коридору, провонявшему кошками и тушеной капустой, и оказался в грязной, мрачной комнатенке, заставленной мебелью из бамбука.

— Значит, Нетта вам задолжала? — Я внимательно смотрел на старуху.

Чуть помедлив, она ответила:

— Вообще-то, нет. Она всегда платила вперед — что было, то было. Но если квартира освобождается, надобно или уведомить за месяц, или платить. Такое условие.

— Понятно, — сказал я. — Как думаете, почему она сделала то, что сделала?

Посмотрев на меня, миссис Крокетт отвела взгляд.

— А мне почем знать? — сердито спросила она. — Я в ее дела не лезла. Знать ничего не знаю. — Губы ее сжались в тонкую линию. — Пропащая была. Не нужно было пускать ее в жильцы. Надо ж, в моем-то доме, и такое позорище.

— Когда это случилось?

— Позапрошлой ночью. Мистер Коул унюхал, что газом тянет, и тут же позвонил. Я к ней, а она, дуреха, не открывает. Ну я и поняла, что сталось. — Жесткие глаза сверкнули. — Так я огорчилась, хоть плачь. А мистер Коул вызвал полицию.

— Вы ее видели?

Миссис Крокетт отшатнулась:

— Кто? Я? Чтоб покойница ко мне во снах шастала? Ну уж нет. Мистер Коул ее опознал. Он у нас мужчина деликатный, да. Он же ее знал получше моего; чуть что услышит, так сразу в дверь высовывается.

— Ладно. — Я достал бумажник. — У вас есть ключ от ее квартиры?

— А что, если и так? — с подозрением спросила старуха. — Вам-то что за дело?

— Хочу его одолжить, — ответил я, выкладывая на стол фунтовые купюры. Миссис Крокетт следила за каждым моим движением. — Скажем, двадцать пять фунтов. Плюс десять фунтов за ключ.

— С чего бы? — Старуха быстро задышала, а глаза ее сверкнули ярче прежнего.

— Хочу осмотреть комнату, только и всего. Полагаю, там все как было... Ведь никто ничего не трогал?

— Как было, так и есть; полицейские сказали, чтоб никто не лазил. Хочут найти ее родню. Как по мне, так черта с два; никого не отыщут. Знать не знаю, что станет с вещичками. Хоть как, но надо же все убирать, чтоб квартирка не простаивала.

— У нее есть родственники?

— Никто о ней ничего не знает. — Миссис Крокетт шмыгнула носом. — А если полицейские кого и найдут, то попомните мое слово: родственнички у ней тоже окажутся пропащие.

— Дайте, пожалуйста, ключ, — попросил я, пододвигая стопку денег к старухе. Та, сомневаясь, качнула головой.

— Полиции это не понравится, — заметила она, глядя мимо меня.

— Вот десять фунтов, чтобы унять вашу совесть, — напомнил я. — Не хотите — как хотите.

Выдвинув ящик буфета, старуха достала ключ и положила его на стол.

— От вас, богатеев, честным людям одни неприятности, — заметила она.

— Внесу эту фразу в свой список афоризмов, — пообещал я, забрал ключ и подтолкнул деньги еще ближе к миссис Крокетт. Меня уже начинало от нее мутить.

Схватив купюры, старуха сунула их в карман передника.

— Только побыстрее верните ключ, — сказала она. — И ничего не выносите из квартиры.

Я кивнул и вышел.

Поднимаясь по ступеням, я остановился у первой квартиры. К двери была прикручена табличка с надписью «Мэдж Кеннитт». Я вспомнил слова Юлиуса Коула: «А та жирная сука с первого этажа все злорадствует». Кивнув, я пошел дальше и наконец оказался у двери в квартиру Нетты. Вставил ключ в замочную скважину, повернул ручку и тихонько толкнул дверь. Та распахнулась. Я прошел в гостиную. Повернувшись, чтобы закрыть дверь, я увидел, что Юлиус Коул следит за мной, высунувшись из своей берлоги. Брови его были приподняты, а голова неодобрительно покачивалась. Притворившись, что не вижу его, я закрыл дверь и запер ее на засов.

Несмотря на открытые окна, в помещении стоял легкий, но отчетливый запах газа. Я окинул взглядом комнату, мне было грустно и слегка не по себе.

С моего последнего визита обстановка не сильно изменилась. Нетта переставила пару кресел, но новой мебели не было. Стены, как и прежде, были украшены фривольными разворотами из американских и французских журналов.

Однажды я спросил Нетту, зачем она повесила эти картинки. «Парням такое нравится, — объяснила она. — И они отвлекаются от меня. Если человек скучный, картинки его шокируют, и он больше сюда не приходит. Как видишь, у меня все продумано».

На каминной полке стояла коллекция фарфоровых статуэток — штук тридцать разных зверей. Некоторые подарил я. Я подошел посмотреть, на месте ли мои. Они никуда не делись. Я повертел в руках очаровательную фигурку Бэмби из диснеевского мультфильма. Вспомнил, как она нравилась Нетте. Она считала Бэмби жемчужиной своей коллекции. Наверное, не зря.

Вернув безделушку на место, я сунул руки в карманы и прошелся по комнате. Только сейчас до меня начало доходить, что Нетта мертва и я больше не увижу ее.

Не думал, что буду горевать по такому поводу. Оказалось, ошибался. А еще меня волновали обстоятельства ее смерти. Я не мог поверить, что Нетта покончила с собой.

Не такой она человек. До войны я работал криминальным репортером. Повидал сотни квартир, где жили самоубийцы. Там ощущалась особая атмосфера, а в комнате Нетты ее не было. Не знаю почему, но я просто не мог поверить, что здесь произошло самоубийство.

Я подошел к дубовому письменному столу и заглянул в выдвижной ящик. Пузырек чернил и пара карандашей, больше ничего. Я проверил ниши под столешницей. Когда мы с Неттой встречались, они были забиты письмами, счетами, прочими бумагами. Сейчас там ничего не было.

Я посмотрел в камин, ожидая увидеть там кучку пепла от сожженных бумаг. Но в камине было пусто. «Странно», — подумал я, сдвинул шляпу на затылок, снова взглянул на стол и нахмурился. Да, странно.

В коридоре раздался едва слышный звук, и я вздрогнул. Кто-то царапался в дверь.

— Впусти меня, милый, — шептал с той стороны Юлиус Коул. — Я тоже хочу посмотреть.

Поморщившись, я на цыпочках пересек комнату и оказался на кухне. Дверца маленькой духовки была приоткрыта. В дальнем углу лежала диванная подушка апельсинового цвета. Должно быть, Нетта положила ее под голову в духовку, чтобы не было жестко. Думать об этом было неприятно, так что я прошел в спальню.

Комната была просторная, светлая. Бо́льшую ее часть занимала огромная двуспальная тахта. Рядом с ней находился встроенный гардеробный шкаф, а у окна — маленький туалетный столик. Обои — бледно-желтые с зеленым. Ни картин, ни других украшений.

Закрыв дверь, я уставился на тахту. Нахлынули воспоминания. Лишь через несколько минут я прошел к туалетному столику и взглянул на впечатляющий набор бутылочек, тюбиков с кремом и прочей косметики, в беспорядке разбросанной по засыпанному пудрой стеклу. Я выдвинул ящики. В них был обычный девичий хлам: носовые платки, шелковые шарфики, кожаные пояски, перчатки, дешевая бижутерия. Сунув указательный палец в картонную коробку, я поворошил ожерелья, браслеты, кольца. Ничего примечательного. Я вспомнил о бриллиантовом браслете и бриллиантовой же булавке для галстука. Нетта так ими гордилась. Браслет подарил я, а булавку — другой парень; Нетта так и не призналась, кто именно. Я прошелся по ящикам, но не нашел ни браслета, ни булавки. Интересно, куда они делись. Неужели отправились в полицейский сейф?

Затем я открыл гардеробный шкаф, и комната тут же наполнилась легким ароматом сирени. Любимые духи Нетты. В шкафу было почти пусто. Остались два вечерних платья, пальто, юбка и халат. Я был изрядно удивлен. В свое время шкаф ломился от одежды.

Платье огненного цвета я помнил хорошо. Оно было на Нетте в ночь нашей первой близости. Сентиментальному парню вроде меня непросто забыть такое платье. Протянув руку, я снял его с вешалки и понял, что к изнанке прикреплено что-то тяжелое.

Я прощупал ткань. Пистолет. Расстегнув платье, я обнаружил вшитый крючок. На нем, зацепившись предохранителем, висел люгер.

Я присел на тахту, держа платье в одной руке, а люгер — в другой. Поразительно. Уж что-что, а пистолет в квартире Нетты я найти не ожидал.

У люгера было две приметные особенности: глубокая царапина на стволе и задир на рукоятке, словно над ней поработали напильником. Должно быть, стачивали имя владельца. Понюхав пистолет, я испытал новое потрясение. Из оружия стреляли, хоть и довольно давно. Запах горелого пороха был несильным, но все же заметным. Положив пистолет на кровать, я почесал в затылке, пару минут подумал, встал и снова подошел к шкафу. Выдвинул два ящика, где Нетта хранила шелковые чулки и нижнее белье. Она была одержима шелковыми чулками. Сколько мы были знакомы, Нетта всегда носила чулки только из шелка. Запаслась ими прямо перед войной, а гости из Америки — и я в том числе — регулярно пополняли ее коллекцию. Я поворошил вещи в ящиках, но шелковых чулок не нашел.

Потушив сигарету, я хмуро задумался. Возможно, миссис Крокетт заглядывала сюда и забрала чулки. Или полицейские не справились с искушением. Это можно понять, ведь достать шелковые чулки практически нереально. А у Нетты было по меньшей мере двенадцать пар. Два года назад, когда я видел ее в последний раз, их было тридцать шесть. Откуда мне это известно? Однажды вечером Нетта попросила купить ей шелковые чулки. Вывернув содержимое ящика на пол, я пересчитал упаковки, чтобы доказать, что еще одна пара будет лишней. Да, здесь должно быть пар двенадцать, если не больше. И где они?

Я решил обыскать квартиру. В бытность криминальным репортером меня научили, как незаметно обшарить все уголки в доме. Работать придется долго и кропотливо, но мне почему-то казалось, что игра стоит свеч.

Я тщательно, методично обыскал каждую комнату. Ничего не пропуская, разворачивал жалюзи, прощупывал ламбрекены, заглядывал под ковры и простукивал пол.

На полу спальни, возле камина, обнаружилась непришитая доска, а под ней — небольшой тайничок. Раньше в нем, похоже, что-то хранилось, но теперь в тайничке было пусто. В ванной, в рулоне туалетной бумаги, я нашел восемь пятифунтовых купюр. Еще восемь — в гостиной, между репродукцией Варгаса и картонным задником. В банке кольдкрема было спрятано платиновое кольцо с бриллиантом. На вид камень был неплохой. Эту вещицу я раньше не видел. Странное место для кольца. С другой стороны, не более странное, чем те, где я обнаружил пятифунтовые купюры.

Я пошел на кухню и после кропотливых поисков нашел конверт формата «фулскап»; тот был спрятан на дне банки с мукой. Вытащив конверт, я сдул с него муку и прочитал адрес, написанный неаккуратным, размашистым почерком Нетты: «Мисс Энн Скотт, Беверли».

Может, сестра? Задумавшись, я прощупал тяжелый, объемистый конверт. Похоже, внутри целая пачка бумаги.

Все это было необычно, подозрительно, тревожно. А главное — совершенно непонятно.

Убедившись, что на кухне не осталось ничего интересного, я вернулся в гостиную и разложил на столе свои находки: люгер, кольцо с бриллиантом, шестнадцать пятифунтовых купюр и письмо, адресованное Энн Скотт.

Итак, у девушки есть восемьдесят фунтов и кольцо с бриллиантом. Зачем ей сводить счеты с жизнью? Что за проблемы, кроме финансовых, могли толкнуть Нетту на этот поступок? Подобных сложностей я представить себе не мог. На самом деле я был более чем уверен, что Нетта не покончила с собой. Убийство? Если она не убивала себя, значит ее убил кто-то другой. О несчастном случае речь не идет. Таких несчастных случаев не бывает.

Снова закурив, я задумался. Нужно обсудить это дело с полицией. Мне вспомнился инспектор Корридан из Скотленд-Ярда. Когда я жил в Лондоне, мы с ним водили дружбу. Он не раз брал меня в рейды по воровским притонам, а еще помог собрать материал для неплохой статьи в «Сатердей ивнинг пост».

Да, Корридан — именно тот, кто мне нужен. Я тут же потянулся к телефону.

Инспектор ответил не сразу. Я назвал свое имя, и он меня вспомнил.

— Хармас? Рад слышать, — сказал он. — Вам повезло, что застали меня. Я как раз собирался уходить.

— Торо́питесь? — спросил я, взглянув на часы. Было почти девять.

— Хочу домой. У вас что-то срочное?

— Скорее, любопытное, — сказал я. — Нужен ваш совет. Возможно, помощь. Речь о девушке по имени Нетта Скотт. Позапрошлым вечером она покончила с собой.

— Ну-ка, повторите, — резко произнес Корридан.

— Девушку зовут Нетта Скотт. В прошлом мы дружили. Если честно, Корридан, я не могу согласиться с версией о самоубийстве.

Помолчав, он сказал:

— Сегодня вечером у меня нет особых дел. Что предлагаете?

— Давайте встретимся через полчаса в гостинице «Савой». Будет проще, если вы наведете справки о девушке. Любая деталь может оказаться важной. — Я продиктовал ему адрес Нетты.

Он пообещал все разузнать и повесил трубку. Что мне в нем нравилось, так это умение ничему не удивляться. Корридан никогда не задавал кучу ненужных вопросов и всегда был готов прийти на помощь, невзирая на время суток, — даже если был сильно занят.

Я рассовал по карманам пистолет, конверт, кольцо и деньги.

Убедившись, что ничего не пропустил, я выключил свет, открыл входную дверь и вышел на площадку.

Юлиус Коул выставил из квартиры стул и, покуривая, сидел у открытой двери. Похоже, он дожидался меня.

— Почему ты не впустил меня, милый? — спросил он, загадочно улыбаясь. — У тебя тоже не было права там находиться.

— Иди куда подальше, — заметил я, спускаясь по лестнице.

— Не убегай, милый. — Соскользнув со стула, он подошел к лестнице. — Ну как оно там? — Он хихикнул. — Нашел у нее красивые вещички? Ты же, наверное, перебрал всю ее одежду. Жаль, что меня там не было.

Не оглядываясь, я спускался дальше.

Услышав стук в дверь, миссис Крокетт тут же открыла.

— Долго вы копались, — отрывисто сказала она, выхватывая ключ у меня из руки. — Ничего не стащили? Полицейские особо подчеркивали, чтоб все оставалось как есть.

Я покачал головой:

— Все на месте. После ее смерти в квартиру кто-нибудь заходил? Кроме полиции? Например, мистер Коул?

Старуха помотала головой:

— Никто, кроме вас. Вот точно, зря я это...

— Там были шелковые чулки. А теперь их нет, — перебил я. — Вам о них что-нибудь известно?

— На кой мне шелковые чулки? Ничего не знаю! — отрезала она.

Невнятно промычав слова благодарности, я спустился по узкой лестнице к двери подъезда.

Оказавшись на улице, я оглянулся на дом. В квартире Юлиуса Коула горел свет, в остальных окнах было темно. Вспомнив о Мэдж Кеннитт, я решил, что она не вписывается в общую картину — по крайней мере, пока. Ярдах в пятидесяти от меня была Кромвель-роуд. В ее сторону я и направился.

На улице было всего три фонаря: один — в начале, другой — в конце, третий — посередине. Было темно, а в тени зданий — еще темнее. Потому-то меня и удалось застать врасплох.

Услышав шаги за спиной, я внезапно почуял опасность, пригнулся и отпрыгнул в сторону.

Что-то очень твердое ударило меня в плечо, и я рухнул на колени. Взметнув руку, я выпрямился, подался чуть вбок и отскочил назад, заметив темную фигуру. Человек как раз замахивался предметом, похожим на автомобильную монтировку. Он рубанул сплеча. Монтировка просвистела мимо лица; я шагнул вперед и со всей силы врезал парню по ребрам. Отшатнувшись, он выронил монтировку и сдулся, словно проколотый воздушный шарик.

— Что это ты задумал, черт побери? — Не дожидаясь ответа, я двинулся на него.

НЕ МОЕ ДЕЛО

Теперь мне удалось его рассмотреть. Молодой, тощий, недокормленный коротышка. Лица почти не видно; я лишь заметил, что оно одутловатое. Одежда дешевая, а на голове засаленная, словно пропитанная жиром, шляпа.

Я хотел схватить парня, но тот вывернулся и молнией умчался прочь.

Я смотрел ему вслед, вслушиваясь в еле слышный звук шагов. Плечо болело, и я был порядком напуган.

— Твою ж мать, — пробормотал я, встревоженно посмотрел по сторонам и в спешке направился к огням Кромвель-роуд.

ГЛАВА ТРЕТЬЯ

Не успел я пробыть в номере и пяти минут, как позвонили с ресепшен. Меня спрашивал инспектор Корридан.

— Попросите его подняться. — Нажав кнопку, я вызвал официанта. Они с Корриданом оказались у двери одновременно.

Корридан, мускулистый голубоглазый здоровяк тридцати пяти лет, имел невыносимую привычку смотреть сквозь собеседника. Он был суров даже с друзьями: никогда не смеялся, да и улыбался редко.

Мы обменялись сердечным рукопожатием, и он одобрительно оглядел комнату.

— Должен сказать, вы неплохо устроились, — заметил он, быстро взглянул на официанта и продолжил: — Надеюсь, вы хотите угостить меня выпивкой?

— Обязательно. Еще и поужинаем, — сказал я.

— Вижу, для полиции Лондона вам ничего не жалко.

Официант дал нам меню. Мы выбрали холодное консоме, волованы с курицей и мороженое. К заказу я добавил два двойных виски и графин алжирского вина.

— Вы, газетчики, знаете толк в хорошей жизни, — вздохнул Корридан, опускаясь в единственное кресло. — Мне часто приходит на ум, что вместо полицейской службы стоило заняться чем-то менее обременительным и более прибыльным.

— Чья бы корова мычала, — буркнул я, усаживаясь на кровать. — Готов поспорить, вас заваливают взятками. Половина лондонских преступников платит вам за молчание.

Рот Корридана сжался в тонкую линию.

— У вас извращенное чувство юмора. Еще более извращенное, чем ваши моральные устои, — ответил он.

Я видел, что он не шутит.

— Ладно. Не будем о моих моральных устоях, — усмехнулся я. — Чертовски рад, что вы смогли приехать.

— Эта Нетта Скотт была вашей подругой? — спросил Корридан, подходя к окну. Прежде чем я успел ответить, он продолжил: — Я достаточно насмотрелся на Темзу из окон Скотленд-Ярда, но под этим углом, в таком освещении река выглядит очень красиво. Вы не находите?

— Оставим Темзу в покое, — коротко сказал я. — Вас кормят и поят здесь не потому, что мне захотелось выслушать лекцию о достопримечательностях Лондона.

Корридан бросил на меня быстрый взгляд:

— Судя по голосу, вы взволнованы. Что-то не так?

Я кивнул:

— Возможно... — И тут официант принес напитки. Когда он удалился, я продолжил: — Касательно Нетты Скотт. Мы дружили. Познакомились в сорок втором, пару лет плотно общались. Меня потрясло известие о ее самоубийстве.

Отпив немного виски, Корридан одобрительно вздернул подбородок.

— А виски неплохой, — заметил он. — Но вы, очевидно, не желаете обсуждать напитки. Я прочитал отчет врача. Ваша подруга действовала наверняка. Прежде чем включить газ, она приняла убойную дозу настойки опия. В этом деле нет никакой загадки. Банальное самоубийство. Им занимался кенсингтонский отдел. Вчера в семь утра туда позвонил один из жильцов, мужчина по имени Юлиус Коул. Когда девушку обнаружили, она лежала головой в духовке, а в кухне было полно газа. Окна заклеены липкой лентой, а дверь и без этого прилегает плотно. Девушка была мертва уже часов шесть. Если говорить навскидку, смерть наступила около часа ночи. Следов насилия на теле не обнаружено. Все подтверждает версию о самоубийстве. Тело отвезли в местный морг, где его официально опознал этот Коул. Он заявил, что внешность погибшей ему хорошо знакома. Теперь мы пытаемся связаться с ее родственниками, на данный момент — безуспешно.

Допив виски, я почувствовал себя лучше.

— Вопрос об убийстве не рассматривается?

Корридан прощупал меня взглядом:

— Нет. С чего бы?

— И ваши люди всем довольны?

— Они никогда ничем не довольны, но полностью исключают убийство. Суицид случается ежедневно. Возможно, вам будет интересно узнать, что вероятность самоубийства зависит от того, чем человек зарабатывает на жизнь, — продолжал Корридан, прикрыв глаза и усевшись поглубже в кресло. — Больше всего самоубийств совершают люди, чья работа связана со стрессом и чувством ответственности или выпадает на ночные часы. Фармацевты, врачи, юристы, владельцы пабов, работники ночных клубов, мясники и военнослужащие находятся в самом верху этого списка профессий, а замыкают его садовники, рыболовы, священники, школьные учителя и государственные служащие.

Я охнул:

— Похоже, я попадаю в группу риска. Ладно, хватит об этом. Значит, поскольку работники ночных клубов — потенциальные самоубийцы, Нетта покончила с собой. Верно?

Корридан кивнул:

— Что-то в этом роде. В любом случае ее профессия наводит на определенные мысли. Будь она, к примеру, школьной учительницей, мы бы подошли к вопросу более внимательно. Понимаете, о чем я?

— И вы считаете, что такая девушка, как Нетта, решила бы сунуть голову в духовку? Не выброситься из окна, не отравиться?

— Женщины хотят сохранить пристойный внешний вид даже после смерти, — ответил Корридан, пожав плечами. — Особенно такие красавицы, как Нетта. Если выброситься из окна, тело будет выглядеть очень неопрятно. Я такое видел, и не раз. Благодаря одному пустячку, известному как Закон об опасных лекарственных веществах, самоубийцы все реже принимают яд. Если не ошибаюсь, в прошлом году около шестисот женщин покончили с собой с помощью каменноугольного газа. Если интересно, я раздобуду для вас более точные цифры.

— Достаточно этих, — сказал я. — А почему вы думаете, что она покончила с собой?

Корридан допил виски, отставил стакан и снова пожал плечами:

— Не следует забывать о том, что побуждает человека поступить так, а не иначе. — Закинув ногу за ногу, он уселся еще глубже в кресло. — Когда нужно определить, что произошло — суицид, убийство или несчастный случай, — полезно владеть информацией о причинах самоубийств. Основных причин, по которым люди совершают такой поступок, четыре. Перечислю их в порядке убывания важности: психическое расстройство, алкоголь, финансовые проблемы и любовь. Разумеется, бывают и другие причины, но эти встречаются наиболее часто. Насколько нам известно, у девушки не было долгов, пила она в меру и, по словам Коула и домовладелицы, была психически здорова. Поэтому разумно предположить, что виной всему несчастная любовь.

— Вы, фараоны, сводите все к эмпирическим правилам. Просто сил нет, — сказал я, когда официант вкатил в комнату столик, груженный яствами. — Давайте-ка перекусим.

— Здесь отличный виски. Было бы неплохо повторить, — заметил Корридан, поднимаясь на ноги. Он пододвинул к столику стул с прямой спинкой.

— Еще два виски, — сказал я официанту, — а потом мы сами за собой поухаживаем.

Усевшись за столик, мы принялись за консоме.

— Почему вы исключаете убийство? — невзначай спросил я.

— Ну что вы за человек... — Корридан покачал головой. — Я ведь только что сказал... — Резко взглянув на меня, он нахмурился. — Но вы, вероятно, знаете об этом больше моего. Пожалуй, сначала стоит выслушать вас, а уже потом углубляться в рассуждения. — Уголки его губ чуть изогнулись — так Корридан изображал улыбку. — Вы считаете, что ее убили?

— Готов поставить на это пятьсот фунтов, — сказал я.

Корридан поднял брови:

— А у вас есть пятьсот фунтов?

— Есть. Ну что, поспорим?

— Я не спорю с янки — вы слишком хитрые. — Отодвинув тарелку, он промокнул тонкие губы салфеткой. — Хм. Откуда такая уверенность?

— Я был у нее дома. Осмотрелся. Нашел кое-что интересное и через секунду все вам покажу. Но сперва скажите: ваши люди забирали что-нибудь из квартиры?

— Нет. Что-то пропало?

— Сколько-то пар шелковых чулок, бо́льшая часть одежды, бриллиантовый браслет и бриллиантовая булавка для шарфика.

— Вещи дорогие?

— Три года назад браслет обошелся в двести фунтов. Сейчас он стоит вдвое дороже. Насчет булавки не знаю.

— Откуда вам известно, что они пропали? Девушка могла их продать, верно?

Я сказал, что не подумал об этом.

— И все же навряд ли она их продала. Нетта любила эти украшения и ни за что не рассталась бы с чулками. Нет, я не верю, что она продала свои вещи.

Корридан внимательно смотрел на меня.

— Зря вы упрямитесь, — тихо сказал он. — Я думаю, она вполне могла их продать. Возможно, в свое время она испытывала недостаток в деньгах.

Наш разговор прервал официант, он принес виски. Немного подождав, мы приступили к волованам, по ходу разговора прикладываясь к стаканам.

— Не такой она человек, — произнес я. — Помню, однажды она сказала, что никакие неприятности не заставят ее так поступить. Будь вы там, поняли бы: она не из тех, кто способен наложить на себя руки.

— Как давно это было?

— Два года назад. Знаю, вы скажете, что людям свойственно меняться, но я уверен, что не такой она человек.

— Что еще? — Голубые глаза прощупывали меня, а губы снова изогнулись в улыбке. — Кроме информации об украшениях, чулках и фразы «не такой она человек». Что еще вы можете сказать?

— Много чего, но сперва давайте закончим ужин. Вы ничего о ней не знаете?

— Приводов у нее не было, если вы об этом, — ответил Корридан, сосредоточенно пережевывая пищу. — Она работала платной танцовщицей в «Блю-клабе». Пару раз ей выписывали штраф за нарушение правил дорожного движения. Больше нам ничего о ней не известно.

— А «Блю-клаб»? Слыхал, в последнее время там не все чисто.

— «Блю-клаб» был рассчитан на американцев. Теперь американцы вернулись на родину, и такие заведения по большей части переживают не лучшие времена. «Блю-клаб» — подозрительное место, но в данный момент Брэдли чуть хитрее нас. Мы считаем, что там игорный притон, а еще продажа спиртного в неположенное время суток. Уверен, продукты они берут на черном рынке. Однако нам не удалось внедрить туда своих людей, а облавы оказались безрезультатными. Шеф уверен: кто-то из наших предупреждает Брэдли о грядущем рейде. В любом случае Брэдли всегда опережает нас на один шаг. Но скоро этому придет конец.

Мы доели ужин, и Корридан вернулся в кресло. Убедившись, что он удобно устроился, я заказал бренди и сигары.

— Сейчас я, вероятно, смогу вас убедить. — Достав люгер, я передал его Корридану.

Долгое мгновение он с каменным лицом рассматривал пистолет, а потом холодно взглянул на меня.

— Откуда это? — спросил он.

Я рассказал.

Он задумчиво осмотрел люгер, покачал головой и снова расслабился.

— Знай вы, сколько женщин имеет такие игрушки, не придавали бы этому большого значения, — сказал он. — Почти все американские солдаты привезли их из Германии и раздарили подружкам. Почему вы так волнуетесь из-за пистолета?

— Я не волнуюсь, — заметил я. — Но странно, что Нетта прятала его под платьем. Разве нет? — И внезапно задумался, не выставляю ли я себя на посмешище.

— Вероятно, на то были свои причины. Владение такой штуковиной может вызвать вопросы у полиции. —

Вытянув длинные ноги, Корридан понюхал бренди. — Есть что-нибудь поконкретнее?

Рассказав о найденных деньгах, я передал ему шестнадцать пятифунтовых купюр и письмо, адресованное Энн Скотт. И еще отдал кольцо с бриллиантом.

— А вы действительно провели очень тщательный обыск? — Корридан подмигнул мне. — Не знаю, было ли у вас такое право. А?

— Может, и не было, — ответил я, пожевав сигару, — но все это мне не нравится, Корридан. Где-то что-то не сходится. — И я рассказал о парне, который хотел на меня напасть.

Наконец Корридан проявил хоть какой-то интерес:
— Вы его видели?

— Было очень темно, и меня застали врасплох. Ну ладно, — сказал я, увидев, как он едва заметно ухмыльнулся, — я до чертиков перепугался. В подобной ситуации вы бы тоже растерялись. Парень прыгнул на меня с монтировкой в руке, и у него была прекрасная возможность раскроить мне череп. Мне не удалось его толком разглядеть, но он молод, невысок и бегает быстрее зайца. Если увижу его еще раз, пожалуй, смогу узнать.

— Как вы думаете, что ему было нужно?

— Может, люгер, — предположил я. — Поэтому я прошу вас его проверить. Видите, ствол поцарапан, а на рукоятке когда-то была надпись. Возможно, гравировка с именем владельца. Думаю, пистолет может оказаться хорошей зацепкой.

— Вы начитались детективов, — пробурчал Корридан. — Хотя проверить не повредит. — Он понюхал люгер. — Из него стреляли. Я бы сказал, с месяц назад. А еще он пахнет сиренью.

— Любимые духи Нетты, — сообщил я. — Ну, что знал, то рассказал. Зря я надеялся вас впечатлить. Проблема в том, что у вас нет воображения.

Корридан почесал свой длинный мясистый нос:

— Может, и так. Зато я очень практичный человек. И здравый смысл подсказывает, что девушка покончила с собой. — Взяв конверт, он постучал по нему ногтем. — Посмотрим, что внутри?

— А можно?

— Полицейскому можно все, — подмигнув, сказал он. Вынул карандаш, сунул грифель под клапан конверта и аккуратно покатал вправо-влево. Не устояв перед таким аргументом, клапан приподнялся.

— Долго ли умеючи. — Он взглянул на меня и кисло улыбнулся. — Разумеется, необходимо рассчитать усилие.

— Постараюсь, чтобы мои письма не попали вам в руки, — сказал я. — Ну и что внутри?

Заглянув в конверт, Корридан присвистнул. Двумя пальцами он извлек на свет стопку бумаг, на которых был напечатан какой-то текст.

— Предъявительские облигации, — сказал он.

Разинув рот, я придвинулся поближе:

— Похоже, их тут немало.

Корридан пролистал бумаги:

— На пять тысяч фунтов. Интересно, откуда они взялись? — Корридан заглянул в конверт. — Записки нет. Хм, должен признать, это немного странно.

— Вот и до вас дошло, — рассмеялся я. — Как по мне, вся эта ситуация — странная от начала до конца. Ну и что будете теперь делать?

— Пожалуй, отправлюсь в Лейкхем и встречусь с мисс Скотт. Мне бы хотелось знать, откуда взялись эти облигации. Если она не сможет рассказать, придется их проверить. Дело не из быстрых, тем не менее мне хотелось бы все выяснить.

— Можно поехать с вами? — спросил я. — Вы будете Холмс, а я — Ватсон. Кроме того, я хочу познакомиться с сестрой Нетты. Вдруг она не знает, что Нетта умерла. Думаю, когда она услышит новости, мне следует быть рядом.

— Непременно поезжайте, — разрешил Корридан, поднимаясь на ноги. — Допустим, завтра утром. Можем отправиться на автомобиле.

— Шикарно. Но не подумайте, что мы закончили, — сказал я. — Мне от вас нужна еще одна услуга. Где я могу взглянуть на Нетту? Хочу увидеть тело, прежде чем ее похоронят.

— У вас нездоровые интересы, — заявил Корридан. — Какой в этом смысл?

— Такой уж я странный. — Я потушил сигару. — А что, если вы составите мне компанию? Я хочу, чтобы вы тоже поглядели на нее. Это поможет вам определиться, когда дело перейдет в горячую фазу, а я уверен, что так и будет. Чутье подсказывает, что мы нащупали что-то крупное. В конечном счете вы будете благодарны, что я наставил вас на путь истинный.

— Впервые вижу такого парня, — пробормотал Корридан.

Подойдя к телефону, он набрал номер Скотленд-Ярда и приказал прислать к гостинице «Савой» полицейский автомобиль. Я ждал рядом.

— Поехали, — сказал он. — Если бы не отменный ужин, я бы послал вас ко всем чертям. Но за развлечение, похоже, придется платить. Кто знает, вдруг пригласите меня снова.

— Действительно, кто знает, — заметил я.

Мы вышли в коридор и направились к лифту. Не прошло и четверти часа, как мы приехали в морг. Удивленный визитом Корридана, дежурный офицер вышел поздороваться.

— Нетта Скотт, — коротко сказал Корридан. С младшими по званию он всегда был немногословен. — Она у вас. Я хочу ее видеть.

Констебль, молодой краснощекий деревенщина, покачал головой:

— Не выйдет, сэр. Она была здесь, но час назад ее перевезли в другой морг. В Хаммерсмит.

— Неужели? — Корридан нахмурился. — Кто распорядился?

— Не знаю, сэр, — смущенно ответил констебль.

— Не знаете? — рявкнул Корридан. — Но вы определенно должны были получить официальный приказ, прежде чем выдать тело. Разве нет?

Констебль изменился в лице:

— Ну, нет, сэр. Я здесь новенький. Я... я не знал, что в таком случае необходим приказ. Водитель неотложки сказал, что произошла ошибка и останки надо свезти в Хаммерсмит. Я разрешил ему забрать тело.

Потемнев от ярости, Корридан оттолкнул констебля, прошел в кабинет и захлопнул за собой дверь.

Посмотрев ему вслед, констебль почесал в затылке.

— Интересно, что стряслось. — Он посмотрел на меня. — Думаете, я поступил неправильно, сэр?

Я пожал плечами:

— Понятия не имею. — Мне вдруг стало тревожно. — Но скоро вы всё узнаете.

Через несколько минут Корридан вышел из кабинета, промаршировал мимо констебля и коротким кивком велел мне следовать за ним. Остановившись у двери, он оглянулся.

— А вам, друг мой, вскоре предстоит неприятный разговор, — резко сказал он, обращаясь к констеблю, после чего направился к полицейской машине.

Я уселся рядом с ним. Когда мы отъехали, я спросил:

— Ну что, теперь едем в Хаммерсмит?

— Из Хаммерсмита не присылали за телом, — раздраженно сказал Корридан. — Любой, кроме этого дурня, почуял бы неладное. Пару часов назад угнали машину «скорой помощи». Кто-то — хотите верьте, хотите нет — похитил тело Нетты Скотт. Невероятно! Бога ради, зачем? — И он, сжав кулак, с силой ударил в спинку водительского сиденья.

ГЛАВА ЧЕТВЕРТАЯ

На следующее утро меня разбудил телефон. Я сел в постели и взял трубку, одновременно сдержав зевок. Вглядевшись в часы на прикроватном столике, я узнал, что сейчас десять минут девятого, и проворчал:

— Кто говорит?

— Вас спрашивает инспектор Корридан, — сказал портье.

— Хорошо, пусть поднимется, — ответил я, после чего схватил халат и умчался в ванную, чтобы по-быстрому принять душ.

Спал я неважно и все еще чувствовал некоторую обиду из-за того, что Корридан сразу же отвез меня назад в «Савой». Он сказал: «Простите, Хармас, но теперь этим будет заниматься полиция. Я не могу взять вас с собой». Вот и все. Разумеется, он был раздражен, и по вполне понятной причине. Но, несмотря на всю информацию, которой я его снабдил, он повел себя так, словно ему совершенно плевать на мои интересы. Таков уж Корридан. Когда он приступает к делу, то работает один.

Я как раз выходил из ванной, когда в дверь постучали. Я открыл. В комнату вошел Корридан, усталый и небритый.

— Неужели вы только что встали? — осведомился он, бросив шляпу на стул. — Лично я даже не ложился.

— Вы же не думаете, что я распла́чусь от сочувствия? — парировал я. — После того как вы прогнали меня вчера вечером?

Корридан сел. Он выглядел мрачнее обычного.

— Устройте мне кофе, любезный, и прекращайте ворчать, — сказал он. — У меня выдалась кошмарная ночка.

Подняв трубку, я позвонил официанту и заказал кофе.

— Вам некого винить, кроме самого себя, — заметил я. — Останься я с вами, сделал бы половину работы.

— Через полчаса у меня встреча с шефом. По пути я решил заглянуть к вам и сообщить новости, — сказал Корридан. — Во-первых, пистолет. Раньше он принадлежал парню по имени Питер Аттерли, лейтенанту армии США. Он вернулся на родину, но мы связались с заокеанскими властями, чтобы его допросили. Оказалось, он был знаком с Неттой Скотт и подарил ей люгер в качестве сувенира. Вы помните, я уже говорил, что именно так можно объяснить наличие пистолета.

— А быстро вы справились. — Я был немного разочарован таким банальным объяснением.

— Да, при необходимости мы работаем без промедлений, — строго сказал Корридан. — С пистолетом все. «Скорую» мы нашли на Хампстед-хит, а тело пока не обнаружено. У нас есть описание водителя, но под него подходит любой молодой человек. Понять не могу, куда делось тело. Тем более с какой целью его украли.

— Должно быть какое-то объяснение. — В комнату вошел официант, и я жестом велел ему поставить кофе на стол. — Если только это не розыгрыш.

Корридан пожал плечами.

— Мы докопаемся до сути, — сказал он и взглянул на часы. — Давайте уже выпьем этот кофе. Через минуту мне нужно уходить.

Я принялся разливать кофе по чашкам, а Корридан продолжил:

— Я проверил облигации. Они фальшивые. Такие находки всегда выглядят подозрительно. Вы не знаете, зачем девушке прятать фальшивые облигации у себя в квартире?

— Нет. Разве что их дали Нетте под видом настоящих, — сказал я, передавая Корридану чашку. — Разумеется, я уже давно не общался с Неттой, и она могла попасть в дурную компанию, но это вряд ли.

— А я думаю, это вполне вероятно, — проворчал Корридан, потягивая кофе. — То кольцо с бриллиантом, которое вы мне дали, — оно с историей. Было украдено несколько недель назад вместе со значительным количеством других украшений. Вчера ночью его опознал хозяин драгоценностей, Хэрви Алленби. Наши люди все ждали, когда этот товар выбросят на рынок. Кольцо — первая из находок. Как оно могло оказаться у девушки?

Я в замешательстве покачал головой:

— Возможно, кто-то подарил.

— В таком случае зачем прятать его в банке кольдкрема? — спросил Корридан, допивая кофе. — Странное место для кольца, если у вас чистая совесть. Не так ли?

Я согласился.

— Что ж, разберемся, — продолжал Корридан. — Однако версия убийства все еще кажется мне сомнительной, Хармас. В конце концов, ведь именно это вас волновало? Остальное можете предоставить мне.

— То есть теперь вы будете играть роль фараона, да? — сказал я. — Что ж, я думаю, ее кто-то прикончил. Если воспользуетесь той болванкой для шляпы, которая у вас вместо головы, я за две минуты объясню, почему это не самоубийство.

Смерив меня холодным взглядом, Корридан направился к двери.

— У меня нет на это времени, Хармас, — произнес он. — Дел невпроворот, а фантазии газетчика едва ли меня заинтересуют. Простите, но вам следует передать это дело компетентным лицам.

— Должно быть, время от времени миссис Корридан очень вами гордится, — саркастически заметил я. — Думаю, сейчас как раз такой случай.

— Жаль вас разочаровывать, но я холост, — сказал Корридан. — Мне нужно идти. — У двери он остановился. — Боюсь, пригласить вас поехать к Энн Скотт не получится. Отныне это официальное расследование. Мы не можем допустить, чтобы газетчик-янки вторгся в наши охотничьи угодья.

Я кивнул:

— Хорошо. Если вы так настроены, можете обо мне забыть.

— Уже забыл. — Кисло улыбнувшись, Корридан тихо вышел из комнаты.

Поначалу я был так разъярен, что не мог ясно мыслить, но потом успокоился и усмехнулся. Значит, Корридан решил, что ему удастся отодвинуть меня в сторону? Да он, должно быть, спятил.

Я быстро оделся, схватил телефонную трубку, позвонил в справочную службу и сказал, что хочу взять машину напрокат. Когда я объяснил, что буду заправляться по удостоверению репортера, мне сообщили, что машина будет готова через двадцать минут. Я выкурил две сигареты, немного подумал и отправился вниз.

Для меня нашли «бьюик». Побоявшись спрашивать, во сколько мне встанет это удовольствие, я отвел администратора в сторонку и поинтересовался, как доехать до Лейкхема. Тот сказал, что местечко находится в нескольких милях от Хоршема и посоветовал выезжать из Лондона через мост Патни и кингстонский объезд. Потом заблудиться будет сложно, — добавил он, — поскольку на дороге до Хоршема полно указателей.

Несмотря на почтенный возраст, «бьюик» шел неплохо. Уже через пятнадцать минут я, ни разу не спросив дорогу, выехал на Фулхэм-роуд. В этот утренний час основной поток транспорта двигался в сторону Лондона, и моя полоса была практически свободна.

Проезжая мимо одного из упомянутых администратором ориентиров — футбольного поля в Стамфорд-Бридже, — в зеркале заднего вида я заметил потрепанный «стэндард». Я был уверен, что он следует за мной от самого Найтбриджа. Добравшись до моста Патни, я снова увидел эту же машину и задумался. Да, я все еще нервничал после вчерашнего нападения; но неужели за мной следят?

Я попытался рассмотреть водителя, но у «стэндарда» было синее антибликовое стекло, сквозь которое я видел лишь очертания мужской головы.

Выехав на Патни-Хай-стрит, я остановился на светофоре. «Стэндард» встал прямо за мной.

Я решил убедиться, что человек в потрепанном «стэндарде» действительно преследует меня. Если так, «хвост» придется стряхнуть. Может быть, Корридан приставил ко мне одного из своих копов? Нет, это вряд ли.

Хорошо, что у меня «бьюик». Он гораздо мощнее «стэндарда». У того, похоже, всего четырнадцать лошадиных сил, а у моей машины — тридцать одна. Едва зажегся желтый свет, я вдавил педаль газа в пол и рванул вперед в надежде скрыться из виду. Я с ревом мчался в гору, прочь от Патни, переключившись с первой передачи сразу на третью. Стрелка спидометра угрожающе дрожала у отметки «восемьдесят миль в час».

Я видел, что люди смотрят мне вслед, но полицейских среди них не было, так что меня это не волновало. Я гнал «бьюик», не жалея топлива, пока не добрался до вершины холма. Там я сбросил скорость, удовлетворенно глянул в зеркало и обмер от изумления.

«Стэндард» шел в двадцати футах от меня.

Я все еще не был уверен, что за мной следят. Возможно, парень решил показать, что его автомобиль не уступает моему. Теперь я испытывал немалое уважение к потрепанному «стэндарду»; очевидно, под неряшливым кузовом скрывался первоклассный двигатель, заточенный под скоростную езду.

Я ехал дальше. «Стэндард» не отставал. Добравшись до объезда, я увидел, что преследователь все еще находится в ста ярдах от меня, и решил схитрить.

Высунув руку в окно, я притормозил у обочины. «Стэндард» помчался дальше. Когда он проезжал мимо меня, я рассмотрел водителя. Молодой, смуглый, засаленная шляпа натянута по самые уши. Увиденного мне хватило, чтобы узнать преследователя. Именно этот коротышка собирался прошлой ночью размозжить мне голову.

Теперь понятно, что он за мной следит. Проводив «стэндард» взглядом, я потянулся за сигаретой. Наверное, сейчас он вне себя. Думает, что делать дальше. Останавливаться ему не с руки, верно? Я вымученно усмехнулся. Проехав еще пару сотен ярдов, «стэндард» затормозил.

Вот и все. За мной следят. Я вынул из кармана карандаш и нацарапал номер «стэндарда» на оборотной стороне какого-то конверта.

Теперь нужно отделаться от этого парня. Раздумывать я не стал. В конце концов, нужно вернуть ему должок: прошлым вечером он меня изрядно напугал. Я завел мотор «бьюика», подъехал к «стэндарду», резко затормозил и выскочил из машины, прежде чем коротышка понял, что происходит.

— Здоро́во, приятель, — с улыбкой сказал я. — Мне тут птичка напела, что ты сел мне на хвост. И я не в восторге. — С этими словами я раскрыл перочинный нож. — Извини, что добавляю работы, сынок, — продолжал я. — Но тебе будет очень полезно размяться.

Парень сердито смотрел на меня. Рот его приоткрылся, обнажив желтые зубы, и коротышка стал похож на разъяренного хорька.

Наклонившись, я воткнул перочинный нож в шину «стэндарда», и та с шипением сдулась.

— Раньше резина была покрепче. Верно, сынок? — спросил я, сложив нож и убрав его в карман. — Теперь придется менять колесо. Ну а я вынужден откланяться: мне нужно спешить на встречу.

Слово, которым он меня назвал, в другой момент расстроило бы меня, но сейчас я подумал, что у парня есть для этого оправдание.

— Если тебе угодно взять в руки монтировку, мы можем провести еще одну дуэль, — дружелюбно сказал я.

Он снова выругался, а я пошел к своей машине.

Когда я уехал, парень все еще сидел на месте; он оставался там же, когда, проехав ярдов шестьсот, я добрался до поворота.

«А щенок-то оказался чувствительный», — подумал я.

В полной уверенности, что теперь меня не преследуют, через полчаса я приехал в Хоршем. Дорога была почти пустой, и несколько миль я не видел за собой ни одного автомобиля.

После Хоршема я направился в сторону Уэртинга, а через несколько миль свернул к Лейкхему. Места там были чудесные, а день выдался жаркий и солнечный. Последняя часть пути мне очень понравилась, и я подумал, что зря просидел столько дней и ночей в душном, грязном Лондоне. Лучше бы познакомился с этой частью Англии.

Дорожный знак сообщил, что через три четверти мили я приеду в Лейкхем. На узком проселке я сбавил скорость и наконец увидел несколько коттеджей, паб и почтовое отделение. Похоже, я на месте.

Остановившись у паба, я вошел внутрь.

Зал был весьма своеобразным. Он походил на кукольный домик. Такое ощущение, будто меня посадили в коробку. Женщина, налившая мне двойной виски, была не прочь поговорить — особенно когда услышала мой акцент.

Мы поболтали о местных пейзажах, о том о сем, и я спросил, не знает ли она, где найти коттедж под названием Беверли.

— Вы имеете в виду дом мисс Скотт? — уточнила женщина. Внезапно ее взгляд сделался неодобрительным. — Она живет в миле отсюда. На первом перекрестке свернете налево. Ее коттедж стоит чуть в стороне от дороги. Соломенная крыша, желтые ворота. Мимо не проедете.

— Шикарно, — сказал я. — Я знаком с ее подругой. Может, и навещу. А вы хорошо ее знаете? Интересно, что она за человек. Как думаете, мисс Скотт будет рада знакомству?

— Насколько мне известно, она всегда рада, когда мужчины заходят в гости, — фыркнула женщина. — Сама я ни разу ее не видела. Никто из деревенских — тоже. Она приезжает только на выходные.

— Может, кто-то присматривает за ее коттеджем? — предположил я, задаваясь вопросом, не зря ли я проделал весь этот путь.

— Этим занимается миссис Брэмби, — сообщила женщина. — Тоже так себе дамочка.

Расплатившись, я сказал «спасибо» и вернулся к «бьюику».

Поиски Беверли заняли у меня несколько минут — я заметил коттедж за деревьями, чуть в стороне от узкого проселка. Он стоял посреди очаровательного сада:

оштукатуренный, двухэтажный, с соломенной крышей. Такие домики очень приятны глазу.

Оставив «бьюик» у ограды, я открыл ворота и пошел по тропинке, ведущей к дому. Солнце палило нещадно; в неподвижном воздухе висел аромат гвоздик, роз и желтофиоли. Я и сам был бы не прочь тут пожить.

Оказавшись у дубовой двери, обитой гвоздями с большой шляпкой, я взялся за блестящую медную колотушку и постучал, чувствуя странное, тревожное волнение. Вдруг Энн не знает, что случилось с Неттой? Не совсем понятно, как сообщить ей такие новости. И еще интересно, похожа ли Энн на сестру и как мы с ней поладим. В общем, волнительный момент.

Через несколько мгновений на меня нахлынуло острое чувство разочарования. Похоже, в доме никого нет. По крайней мере, никто не спешит открывать дверь. Отступив назад, я посмотрел на второй этаж, а потом заглянул в окна первого. Увидел комнату во всю ширину дома, а за противоположными окнами — большой сад. Комната была неплохо обставлена и выглядела уютно. Я обошел вокруг дома. Там тоже никого не было. Я снял шляпу и на минуту задержался, любуясь ухоженной лужайкой и яркими разноцветными клумбами.

Подойдя к черному ходу, я нерешительно повернул ручку, но дверь оказалась заперта. Я дошел до следующего окна и остановился, увидев задернутые шторы.

Вид занавешенного окна вызвал во мне необъяснимый страх. Шагнув вперед, я попытался заглянуть в комнату сквозь щель между шторами. Я видел, что за окном кухня, но поле зрения было ограничено: я рассмотрел только буфет, на котором висели чашки с ивовым узором и стройные ряды тарелок на полках.

И еще я почувствовал запах каменноугольного газа.

Под чьими-то шагами зашуршал гравий. Я развернулся. Ко мне стремительно приближались двое полисменов в штатском, а с ними — Корридан. Лицо у него было суровое, а взгляд сердитый.

— Скорее ломайте дверь, — сказал я, прежде чем он успел открыть рот. — Там пахнет газом.

ГЛАВА ПЯТАЯ

Попыхивая сигаретой в «бьюике», я наблюдал за деятельностью, которую полиция развернула как в самом коттедже, так и за его пределами.

Корридан не ожидал встретить меня. Справившись с удивлением, он напустил на себя официальный вид, а речь его стала отрывистой.

Но сперва он спросил:

— Какого черта вы здесь делаете?

Потом он тоже учуял запах газа.

— Вам здесь не место. И незачем так на меня смотреть. Это дело полиции, и репортеры здесь не нужны.

Я начал было спорить, но он оттер меня в сторону и велел одному из полисменов:

— Проводите мистера Хармаса за пределы участка и проследите, чтобы он там и оставался.

Мне хотелось ударить полисмена в нос, похожий на птичий клюв, но я знал, что этим ничего не добьюсь. Поэтому я вернулся к машине, уселся в салон, закурил сигарету и приступил к наблюдениям.

С помощью второго полисмена Корридан одолел входную дверь. Оба вошли в коттедж, а первый полисмен остался у ворот, хмуро глядя на меня. Я нахмурился в ответ.

Прошло несколько секунд, и я увидел, как Корридан открывает окна. Потом он скрылся из виду. Над лужайкой поплыл тошнотворный запах газа. Я прождал пятнадцать минут. Ничего не происходило. Затем к дому подъехала машина, из которой вышел высокий тип зловещей наружности. В руке у него был черный саквояж. Высокий перемолвился с полисменом, и они вместе ушли в дом.

Хоть я и не ясновидец, но понял, что этот человек — деревенский врач.

Через десять минут зловещий тип вышел во двор. Я ждал у его машины. Открывая дверцу, он смерил меня резким неприязненным взглядом.

— Прошу прощения, док, — сказал я. — Я репортер. Вы не могли бы сказать, что здесь происходит?

— Все вопросы к инспектору Корридану, — отрезал он, после чего сел в машину и уехал.

Полисмен у ворот усмехнулся, прикрыв рот рукой.

Через некоторое время из коттеджа показался второй полисмен. Шепнув что-то своему коллеге, он торопливо ушел по проселку.

— Наверное, Корридан заказал глазированное яблоко? — сказал я, обращаясь к полисмену у ворот. — Только ничего не говорите. Пусть тайна остается тайной.

Полисмен сочувственно улыбнулся. Я видел, что он не прочь посплетничать и ему не терпится с кем-нибудь поболтать.

— Ему велено привести миссис Брэмби. Ту, что приглядывает за домиком, — сообщил он, удостоверившись, что рядом только я.

— Там кто-то умер? — спросил я, тыча большим пальцем в сторону коттеджа.

Полисмен кивнул.

— Девушка, — ответил он, подходя ближе к «бьюику». — Красавица. Наложила на себя руки, как пить дать. Сунула голову в духовку. Мертва уже дня три-четыре, такое мое мнение.

— Оставьте свое мнение при себе, — заметил я. — Что сказал док?

— Собственно говоря, именно это он и сказал. — Полисмен застенчиво улыбнулся.

НЕ МОЕ ДЕЛО

Я проворчал что-то неопределенное.

— Это Энн Скотт?

— Понятия не имею. Док ее не признал. Потому-то Берт и побежал за этой миссис Брэмби.

— А чем занят Корридан? — спросил я.

— Что-то вынюхивает, — ответил полисмен, пожав плечами. По выражению его лица я понял, что они с Корридоном не очень-то дружны. — Готов поспорить, пытается найти скрытые улики. Хотя дело-то ясное. Но ребята из Скотленд-Ярда всегда так себя ведут, чтобы быстрее продвинуться по службе.

Я счел это утверждение несправедливым, но вслух ничего не сказал. Обернувшись, я увидел на дорожке две фигуры: полисмена по имени Берт и высокую грузную женщину в мешковатом розовом платье.

— А вот и они, — сказал я, кивая в их сторону.

Женщина шла быстро. Шаг у нее был широкий, и полисмен едва поспевал за ней. Когда они приблизились, я разглядел лицо женщины: черноволосая, загорелая, лет сорок. Копна сальных волос была собрана в неаккуратный пучок на затылке. Несколько прядей выбились и падали на лицо. Она то и дело убирала их ладонью, крупной, как у мужчины.

Женщина пробежала по тропинке к дому. Взгляд у нее был безумный, а рот приоткрыт. Казалось, она переживает шок или вне себя от горя. Берт последовал за ней. Проходя мимо, он подмигнул коллеге.

Я закурил очередную сигарету и вернулся в машину. Настала пора тревожного ожидания.

Внезапно из открытых окон вырвался утробный крик, а за ним — истерические рыдания.

— Должно быть, там и правда Энн Скотт, — произнес я. Мне стало не по себе.

— Похоже на то, — согласился полисмен, устремив взгляд в сторону коттеджа.

Рыдания не стихали довольно долго. Женщина вышла из дома через полчаса, не раньше. Она двигалась медленно, уткнувшись лицом в нестираный носовой платок. Плечи ее поникли.

Полисмен открыл ворота и взял женщину за локоть, чтобы помочь ей выйти. Он сделал это от чистого сердца, но женщина тут же вырвалась.

— Уберите от меня свои треклятые руки, палач. Они все в крови, — приглушенным голосом сказала она, после чего направилась в сторону деревни.

— Настоящая леди, — заметил полисмен. Залившись краской, он закусил ремешок шлема.

— Возможно, сейчас она читает «Макбета», — предположил я, но полисмена это не утешило.

С тех пор как я увидел Корридана, прошло около полутора часов. Я проголодался. Было уже полвторого, но я решил подождать. Вдруг представится случай высказать Корридану все, что я о нем думаю?

Через десять минут инспектор подошел к двери и помахал мне. Я тут же выскочил из машины и промчался мимо полисмена.

— Ну ладно, — коротко сказал Корридан, когда я встал рядом с ним. — Думаю, вы хотите осмотреть помещение. Бога ради, только никому не говорите, что я вас впустил.

Я пришел к выводу, что не зря потчевал этого тупицу.

— Спасибо. Об этом не узнает ни одна живая душа.

В коттедже сильно пахло газом, сильнее всего — на кухне. На полу, свернувшись калачиком, лежала девушка.

— Да, это Энн Скотт, — мрачно произнес Корридан.

Я стоял над телом, чувствуя, что мне здесь не место. Сказать было нечего.

На девушке была белая пижама и розовый халат. Ноги босые, кулаки стиснуты, а голова в духовом шкафу. Осторожно переступив через ее ноги, я заглянул в духовку. Блондинка, лет двадцать пять. Даже после смерти она сохранила привлекательность. Ее лицо было безмятежным и весьма милым, но совершенно непохожим на лицо Нетты.

Сделав шаг назад, я посмотрел на Корридана:

— Уверены, что эта девушка — Энн Скотт?

— Конечно. — Он раздраженно махнул рукой. — Та женщина ее опознала. Вы же не думаете, что в этом происшествии есть какая-то загадка?

— Странно, что обе сестры покончили с собой. Разве нет? — Я нутром чуял: здесь что-то не так.

Кивнув на дверь, Корридан прошел в гостиную.

— Прочтите. — Он передал мне листок бумаги. — Это обнаружили рядом с телом.

Я взял листок. Там было написано: «Без Нетты жизнь потеряла смысл. Простите меня. ЭНН».

Я вернул записку Корридану:

— За пятьдесят лет службы в полиции я научился распознавать подлог.

— Сейчас не время для шуток, — холодно заметил Корридан, забирая листок.

Я усмехнулся:

— Как считаете, кому адресована записка?

Он покачал головой:

— Не знаю. Миссис Брэмби говорит, здесь бывало множество людей. Энн часто упоминала некоего Питера. Возможно, записка предназначена ему.

— Может, она имеет в виду Питера Аттерли? — предположил я. — Того, кто дал Нетте пистолет?

Корридан потер подбородок:

— Сомневаюсь. С месяц назад Аттерли вернулся в Штаты.

— Да, я забыл. — Я подошел к письменному столу в оконной нише. — В любом случае предположу, что вы поищете этого Питера. — Подняв крышку стола, я заглянул внутрь. Ни документов, ни писем. Все отделения тщательно протерты от пыли. — Она прибралась, прежде чем выйти из игры, — сообщил я. — Вы не находили писем или других бумаг?

Корридан отрицательно покачал головой.

— Есть ли способ узнать, что почерк на записке действительно принадлежит Энн?

— Дорогой друг... — раздраженно начал Корридан.

— Бросьте. Я подозрителен от природы. Нашли что-нибудь интересное?

— Ничего, — ответил он, пристально глядя на меня. — Я тщательно обыскал дом. Жаль вас разочаровывать, но здесь нет ничего, что указывало бы на связь Энн с поддельными облигациями или бриллиантовыми украшениями.

— Как-нибудь переживу, — с ухмылкой сказал я. — Просто дайте мне немного времени. Шелковых чулок тоже не нашли?

— Я не искал шелковые чулки, — отрезал Корридан. — У меня есть дела поважнее.

— Давайте поищем, — предложил я. — У меня пунктик на шелковых чулках. Где спальня?

— Теперь послушайте, Хармас. Дальше заходить вам не следует. Я впустил вас в дом...

— Да успокойтесь вы. Если не ради меня, то ради собственного здоровья, — сказал я, похлопав его по плечу. — Какой вред в том, что мы просто посмотрим? У Нетты были шелковые чулки. Они пропали. Возможно, у Энн тоже были шелковые чулки, и они все еще на месте. Давайте проверим.

Гневно взглянув на меня, Корридан повернулся к двери.

— Ждите здесь, — велел он, а сам направился на второй этаж.

Я пошел следом за ним.

— Вдруг понадоблюсь. Всегда неплохо иметь под рукой свидетеля.

Оказавшись в маленькой, но роскошно обставленной спальне, Корридан немедленно подошел к комоду и принялся перебирать сваленные в кучу шарфики, свитера и шелковое белье.

— Вы обращаетесь с дамскими вещичками так, словно не первый год женаты, — заметил я. Открыл платяной шкаф, заглянул внутрь, обнаружил на вешалках два платья и брючный костюм. — У бедняжки был скромный гардероб. Может, на ее долю не хватило карточек? Или думаете, что она увлекалась нудизмом?

Корридан нахмурился.

— Здесь нет чулок, — сказал он.

— Вообще никаких?

— Никаких.

— Вот и плюс в пользу версии о нудизме. Возможно, вы пожелаете сосредоточить свой острый, живой ум на проблеме отсутствия чулок. Сам я именно так и сделаю и буду упорствовать, пока не выясню, куда делись чулки обеих девушек.

— Черт возьми, к чему вы клоните? — взорвался Корридан. — Вы мыслите как герой бульварного романа. Кем вы себя возомнили — Перри Мейсоном?

— Неужели вам доводилось читать детективные рассказы? — удивился я. — Ну, что теперь?

— Я жду карету «скорой помощи», — сказал Корридан, спускаясь вслед за мной на первый этаж. — Тело отвезут в морг Хоршема. Разбирательство будет там же. Не думаю, что следствие установит что-то новое. Ситуация предельно ясна. — Однако в голосе инспектора слышалась озабоченность.

— Вы действительно думаете, что Энн, узнав о самоубийстве Нетты, последовала ее примеру? — спросил я.

— Почему бы и нет? Вы удивитесь, но в некоторых семьях происходит несколько самоубийств подряд. У нас есть статистика по этому вопросу.

— Я забыл, что в работе вы следуете эмпирическим правилам, — произнес я. — Почему вы пустили меня в дом только после обыска?

— Послушайте, Хармас. Вам, черт возьми, здесь вообще нечего делать. Вы попали сюда только по моей милости, — нашелся Корридан. — Это серьезное дело, и я не могу допустить, чтобы зеваки мешали выполнять мою работу.

— Вот только не нужно называть меня зевакой. Это вранье. Такое же вранье, как называть ваши телодвижения работой, — грустно сказал я. — Ну да ладно. Я буду вести себя прилично. И спасибо за предоставленную возможность.

Корридан бросил на меня резкий взгляд, проверяя, не шучу ли я. Решил, что шучу, и сжал губы.

— Ну, здесь больше нечего смотреть. Лучше уходите, пока не приехала «скорая».

— Да, пойду, — сказал я, направляясь к входной двери. — Думаю, у вас нет интереса выслушать мою версию о второй мертвой девушке?

— Ни малейшего, — твердо произнес Корридан.

— Так я и думал. Жаль, ведь мне кажется, что я сумел бы указать вам верный путь. Полагаю, на сей раз вы приставите к телу охрану? Вы ведь не хотите, чтобы его тоже украли?

— Какой вздор! — рассердился Корридан. — Ничего подобного не случится. Но я приму меры предосторожности, если вы об этом.

— Как ни странно, я именно об этом, — с улыбкой сказал я, открывая дверь. — Еще увидимся, приятель. — И я оставил Корридана в одиночестве.

Подмигнув полисмену у ворот, я забрался в «бьюик» и медленно поехал по проселку. Нужно было многое обдумать, а я даже не знал, с чего начать. Пожалуй, в качестве отправной точки стоит перемолвиться с миссис Брэмби. Да, так и сделаю.

Я знал, что она живет недалеко: чтобы привести ее, полисмену по имени Берт понадобилось лишь несколько минут. Я не хотел раскрывать Корридану свой замысел, поэтому проехал до конца дорожки, оставил «бьюик» за кустами и пешком вернулся назад. К счастью, мне встретился работяга-фермер; он указал на домик миссис Брэмби — маленький, неопрятный, с неухоженным садом.

Пройдя по заросшей сорняком тропинке, я постучал в дверь — раз, другой, третий. Наконец я услышал шаркающие шаги. Мгновением позже дверь распахнулась, и предо мной предстала миссис Брэмби. При ближайшем рассмотрении я решил, что она наполовину цыганка: очень смуглая, а черные как смоль глаза похожи на мокрые камушки.

— Что вам нужно? — осведомилась она резким голосом, напоминающим воронье карканье.

— Я репортер, миссис Брэмби, — сказал я, приподняв шляпу в надежде, что эта женщина ценит хорошие манеры. — Хочу задать вам несколько вопросов о мисс Скотт. Вы только что видели тело. Скажите, вы абсолютно уверены, что это была мисс Скотт?

— Конечно, это была мисс Скотт. — Захлопав ресницами, женщина начала закрывать дверь. — Не понимаю, о чем вы говорите. В любом случае я не собираюсь отвечать на вопросы. Уходите.

— Я готов вас отблагодарить, — пообещал я, многозначительно позвякивая мелочью. — Мне нужны подробности этого самоубийства, и моя газета щедро заплатит за такую информацию.

— Отправляйтесь ко всем чертям вместе с вашей газетой! — яростно крикнула миссис Брэмби и захлопнула дверь. Вот только моя нога была готова к такому развитию событий.

— Будьте душкой, — сказал я, улыбаясь женщине через трехдюймовую щель между дверью и косяком. — Что это за Питер, о котором вы рассказывали инспектору? Где я могу его найти?

Миссис Брэмби распахнула дверь и толкнула меня в грудь.

Этот ход застал меня врасплох. Отшатнувшись, я потерял равновесие и растянулся на земле. Толчок был такой, словно меня лягнула лошадь.

Дверь захлопнулась, и я услышал лязганье засова.

Медленно поднявшись на ноги, я стряхнул пыль и тихо присвистнул, после чего взглянул на окна второго этажа и окаменел, мельком заметив смотрящую на меня девушку. Как только я поднял взгляд, она отошла от окна. Я не смог бы подтвердить под присягой, что там была именно девушка. Это мог оказаться мужчина или вообще оптический обман. Но если глаза меня не подвели, сверху на меня смотрела Нетта Скотт.

ГЛАВА ШЕСТАЯ

На столике у кровати стояла чашка кофе, а сам я просматривал утреннюю газету. Одна новость привлекла мое внимание, и я сел, чуть не опрокинув поднос.

Заголовок гласил: «ЗАГАДОЧНЫЙ ПОЖАР В МОРГЕ ХОРШЕМА». Следующие несколько строк сообщали, что около полуночи в морге Хоршема начался пожар. Усилия местной пожарной бригады оказались тщетными: здание полностью сгорело, а трое полисменов, что находились в нем, едва успели спастись.

Отшвырнув газету, я схватил телефон и позвонил Корридану. Мне сказали, что его нет в городе.

Я выпрыгнул из постели, отправился в ванную и принял холодный душ. Побрившись, я вернулся в спальню и начал одеваться. И все это время я не переставал думать.

У всех этих событий есть закулисный организатор. Кукловод, дергающий за веревочки. Кто бы он ни был, его нужно остановить.

Если Корридан окажется для этого недостаточно умен, попробую взять все в свои руки. До нынешнего момента я топтался в задних рядах, исполняя роль заинтересованного зрителя. Теперь же я собирался принять более активное участие в этом деле.

Я решил, что сперва нужно дать инспектору еще один шанс, и попросил телефонистку соединить меня с полицией Хоршема. После неизбежной паузы связь была установлена.

— Скажите, инспектор Корридан у вас? — спросил я.

— Не кладите трубку, сэр, — попросил голос на том конце линии. Чуть погодя к телефону подошел Корридан.

— Да? — отрывисто произнес он. — Что такое? — Казалось, со мной говорит лев, у которого украли ужин.

— Здравствуйте, — сказал я. — Это ваша совесть взывает к вам из гостиницы «Савой». Какие планы на сегодняшнее утро?

— Бога ради, Хармас, только не сейчас, — ответил Корридан. — Я занят.

— Вы всегда заняты, — заметил я. — В утренней газете я наткнулся на любопытнейшую новость. Как сейчас выглядит Энн Скотт? В меру прожарена или сильно подгорела?

— Я знаю, что у вас на уме, — свирепо сказал Корридан. — Но все было совершенно не так. Представьте себе, здешние идиоты решили, что морг — самое подходящее место для хранения бензина. Пожар начался из-за неисправной проводки. Мы не обнаружили улик, указывающих на поджог. Хотя совпадение и впрямь исключительное. Тело девушки почти полностью сгорело. К счастью, мы успели провести формальное опознание, и это происшествие не помешает следствию. Теперь вы знаете все подробности. Умоляю, положите трубку. Позвольте мне вернуться к работе.

— Только не убегайте, — торопливо сказал я. — Меня все это не устраивает, Корридан. Какое, к черту, совпадение? Я думаю...

— До свидания, Хармас, — перебил он. — Меня ждут.

Связь оборвалась.

Грохнув трубкой о телефон, я выбрал четыре самых страшных слова из своего словаря ругательств и произнес их вслух, после чего мне стало получше. «Решено, — подумал я. — К черту Корридана. Я сам с головой окунусь в этот омут».

Спустившись вниз, я поймал администратора за петлицу.

— Братишка, — спросил я, — не подскажешь, где можно нанять надежного частного детектива?

В глазах администратора мелькнуло легкое замешательство, но он, вышколенный слуга, тут же взял себя в руки.

— Конечно, сэр, — сказал он, направляясь к своей стойке. — У меня есть адрес. Дж. Б. Мерриуезер, Темзхаус, Миллбанк. В свое время мистер Мерриуезер был старшим инспектором Скотленд-Ярда.

— Шикарно, — произнес я, расставаясь с двумя монетами по полкроны, после чего попросил вызвать мне такси.

Офис Дж. Б. Мерриуезера находился на последнем этаже огромного здания из стали и бетона. Окна кабинета выходили на скучнейший участок Темзы.

Мерриуезер был толст и невысок; лицо его имело цвет тутовой ягоды и было покрыто тонкой синей паутиной кровеносных сосудов. Белки его водянистых глазок были желтоватыми. Длинный нос придавал ему сходство с ястребом. Я подумал, что в работе частного детектива это, скорее, плюс. Особенного впечатления он на меня не произвел, но, если судить по опыту общения с американскими сыщиками, чем меньше они пускают пыль в глаза, тем лучше конечный результат.

Когда я вошел в крошечный грязноватый кабинет, Мерриуезер смерил меня взглядом, мягко пожал мне руку и указал на стул с прямой спинкой. Сам он уселся во вращающееся кресло, которое угрожающе скрипнуло под его весом, и зарылся бугристым подбородком в изрядно засаленный крахмальный воротничок. Сомкнув веки, Мерриуезер изобразил подвыпившего Шерлока Холмса — разумеется, в своем понимании.

— Мне бы хотелось узнать ваше имя. — Из ящика стола появились карандаш и блокнот. — Под запись. И адрес, пожалуйста.

Я представился и сообщил, что живу в гостинице «Савой». Мерриуезер кивнул, записал все в блокнот и заметил, что «Савой» — неплохое местечко.

Я согласился. Повисла пауза.

— Должно быть, речь о вашей супруге? — устало спросил Мерриуезер очень низким, глубоким голосом. Таким глубоким, что казалось, этот голос берет начало в пятках.

— Я не женат. — Вынув из кармана пачку сигарет, я закурил.

Мерриуезер с надеждой подался вперед, и я подтолкнул пачку в его сторону. Выудив сигарету, он чиркнул спичкой о столешницу.

— Сейчас их не так-то просто достать, — вздохнул он. — Мои кончились утром. Какая досада.

Я согласно покивал, провел пальцами по волосам и задумался, что он скажет, когда узнает, зачем я пришел. У меня было предчувствие, что Мерриуезера хватит удар.

— Может быть, шантаж? — предположил он, выдувая клуб дыма из ноздрей, покрытых капиллярной сеткой.

— Мое дело будет посложнее, — сказал я, пытаясь поудобнее устроиться на стуле. — Давайте я начну с самого начала.

Чуть поморщившись, Мерриуезер промямлил, что сегодня утром он очень занят. Должно быть, ему не хотелось выслушивать долгий рассказ.

Окинув взглядом убогий кабинет, я решил, что вряд ли его хозяин страдает от непосильной нагрузки. Скорее, от комплекса неполноценности. Поэтому я сказал, что пришел по рекомендации администратора гостиницы «Савой».

Мерриуезер тут же повеселел.

— Чертовски приятный парень, — сказал он, потирая руки. — В прошлом мы не раз пересекались по работе.

— В таком случае я, пожалуй, начну. — Все это стало мне надоедать. Я рассказал ему про Нетту, про то, как мы познакомились, как проводили время и как я пришел к ней домой и узнал, что она совершила самоубийство.

Слушая меня, Мерриуезер съеживался, а лицо его становилось все более озадаченным и даже испуганным.

Я рассказал о похищении тела из морга, и он вздрогнул. Я рассказал ему про Энн, про то, как я приехал к ней в коттедж и что там произошло.

— Прошлым вечером полицейские перевезли тело в морг Хоршема, — закончил я, начиная получать удовольствие от происходящего, и угостил Мерриуезера главным блюдом — вырезкой из утренней газеты.

Чтобы прочесть статью, ему понадобились очки. Я увидел, что детектив жалеет о двух вещах: о том, что решил прочесть вырезку, и о том, что впустил меня к себе в кабинет.

— Мне сказали, что тело почти полностью сгорело, — продолжал я. — Теперь вы в курсе дела. Что скажете?

— Дорогой мой сэр, — сказал Мерриуезер, неопределенно разводя руками, — это совершенно не мой профиль. Я занимаюсь разводами, шантажом и нарушением обязательств. Вы же принесли мне сюжет для бульварного романа.

Я понимающе кивнул:

— Допускал, что услышу такие слова. Жаль. Но ничего страшного. Пожалуй, поручу это дело кому-нибудь другому. — Вынув бумажник, я заглянул в него, словно пытаясь что-то найти. Я держал бумажник открытым достаточно долго, чтобы Мерриуезер хорошенько рассмотрел пятьсот однофунтовых купюр, которые я все еще носил с собой. Мерриуезер, несомненно, страдал от множества недугов, но при виде денег его зрение радикально улучшилось.

Усевшись ровно, он поправил галстук.

— На какую помощь вы рассчитываете? — осторожно осведомился он.

Я спрятал бумажник, и Мерриуезер сник, словно увидел, как солнце скрывается за грозовыми тучами.

— Мне нужен человек в Лейкхеме, — сказал я. — Необходимо собрать всю информацию об этой женщине, миссис Брэмби. И еще мне нужна полная биография Энн Скотт.

Мерриуезер заметно оживился.

— Что ж, такая задача нам по плечу, — произнес он, с надеждой глядя на мою пачку сигарет. — Если вы не против...

— Угощайтесь, — разрешил я.

Закурив вторую сигарету, Мерриуезер превратился в само дружелюбие.

— Да. Думаю, мы вам поможем, — продолжил он, затянувшись во все легкие. — У меня есть отличный человек. Очень рассудительный. Могу поручить ваше дело ему. — На секунду Мерриуезер зажмурился, после чего снова открыл глаза. — Видите ли, обычно мы не занимаемся такими делами. Возможно, наш гонорар... хмм... придется немного увеличить.

— Я хорошо заплачу за результат, — ответил я. — Назовите ваши условия.

— Ну, давайте посмотрим. Допустим, десять фунтов в неделю и три фунта в день на расходы? — С надеждой посмотрев на меня, он тут же отвел взгляд.

— За эти деньги можно нанять самого Шерлока Холмса, — совершенно серьезно сказал я.

Хихикнув, мистер Мерриуезер сконфуженно прикрыл рот ладонью.

— В наше время все обходится недешево, — вздохнул он, покачав головой.

Хорошо, что я не стал рассказывать ни о нападении, ни о том парне в «стэндарде», что преследовал меня. Иначе Мерриуезер запросил бы надбавку за вредность.

— Ну хорошо. — Я пожал плечами. — Но мне нужен результат. — Я выложил на стол тридцать одну купюру. — Этого хватит на неделю. Соберите всю информацию касательно Энн Скотт и организуйте слежку за домом миссис Брэмби. Мне нужно знать, кто в него входит, кто выходит, чем занимается хозяйка и почему она этим занимается.

— На самом деле это работа полиции. — Смахнув деньги в ящик стола, Мерриуезер запер его на ключ. — Кто ведет расследование?

— Инспектор Корридан, — сообщил я.

Его лицо омрачилось.

— Ах, этот парень, — нахмурившись, произнес он. — Он из вундеркиндов. В мое время не продержался бы и дня. Насколько мне известно, он любимчик шефа. — Казалось, Мерриуезер ушел в себя, призадумался и загрустил. — Что ж, не удивлюсь, если мы выясним гораздо больше, чем он. Я доверяю старомодным методам. Работа полицейского — это девяносто процентов терпения и десять процентов везения. А из-за всех этих научных новшеств люди совсем обленились.

— Полагаю, вы со мной свяжетесь, — проворчал я, поднимаясь на ноги. — И запомните: если я не получу результат, больше платить не стану.

— Именно так, мистер Хармас. — Кивнув, Мерриуезер неловко улыбнулся. — Мне нравится работать с деловыми людьми. Оглянуться не успеете, как будет вам результат.

В этот момент дверь отворилась, и в кабинет скользнул миниатюрный мужчина средних лет, очень грустный, взъерошенный и весь какой-то жалкий. Его торчащие усы были покрыты никотиновым налетом. Поймав на себе взгляд водянистых глаз, я подумал, что мужчина похож на перепуганного кролика.

— Вы очень вовремя, — сказал мистер Мерриуезер, потирая руки, и повернулся ко мне. — Это Генри Литлджонс. Именно он будет вести ваше дело. — Эти слова прозвучали так, словно передо мной стоял не человечек эксцентричной наружности, а Фило Вэнс, Ник Чарльз и Перри Мейсон в одном лице. — А это мистер Хармас. Он только что поручил нам интереснейшее дело.

В блеклых глазах мистера Литлджонса не появилось ни намека на энтузиазм. Наверное, ему представилось, как он опять слоняется по ветреным переулкам, опять подглядывает в грязные замочные скважины, опять стоит под дождем у чужих домов. Буркнув что-то в усы, он уставился на свои ботинки.

— Мне бы хотелось побеседовать с мистером Литтлджонсом, — сказал я, обращаясь к Мерриуезеру. — Могу ли я забрать его с собой?

— Разумеется, — просиял мистер Мерриуезер. — Конечно же забирайте.

Я повернулся к Литтлджонсу:

— Поедем ко мне в гостиницу. Нужно посвятить вас в подробности дела.

Кивнув, он снова что-то пробормотал и открыл мне дверь.

Мы вошли в лифт и молча поехали на первый этаж.

Подозвав такси, я усадил в него мистера Литтлджонса и собирался сесть сам. Внезапно что-то — инстинкт или интуиция — вынудило меня обернуться.

Из дверей на меня смотрел тот самый коротышка, что пытался размозжить мне череп и преследовал меня в «стэндарде».

На секунду наши взгляды встретились. Затем он сплюнул на мостовую и неторопливо пошел в другую сторону.

ГЛАВА СЕДЬМАЯ

В гостинице «Савой» Генри Литтлджонс выглядел столь же неуместно, как снеговик в середине августа. С печальным выражением лица он присел на краешек кресла, положив шляпу-котелок на колени.

Я подробно рассказал ему историю Нетты, с самого начала и до пожара в морге, где сгорело тело Энн.

За время рассказа Литтлджонс ни разу не шевельнулся. Лицо его оставалось печальным, но по напряженному взгляду я видел: он ничего не упускает.

— Очень любопытная история, — заметил он, когда я умолк. — И требует самого тщательного расследования.

Я сказал, что полностью согласен, и спросил, что он думает об этой ситуации — теперь, когда ему известны все факты.

Пару секунд Литтлджонс жевал усы, а потом взглянул на меня.

— Думаю, мисс Скотт жива, — сказал он. — Ее одежда пропала. Тело было украдено, чтобы его не опознали. И вы говорите, что вчера ее видели. Думаю, этих доказательств достаточно. Если она жива, нам предстоит выяснить, что за женщину обнаружили в квартире мисс Скотт. Еще необходимо узнать, имеет ли мисс Скотт отношение к ее смерти; покончила ли та женщина с собой, или ее убили; кто еще связан с этим происшествием. Если мисс Скотт инсценировала свою смерть, у нее были на то серьезные причины. Зачем она прячется? Это тоже предстоит выяснить. У мисс Скотт было время собрать вещи, но она оставила в квартире деньги и кольцо с бриллиантом. Значит, рядом с ней был кто-то еще — человек, которому она не доверяла, — и хотела скрыть от него, что в квартире есть ценности. Нужно узнать, что это за человек.

— Чтобы понять все это, вам понадобилось лишь несколько минут. — Я задумчиво посмотрел на Литтлджонса. — Я тоже все понял, хоть мне и потребовалось чуть больше времени. А до Корридана это никак не доходит. Но почему? Почему Корридан так настаивает на том, что Нетта совершила самоубийство?

Литтлджонс позволил себе улыбнуться, хоть и невесело:

— У меня есть опыт общения с инспектором Корриданом. Он хорошо умеет вводить людей в заблуждение. Мне известен его подход к работе. Предположу, что он пришел к такому же выводу, но скрывает это от вас.

Вероятно, он считает, что в этом деле замешаны и вы, сэр. Хочет, чтобы вы сочли его глупцом, преисполнились самоуверенности и выдали себя. Инспектор — человек выдающегося ума, и я бы ни на секунду не усомнился в его способностях.

— Что за чертовщина, — удивленно произнес я. — Это мне и в голову не приходило.

На мгновение Литтлджонс расслабился настолько, что стал почти похож на человеческое существо.

— Не важно, что сказал мистер Мерриуезер. Инспектор — блестящий следователь. Ему всегда известны все факты. Притворяясь несведущим, он поймал больше преступников, чем любой другой сотрудник Скотленд-Ярда. Когда общаетесь с ним, советую быть предельно осторожным — и в словах, и в поступках.

— Хорошо, я это запомню, — сказал я. — Нам же предстоит копать, пока не докопаемся до чего-нибудь важного. Уверен, что насчет Нетты вы правы. Она жива и договорилась с Коулом, чтобы тот назвал ее имя при опознании мертвой девушки. Вот и ответ, почему тело похитили. Нельзя, чтобы я его увидел. Вы не могли бы прямо сейчас поехать в Лейкхем и взять дом миссис Брэмби под наблюдение? Высматривайте Нетту. Думаю, там она и скрывается. Я же останусь здесь — сделаю все, что в моих силах, — а через пару дней мы с вами встретимся и посмотрим, как далеко удалось зайти.

Литтлджонс сказал, что немедленно отправится в Лейкхем, и удалился гораздо более энергичной походкой, чем пришел.

Остаток дня я просидел над первой статьей о послевоенной Британии для «Юнайтед ньюс эйдженси». Мне удалось собрать значительное количество материала, так что, устроившись у себя в номере, я набросал первый черновик. Работа оказалась настолько увлекательной, что меня перестали изводить мысли о Нетте и ее сестре. В половине седьмого я вчерне закончил статью и решил отложить ее до завтра, а уже потом отредактировать и сверить факты.

Я вызвал официанта, закурил и уселся перед открытым окном, выходящим на набережную Виктории. Теперь, убрав пишущую машинку, я снова задумался о Нетте. Интересно, чем сейчас занят Корридан. Размышляя о версии Литтлджонса, я все яснее понимал: инспектору известно, что Нетта не совершала самоубийства. Должно быть, он считает, что я как-то связан с этой историей.

Официант, уже знакомый с моими привычками, принес виски, воду и ведерко со льдом. Налив себе щедрую порцию виски, я добавил в стакан лед, плеснул немного воды и поудобнее устроился в кресле. Я спрашивал себя: что теперь делать? Как разгадать тайну пропавшего тела? Насколько я мог судить, толковых вариантов у меня было три. Во-первых, можно выяснить, что за человек Юлиус Коул. Если в квартире Нетты оказалось тело другой девушки, то Юлиус Коул замешан в этом деле. Очевидно, стоит взять его под наблюдение. Во-вторых, есть еще Мэдж Кеннитт, соседка с первого этажа. Возможно, она что-то видела. Необходимо узнать, не приходил ли кто к Нетте в ночь происшествия. Интуиция подсказывала, что Нетта не организатор этой истории, а вовлечена в нее против своей воли. Если так, той ночью в квартире был еще один человек, и Мэдж Кеннитт могла его видеть. И еще не помешает сходить в «Блю-клаб» и разузнать, дружила ли Нетта с другими танцовщицами. Если так и ее подругу удастся расспросить, она может рассказать о Нетте что-нибудь интересное.

Допив виски, я решил начать с похода в «Блю-клаб». Принял душ, переоделся в темный костюм и спустился поужинать в пока что безлюдный гриль-бар.

Я приехал в «Блю-клаб» без нескольких минут девять. Основная публика еще не подтянулась, но в коктейль-баре уже было не протолкнуться.

«Блю-клаб» располагался в трехэтажном здании на Брутон-мьюз, сразу же за Брутон-плейс. Строение было потрепанное, выцветшее, и человек мог пройти по скучной мостовой, так и не узнав, что за одной из дверей скрывается миниатюрный, но роскошный дворец.

Коктейль-бар располагался на одном этаже с танцевальным залом. Войдя внутрь, я осмотрелся, не увидел свободных мест и решил устроиться у барной стойки.

Бармен по имени Сэм узнал меня и расплылся в широкой приветливой улыбке.

— Привет, Сэм, — произнес я. — Как поживаешь?

— Отлично, мистер Хармас. — Он протер стакан и поставил его передо мной. — Рад новой встрече. У вас все хорошо?

— Замечательно, — сказал я. — Как твоя подружка?

Сэм всегда доверительно сообщал мне о взлетах и падениях своей личной жизни. Я знал, что он ждет от меня вопроса о нынешнем положении дел.

— Время от времени я сильно расстраиваюсь, мистер Хармас. — Он покачал головой. — Похоже, у моей девушки раздвоение личности. В ней уживаются две разные персоны, и если одна говорит «да», другая тут же говорит «нет». А мне приходится пробираться на цыпочках, не ведая, когда отступить, а когда броситься в атаку. Все это плохо сказывается на моей нервной системе. Что будете пить, сэр?

— Скотч. — Я обвел взглядом зал.

Публика была неинтересной. Девушки грубые, броско одетые, ищут наживы или приключений. Мужчины прилизанные, похожие на дезертиров, с полными карманами денег, заработанных сомнительным путем.

— Все сильно изменилось. Верно, Сэм? — спросил я, выкладывая за виски вдвое больше обычного.

— Верно, сэр, — согласился он. — Очень жаль. Я скучаю по старой публике. Теперь здесь собирается всякое отребье. Стыдно тратить на них спиртное.

— Ага. — Я закурил. — Тоже скучаю по прежней компании.

Несколько минут мы болтали о прошлом. Потом я рассказал, зачем приехал. А после этого спросил:

— Слыхал про Нетту? Жалость-то какая.

Лицо Сэма померкло.

— Да, читал. Понять не могу, зачем она так поступила. Казалась вполне счастливой, да и дела у нее шли неплохо. Брэдли был у нее словно шелковый. Как думаете, что толкнуло ее на этот шаг?

— Я же только что приехал, Сэм, — напомнил я, покачав головой. — Тоже прочел об этом происшествии в газетах. Думал, ты знаешь, что за всем стоит. Бедняжка. Мне будет ее не хватать. Что скажешь про остальных телочек? Какие они?

Сэм поморщился.

— Без колебаний спустят с вас шкуру, если решат, что она годится на перчатки, — мрачно сказал он. — Только об одном и думают. Если они вообще способны думать. На вашем месте я бы держался от них подальше. Ото всех, кроме Кристал. Незабываемая девушка. Устрою вам встречу, если ищете женского общества.

— Она здесь новенькая, верно? — спросил я, не припоминая имени.

Сэм ухмыльнулся:

— Новенькая, свеженькая. Пришла к нам с год назад. Налить вам еще?

— Давай, — сказал я, подтолкнув к нему стакан. — И себе налей. Она, случайно, не дружила с Неттой?

— Дружила или нет — не знаю, но ладили они неплохо. Других дамочек Нетта не очень жаловала. Постоянно с ними ругалась. Но Кристал... Сомневаюсь, что кто-то захочет с ней ссориться. Эталонная блондинка. Тупая как пробка.

— Похоже, я нашел, что искал. Тупые блондинки мне по душе. А красивая?

— Топография как у трассы американских горок. — Сэм поцеловал сложенные в щепоть пальцы. — Когда она входит в зал, из ведерок со льдом начинает валить пар.

Я рассмеялся:

— Что ж, если она свободна и не против компании здоровяка с мохнатой грудью, гони ее сюда.

— Вы ей понравитесь, — сказал Сэм. — Она в восторге от мускулистых здоровяков. Рассказывала, что однажды какой-то борец напугал ее мамашу. Сейчас все устрою.

Когда он вернулся, я уже успел допить виски. Подмигнув, Сэм кивнул.

— Две минуты, — сказал он и принялся готовить сразу несколько мартини.

Но девушка пришла минут через десять. Я увидел ее раньше, чем она меня. Что-то в ней показалось мне забавным: то ли огромные васильковые глаза, то ли курносый нос. Не знаю. Но одного взгляда было достаточно, чтобы понять: фраза «эталонная блондинка» сказана именно про нее. Девушка полностью соответствовала описанию Сэма. Рассмотрев ее фигуру, я заморгал. И все остальные мужчины в баре тоже заморгали.

Сэм помахал рукой. Девушка подошла поближе, увидела меня и захлопала ресницами.

— Ох! — сказала она. И добавила: — Вот это да!

— Кристал, познакомься. Это мистер Стив Хармас. — Сэм подмигнул мне. — Он подстригает волосы на груди газонокосилкой.

Девушка сжала мою руку.

НЕ МОЕ ДЕЛО 71

— Сегодня я пила чай, и на дне чашки была чаинка, точь-в-точь похожая на вас, — доверительно сообщила она. — Я сразу поняла, что мне предстоит незабываемый вечер. — Она тревожно взглянула на Сэма. — Другие девочки его уже видели?

— Ты первая. — Он подмигнул мне еще раз.

— Какая удача! — Кристал снова повернулась ко мне. — Именно о таком мужчине я и мечтаю с тех самых пор, как начала мечтать о мужчинах.

— Эй, не так быстро, — пошутил я. — Может, сперва мне стоит взглянуть на других девиц. Я человек разборчивый.

— Незачем на них смотреть. Их называют девицами только для того, чтобы отличать от клиентов мужского пола. Они уже так засиделись в девицах, что путают лифт и лифчик. Ну давайте же пойдем веселиться.

— Как по мне, в этом заведении не до веселья. Слишком людно, — заметил я.

— Ой, а мне нравятся людные места, — сообщила Кристал, широко раскрыв глаза. — Папаша говорит, что, когда вокруг много народу, девушке ничего не грозит.

— Твой папаша не в себе, — усмехнулся я. — Просто представь, что ты очутилась в толпе матросов.

Подумав, Кристал нахмурилась.

— Не думаю, что папаша разбирается в морских штуках, — серьезно сказала она. — Его конек — чучела птиц и всякой другой живности.

— Хочешь сказать, он таксидермист?

— Ой, нет. — Кристал тряхнула локонами. — Он и машину-то водить не умеет.

— Давай не будем о твоем папаше, — поспешно предложил я. — Поговорим о тебе. Пропустишь стаканчик?

— Я бы не отказалась от большой порции джина, — оживилась Кристал. — А если она получится совсем уж большой, пусть Сэм добавит немного лайма. Угостите?

Я кивнул Сэму, придвинул барный стул и похлопал по сиденью:

— Располагайся. Как тебе здесь нравится?

Взобравшись на стул, девушка положила миниатюрные ладони на стойку.

— Обожаю это место, — призналась она. — Оно такое милое, такое порочное. Вы не представляете, как скучно дома. Там только я, папаша и всякая живность на чучела. Кого только папаше не приносят. Сейчас он делает оленя. Какой-то оригинал хочет, чтобы у него в прихожей стоял олень. А вы бы поставили оленя у себя в прихожей?

— Ну, на рога можно вешать шляпу и зонтик, — после некоторых размышлений ответил я.

Девушка пригубила джин.

— Похоже, вы смотрите на все в положительном свете, — сказала она. — Я передам ваши слова папаше. Вдруг он сможет заработать на таких вешалках. — Отпив еще немного, она вздохнула. — А джин я люблю. Помогает держаться на плаву. Особенно теперь, когда ни вздохнуть, ни продохнуть. — Внезапно ей в голову пришла какая-то мысль, и девушка схватила меня за руку. — А вы, случаем, не привезли шелковых чулок?

— Конечно привез, — сказал я. — Полдюжины. Лежат у меня в гостинице. Только не шелковые, а нейлоновые.

Стиснув кулачки, девушка зажмурилась.

— Шесть пар? — переспросила она хриплым шепотом.

— Именно так.

— О боже. — Она вздрогнула. — Вы, наверное, хотите их кому-то подарить? Они ведь не просто так у вас лежат? Вряд ли они, если так можно выразиться, свободны?

— Я привез их для одной девушки, — тихо сказал я.
Кристал кивнула.

— Оно и понятно, — вздохнув, произнесла она. — Ну да ладно. Некоторым везет больше других. И они получают чулки, в то время как другим остается только мечтать. Должна признаться, мое сердце на секунду забилось быстрее. Ничего, переживу.

— Они предназначались для Нетты Скотт, — объяснил я. — Мы с ней дружили.

Резко повернувшись, Кристал удивленно взглянула на меня:

— Для Нетты? Вы были знакомы с Неттой?

— Разумеется.

— И привезли чулки... Но она умерла. Разве вы не знаете?

— Знаю.

— Значит, теперь их некому... — Спохватившись, девушка покраснела. — Ох, я ужасно себя веду! Бедная Нетта! Мне всегда так грустно вспоминать о ней. Вот и сейчас чуть не плачу.

— Если тебе нужны эти чулки, забирай, — сказал я. — Нетте они больше не понадобятся. Так что, говоря твоими словами, они свободны.

Глаза девушки загорелись.

— Даже не знаю, что сказать. Для меня они как манна небесная. Но вы ведь привезли их для Нетты, а это уже совсем другое дело. Разве не так?

— Какая разница?

Нахмурившись, Кристал задумалась. Я заметил, что она всегда хмурится, когда думает. Пожалуй, мыслитель из нее неважный.

— Не знаю. Наверное, никакой. То есть... ну а где они?

— У меня в гостинице. Поедем — заберешь.

— Что, прямо сейчас? — Она соскользнула со стула. — Прямо сию минуту?

— Почему бы и нет. Ты ведь можешь уйти отсюда?

— Да, конечно. Мы, девушки, здесь на вольных хлебах. Что подцепим, то и наше. Ой, как мерзко звучит. — Она хихикнула. — Наверное, мне придется подняться к вам в номер, и там будет не так людно, как здесь.

Я покачал головой:

— Там будем только мы с тобой.

Девушка засомневалась:

— Не знаю, стоит ли. Папаша сказал, он будет вне себя от ярости, если я когда-нибудь попаду в «Ньюс оф зе уорлд».

— Я не буду сообщать о тебе в эту газетку, — терпеливо сказал я.

Девушка вновь оживилась:

— Об этом я и не подумала. Жаль, что я глупая. Ну, тогда поехали.

Я допил виски.

— В этом заведении есть гараж?

— Да, и большой, — кивнула Кристал. — А что?

— Некоторые американцы любят осматривать соборы. — Улыбнувшись, я похлопал ее по руке. — А я безумно люблю осматривать гаражи. Ты не представляешь, сколько тут неосмотренных гаражей. И в каждом полно замасленных диковин.

— Но что интересного в гаражах? — беспомощно спросила девушка.

— А что интересного в старых соборах? — ответил я вопросом на вопрос.

Она кивнула:

— Наверное, вы правы. У меня был дядя, так он любил осматривать пабы. Наверное, по той же причине.

— Более или менее, — согласился я.

Мы направились к выходу. Подойдя к лестнице, я увидел, что навстречу поднимается крупная женщина в черном вечернем платье. На ее толстой шее красо-

НЕ МОЕ ДЕЛО

валось тяжелое золотое ожерелье. Черные волосы были зачесаны назад, а угрюмое лицо покрыто толстым слоем косметики. Я сдвинулся вбок, чтобы ее пропустить. Проходя мимо, она пронзила Кристал ледяным взглядом и ушла, не обратив на меня никакого внимания.

Я смотрел ей вслед, чувствуя, как по спине бегут мурашки.

Только что мимо нас прошла миссис Брэмби.

ГЛАВА ВОСЬМАЯ

— Слыхали такое выражение — «обесчестить девушку»? Знаете, что оно означает? — спросила Кристал, усевшись на кровать и одобрительно осматривая комнату.

Положив шляпу на комод, я устроился в кресле и улыбнулся:

— Примерно представляю. Однако на нынешнем этапе нашего знакомства не время углубляться в такие подробности. А почему спрашиваешь?

Девушка взбила завитки светлых волос:

— Папаша говорит, что если девушка позволила парню затащить себя в спальню, ее считай что обесчестили.

Напустив на себя серьезный вид, я кивнул:

— Временами твой папаша говорит здравые вещи. Но в нашем случае это не считается. Обесчестить тебя не так-то просто.

— Я думала, тут какая-то ловушка, — вздохнула она. — Со мной никогда ничего не происходит. Была у меня одна тайная мечта. Сказать какая? Я бегу по темной улочке, а за мной гонится мужчина с горящим взглядом. Я до тошноты бродила по темным улочкам, но так и не встретила мужчину с горящим взглядом. Даже с обычным взглядом и то не встретила.

— Вспомни историю про короля Роберта и паучка[1]. Не сдавайся, — посоветовал я. — Рано или поздно что-то да случится.

Кивнув, она снова вздохнула:

— Ну, я так долго жду, что можно подождать еще немного. Вы позволите взглянуть на чулки или тоже придется ждать?

— Не только взглянуть, можешь забрать их себе. — Сходив к шкафу, я принес чулки. — Лови. — Я бросил их девушке на колени.

Пока она пожирала чулки глазами, я позвонил официанту и закурил сигарету.

Посещение «Блю-клаба» оказалось весьма полезным. Мне посчастливилось встретить миссис Брэмби — тем более что меня она не заметила. Кристал сообщила, что по четвергам эта женщина всегда бывает в клубе. Видимо, у нее какие-то дела с Джеком Брэдли. Потом она ужинает в одиночестве и, закончив трапезу, тут же уходит. Никто не знает, кто она.

Эта информация меня заинтриговала. Когда я впервые увидел миссис Брэмби, она выглядела как типичная деревенская прислуга. Я был очень удивлен, встретив ее в клубе, разряженную в пух и прах. Нужно сообщить Литтлджонсу. Вдруг это поможет узнать, что за игру ведет миссис Брэмби.

Еще я заглянул в гараж клуба, и это тоже принесло свои плоды. Первой машиной, которую я увидел в огромном подвале, оказался потрепанный «стэндард-

---

[1] Согласно легенде, Роберт Брюс (1274–1329), основатель королевской династии, в очередной раз потерпевший поражение в войне за независимость Шотландии, был воодушевлен примером терпеливого паучка и нашел в себе силы продолжать борьбу, что в конце концов привело его к победе. — *Примеч. ред.*

фортин» — тот самый, что преследовал меня по пути в Лейкхем.

Головоломка понемногу складывалась.

По какой-то причине Джек Брэдли интересовался моей персоной. Я был уверен, что юный преследователь выполнял приказы Брэдли. Решив, что Кристал способна меня просветить, я отвернулся от окна, чтобы задать ей вопрос. Девушка как раз надевала чулки.

— Вот теперь не смотрите, — хихикнула она, натягивая нейлон на стройные ноги. — Я, как говорится, занята глубоко личным делом.

— Эй! Убери-ка эту ногу с глаз долой! — велел я.

Тут в дверь тихо постучали. Я увидел, как поворачивается дверная ручка. Не успела Кристал одернуть платье, как в комнату без приглашения вошел официант. Глаза его сверкнули. Повернувшись ко мне, он холодно осведомился, что принести.

— Двойной виски и большую порцию джина с лаймом, — сказал я, пытаясь сделать вид, что Кристал — моя сестра.

Слегка кивнув, официант вышел, всем своим видом выражая неодобрение.

— Пожалуй, если здесь кого и обесчестили, то меня, — вздохнул я, снова усаживаясь в кресло. — Ты не могла бы закончить это шоу с переодеванием, пока он не вернулся?

— А вам что, не нравится? — обиженно спросила Кристал. — Тогда хватит таращиться. Не прикидывайтесь скромником. — Надев туфли, она окинула свои ножки взглядом, полным неприкрытого восторга. — Восхитительно, правда? Не знаю, как вас благодарить. — Подбежав, она уселась ко мне на колени и обвила руки вокруг моей шеи. — Вы такой хороший, такой добрый. Я вас обожаю. — И она укусила меня за мочку уха своими острыми зубками.

Оттолкнув девушку, я встал и силой усадил ее в кресло.

— Сиди смирно и держи себя в руках, — сказал я. — Нам нужно поговорить.

— Говорите. Я послушаю. — Обхватив колени, она устремила на меня взгляд огромных, потрясающе голубых глаз.

— Скажи, в клубе когда-нибудь появлялся молодой человек — худой, смуглый, с болезненным цветом лица? Лет двадцать, чисто выбрит, носит серую засаленную шляпу и водит «стэндард», который я тебе показывал?

— Так это Фрэнки, — тут же ответила Кристал. — Ужасный мальчишка. Наши девушки его терпеть не могут.

— Неудивительно, — заметил я.

В дверь постучал официант, и я крикнул: «Войдите». Забирая у него напитки, я напустил на себя самый беспечный вид. Когда официант удалился, я продолжил:

— Чем он занимается?

— Фрэнки? — Кристал повела красивыми плечами. — Вертится под ногами. Наверное, Брэдли поручает ему всю грязную работу. Фрэнки его шофер, мальчик на побегушках, ну и все такое прочее. А почему вы спрашиваете?

— Долго рассказывать, — отрезал я. — Тебе ведь нравилась Нетта Скотт?

— Женщины мне не нравятся, — быстро сказала Кристал. — Вот мужчины — другое дело. Обожаю мужчин. Знаете, один борец напугал мою матушку, когда я была у нее в животике.

— Знаю. Сэм рассказал.

— И это так странно на меня подействовало... — начала Кристал.

НЕ МОЕ ДЕЛО

— Только не сейчас, — торопливо перебил я. — Давай поговорим о Нетте. Сэм говорил, вы неплохо ладили.

— Наверное, да, — равнодушно сказала Кристал. — Нетта была со странностями, но не лезла к моим мужчинам. А я не лезла к Джеку Брэдли и другим ее ребятам, так что у нас не было повода для ссор.

— Ты удивилась, узнав, что с ней произошло?

— Не то слово. Я и подумать не могла, что она совершит такой ужасный поступок. Такое сразу видно, ведь правда? Папаша говорит...

— Давай исключим из разговора твоего папашу, — сказал я. — Постарайся запомнить. Никаких борцов, никаких папаш. Мы говорим про Нетту. Ты встречалась с ее сестрой?

Кристал нахмурилась:

— Не знала, что у нее есть сестра.

— Она никогда об этом не говорила?

— Нет. Хотя, может, и говорила, да я прослушала. Вот если бы она сказала, что у нее есть брат...

— Да-да, понимаю. Но мы сейчас о сестре. Ладно. Ты не знала, что у нее есть сестра. Нетта когда-нибудь упоминала деревню Лейкхем? Это в графстве Сассекс. Говорила, что ей нужно туда съездить?

— Нет. Лейкхем? Не слышала о таком местечке.

— Ты, главное, не переживай, — утешил я. — На свете огромное множество местечек, о которых ты не слышала. Скажи-ка вот что: когда вы общались, у Нетты был постоянный парень? Ты должна это знать.

— Точно, — взбодрилась Кристал. — У нее кто-то был. Хотя Нетта о нем не распространялась. Наоборот, вела себя очень скрытно. Пару раз я его видела, хоть Нетта и не знала об этом. Я его специально высматривала. В первый раз он сидел за рулем роскошного черно-желтого «бентли». Ждал Нетту возле клуба. — Она вздохнула. — Ни у кого из моих парней нет «бентли».

— Как он выглядел? — заинтересовался я.

Кристал покачала головой:

— Я не видела его лица. Оба раза было темно, и он сидел в машине. Но он крупный, высокий.

— Он точно не из клуба? Как думаешь?

— Точно. — Она снова покачала головой.

Внезапно мне вспомнился Юлиус Коул, человек высокий и крупный. Именно он опознал мертвую девушку как Нетту. И живет прямо под ее квартирой. Да, он хорошо подходит под описание.

— Слышала о человеке по имени Юлиус Коул? — спросил я.

— Знаете, я такого не ожидала, — капризно произнесла Кристал. — Я-то надеялась на безудержное веселье. А вы все пристаете с глупыми вопросами и совсем не хотите меня обесчестить.

— Вот умница, — усмехнулся я. — Так и есть. Совсем не хочу. И вопросы я задаю не просто так. Я думаю, что Нетта жива. А если нет, то она не совершала самоубийства. Ее убили.

Кристал удивленно уставилась на меня.

— Я, знаете ли, туповата, — помедлив, сказала она. — Вы же не думаете, что я поняла, о чем вы сейчас?

— Не думаю, — подтвердил я. — Хочешь узнать больше? А заодно сыграть роль дамы-детектива?

— Папаша говорит, детективы — обычные люди, — ответила Кристал, широко раскрыв глаза. — Подслушивают, подсматривают. Папаша говорит, это вполне нормально. В детстве я любила подслушивать. Наверное, поэтому папаша так и говорит.

— Давай уже не будем про твоего папашу! — взмолился я. — А то он тут как тут по любому поводу.

— Да, он такой. Не удивлюсь, если он ворвется сюда и стукнет вас по голове чучелом мангуста.

— Придется рискнуть, — вздохнул я. — Но вернемся к нашему разговору. Поможешь мне разгадать эту загадку?

НЕ МОЕ ДЕЛО

— Еще бы понять, о чем вы, — жалобно сказала Кристал.

Я решил, что если смогу объяснить все популярно, то девушка принесет пользу: будет сообщать мне обо всем, что происходит в клубе. Возможно, я смогу зацепиться за нужную ниточку. Теперь я был уверен, что «Блю-клаб» имеет какое-то отношение к загадке пропавших тел.

Запасшись бесконечным терпением, я ввел Кристал в курс дела. Она изумленно смотрела на меня, чуть приоткрыв рот.

— Итак, — заключил я, — теперь тебе известно все, что знаю я. В деле как-то замешан Брэдли и этот Фрэнки тоже. Возможно, парень Нетты — тот, у которого «бентли», — это Юлиус Коул. Миссис Брэмби не так проста, как кажется. Как видишь, в этом деле множество загадок. Возможно, некоторые удастся разгадать, если ты навостришь уши и разуешь глаза. Тебе нужно лишь смотреть и слушать. Попробуй выяснить, почему миссис Брэмби каждую неделю приезжает к Брэдли. Если получится, то одной проблемой у меня станет меньше. Возьмешься?

— Ну, наверное, — вздохнула она. — В конце концов, вы же все равно меня уговорите, даже если сейчас я откажусь. Хорошо, возьмусь. Но не ждите ничего особенного.

Я похлопал девушку по руке:

— Ты, главное, старайся. Больше ни о чем просить не буду.

Пронзительно зазвонил телефон. Я снял трубку. Оказалось, меня спрашивал инспектор Корридан.

— Скажите ему, что я сейчас спущусь, — сказал я и повесил трубку.

— Ну и ну! — воскликнула Кристал. — Неужели вы хотите от меня отделаться? А я-то думала, вы покажете мне свои татуировки.

— Ты не первая, кого я разочаровал, — заметил я. — Теперь беги отсюда, только тихо как мышка. Внизу сидит мистер Скотленд-Ярд, и я не хочу, чтобы ты попалась ему на глаза.

— Божечки! — Кристал подскочила. — Мне и самой не хочется с ним встречаться. — Схватив драгоценные чулки, она накинула шаль и поспешила к двери. Внезапно остановившись, она метнулась ко мне, обняла за шею и поцеловала. — Еще раз спасибо за чудесный подарок. Вы мне нравитесь. Только в следующий раз не будьте таким чучелом.

Сказав, что через пару дней мы увидимся, я проводил ее к выходу и открыл дверь.

В коридоре стоял Корридан. Он как раз собирался постучать. Удивленно, даже потрясенно взглянув на девушку, он посторонился.

Кристал проскользнула мимо и убежала, ни разу не обернувшись.

— Привет, — произнес я. — Я вроде бы сказал, что сейчас спущусь.

Корридан вошел в комнату и притворил за собой дверь.

— О, к чему такие затруднения. Надеюсь, не помешал. — Он постарался изобразить косой взгляд. Почти получилось. — Ваша подруга?

— Ни в коем случае, — сказал я. — Дочь официанта. Чистила ванну.

Кивнув, он походил по комнате.

— По-моему, я видел ее в «Блю-клабе» во время единственного официального визита. Или я ошибаюсь?

— Иногда вы бываете очень наблюдательны, — съязвил я.

— На блондинок у меня глаз наметан. — Корридан сдержанно улыбнулся. — Значит ли это, что сегодня вечером вы были в клубе?

— К счастью, я пока что не должен вам докладывать, что я делаю, о чем думаю и где бываю, — сказал я, не отводя взгляда. — Но раз уж вас распирает от любопытства, признаю: я там побывал. Более того, я вернулся оттуда с блондинкой. У меня было несколько пар шелковых чулок; подарить их теперь некому, и я решил: пусть они достанутся этой девушке. В нашей сделке не было ничего аморального. Но надеюсь, что и на этом поприще мне вскоре улыбнется удача. Вы довольны?

Казалось, он меня не слушает.

— Я проходил мимо, вот и решил заглянуть. Подумал, вам будет любопытно узнать вердикт коронера по поводу Энн Скотт. — Остановившись, он посмотрел в незанавешенное окно.

— Догадываюсь, к какому выводу он пришел, — заметил я. — Самоубийство вследствие помутнения рассудка. Скажите, вы удостоверились, что у Нетты была сестра?

Взглянув на меня, Корридан прикрыл веки.

— Чудной вы парень, — сказал он. — Конечно, я удостоверился, что девушка по имени Энн Скотт была сестрой Нетты. За кого вы меня принимаете? Если хотите проверить, отправляйтесь в Сомерсет-хаус. Там хранятся все нужные записи.

— Ну ладно. — Я пожал плечами. — Просто хотел убедиться в вашей дотошности. Что коронер сказал про Нетту?

— Сначала нужно найти тело, — напомнил Корридан. — Ищем.

— Как вижу, в прессу пока ничего не просочилось.

— И не просочится. — Корридан мрачно нахмурился. — Шеф и так уже рвет и мечет. На данном этапе огласка нам совершенно ни к чему. Надеюсь, я могу рассчитывать, что вы будете держать рот на замке.

— Конечно. — Я усмехнулся. — Я буду хранить ваш постыдный секрет. Что еще расскажете?

— Пока ничего, — ответил Корридан, — но я буду держать вас в курсе. — Он направился к двери. — Не желаете спуститься и выпить?

— Спуститься желаю, но выпивать некогда. У меня есть одно важное дело.

— Уже почти одиннадцать. — Корридан приподнял брови. — Пойдемте. Что вы такой нелюдимый?

— Извините, дело срочное, — сказал я, провожая его к лифту.

— Кстати, — непринужденно спросил Корридан, когда мы ждали, пока лифт поднимется с первого этажа, — вы с Неттой в свое время были любовниками, не так ли?

Вспомнив слова Литтлджонса, я тайком усмехнулся.

— Ничего серьезного, — ответил я. — Мимолетный роман между парнем и девушкой.

Кивнув, Корридан вошел в кабину лифта. Мы молча поехали вниз.

— Умоляю вас передумать, — сказал он, когда мы оказались в фойе.

— Извините, но мне пора. — Я пожал ему руку. — До свидания. Выпейте за мой счет.

Корридан кивнул.

— До свидания, Хармас. — Внезапно он развернулся. — Да, и еще одна мелочь. Не лезьте в это дело, хорошо? По-моему, я уже об этом просил. Моим людям непросто идти по следу, когда там уже натоптал энтузиаст-газетчик. У вас в стране такое не возбраняется, но здесь все иначе. Не забывайте об этом.

Мы обменялись нехорошими взглядами.

— Когда это газетчики были полны энтузиазма? — спросил я, после чего поспешил уйти. Пора поболтать с Юлиусом Коулом.

ГЛАВА ДЕВЯТАЯ

У дома миссис Крокетт я расплатился с таксистом и взглянул на здание. В квартирах первого и второго этажа горел свет; на последнем этаже было темно.

Я собирался разузнать что-нибудь новое про Юлиуса Коула, но, увидев освещенные окна первой квартиры, передумал и решил навестить Мэдж Кеннитт. Интересно, ее допрашивали полицейские? Если они ничего не выяснили, я попусту трачу время. Но если Мэдж Кеннитт не сможет рассказать ничего интересного, я всегда могу подняться к Юлиусу Коулу.

Взобравшись на крыльцо, я открыл дверь и вошел в подъезд. Поднялся на первую площадку и очутился у двери Мэдж Кеннитт. Потянувшись к дверному молотку, я услышал тихий звук сверху и поднял взгляд — как раз вовремя, чтобы заметить, как прячется Юлиус Коул. Я улыбнулся.

Этот парень ничего не пропускает. Я постучал в дверь: тук-тук. Подождал.

После долгой паузы раздались тяжелые шаги, и дверь распахнулась.

Прямо передо мной стояла приземистая пухлая женщина. Лет сорок пять, лицо крупное, а подбородок — еще крупнее. Соломенные волосы, ломкие от постоянного высветления, уложены в безжалостный перманент.

Глаза слезятся, и дружелюбия в них не больше, чем в камушках на дне пруда. Лицо покрыто слоем румян и пудры, но пурпурный оттенок кожи, характерный для пьяниц, проступает даже сквозь косметику.

— Добрый вечер, — сказал я. — Мисс Кеннитт?

Всмотревшись в меня, женщина тихо рыгнула мне в лицо, и я почувствовал запах виски. В следующий раз нужно будет пригнуться.

— Кто вы? — спросила женщина. — Входите. Я не могу вас рассмотреть.

Она отступила в ярко освещенную гостиную. Я последовал за ней. Ну и комната. Главный предмет мебели стоял у окна: тростниковая кушетка с изогнутой спинкой и огромным количеством подушек — достаточным, чтобы набить чучело слона. Половину комнаты занимали пустые бутылки из-под виски. Взглянув на них, я почувствовал жажду. Еще в комнате был расшатанный стол, стул с прямой спинкой и потертый турецкий ковер на полу — разумеется, поддельный. У кушетки стояло ведро, почти полностью забитое сигаретными окурками. Комната провоняла никотином, виски и дешевым одеколоном.

У потухшего камина, вытянувшись, лежал большой черный кот. Такого огромного кота я видел впервые. Шерсть у него была длинная, шелковистая. Выглядел он гораздо лучше хозяйки.

Я положил шляпу на стол и, стараясь дышать ртом, напустил на себя дружелюбный вид.

Мэдж Кеннитт смотрела на меня с тем озадаченным выражением лица, которое бывает, когда пытаешься вспомнить: где же ты видел этого человека? Внезапно она прищурилась, а толстые губы ее изогнулись в хитрой ухмылке.

— Я вас знаю, — сказала женщина. — Видела, как вы то придете, то уйдете. В последний раз вы были здесь два года назад. Вы же друг этой девушки, Скотт, не так ли?

— Да, — ответил я. — Мне бы хотелось о ней поговорить.

— Ах вон оно что. — Она устроилась на кушетке, подобно слонихе, что решила понежиться в пыли. — Интересно, почему вы пришли ко мне с этим разговором. — Сунув жирную, рыхлую руку за кушетку, женщина выудила бутылку скотча. — У меня больное сердце, — объяснила она, не сводя жадного взгляда с бутылки. — Если бы не виски, давно умерла бы. — Аккуратно открутив металлическую крышечку, женщина плеснула на три дюйма виски в грязный бокал, поднесла бутылку к свету и скорчила гримасу. — Вам предложить не могу, — продолжила она. — Мои запасы на исходе. Кроме того, я считаю, что молодым людям не следует искать радость в спиртном. — Женщина снова рыгнула, но на сей раз я был вне пределов досягаемости. — Больным старикам вроде меня непросто достать виски. Стыд и позор. Его должны выписывать врачи. — Она искоса посмотрела на меня. — Только не подумайте, что мне нравится виски. Терпеть не могу эту мерзость. Едва могу проглотить. Но я жива лишь благодаря ему. Поверьте, мне больше ничего не помогает. — Проглотив две трети неразбавленного скотча, женщина закрыла глаза и вздохнула. Надо же, терпеть эту мерзость не может, а как замечательно справилась.

Присев на стул с прямой спинкой, я задумался: смогу ли привыкнуть к здешнему аромату? Вынул сигарету и протянул пачку женщине:

— Угощайтесь.

Она покачала головой:

— Я курю только свои. — Сунув руку за кушетку, она извлекла на свет здоровенную коробку «Вудбайн», взяла сигарету и снова спрятала коробку.

Мы закурили.

— Мисс Кеннитт. — Глядя на сигарету, я думал, о чем сказать, а о чем умолчать. — Мы с Неттой Скотт дружили. Ее смерть стала для меня ужасным потрясением. Скажите, что вам известно об этом происшествии? Хочу понять, что сподвигло Нетту на такой поступок.

Устроившись поудобнее, толстуха хлопнула себя по обвисшей груди и рыгнула снова.

— Вы были любовниками, верно? — спросила она. На багровом лице снова мелькнула плутоватая ухмылка.

— Разве это важно? — спросил я.

— Для меня — да. — Она глотнула виски. — Двое влюбленных... Мне сразу вспоминается юность.

Я попытался представить ее юной и влюбленной, но не смог.

— Нетта была не из влюбчивых, — помолчав, заметил я. Пора было уводить собеседницу от этой темы.

— Она была развратная сучонка, — сказала Мэдж Кеннитт, глядя в потолок. — Можете ничего не говорить. Я и так все знаю.

Стряхнув пепел на ковер, я подумал, что зря приперся к этой карге.

— Ну ладно. — Я пожал плечами. — Какая разница? Она мертва. Обзывайтесь сколько угодно.

— Она меня за человека не считала, — буркнула женщина. Допив виски, она снова взялась за бутылку. — А я знала, что она плохо кончит. Наверное, была беременна?

— Об этом вам известно не больше моего, — сказал я.

— Может, и больше, — хитро заметила она. — Вы ведь только что вернулись, так? И не знаете, что творилось здесь последние два года. А я знаю. И мистер Коул знает.

— Да, у него ушки на макушке, — произнес я. Вот бы ее разговорить.

Тряхнув обесцвеченными завитками волос, мисс Кеннитт плеснула в бокал еще виски, прикрыла глаза и сказала:

— Крыса он мерзкая. Постоянно подслушивает и подсматривает. Бьюсь об заклад, он знает, что вы сейчас у меня.

— Конечно, — кивнул я. — Он видел, как я пришел.

— Его это до добра не доведет. Однажды я все ему выскажу. С удовольствием.

НЕ МОЕ ДЕЛО

— Полицейские спрашивали вас про Нетту? — как бы мимоходом осведомился я.

Женщина улыбнулась:

— О да, спрашивали. Но я им ничего не сказала. Я считаю, что полиции помогать не следует. Не люблю полицейских. Явились сюда — и давай вынюхивать. Видать, решили, что перед ними старая пьяница. Не поверили, что у меня больное сердце. А один детектив — такой чопорный, щеголеватый — как начал ухмыляться! Вот скотина. Не люблю, когда ухмыляются. Так что я им ничего не сказала. — Глотнув еще виски, женщина крякнула. — Вы же американец, верно?

Я ответил утвердительно.

— Так я и думала. Мне, как и мистеру Черчиллю, нравятся американцы. Дело в том, что мне по душе мистер Черчилль. Наверное, мне нравится то же, что и ему. Я это не раз примечала. — Возбужденно взмахнув бокалом, женщина пролила виски себе на грудь. — Чем вы зарабатываете на жизнь?

— О, я пишу, — ответил я. — Работаю репортером.

— Так и знала, — кивнула она. — Я хорошо угадываю профессии. Впервые увидев вас с той потаскушкой, я сразу решила, что вы писатель. Она хоть умела заниматься любовью? Современные девчонки — особенно смазливые — надеются только на внешность. Совершенно не знают, как порадовать мужчину. И даже не интересуются. А я знала. Мужчинам я нравилась. Они всегда ко мне возвращались.

— Как вы думаете, Нетта покончила с собой? — резко спросил я. Меня уже тошнило от этой старухи.

— Говорят, да, — осторожно ответила она, не отрывая взгляда от потолка. — По-моему, это странный вопрос.

— А я вот не думаю, что это правда. — Я закурил очередную сигарету. — Потому-то и хотел с вами побеседовать.

Допив виски, женщина опустила стакан на пол. Завалившись набок, он укатился под кушетку. Похоже, мисс Кеннитт изрядно набралась.

— Ничего об этом не знаю, — заявила она, лукаво улыбаясь.

— Жаль. Я думал, знаете. Наверное, мне лучше побеседовать с мистером Коулом.

Она нахмурилась:

— Ничего вы от него не добьетесь. Хоть он и в курсе дела. Почему он сказал полицейским, что Нетта пришла домой одна? Почему он соврал? Я-то все слышала.

— Она пришла не одна? — уточнил я, делая вид, что мне не очень интересно.

— Ну конечно. Коул знает это не хуже моего. — Опустив руку, женщина схватила бутылку и проверила ее на просвет. Я заметил, что бутылка на три четверти пуста. — Это чертово зелье испаряется, — сердито сказала мисс Кеннитт. — Час назад была полная бутылка, а теперь взгляните на это безобразие. И как мне лечиться, когда у лекарства такой расход?

— Кто с ней был? — спросил я.

Казалось, женщина не услышала вопроса. Свесившись с кушетки, она пыталась нащупать бокал.

— Я подниму, — сказал я. Нагнулся, подцепил бокал и передал его женщине. Ее зловонное дыхание опалило мне щеку.

Под кушеткой я заметил неописуемую кучу разного барахла: грязной одежды, обуви, сигаретных пачек, посуды и старых газет.

Схватив бокал, мисс Кеннитт прижала его к груди.

— Кто еще был с Неттой? — повторил я, стоя на коленях возле кушетки и пристально глядя на женщину. — Другая девушка?

Мисс Кеннитт сделала удивленное лицо:

— А вы откуда знаете? — Она приподняла голову, чтобы видеть меня. — Вас же там не было?

— Значит, с ней была другая девушка, — сказал я, чувствуя, как по спине бегут мурашки.

Кивнув, мисс Кеннитт добавила:

— И мужчина.

Так, что-то начинает проясняться.

— Что за девушка и что за мужчина?

Взгляд остекленевших глаз сделался лукавым.

— С какой стати я буду вам рассказывать? Если так интересно, спрашивайте Коула. Он их видел. Он все видит.

Вернувшись к стулу, я уселся:

— Я спрашиваю вас. Послушайте, я не думаю, что Нетта покончила с собой. Там произошло убийство.

Открутив крышечку, мисс Кеннитт как раз наливала себе выпить. Она выронила и стакан, и бутылку — та покатилась по ковру. Побледнев, женщина тонко вскрикнула.

— Убийство? — задыхаясь, повторяла она. — Убийство!

Я нагнулся за бутылкой, но было уже слишком поздно. Виски пролился на ковер. Нависнув над мисс Кеннитт, я повторил:

— Да. Убийство.

— Меня нельзя пугать! — воскликнула она, пытаясь сесть. — Это вредно для сердца. Давайте-ка виски. Мне нужно выпить.

— В таком случае вам лучше открыть другую бутылку, — сказал я, пристально глядя на мисс Кеннитт. — В этой ничего не осталось.

— Другой у меня нет. — Всхлипнув, она рухнула на кушетку. — Боже мой! И что теперь делать?

— Ой, да забудьте! — Мне хотелось как следует ее встряхнуть. — Кто те люди, что пришли вместе с Неттой? Когда они ушли? Ну же, это важно. Вдруг они что-то знают.

Мгновение она не двигаясь лежала безвольной тушей, а потом лукаво взглянула на меня.

— Говорите, для вас это важно? А насколько? — осведомилась мисс Кеннитт. — Я могу рассказать вам и о мужчине, и о девушке. Я их знаю. Могу рассказать, во сколько ушел мужчина. Я его видела. Расскажу, если принесете мне бутылку виски.

— Принесу. Одну. Завтра, — пообещал я. — Ну же! Кто они?

— Бутылка нужна мне сегодня. Прямо сейчас. — Мисс Кеннитт стиснула кулаки. — Вы сможете ее достать. Американцы могут достать что угодно.

— Перестаньте болтать глупости, — раздраженно сказал я. — Дело к полуночи. Сегодня я никак не успею раздобыть бутылку виски.

— В таком случае я вам ничего не скажу.

— Могу вызвать полицию, — пригрозил я. Мисс Кеннитт меня взбесила.

— Но не станете. — Она с ухмылкой подмигнула мне. — Я вас насквозь вижу. Вы же не хотите, чтобы эта потаскушка попала в беду?

— Теперь слушайте, — с трудом сдерживаясь, произнес я. — Ваша просьба неразумна. Я принесу виски завтра утром. Целых две бутылки. А сейчас дам пять фунтов, если все расскажете. Согласитесь, предложение выгодное.

Мисс Кеннитт приподнялась на локте. Ее лицо потемнело от ярости и отчаяния.

— Принесите виски, черт вас дери, или выметайтесь! — крикнула она.

Поднявшись на ноги, я походил по комнате. Тут мне вспомнился Сэм, бармен из «Блю-клаба». Он продаст мне бутылку, если предложу хорошую цену.

— Хорошо. — Я повернулся к двери. — Посмотрим, что можно сделать. Только без глупостей, или я сам проглочу это чертово пойло.

Кивнув, женщина махнула рукой: мол, ступайте.

— И побыстрее! — добавила она. — Если достанете виски, расскажу все, что вы хотите знать. Давайте же, побыстрее!

Выбежав на улицу, я оглянулся в поисках такси. Вокруг не было ни одной машины. «Тише едешь — дальше будешь», — решил я и встал на краю тротуара, посматривая по сторонам.

Похоже, теперь я на правильном пути. Нетта привела к себе девушку, и я был готов поставить все, что есть: именно эта девушка и погибла в квартире Нетты. Но что за мужчина с ними был?

Дружок Нетты? Кто-то еще? Может, Юлиус Коул?

И эта девушка — кто она такая?

Внезапно я почувствовал на себе чей-то взгляд. Оборачиваться я не стал; сначала закурил, бросил спичку в желобок ливневки и только потом глянул через плечо. Никого не видно, но я тем не менее был совершенно уверен, что за мной следят. Я вспомнил Фрэнки. Неужели он снова попытается вышибить мне мозги?

Я простоял так около десяти минут, пока наконец на улице не показалось такси: водитель возвращался в Вест-Энд. Я велел отвезти меня в «Блю-клаб». Когда мы отъезжали, я глянул в заднее окно и заметил какое-то движение.

Из темного дверного проема показался инспектор Корридан. Стоя посреди мостовой, он смотрел мне вслед. Потом оглянулся, словно бы в поисках еще одного такси, но удача отвернулась от него.

Я усмехнулся. Итак, Корридан следил за мной до квартиры Мэдж Кеннитт. Вряд ли он думает, что я к ней заходил. Скорее уж, к Юлиусу Коулу. Должно быть, Корридан решил, что я замешан в этом деле, и теперь не спускает с меня глаз.

Через четверть часа я приехал в «Блю-клаб». Десять минут спустя я пытался поймать новое такси до Кромвель-роуд, зажав под мышкой драгоценную бутылку скотча. Она обошлась мне в пять фунтов, но с ее помощью я надеялся купить гораздо более ценную информацию.

Когда такси наконец объявилось, наручные часы показывали 23:45. Назвав адрес, я упал на сиденье и расслабился.

Путь до Кромвель-роуд показался мне бесконечным, хотя фактически мы ехали всего лишь десять минут. Рассчитавшись с таксистом, я заметил, что в окне Мэдж Кеннитт по-прежнему горит свет, и тихо усмехнулся. Наверное, старой ведьме так же не терпится хлебнуть виски, как мне — услышать ее рассказ.

Толкнув входную дверь, я тихонько прошел по коридору до самой лестницы. Не хотелось, чтобы меня услышал Юлиус Коул. Дверь в квартиру Мэдж Кеннитт была приоткрыта. Застыв на месте, я нахмурился: уходя, я ее закрыл. Возможно, женщина открыла дверь, чтобы выпустить кота. Я шагнул в комнату.

Хозяйка лежала на кушетке; рот ее был раскрыт, а глаза остекленели. Из глубокой раны в горле сочилась кровь; она стекала на дряблую грудь женщины, а с нее — на турецкий ковер.

Мэдж Кеннитт была мертвее маринованной скумбрии.

ГЛАВА ДЕСЯТАЯ

Добрую минуту я и шевельнуться не мог: все смотрел на Мэдж Кеннитт. Потом, преодолев шок, я вошел в комнату и встал над телом.

Безжизненные глаза глядели прямо на меня, а кровь мерно капала на пол. Чувствуя слабость в коленях, я отвернулся.

Не зная, что делать, я походил по комнате, осматриваясь по сторонам в поисках орудия убийства. Безуспешно: я ничего не нашел.

Потом я заглянул за кушетку. На глаза мне попались три бутылки из-под виски и коробка «Вудбайн». С этой стороны доски пола были покрыты толстым слоем пыли. Рука Мэдж безжизненно покоилась на полу, а рядом — в пыли — было выведено какое-то слово. Придвинувшись поближе, я вгляделся в надпись. Она была сделана неаккуратно; наверное, Мэдж написала это слово незадолго до смерти или прямо перед тем, как убийца нанес удар. Чтобы разобрать каракули, мне понадобилось несколько секунд. Оказалось, на полу написано имя: «Джакоби». Для меня оно ничего не значило, но я хорошенько его запомнил — на будущее.

Внезапно мне вспомнился Корридан. Если он все еще ошивается снаружи и решит посмотреть, чем я тут занят, я окажусь в чертовски неприятном положении. Метнувшись к двери, я сбежал по ступеням, открыл дверь подъезда и осмотрел улицу, но никого не увидел.

Через дорогу была телефонная будка. Поспешив к ней, я набрал «Уайтхолл-1212» и спросил Корридана.

В ожидании ответа я окинул окрестности праздным взглядом. На другой стороне улицы было что-то вроде переулка. Там зажглись автомобильные фары. Мгновением позже мимо пронеслась машина; она направлялась в сторону Вест-Энда. В свете уличного фонаря я ее узнал: то был потрепанный «стэндард-фортин», а за рулем сидел Фрэнки.

Не успел я ничего сообразить, как мне ответили: Корридан взял полицейскую машину и патрулирует улицы. Я попросил немедленно связаться с ним и сказать, чтобы ехал к дому миссис Крокетт.

— Передайте ему, что произошло убийство, — добавил я и повесил трубку.

Дожидаться инспектора в квартире Мэдж мне не хотелось. Вернувшись к дому, я присел на ступеньки и задумался.

Наконец-то дело сдвинулось с мертвой точки. Пожалуй, я бы уже все разгадал, не урони Мэдж бутылку виски. Но я не унывал. Теперь известно, что с Неттой в квартиру вошла еще одна девушка, и я был совершенно уверен, что вместо Нетты умерла она. Очевидно, ее убили. Я мрачно подумал: вдруг Нетта принимала участие в убийстве? И этот мужчина, что пришел с ними в квартиру... Его имя — Джакоби? Может, он подслушал наш разговор с Мэдж и убил ее, чтобы она не успела ничего рассказать? И поэтому Мэдж написала его имя на пыльной доске? Как здесь оказался Фрэнки? Что из этого можно рассказать Корридану? Он и так относится ко мне недоверчиво, и теперь его подозрения только приумножатся. Нужно быть с ним осторожнее.

Не прошло и десяти минут, как к дому подъехал быстрый полицейский автомобиль. Выскочив из него, Корридан оказался на крыльце прежде, чем я успел встать на ноги.

— Что такое, Хармас? — резко осведомился он, пытливо вглядываясь мне в лицо. — Что случилось?

— Мэдж Кеннитт убита, — коротко ответил я.

— Что вы здесь делаете? — спросил Корридан.

— Приехал встретиться с ней. — И я вкратце рассказал, как все было. — Вы же видели, как я ушел. Отъезжая от дома, я вас заметил. Зачем вы за мной следили?

— Оказалось, это к лучшему, разве нет? — грубо ответил он. — Вы начинаете тревожить меня, Хармас. Не усложняйте себе жизнь.

— Вы же не думаете, что я имею отношение к ее смерти?

НЕ МОЕ ДЕЛО 97

— У вас была возможность ее убить, — коротко ответил Корридан. — Каждый раз, когда в деле появляется новый труп, вы оказываетесь рядом. Мне это не нравится. Я уже говорил вам не лезть и говорю снова, теперь в последний раз. Это не ваше дело. Пожалуйста, поймите это — раз и навсегда.

— Может, вам лучше взглянуть на Мэдж? — предложил я.

Нетерпеливо щелкнув пальцами, Корридан прошел мимо меня и скрылся в доме. Двое мужчин в штатском последовали за ним. Я же замыкал шествие.

— Оставайтесь в коридоре, — велел Корридан, а сам вошел в квартиру Мэдж.

«С меня хватит», — решил я. Пусть Корридан варится в собственном соку.

Отныне я оставлю все находки при себе. Как же изумится этот высокомерный болван, когда я раскрою преступление!

Усевшись на ступеньки, я закурил и принялся ждать. Было слышно, как все трое ходят по комнате. Через некоторое время мужчина в штатском вышел из квартиры и направился к телефонной будке.

Вернувшись, он взглянул на меня, и я спросил:

— Сколько еще мне тут сидеть? Спать пора.

— Инспектор хочет с вами побеседовать, — ответил мужчина и снова скрылся в квартире.

Я закурил следующую сигарету.

Ступеньки скрипнули, и я посмотрел наверх. По лестнице украдкой спускался Юлиус Коул. Одной рукой он прихватил полу черно-желтого халата, а другой держался за перила.

Взглянув на халат, я вспомнил о черно-желтом «бентли» и подумал, нет ли между ними связи.

— Привет, милый, — прошептал Коул, не сводя глаз с двери Мэдж Кеннитт. — Что происходит?

— А я думал, ты уже все знаешь, — нахмурившись, ответил я. — Лучше проваливай, жиртрест. Не путайся под ногами.

Спустившись, он плюхнулся рядом со мной и улыбнулся своей загадочной улыбкой. Почуяв запах духов, я отсел подальше.

— Со старой ведьмой что-то приключилось? — спросил Коул, потирая большие белые ладони. — Что-то потеряла? Там полиция?

— Кто-то перерезал ей горло, — без предисловий сообщил я. — Странно, что ты никого не видел. Или видел?

— Перерезал горло? — пискнул Коул. Щеки его обвисли. — То есть она мертва?

— Да. — Кивнув, я пристально посмотрел на него. — Она слишком много знала.

Коул вскочил на ноги. Губы его тряслись, а в глазах читался ужас.

— Ты следующий, — пошутил я. — Тоже слишком много знаешь. — Мне хотелось ослабить его защиту, а потом провести атаку и порвать Коула на тряпки. Но я, похоже, ударил слишком сильно. Он взмыл по лестнице так стремительно, что я не успел его схватить. Я слышал, как он ворвался к себе в квартиру, захлопнул дверь и задвинул засов.

Неожиданная реакция. Подумав, я понял, что он тоже видел, как Нетта вернулась домой в компании девушки и какого-то мужчины. Теперь и у Коула был шанс получить нож в горло, и он об этом знал.

Поднявшись на ноги, я никак не мог решить, пойти за ним или нет. Тут из квартиры вышел Корридан. Лицо его было мрачнее тучи.

— Ну, теперь послушаем ваш рассказ, — произнес он, встав прямо передо мной. — Как давно вы знаете эту женщину?

Я нахмурился:

— Только что познакомился. Я уже говорил, что той ночью, когда Нетта предположительно умерла, мисс Кеннитт могла что-то видеть. Я поговорил с ней, и она призналась, что действительно кое-что знает. Затем она пролила скотч и сказала, что будет молчать, пока я не принесу ей новую бутылку. Я купил бутылку у Сэма, бармена из «Блю-клаба». Вернувшись, я увидел, что мисс Кеннитт мертва. Кто-то навсегда заткнул ей рот.

— Вам повезло, что я видел, как вы выходили из дома, — холодно заметил Корридан. — И даже с учетом этого обстоятельства нельзя утверждать, что вы ее не убивали.

— Бога ради, Корридан! — взорвался я.

— Вы сами навлекли на себя неприятности, — произнес он. — И вы определенно находитесь в моем списке подозреваемых.

— Отлично, — горько сказал я. — И это после всех тех яств, что я вам скормил.

— Повторите, что она вам рассказала. Слово в слово, — приказал Корридан, глядя на меня так пристально, что мне стало не по себе.

Пришлось говорить правду, хоть мне и не хотелось делать Корридану такой подарок. В конце концов, это он должен был выяснить, что Нетта вернулась домой в компании двоих людей.

Он слушал не перебивая. К тому времени, как я договорил, он полностью погрузился в размышления.

— Вот и конец вашей версии о самоубийстве, — сказал я, не сводя с него глаз. — А я не раз говорил, что Нетта не убивала себя.

— Знаю. — Он вскинул взгляд. — Если она не покончила с собой, у вас могла быть причина заткнуть рот Мэдж Кеннитт. Не подумали об этом?

Я разинул рот.

— С другой стороны, самоубийство все еще не исключено, — продолжал он. — Возможно, эти двое сделали свои дела и ушли, а потом Нетта свела счеты с жизнью. Все зависит от того, во сколько они вышли из квартиры.

— Ну, об этом вам расскажет Юлиус Коул. Он их тоже видел.

— Я с ним побеседую, — сурово заметил Корридан.

— Не пройдетесь со мной до перекрестка? — спросил я, вспомнив о Фрэнки. — Хочу кое-что проверить.

Не говоря ни слова, Корридан открыл дверь подъезда. Мы вместе дошли до переулка, из которого появился «стэндард». Чиркнув спичкой, я посмотрел на мостовую и увидел следы машинного масла. Значит, автомобиль простоял здесь некоторое время.

— Взгляните, — сказал я. — Пытаясь дозвониться до вас, я заметил выезжающий из этого переулка «стэндард». Как видите, с него натекла лужица масла. Значит, какое-то время автомобиль стоял здесь. Так вышло, что я знаю: эта машина принадлежит Джеку Брэдли. Вам это о чем-нибудь говорит?

— Только о том, что об этом деле вам известно больше, чем я думал, — ответил Корридан. — Откуда вы знаете, что автомобиль принадлежит Брэдли?

— Сверился со спиритической доской, — сказал я.

— В вашем положении шутки неуместны, — отрезал Корридан. — Говорите.

— За рулем был Фрэнки. Насколько мне известно, он шестерка Брэдли.

— Вы чертовски хорошо осведомлены, — фыркнул Корридан.

— Что вы знаете о Фрэнки? — спросил я.

— Мы уже давно пытаемся его взять, но он скользкий тип. И к тому же озлобленный. Мы подозреваем его в нескольких ограблениях, но Брэдли всякий раз дает ему железное алиби.

— Как считаете, он способен на убийство?

— Он способен на что угодно, — пожал плечами Корридан. — Главное, чтобы хорошо платили.

Когда мы возвращались к дому, я спросил, не нашлось ли улик в квартире Мэдж.

— Нет, — ответил Корридан.

— То есть вы хотите сказать, что не нашли ни единой улики? — удивленно спросил я, вспомнив написанное в пыли имя «Джакоби».

— Нет, — повторил он.

Внезапно мне в голову пришла одна мысль. Бросив Корридана, я устремился в квартиру Мэдж.

В дальнем углу двое детективов в штатском искали отпечатки пальцев. Я так стремительно влетел в комнату, что они заметили меня, только когда я заглянул за кушетку. Пыль была стерта, слово «Джакоби» исчезло. Я тут же подумал про Юлиуса Коула. Неужели он проник сюда, когда я дожидался инспектора?

Времени размышлять не было: в комнату вошел Корридан. Его лицо потемнело от гнева. Отодвинувшись от кушетки, я поводил взглядом по комнате.

— Это еще что за чертовщина? — сердито спросил он. — Вам здесь делать нечего. Ваше поведение начинает утомлять меня, Хармас. Это пора прекращать. Почему вы здесь?

Я решил не рассказывать ему об имени, написанном в пыли. По крайней мере, пока не изучу эту улику сам. Я попытался напустить на себя виноватый вид. Получилось так себе.

— Здесь был кот, — неопределенно ответил я. — Стало интересно, не пропал ли он.

— Ну а кот-то здесь при чем? — осведомился Корридан, прожигая меня взглядом.

Я пожал плечами:

— Может, его забрал убийца. Разве это не улика?

— Кота никто не забирал, — рыкнул Корридан. — Он заперт в соседней комнате. Другие гениальные идеи будут?

— Я просто хочу помочь, — сказал я. — Может, проведаем Юлиуса Коула?

— Да, я его проведаю, — ответил Корридан. — А вы катитесь ко всем чертям. Послушайте, Хармас: это мое последнее предупреждение. Не лезьте не в свое дело. Вам повезло, что я не обвиняю вас в убийстве. Я проверю ваш рассказ, и, если что-то не сойдется, я вас арестую. Ну вы и язва! Проваливайте!

— Если хорошенько прислушаетесь, — заметил я, стоя у двери, — то услышите, как мои зубы стучат от страха.

ГЛАВА ОДИННАДЦАТАЯ

Когда я шел по фойе гостиницы «Савой», собираясь подняться к себе в номер, мне встретился Фред Ульман, криминальный журналист из «Морнинг мейл». Мы познакомились в Лондоне во время войны, и он помогал мне со статьями о лондонской преступности.

Похоже, он обрадовался не меньше моего.

— Времени у меня в обрез, но давай-ка выпьем, — предложил Ульман, когда мы похлопали друг друга по спине и рассказали, почему оказались здесь в такое время суток. — Но засиживаться не стану. Завтра непростой день, так что не предлагай проверить, кто больше выпьет.

Я согласился, после чего отвел Фреда в холл для постояльцев. Заказав виски, мы уселись в кресла.

С нашей последней встречи долговязый тощий Ульман почти не изменился. Главной особенностью его лица оставались мешки под глазами. И еще его называли «Фред Аллен с Флит-стрит».

Мы поболтали о прошлом, вспомнили общих друзей, а потом я мимоходом спросил, знакомо ли ему имя «Джакоби».

Фред удивленно поднял брови:

— А почему спрашиваешь? Пару месяцев назад это имя было во всех газетах Англии. Ты только что о нем узнал?

Я ответил утвердительно.

— Один парень упомянул его в разговоре, а я услышал краем уха. Интересно, что я пропустил.

— Думаю, ничего особенного, — сказал Фред. — Было, да прошло, да быльем поросло.

— Все равно расскажи, — попросил я. — Хоть дело и прошлое, но мне любопытно.

— Ну ладно. — Он уселся поудобнее. — Все началось, когда Хэрви Алленби, театральный магнат, решил заняться тем же, чем занимаются все богатеи. Стал скупать бриллианты и другие драгоценные камни, чтобы защитить свои деньги от оккупации, или инфляции, или и того и другого. Закупался по-крупному: кольца, браслеты, камни без оправы; любые ценности, не занимающие много места. Собрал коллекцию стоимостью в пятьдесят тысяч фунтов. Хранил ее в загородном особняке, чтобы в случае необходимости все было под рукой. Свою затею он держал в секрете, но четыре года спустя — а именно три месяца назад — все каким-то образом вскрылось. Не успел Алленби и глазом моргнуть, всю коллекцию тиснули.

— Неплохая добыча. — Услышав имя Хэрви Алленби, я навострил уши. — А где находится его особняк?

— В Лейкхеме, недалеко от Хоршема. В графстве Сассекс, — ответил Ульман. — Я ездил туда, когда писал статью об этой краже. Деревенька небольшая, но симпатичная. Дом Алленби стоит в полумиле от нее. Все провернули очень ловко. Дом оборудован сигнализацией, во дворе — полицейские собаки, а сейф —

один из самых мудреных. Такой по зубам только настоящему специалисту. Полиция решила, что подобное дело под силу лишь одному человеку — парню по имени Джордж Джакоби.

— То есть полиции известно его имя?

— Ну конечно. Он один из самых дерзких воров. Несколько раз мотал приличный срок за кражу бриллиантов. Помнишь Корридана? Этим случаем занимался он. Газетчики выставили его на посмешище. Ребятам он не нравится: чертовски самоуверенный. Вот мы и ухватились за шанс поднять его на смех. Он с самого начала подозревал Джакоби, но тот предъявил железное алиби. Так что у инспектора не было ни единого шанса его прищучить.

— Что за алиби?

— В ночь ограбления он не вставал из-за покерного стола в «Блю-клабе». И гардеробщик, и официанты поклялись, что видели, как он пришел. Джек Брэдли и пара его людей показали под присягой, что Джакоби играл с ними всю ночь. Обрати внимание, никого из них нельзя считать надежным свидетелем. Но их было так много, что полиция поняла: если довести дело до суда, то выиграть не получится. Поэтому от Джакоби отстали. Принялись искать кого-то другого.

— Безуспешно?

— Само собой. Эту кражу точно совершил Джакоби. Корридан сказал, что все под контролем. Рано или поздно воры попытаются продать добычу, а у полиции есть подробное описание каждого пропавшего предмета. Как только драгоценности появятся на рынке, преступников тут же возьмут.

— Ага, — проворчал я. — Прямо слышу, как он это говорит. Ну и что, их взяли?

Ульман усмехнулся:

— Нет. Пока что безделушки не поступили в продажу. Разумеется, время еще есть, если только их не вывезли из страны. Однажды к этому делу вернутся, и оно снова будет в заголовках всех газет. Думаю, беда в том, что Корридан чересчур самоуверен, а воры слишком хитры.

— И что сталось с Джакоби?

— Убили. Через месяц после кражи его нашли в переулке с пулей в сердце. Выстрела никто не слышал. Полиция считает, его застрелили в другом месте, а потом выбросили из машины. Никаких улик не осталось, так что сомневаюсь, что убийцу найдут. Убийство вызвало такой переполох только потому, что в каблуке ботинка Джакоби было обнаружено одно из колец Алленби. Снова принялись трясти Брэдли, но так ничего и не добились. На этом расследование застряло и с тех пор никуда не продвинулось.

— И что, совсем никаких улик? — Закурив, я протянул Фреду пачку сигарет. Он не отказался.

— Есть одна, причем важная. Но пока что от нее никакого толку. У той пули, что вынули из сердца Джакоби, специфический нарез. Полиция считает, что, если удастся найти оружие, его будет легко опознать. Эксперты по баллистике утверждают, что пуля выпущена из немецкого пистолета люгер. Некоторое время считалось, что в убийстве замешан американский военнослужащий.

Мне тут же вспомнился люгер, найденный в квартире Нетты. Возможно, пистолет был подарком американского солдата. Не из этого ли оружия застрелили Джакоби?

— Пистолет так и не нашли? — уточнил я.

— Нет. И готов поспорить, что не найдут. Как по мне, кражу провернули двое. Джакоби был исполнителем, а второй руководил всей операцией, оставаясь в тени. Скорее всего, он отвечал за реализацию добычи. Думаю, во время дележа они разругались, и тот, второй, убил Джакоби, а теперь ждет, пока страсти поулягутся и драгоценности можно будет выставить на продажу. Кстати, Корридан придерживается такого же мнения. — Допив виски, Ульман взглянул на часы. — Что ж, мне пора, — заметил он. — Уже поздно, а я еще не в постели. — Он поднялся на ноги. — Как человек Корридан мне не очень-то нравится. Но он чертовски хорошо знает свое дело. Не удивлюсь, если в конце концов он найдет украденное. Мужик он так себе, но работает как положено. Беда в том, что он терпеть не может журналистов. Считает, что из газет преступники узнают слишком многое, чего им знать не следует. Предпочитает молчать, держать воровскую братию в неведении. Даже не сообщать о преступлениях. В конце концов злоумышленник сам себя выдаст — ведь ему не терпится узнать, чем занята полиция. Мысль, конечно, здравая, но нельзя же вот так игнорировать прессу. Это оскорбляет меня в лучших чувствах. Если бы не отвратительные манеры, Корридан был бы мне даже симпатичен.

— Ага, — усмехнулся я, — и мне. Честно говоря, я не прочь его проучить, и в самое ближайшее время. Ему необходима встряска, и я думаю, что сумею ее организовать.

— Ну, когда такое случится, устрой мне место в первом ряду. — Пожав мне руку, Ульман отправился заказывать такси.

Я же вернулся к себе в номер, сменил уличную одежду на халат и уселся в кресло.

По счастливой случайности я только что получил ключ к разгадке.

Разумеется, Корридан не знал, что Джакоби с его кражей имеет отношение к смерти девушки в квартире Нетты, самоубийству Энн или гибели Мэдж Кеннитт. Заметь он имя «Джакоби» на пыльном полу квартиры Мэдж, понял бы все раньше меня. Но теперь этот ключ у меня, а Корридан все еще пытается выяснить, как убийство Мэдж соотносится с остальными загадочными происшествиями.

Хорошенько все обдумав, я пришел к выводу, что так или иначе Нетта была связана с кражей драгоценностей. Сначала в банке кольдкрема оказалось кольцо из коллекции Алленби, а теперь выясняется, что коттедж ее сестры расположен недалеко от места преступления. И Джек Брэдли кружит надо мной, словно ястреб. Несомненно, Нетта со всем этим связана.

Ну а люгер, найденный в платье? Успел ли Корридан надлежащим образом его проверить? Если он узнал, что из этого пистолета застрелили Джакоби, то определенно не желает вводить меня в курс дела. Или же люгер не имеет отношения к смерти вора? Это нужно выяснить — чем быстрее, тем лучше.

И откуда взялись фальшивые облигации на пять тысяч фунтов? Может, напав на меня, Фрэнки хотел заполучить люгер и эти бумаги? Допустим, ему нужен был люгер и Джакоби действительно застрелили из этого пистолета. Значит ли это, что оружие принадлежит Джеку Брэдли и он убил Джакоби?

Закурив, я походил по комнате. Уверен, разгадка близко. Но мне нужно чуть больше информации.

Стоит ли рассказывать Корридану о том, что я выяснил? Этот вопрос беспокоил меня. Получив от меня такую информацию, инспектор раскроет дело за несколько дней, в то время как я могу валять дурака несколько недель и в итоге так ничего и не добьюсь. Я понимал, что нужно тут же позвонить ему и рассказать о надписи в комнате Мэдж. Эта ключевая улика расставит все по своим местам. Я даже подошел к телефону, но снимать трубку не стал.

После того, ка́к Корридан со мной обошелся, мне хотелось поквитаться с ним.

Приятнее всего будет раскрыть дело самостоятельно, заявиться к нему в кабинет и рассказать, как мне это удалось.

Подумав, я решил дать себе еще неделю. Если ничего не выйдет, передам факты инспектору и признаю свое поражение.

Я улегся в постель, выключил свет и по меньшей мере три минуты боролся с собственной совестью.

ГЛАВА ДВЕНАДЦАТАЯ

Следующим утром, в самом начале двенадцатого, я зашел к Дж. Б. Мерриуезеру и обнаружил, что он без дела сидит за столом. Увидев меня, он попытался изобразить глубокую задумчивость, но вышло неубедительно.

— Здравствуйте. — Придвинув стул, я сел. — Есть новости от Литтлджонса?

— Да, конечно. — Поправив галстук, он сел прямо. — Он выходил на связь сегодня утром. Хороший парень, сразу же приступает к работе.

— За это ему и платят, верно? — заметил я, положил на стол сигарету и щелчком отправил ее в сторону Мерриуезера. Схватив ее, он тут же закурил. — Что он сообщил?

— Тут такое дело... — начал Мерриуезер, потирая длинный красный нос. — Весьма любопытное, весьма интересное. Надеюсь, вы придете к такому же выводу. Похоже, эта женщина, миссис Брэмби, приходилась сестрой Джорджу Джакоби. Он вор, специалист по бриллиантам. С месяц назад был убит при загадочнейших обстоятельствах. Возможно, вы об этом слышали. Заинтригованы? — Он с надеждой взглянул на меня.

Я не стал показывать, что более чем заинтригован.

— Не исключено, — осторожно сказал я. — На данном этапе любая информация может оказаться полезной. Что еще?

— Литтлджонс всю ночь следил за коттеджем. После полуночи туда приехал автомобиль; из него вышел мужчина. Он пробыл у миссис Брэмби два часа. — Мерриуезер сверился с листком бумаги. — Черно-желтый «бентли». Мужчина высокий, хорошо сложенный, мускулистый. Но Литтлджонс не сумел рассмотреть его лица. Ночь выдалась темная, — извиняющимся тоном добавил он.

Я кивнул:

— Он записал номер?

— Разумеется. Но я его проверил, и он нигде не значится. Похоже, на машине была установлена фальшивая номерная пластина.

— Что ж, для начала неплохо, — довольно произнес я. — Думаю, Литтлджонсу стоит продолжить наблюдение. Ни время, ни деньги не будут потрачены впустую. — Потом я рассказал, как встретил миссис Брэмби в «Блю-клабе». — Обязательно передайте эту информацию Литтлджонсу. Возможно, он сочтет ее полезной. И скажите, чтобы вплотную занялся водителем «бентли». Его нужно выследить. Литтлджонс не видел в доме девушку?

— Нет. Через день-другой он собирается проникнуть в дом под тем или иным предлогом. Миссис Брэмби часто бывает в деревне, и Литтлджонс планирует примелькаться, а уже потом нанести ей визит. Уверяю, наш человек отлично знает свое дело.

— Хорошо. — Я встал. — Держите меня в курсе. Если что-нибудь случится, сразу же звоните.

Мерриуезер заверил меня, что позвонит.

Я вышел в коридор и, дождавшись лифта, поехал на первый этаж.

Ну, теперь понятно, кто такая миссис Брэмби. Это в какой-то степени объясняет, как она связана с «Блю-клабом». Детали головоломки встают на место быстрее, чем я ожидал.

Последние сутки явно прошли не зря.

Стоя у бордюра, я высматривал такси. Из-за угла выскочил автомобиль; быстро подъехав ко мне, он остановился, скрипнув тормозами. На мгновение я даже испугался: передо мной был потрепанный «стэндард-фортин».

За рулем сидел Фрэнки: с губы его свисала сигарета, а засаленная шляпа была нахлобучена чуть ли не до переносицы. Он искоса глянул в мою сторону. Мне совсем не понравился его холодный, злобный взгляд.

— Брэдли хочет тебя видеть, — прогнусавил Фрэнки. — Полезай на заднее сиденье, живо.

Я пришел в себя:

— Ты слишком увлекаешься фильмами про бандитов, сынок. Передай Брэдли: если он хочет меня видеть, пусть приходит в «Савой». Лучше вечером, когда меня там не бывает.

— Полезай на заднее сиденье, — тихо повторил Фрэнки, — и давай без болтовни. Сделай себе одолжение, не поднимай суматохи.

Я хорошенько обдумал предложение. Значит, Брэдли хочет со мной побеседовать. Интересно, что он скажет. В данный момент дел у меня не намечалось, а снова встретиться с Брэдли будет любопытно.

— Хорошо. Поеду. — Я открыл дверь машины. — По какому поводу встреча?

Выжав сцепление, Фрэнки рванул с места так стремительно, что меня вдавило в спинку сиденья. Усевшись ровнее, я пообещал себе, что при первой же возможности оборву сопляку уши, и повторил свой вопрос.

— Узнаешь. — Фрэнки затянулся сигаретой.

Похоже, корчит из себя крутого парня. Хотя водил он неплохо: стабильно держал тридцать миль в час на оживленной улице. «Стэндард» впритирку сновал между автомобилями, чудом не задевая дорожные ограждения.

НЕ МОЕ ДЕЛО 111

— Помнишь, как я на днях от тебя оторвался? — весело спросил я. — Ты и понять ничего не успел, верно?

Вынув сигарету изо рта, Фрэнки сплюнул в окно, но ничего не сказал.

— В следующий раз, когда надумаешь проломить мне голову монтировкой, я скручу ее вокруг твоей тощей шеи и завяжу узлом, — продолжал я уже не так весело.

— В следующий раз я справлюсь получше, мразь, — ответил Фрэнки. Я понял, что он не шутит.

Всю дорогу до Брутон-мьюз я раздумывал над его словами.

— Что ж, сынок. Спасибо, что подвез, — сказал я, когда Фрэнки остановил машину. — Жаль, что в исправительной школе тебя не научили ничему, кроме как крутить баранку.

Взглянув на меня, он презрительно усмехнулся.

— Меня много чему научили, — сообщил он, когда мы направлялись ко входу в клуб. — Пошевеливайся. Я не собираюсь тратить весь день на такого свистуна, как ты.

Протянув руку, я схватил его за шиворот. Вывернувшись, Фрэнки отскочил и замахнулся. Да, медлительным его не назовешь. Его кулак угодил мне в подбородок. Я сделал шаг назад; это уберегло меня от падения, но увернуться я не успел. Должно быть, Фрэнки намеревался сбить меня с ног, но недосып, усталость и плохое питание сказались на его силах. Для меня такой удар — все равно что шлепок бумажным пакетом.

Чтобы показать, как выглядит настоящая драка, я врезал кулаком ему по шее. Закачавшись, Фрэнки упал на четвереньки, кашлянул и потряс головой.

— Ишь какой крутой, — усмехнулся я.

Он бросился на меня, словно им выстрелили из рогатки. Метил в колени; должно быть, собирался схватить меня за ноги. Отступив вбок, я взял его шею в захват. Фрэнки пытался добраться до болевой точки, но такое я проходил еще в начальной школе. Развернув Фрэнки, я чуть приподнял его, ухватился левой рукой за правое запястье и надавил ему на спину правым бедром.

Правое предплечье — а в него была вложена сила обеих моих рук — сплющило ему трахею. Фрэнки заскреб ногами по мостовой, а лицо его посинело.

Я ослабил хватку, отвесил парню несколько оплеух, накрыл его нос ладонью и как следует надавил. А потом выпустил Фрэнки на волю.

Он уселся на мостовую. Из носа у него шла кровь, дыхание со свистом вырывалось изо рта, а цвет лица напоминал сырое мясо. Пожалуй, то были самые неприятные две минуты в его жизни.

На глазах у него выступили слезы. Закрывшись рукавом, он всхлипнул — а ведь этот желторотый считал себя крутым парнем.

Я схватил Фрэнки за воротник и вернул в вертикальное положение:

— Пошли уже, Диллинджер[1]. Пора повидаться с Брэдли. И хватит вести себя по-бандитски: не той ты масти.

Чуть покачиваясь, Фрэнки шел впереди, прижав к лицу грязный носовой платок. Он не оборачивался, но по сгорбленной спине было заметно, что в нем бушует ярость. Я решил, что в будущем лучше не спускать глаз с этого парнишки. Возможно, в следующий раз он попытается сунуть нож мне под ребро.

В конце коридора была дверь. Постучав в нее, Фрэнки вошел. Я последовал за ним и оказался в просторной, роскошно обставленной комнате.

---

[1] *Джон Диллинджер* (1903–1934) — легендарный американский гангстер. — *Примеч. ред.*

У окна — большой встроенный диван-уголок, обитый тканью. В стене — хромированный сейф. Несколько шкафов-картотек, миниатюрный бар, массивный стол, а за ним — высокое кожаное кресло. Такие обычно стоят в кабинетах крупных начальников.

У окна, устремив взгляд на улицу, стоял человек в черной пиджачной паре. Голову его украшала копна седых волос. Человек обернулся. Ему было под пятьдесят. Черты лица у него были правильные, тяжелые, мрачные, а глаза — шиферно-серого цвета и смотрели неприветливо.

Теперь я его вспомнил. Передо мной был Джек Брэдли. Я видел его лишь дважды, и то — два года назад. С нашей последней встречи он сильно постарел.

— Здравствуйте, Хармас. — Тут он заметил Фрэнки, и лицо его вытянулось. — Что ты себе позволяешь? — прорычал он, обращаясь к парню. — Весь ковер кровью заляпал, чтоб тебя черти драли!

— Это я виноват, — признался я, выудив сигарету из пачки. — Занервничал из-за вашего парнишки. Думал, он опасный противник. Мы немного подурачились, померились силой. Оказалось, он у вас совсем хиленький.

Губы Фрэнки задрожали. Он произнес три слова, одно из них — непристойное. Говорил он негромко, в голосе слышалась обида.

— Исчезни, — приказал Брэдли, шагнув вперед. Фрэнки исчез.

Закурив, я подцепил стул носком ботинка, придвинул поближе и уселся.

— Вы бы присматривали за этим парнем, — заметил я. — Ему требуется материнская забота.

— Давайте не будем о нем. — Глаза Брэдли были холодны, как льдинки. — Я хочу поговорить о вас.

— Я не против, — сказал я. — Люблю говорить о себе. С чего начнем? Хотите — расскажу, как взял первый приз на конкурсе сочинений? Я тогда был совсем ребенок.

Брэдли подался вперед.

— Фрэнки, может, и хиленький, — произнес он, — но обо мне такого не скажешь. Не забывайте об этом.

— Похоже, со страху я уже обделался. Можно отойти в уголок и выплакаться?

— Я вас предупредил. — Брэдли уселся за стол. — Вы, друг мой, слишком любознательны. Я послал за вами, потому что решил: неофициальный разговор поможет разрядить обстановку. Вы дружите с Корриданом; советую не рассказывать ему о нашей встрече. Это будет вредно для здоровья.

— Насчет Корридана можете не беспокоиться, — сказал я. — Мы с ним больше не друзья. Так что за муха вас укусила?

На столе стоял серебряный ящичек. Брэдли вынул из него сигару, проколол кончик, зажег, отбросил спичку, выпустил пару клубов дыма и только потом ответил:

— Мне не нравятся американские журналисты. Слишком любопытные.

Он не спешил. Ничего страшного, я тоже никуда не торопился.

— Предлагаете сообщить об этом в Национальную ассоциацию новостей? — пошутил я. — Не думаю, что ваши слова кого-нибудь там встревожат. Хотя, разумеется, все может быть. Чем черт не шутит.

— Вы суете нос в дело, не имеющее к вам совершенно никакого отношения, — учтиво продолжал Брэдли. — Предлагаю прекратить это занятие.

— Хороший совет не идет во вред, — беспечно ответил я. — А что же это за «дело» такое страшное?

— Не будем углубляться. — В глазах Брэдли загорелся холодный, сердитый огонек. — Вы знаете, о чем я. Рекомендую вам вернуться в США. Авиарейс завтра. Будет разумно не опоздать на самолет.

Я покачал головой:

— Пока что у меня хватает дел в Англии. Жаль, но я не могу пойти вам навстречу. Это единственная тема нашего разговора?

Пару секунд Брэдли рассматривал свою сигару, а затем сказал:

— Предупреждаю вас, Хармас. Если не перестанете любопытствовать, вас хорошенько проучат. Я знаю вашу братию. Если журналист вцепился в историю, его не так-то просто оттащить в сторону. Не думайте, что у меня нет возможности повлиять на ваше решение. Просто мне не хочется этого делать. Надеюсь, что вы, как человек неглупый, поймете мой намек и перестанете лезть в чужие дела.

Потушив сигарету о медную пепельницу, я встал и навис над столом:

— Вот что я вам скажу, Брэдли. Я выслушивал вашу болтовню лишь с одной целью: мне было интересно, как далеко вы зайдете. Вы, и сотни таких же лоснящихся крыс, разжиревших во время войны, сколотивших состояние на продаже дрянного пойла солдатам, набивших брюхо жратвой с черного рынка... у меня в стране таким, как вы, грош цена. Меня побросало по свету, и я повидал настоящих противников. Не таких сопляков, как вы, которые только и могут, что смердеть. Мне угрожали и раньше. Те парни, что трясли кулаками перед моим лицом, сейчас или наглухо заперты за решеткой, или кормят червей. Я не боюсь ни вас, ни вашего Фрэнки, маменькиного сынка. Я приехал по вашу душу и не успокоюсь, пока не узнаю, что палач взвесил вас, снял мерку и выбрал веревку надлежащей прочности. Хотите показать, что у вас крутой нрав? Поверьте, он не круче моего. И еще — избавьте меня от Фрэнки. Он слишком молод для таких развлечений. Но если он снова ко мне полезет, я пущу его шкуру на лоскуты. А за компанию — и вашу тоже.

Брэдли выслушал меня не перебивая. Тяжелое лицо его слегка покраснело, а пальцы барабанили по столешнице. В остальном он был совершенно спокоен.

— Ну ладно, Хармас. — Брэдли пожал плечами. — Раз уж вам так угодно. Не забудьте, что я вас предупредил.

— Не забуду, — усмехнулся я. — Но справиться со мной будет немного труднее, чем с Мэдж Кеннитт.

Лицо Брэдли сделалось непроницаемым.

— Не понимаю, о чем вы, — произнес он. — Впервые слышу это имя. Уходите и не возвращайтесь. Отныне клуб для вас закрыт. И повторюсь: не нужно лезть в чужие дела. Иначе тебе не поздоровится, щенок.

— Фу, как грубо, — сказал я и ушел.

ГЛАВА ТРИНАДЦАТАЯ

По пути из Министерства реконструкции и планирования (там я собирал материал для третьей статьи) мне встретился Корридан.

Я заметил его на оживленной мостовой. Инспектор куда-то спешил. Взгляд его был суровым и грозным, а губы сжаты в тонкую линию.

— Здравствуйте, брюзга, — сказал я, пристроившись рядом и стараясь идти в ногу. — Знаете, у вас лицо такое веселое — как будто кошелек потеряли.

Не останавливаясь, Корридан косо глянул на меня.

— Ну что вы за человек, — произнес он, шагая вперед так размашисто, словно надеялся от меня отделаться. — Настоящий стервятник. Если что-то произошло, вы сразу тут как тут.

Ноги у меня были не короче инспекторских, так что я с легкостью держал темп.

— Что не так на этот раз? — бодро спросил я. — Снова кого-то кокнули?

— Никого не кокнули, — холодно ответил он. — Чтобы вы знали, этот треклятый Юлиус Коул сбежал. Вчера вечером, когда я попытался войти к нему в квартиру, он выбрался через окно спальни и удрал.

— Его трудно винить, — заметил я. — Особенно после того, что случилось с Мэдж Кеннитт. Наверное, он решил, что его ждет такая же участь. Есть соображения, куда он мог направиться?

— Нет, но мы его найдем. Он нужен мне для допроса. Объявлен в розыск по всей стране. Долго он не продержится, но такие мероприятия — серьезный удар по государственной казне.

— Не забивайте себе голову финансами, — сказал я. — У вас есть и другие заботы. Главное — найти его живым.

— Когда же вы перестанете драматизировать? — сухо осведомился Корридан. — Вас послушать, так всё чертовски хуже, чем на самом деле.

— Сомневаюсь. — Я пожал плечами. — Кстати, как продвигается дело Джакоби?

Оступившись, Корридан бросил на меня резкий взгляд.

— Что вам об этом известно? — спросил он, замедляя шаг.

— О, я слежу за вашим стремительным взлетом к славе и богатству, — непринужденно ответил я. — Пару месяцев назад ваш портрет был во всех газетах, рядом с именем Джакоби. Так вы нашли пропавшие драгоценности?

Корридан мотнул головой:

— Они всплывут еще не скоро. А почему вы вспомнили Джакоби?

— Да вот, снова забавлялся со спиритической доской. Странно, что украденное кольцо нашлось в квартире Нетты, в банке кольдкрема. И невероятно, что кольцо фигурирует в таком сенсационном преступлении, а вы об этом умолчали.

Корридан мрачно улыбнулся:

— Я не все вам рассказываю. К тому же вы неплохо справляетесь сами.

— Это верно, — кивнул я. — Просто удивительно, сколько всего я разузнал.

— Например?

— Я тоже не все вам рассказываю. Но вскоре я посвящу вас в свои тайны, и мы поплачем друг у друга на плече.

Нетерпеливо махнув рукой, Корридан оглянулся в поисках такси.

— Вы не думали, что дело Джакоби может быть связано с Неттой Скотт и убийством Мэдж Кеннитт? — спросил я, когда рядом с нами, откликнувшись на зов Корридана, притормозило такси.

— Я всегда думаю обо всем, что связано с моими делами, — сухо ответил он, усаживаясь в машину. — Еще увидимся, Хармас. Можете довериться мне. И не беспокойтесь: независимо от вашего мнения, я специалист высокого класса.

— Пусть это утверждение останется между нами, — сказал я. — Некоторые так не считают.

Проводив такси взглядом, я усмехнулся и пошел к себе в «Савой». Итак, Юлиус Коул пустился в бега. Не удивлюсь, если его труп найдут в канаве.

В гостинице меня ожидало сообщение от Кристал: она предлагала встретиться и выпить джина. Оставила телефонный номер и просила перезвонить.

Поднявшись к себе, я так и сделал.

Кристал тут же взяла трубку.

— Привет. На проводе твоя американская любовь из гостиницы «Савой». Получил твое предложение. Должен сказать, я от него в восторге. Говори: когда и где?

— Заезжайте ко мне домой. — Она назвала адрес на Гертфорд-стрит.

— Ты же говорила, что живешь с папашей. Он еще занимается чучелами птиц.

— О, я умею шутить не хуже вашего. — Хихикнув, Кристал повесила трубку.

В начале восьмого я был на месте. Квартира располагалась над магазином антикварной мебели. Поднявшись по ступеням, покрытым красным ковром, я оказался на маленькой площадке, которая служила общей кухней.

Одна из дверей приоткрылась, и я увидел светловолосую голову Кристал. Девушка послала мне воздушный поцелуй.

— Идите вон туда. — Голой рукой она указала на другую дверь. — Я мигом.

— Мигом — это слишком долго, — нашелся я. — Пожалуй, я сам к тебе зайду.

Торопливо прикрыв дверь, Кристал сообщила, что на ней только нижняя рубашка, а в таком виде принимать джентльменов не следует.

— С чего ты решила, что я джентльмен? — осведомился я, колотя в дверь. — Именно такие ошибки доводят девушек до беды.

Кристал заперлась на ключ, но я услышал, как она хихикает.

— Пройдите в гостиную и ведите себя прилично, — велела она.

— Ну ладно. — Войдя в комнату, я плюхнулся на канапе. Миленько: уютно, светло, много цветов. Подобные интерьеры настраивают на чрезвычайно дружелюбный лад — и парней, и девушек.

У моего локтя стоял столик, а на нем — бутылка виски, бутылка джина, бутылка сухого вермута, сифон с содовой и шейкер для коктейлей.

ДЖЕЙМС ХЭДЛИ ЧЕЙЗ

Смешав два мартини, я закурил и принялся терпеливо ждать.

Через некоторое время в комнату вошла Кристал: пурпурный халат, белые шлепанцы и лицо, исполненное ожидания.

— Вот и я. — Усевшись рядом, она похлопала меня по руке и улыбнулась.

Решив, что она выглядит очень мило, я передал ей мартини и поднял свой бокал:

— Ну, за твою фигуру. Пусть ее формы всегда остаются такими же пышными. — Я отпил половину мартини. Коктейль получился неплохой. — Значит, болтовня о папаше — всего лишь розыгрыш?

— Не совсем. Мой папаша и правда занимается чучелами, но я с ним больше не живу. Мне его занятие не по душе, да и он меня терпеть не может. Я всегда говорю парням, что живу с отцом, чтобы у них отпало желание провожать меня домой.

— Как же вышло, что я оказался в твоем гнездышке? — с улыбкой спросил я.

Кристал захлопала ресницами:

— Чтоб вы знали: у меня на вас планы.

— Моя матушка говорит, приличные девушки не строят планов на мужчин.

— С чего вы взяли, что я приличная? — Отставив бокал, Кристал обвила мою шею руками.

Следующие пять минут мы были довольно близки, а потом я вырвался из ее объятий и напомнил:

— Не забывай про «Ньюс оф зе уорлд».

— Для меня эта газетка — вчерашний день. — Кристал положила голову мне на плечо, и моя рука оказалась у нее на талии.

— Чуть позже, — пообещал я. — Не гони лошадей. Кстати, хотел тебе рассказать: сегодня утром я встречался с Брэдли. По какой-то причине он меня невзлюбил. Так что в клуб меня больше не пустят.

НЕ МОЕ ДЕЛО

Кристал выпрямилась, глаза ее возмущенно вспыхнули.

— Почему?

Я притянул ее ближе — так, чтобы ее голова снова легла мне на плечо.

— Он думает, что я слишком любознательный. Но мне плевать. Так что и ты не обращай внимания.

— Раз он так с вами обошелся, то и мне, пожалуй, не стоит ходить в клуб, — сердито произнесла Кристал. — Вот только не знаю, чем еще заняться. Вы не думали взять меня на содержание? Всегда мечтала быть содержанкой.

— Содержать женщин — это не по мне. Думаю, это женщины должны меня содержать.

— Ах, снова ваши шуточки. — Она стукнула меня по колену. — А если серьезно, хотели бы меня содержать?

— Ни в коем случае, — серьезно ответил я. — Мне и на себя едва хватает.

Кристал вздохнула:

— Ну что ж, ладно. Вот я невезучая. Пожалуй, не пойду сегодня в клуб. В холодильнике есть курица. Давайте съедим ее и проведем вечер вместе.

— Шикарно.

Она встала:

— Я приготовлю ужин. А вы посидите в качестве украшения.

Меня это вполне устраивало. Люблю сидеть в качестве украшения. Наполнив стакан, я закурил и расслабился. Было приятно смотреть, как Кристал собирает на стол. Внезапно я подумал, что взять ее на содержание — не такая уж плохая мысль.

— Скажи мне, моя сладкая, — спросил я, — ты же смотрела в оба? И держала ушки на макушке?

— О да. Проблема в том, что я не знаю, кого слушать. Хотя кое-что я вам расскажу. — Отвернувшись от стола, она взглянула на меня. — Сегодня днем я была в клубе и слышала, как один странный мужчина спрашивал Брэдли. Он напомнил мне ухажера Нетты — ну, вы помните, парня в «бентли».

— Продолжай, — заинтересованно попросил я.

— Не знаю, он ли это. Но телосложение такое же, и в целом мужчина показался мне знакомым. Крупный толстый блондин. Я еще подумала, что он похож на педераста.

— Не заметила, он часто склоняет голову набок? И какая у него стрижка — очень короткая?

Кристал кивнула:

— Вы его знаете?

— Похоже, это мой старый приятель, Юлиус Коул, — сказал я. — Что было дальше?

— Ну, Брэдли такой выходит из кабинета, сердито смотрит на него и спрашивает: «Чего тебе надо?» А мужчина говорит: «Я пришел к тебе, Джек, по очень важному делу». И тут Брэдли с расстроенным видом уводит его к себе в кабинет. Что было дальше, я не знаю — сами понимаете.

Потушив сигарету, я закурил следующую.

— Вспоминай хорошенько. После этого хоть что-нибудь произошло?

— Я видела, как Фрэнки вошел в кабинет Брэдли. Потом вышел и направился в гараж. По пути поговорил с Сэмом. Сказал, что прямо сейчас поедет за город. Я заметила, что он вне себя от бешенства. Вот, пожалуй, и все.

— Этого достаточно. — Я подошел к телефону, отыскал в справочнике фамилию Мерриуезер и позвонил на домашний номер.

Детектив снял трубку.

— Это Хармас, — сказал я. — Вы не могли бы немедленно связаться с Литтлджонсом? Нужно отследить человека, который сейчас направляется в Лейкхем.

Мерриуезер сообщил, что мог бы. Голос его звучал удивленно. Он попросил описать человека, и я дал ему словесный портрет Юлиуса Коула.

— Возможно, он приедет в автомобиле марки «стэндард-фортин», — добавил я и продиктовал номер машины. — Пусть Литтлджонс глаз с него не спускает. Даже если придется отвлечься от миссис Брэмби. Коул — важная фигура. В любом случае он, скорее всего, остановится у миссис Брэмби. Займитесь этим немедленно.

Мерриуезер пообещал, что тут же свяжется с Литтлджонсом, и повесил трубку.

Широко раскрыв глаза, Кристал с любопытством слушала наш разговор.

— Когда вы говорите о делах, меня от вашего голоса просто в дрожь бросает, — призналась она. — Словно смотришь фильм с Хамфри Богартом.

— Помнишь, как Богарт поступил с Лорен Бэколл? — спросил я, скорчив гримасу и делая шаг вперед.

— Припоминаю, что не очень-то учтиво. — Кристал в спешке попятилась.

Я притянул ее к себе и поцеловал, а потом спросил, как ей это нравится.

— Не распробовала, — вздохнула Кристал, прижавшись ко мне всем телом. — Можно еще? Ну пожалуйста.

Внезапно мне в голову пришла одна мысль.

— Скажи, милая, ты когда-нибудь видела в клубе человека по имени Джакоби?

Она покачала головой:

— Вы о том, которого убили? Нет, я не была с ним знакома. Но знала его жену, Сельму. До замужества она работала в клубе. Милая девушка, она была без ума от Джорджа. С тех пор как его убили, Сельму я не видела. Не знаю, где она живет. Я хотела с ней встретиться:

ведь она, должно быть, страшно тоскует по мужу. Хотя он, на мой взгляд, был человек неважный.

— Сельма Джакоби, — задумчиво повторил я. — Может, и ей отведено место в этой головоломке.

Кристал обхватила мою шею еще крепче.

— Давайте хоть ненадолго забудем об этом, — взмолилась она. — Такое ощущение, что вам до меня нет никакого дела. Только и говорите что о своих противных головоломках.

— Ну, не только, — заметил я.

— Можем мы хоть немного развлечься? Прямо сейчас? — Она прижалась губами к моим губам.

И мы принялись развлекаться.

ГЛАВА ЧЕТЫРНАДЦАТАЯ

Меня поджидали у дома Кристал. Пожалуй, я сам напросился. После угроз Брэдли следовало быть настороже, но, проведя пару часов в компании Кристал, я совершенно вымотался, и чувства мои притупились. Я вышел на темную улицу, совершенно не подозревая, что меня ждет.

Все произошло так быстро, что я едва успел сдавленно вскрикнуть. Потом что-то обрушилось мне на голову, и я потерял сознание.

Придя в себя, я понял, что лежу на полу быстро движущегося автомобиля, на лице у меня отвратительно смердящая тряпка, а на груди — чей-то тяжелый ботинок. Голова раскалывалась, а от тряпки исходила такая вонь, что я боялся задохнуться.

Я не шевелился, пытаясь понять, что случилось. Наверное, Брэдли решил пояснить мне, что значит «не лезть не в свое дело». Не испытывая особенного удовольствия, я задумался, куда меня везут и перережут ли мне горло. Затем я осторожно пошевелил руками.

Их забыли связать, и ноги тоже. Тот, кто ударил меня по голове, недооценил толщину моего черепа.

Ботинок приподнялся, а потом снова наступил на меня.

— А он тихоня, — произнес чей-то голос.

— Ты его не слишком сильно стукнул, Джо? — спросил кто-то еще.

— Не сильно, — ответил Джо. — Так, похлопал по макушке. Ухи ему надеру, он и оклемается.

Я поморщился. Не очень люблю, когда меня дергают за уши.

— А что мы никак не приедем? — продолжал второй голос. — Слышь, Берт, сколько еще ехать осталось?

— Уже почти на месте, — ответил первый. — Такой ответ устраивает?

— Вполне, — сказал Джо.

Замедлив ход, автомобиль какое-то время покачался на ухабах и остановился.

— Отличное местечко, — произнес Берт. — Тихое. Никаких лишних глаз.

«Их трое, — подумал я. — Что ж, это лучше, чем четверо». Не двигаясь, я ждал развития событий.

Ботинок надавил на меня сильнее. Открылась дверца машины; кто-то прошаркал по гравию.

— Вытаскивайте его. И смотрите, чтоб не дурковал, — сказал Берт. — Джо, займись. Мы с Тэдом посмотрим, а то вдруг забалует.

— Надеюсь, что забалует, — ответил человек по имени Джо. — Не люблю, когда мужик без сознания, а его бить надо.

Он начинал мне нравиться.

Остальные расхохотались.

— Все шутки шутишь, — фыркнул Берт. — Сознание, бессознание... Нам с Тэдом без разницы. Правда, Тэд?

— Я этого негодника с радостью поколочу, — весело отозвался Тэд. — Уже две недели как не разминался.

Чьи-то руки схватили меня за лодыжки и выдернули из машины. Плечи ударились о подножку, но голову удалось уберечь. Теперь я неподвижно лежал на земле и терпеливо ждал, когда с головы снимут тряпку.

— Дружище, ты не слишком сильно его стукнул? — спросил Тэд. — Какой-то он тихий.

— Скоро станет громкий, — пообещал Джо. — Давай-ка взглянем на него.

Тряпку сорвали, и лицо мое приласкал прохладный ночной ветерок.

Я осторожно глянул из-под прикрытых век. Надо мной нависли три массивные фигуры, за ними были звезды и черное небо, а вокруг — деревья и кусты.

— Зажги спичку, Тэд, — проворчал Джо, склоняясь надо мной. — Давай-ка глянем на клиента.

Я ждал, мышцы мои напряглись.

Слабый мерцающий огонек осветил широкое лицо Джо, битое-перебитое. Похоже, он увлекался боями без правил, а рот у него был той самой ширины, о какой вы мечтаете, когда на ужин подают омара. Присев рядом со мной, он взял меня за подбородок — пальцами, но мне показалось, что клещами. Дальше ждать я не стал. Согнув ноги в коленях, я дернулся вбок и, распрямившись, лягнул его в грудь. Ощущение было такое, словно я пнул кирпичную стену.

Взвыв от ярости и удивления, Джо отлетел назад.

Извернувшись, я вскочил на четвереньки, и тут на меня бросилась следующая массивная фигура. Высоко подпрыгнув, человек обрушился на меня, выставив ноги вперед. Этот зрелищный прием распространен в боях без правил; на вид он кажется несложным, но исполнить его не так-то просто. У меня была доля секунды, чтобы увернуться, и я успел. Человек упал на землю в полуфуте от меня, и я с размаху ударил его по голове. Череп у этого парня оказался каменный, и боль от удара пронзила мне всю руку.

Теперь я стоял на ногах. Третий человек, пригнувшись, несся прямо на меня. Его свинг, угодив в плечо, отбросил меня назад; и это он еще не замахнулся как следует. В следующий размашистый удар парень вложил всю свою массу. Восстановив равновесие, я уклонился и со всей силы врезал ему в левый глаз.

Не дожидаясь, что будет дальше, я развернулся и припустил по густой траве.

Поле было размером в много миль и плоское, как тарелка. Кое-где росли редкие кусты, а деревья попадались еще реже, так что спрятаться было негде. Похоже, у меня была ровно одна возможность спастись: бежать и не останавливаться. Прижав локти к бокам, я сломя голову мчался по траве. Хотелось верить, что я в лучшей форме, чем те трое.

Вслед мне летели дикие вопли и проклятия, а затем наступила тишина. Не останавливаясь, я услышал звук автомобильного мотора и оглянулся.

Никто не собирался за мной бежать. Преследователи выбрали способ полегче: решили догнать меня на машине.

Трава, хоть и густая, не была помехой для автомобиля. Понятно, что через пару минут меня настигнут.

Я замедлил бег, но останавливаться не стал. Нельзя, чтобы я выдохся, когда эти парни меня догонят; с другой стороны, мне хотелось максимально отсрочить схватку. Будущее казалось безрадостным. Может, меня и не прикончат, но точно изобьют до полусмерти.

Я представил, как Брэдли ждет вестей от своих головорезов, и помянул его нехорошим словом.

Теперь машина была в нескольких ярдах от меня. На подножках, изготовившись к драке, висели Джо с Тэдом. Очутившись в пределах досягаемости, оба спрыгнули и бросились ко мне.

Уклонившись от Джо, я побежал в другую сторону. Тэд мчался за мной. Сбавив темп, я подпустил его поближе и рухнул на четвереньки. Колени Тэда врезались мне в бок, и он с размаху упал в траву. Не дожидаясь Джо, я вскочил на ноги и побежал дальше, но на этот раз Берт развернул машину так, что я оказался зажат между ней и Джо.

Я резко обернулся. Джо несся в мою сторону, изрыгая проклятья и размахивая руками. Поднырнув под его кулаки, я выпрямился, сильно ударил его в нос, и Джо отшатнулся.

Рано или поздно я не сумею уклониться; меня поймают, а к тому времени я совершенно выбьюсь из сил и окажусь в полной власти противника. В нескольких ярдах от меня росло высокое дерево. Решено. Ко мне неуклюже приближался Берт; обогнув его, я рванул к дереву и прижался к нему спиной в ожидании атаки.

Улучив момент, я глянул по сторонам. Ни домов, ни других строений, ни автомобильных фар — значит мы далеко от шоссе. Пусто и одиноко, словно в горах Уэльса.

Трое мужчин привели себя в порядок, подошли ближе и встали прямо передо мной.

Взглянув на них, я понял, что моей судьбе не позавидовал бы и обреченный на смерть гладиатор. Я ждал, выставив вперед кулаки: пусть видят, что без боя я не сдамся.

В центре стоял Джо, а по бокам, справа и слева, — Берт и Тэд.

— Ну, приятель, — сказал Джо, придвигаясь ближе, — сейчас мы тебя побьем, а потом ты уедешь из Англии. Дошло? А если не уедешь, мы побьем тебя снова, еще сильнее. И будем бить, пока ты не поймешь, что пора домой. Смекаешь?

— Мысль в целом ясная, — сказал я, пристально глядя на него. — Но если я вас покалечу, не обижайтесь. Обычно я не дерусь с противниками слабее меня. Это идет вразрез с моими принципами.

Джо расхохотался:

— Вот потеха! За нас не беспокойся, дружище. Если здесь кого и покалечат, то только тебя.

У меня появилось неприятное предчувствие: если Джо и ошибался, то не сильно.

— Ну давай, размажь его, — подгонял Тэд. — А я приступлю, как ты закончишь.

— Как я закончу, от него мало что останется, — заметил Джо, сжимая кулаки.

— Я не привередливый, — сказал Тэд. — Много, мало — главное, чтоб было над чем потрудиться.

Набычившись и оскалившись, Джо двинулся вперед. Он походил на гориллу, но был вдвое опаснее.

Я дожидался его в тени дерева, радуясь, что луна светит в спину, а не в глаза.

Он подходил все ближе, едва слышно шаркая по траве огромными ботинками. Точно оценить мои силы он не мог и не знал, удастся ли ему меня одолеть. Поэтому решил не рисковать.

— Ты, главное, до утра успей, — нетерпеливо сказал Тэд. — Может, ты никуда не торопишься, а я-то домой хочу.

— Не подгоняй, — произнес я, после чего взмахнул руками и дернулся в сторону Джо. Тот, ругнувшись, отскочил, после чего бросился вперед, пытаясь пробить мне в голову с левой. Скользнув вбок, я ударил его по ребрам, а с правой добавил в челюсть. Он заворчал, отпрыгнул и снова бросился на меня. Его правый кулак просвистел у меня над головой, а левый слегка задел ухо.

Мой удар пришелся противнику в горло; сбитый с ног, Джо плашмя растянулся на траве.

Подув на костяшки пальцев, я снова прижался спиной к дереву и взглянул на Тэда:

— Ты следующий, сынок. Предо мною все равны. Любимчиков у меня нет, а потому и ждать незачем.

Удивленно посмотрев на Джо, Тэд с Бертом бросились на меня.

«Ну, хоть одного подонка уложил», — подумал я, после чего ударил Берта в нос и принял удар в висок от Тэда — такой, что у меня лязгнули зубы. Берт, рыча, набросился на меня; его здоровенные кулаки врезались мне в корпус. Удар у него был поставлен неплохо: казалось, на меня обрушился Тауэрский мост. Стряхнув его, я примерился и влепил с левой в его плоскую уродливую физиономию — раз и еще раз. Тут наскочил Тэд; он ударил меня правой рукой, и я едва успел прикрыться левой. Внезапно в голове моей вспыхнул яркий свет, и я почувствовал, что падаю.

Через пару секунд я пришел в себя и обнаружил, что лежу на траве, а кто-то со всей силы пинает меня по ребрам. Откатившись, я попытался встать, но очередной удар снова швырнул меня на землю.

Я услышал, как Джо ревет во всю глотку:
— Дайте я ему добавлю!

Я заметил, как он бросился ко мне и вдруг высоко подпрыгнул. Мне удалось сдвинуться вбок и схватить Джо за ногу. Он попробовал высвободиться, но я вцепился крепко: вывернул ему стопу, налег на нее всем своим весом и с удовлетворением услышал, как хрустнула кость. Джо взвыл от боли, и тут меня схватили за волосы. Чей-то кулак врезался мне в подбородок, словно кусок металла.

Я почувствовал, что взмываю в воздух, а потом приземлился в густую траву, отчего из легких у меня вышел последний воздух.

Одурев от ярости, я пытался встать, но оказалось, что ноги меня не держат. Я упал на четвереньки.

НЕ МОЕ ДЕЛО

Чья-то туша обрушилась на меня, и я распластался на земле.

Я знал, что будет дальше, но ничего не мог поделать. Сопротивляться не было сил.

Избивали меня методично: один ставил на ноги и удерживал в вертикальном положении, а другой лупил кулаками по лицу и груди. Я чувствовал себя боксерской грушей. Когда один уставал, его место занимал другой. Похоже, все это продолжалось очень долго. Мне оставалось только терпеть. И я терпел.

Наконец они закончили. Я лежал на спине, в глаза мне натекла кровь, а во всем теле, казалось, не было ни одной целой косточки. Боли я почти не чувствовал — она придет позже. Сквозь распухшие веки я смотрел на луну и прислушивался. Звуки доносились до меня словно сквозь туман.

Я все еще был безумно зол и через несколько минут попытался встать на ноги. Зашатался, словно пьяный, и упал снова. Так вышло, что ладонь моя оказалась на крупном куске кремня. Это навело меня на соответствующие мысли.

С трудом встав на четвереньки, я крепко сжал камень. Его острые края впились мне в пальцы. Вглядевшись в темноту, я рассмотрел три фигуры. До них было несколько ярдов.

Тэд и Берт оказывали первую помощь Джо и его голеностопному суставу. Было приятно слышать, как Джо чертыхается, пока товарищи ощупывают распухшую ногу своими толстыми бесчувственными пальцами.

Я поднялся на ноги, пошатнулся, восстановил равновесие и направился к ним. Путь занял какое-то время; казалось, я иду против сильного ветра. Когда нас разделяло несколько футов, Тэд услышал мои шаги и обернулся.

— Ради всего святого! — воскликнул он. — На этот раз буду лупить его по роже, пока все кулаки не собью. Попомните мое слово.

Я понял, что дальше идти не могу, и терпеливо ждал, пока Тэд не подойдет сам. Он неторопливо приближался, одновременно занося правую руку для удара, а Джо с Бертом, повернув головы, следили за происходящим. Берт ухмылялся, а Джо раздраженно ворчал.

Остановившись прямо передо мной, Тэд сказал:

— А теперь, приятель, я покажу, как уложил Малыша Эрни в первом раунде. Если этот удар не оторвет тебе башку, я уж и не знаю, что делать.

Рука его пришла в движение. В этот момент я, собравшись с последними силами, швырнул кусок кремня ему в лицо.

Камень угодил ему в правую щеку, чуть ниже глаза, и пробил кожу до кости.

Изумленно взвыв, Тэд попятился, оступился и упал, заливая траву кровью.

Вот и все, что я мог сделать. Я сломал ногу Джо и оставил Тэду шрам на всю жизнь. Жаль, что не удалось преподнести сюрприз Берту, но я уже не мог стоять на ногах. Пошатнувшись вперед, я увидел, как Берт с руганью несется в мою сторону.

Его удар пришелся мне в подбородок, и я погас, словно свеча на ветру.

ГЛАВА ПЯТНАДЦАТАЯ

— Вы, наверное, думаете: странно, что она вышла замуж за такую развалину, — говорила Кристал. — Но он не всегда был таким. Когда мы познакомились, он был, конечно, не красавчик, но вполне симпатичный.

Открыв глаза, я понял, что почти ничего не вижу, и уставился в потолок. В комнате пахло цветами и антисептиком. Ощущение было такое, словно меня переехал паровой каток, но лежать на кровати было приятно.

— Вы пока что посидите с ним, миссис Хармас, — произнес женский голос. — Он должен прийти в себя с минуты на минуту. Проследите, чтобы он не волновался.

— О, мы давно женаты, — весело сообщила Кристал. — К сожалению, он уже не волнуется, когда видит меня.

Хлопнула дверь, и в поле зрения появилась Кристал. На ней было клетчатое платье, синее с белым, а еще белая шляпка без полей. Выглядела она очень мило. Пододвинув стул, она поставила сумочку на прикроватный столик.

Потянувшись, я ущипнул девушку. Она пронзительно взвизгнула, подскочила и обернулась.

— Я пришел в себя, — объявил я.

— Ох, милый, как ты меня напугал! — воскликнула она, украдкой потирая то место, куда я ее ущипнул. — Больше так не делай. Это очень грубо. — Влюбленно глядя сверху вниз, Кристал погладила меня по руке. — Ты не представляешь, как я за тебя волновалась, любимый. Чуть с ума не сошла.

— Ты не одна такая, — сказал я, сжав ее руку. — Я тоже чуть было не рехнулся.

— Ох, Стив. Похоже, я и правда в тебя влюбилась. — Опустившись на колени рядом со мной, Кристал потерлась щекой о мою руку. — Что у тебя с лицом, бедняжка? — Она пыталась сдержать слезы.

Поморщившись от боли, я уселся и окинул взглядом комнату. Судя по всему, я в отдельной больничной палате. Сердито поворчав, я лег снова.

— Как я сюда попал? — осведомился я. — И как ты меня нашла?

— Ты, главное, не волнуйся, милый, — сказала Кристал, взбивая подушку. — Мне позвонил один добрый, отзывчивый человек. Он нашел тебя на Уимблдон-роуд, а в твоем бумажнике оказался мой телефонный номер. Этот человек позвонил мне, вызвал «скорую», и тебя привезли сюда. Но что случилось, Стив? Кто тебя разукрасил?

Я осторожно провел пальцами по лицу и снова поморщился.

— Попал в драку, — ответил я. — Привязались какие-то хулиганы, вот и результат.

— Но почему они к тебе полезли? — спросила Кристал, широко раскрыв глаза. — Ты же такой хороший. Сказал им что-то не то?

— Наверное, да. — Я решил умолчать, что за всем этим стоит Брэдли. Иначе девушка совсем расстроится. — Так что ты там говорила насчет миссис Хармас?

— Значит, ты все слышал, — смущенно заметила она. — Ну, иначе меня не пустили бы в палату. Ты же не сердишься, милый? Как поправишься, мы всегда успеем развестись.

Похлопав ее по руке, я попытался улыбнуться, но не смог: мышцы лица меня не слушались.

— Я не против. Если бы я хотел жениться, то супруги лучше и представить нельзя. Но жениться я не собираюсь.

Кивнув, Кристал погрустнела:

— Вот это номер. Жениться он не хочет! А если придется?

— Давай-ка без пошлостей, — торопливо произнес я. — Скажи, давно я здесь?

— Два дня.

Я пошевелил руками и ногами. Сначала было больно, потом терпимо.

— Ну, оставаться здесь я не собираюсь. Пора вставать и убираться отсюда.

НЕ МОЕ ДЕЛО

— Ничего подобного, — твердо сказала Кристал. — Встанешь, только когда совсем поправишься, и ни минутой раньше.

— Ну ладно. Об этом можно спорить, пока не надоест, — заметил я. — Полиция знает, что со мной случилось?

Кристал кивнула:

— Боюсь, что да. Видишь ли, больница сообщает о пациентах вроде тебя. С того момента, как тебя привезли, у постели дежурил огромный неуклюжий полисмен. Я уговорила его подождать снаружи. Сейчас он за дверью.

— Наверное, хочет взять показания, — предположил я. — Пожалуй, лучше его впустить. Мы заставляем слугу закона ждать, а это нехорошо. Верно?

Кристал с тревогой взглянула на меня:

— Он мне не нравится. По-моему, не верит, что мы женаты.

— Значит, он хороший коп. Но я сумею его убедить. Пригласи его, милая, а сама побудь здесь. Мне полезно с тобой общаться.

— Правда? — Ее лицо просветлело. — Как я рада. Мне уж показалось, что тебе от меня один вред. — Наклонившись, Кристал нежно поцеловала меня.

Я похлопал ее по спине:

— Пригласи копа, милая. А не то я затащу тебя в постель.

— Затаскивать не придется, — ответила она, направляясь к двери.

Я услышал мужские голоса. Затем в палату вошел Корридан, а за ним — Кристал. Казалось, она напугана.

— Его я не приглашала, — тут же заявила она. — Он ждал снаружи вместе с тем, вторым.

Остановившись у кровати, Корридан посмотрел на меня сверху вниз. Его суровое лицо озарила дурацкая улыбка. Я впервые видел инспектора таким счастливым.

— Ну-ну, — сказал он, потирая руки. — Вас неплохо отделали, не так ли?

Я нахмурился и раздраженно спросил:

— Чего вам надо? Кого мне здесь не хватало, так это вас.

Пододвинув стул, Корридан уселся и улыбнулся еще шире.

— Я услышал новости, — сказал он, — и не устоял перед искушением позлорадствовать. Когда у меня были неприятности, вы всегда объявлялись рядом; вы стервятник. Теперь моя очередь. — Он буквально лучился радостью и добродушием. — Кто эта юная дама?

Кристал бешено жестикулировала у него за спиной, но я притворился, что ничего не вижу.

— Родственница. Седьмая вода на киселе, — сказал я. — Может, восьмая. До сих пор не было времени разобраться. Кристал, дорогуша, этот статный болван — инспектор Корридан. Он работает в Скотленд-Ярде. Когда я говорю «работает», ты понимаешь, что я имею в виду.

Улыбка Корридана стала чуть менее лучезарной.

— В последний раз я видел ее в гостинице «Савой», — язвительно произнес он. — В вашем номере. Тогда вы сказали, что эта девушка — дочь официанта.

— Это не мешает ей быть моей родственницей, — заметил я. На лице Кристал появилось недоумение, и я улыбнулся ей. — Только не нервничай из-за инспектора. Без парика и вставной челюсти он вполне милый старичок.

Корридан стер с лица улыбку и холодно посмотрел на меня.

— Ваши шуточки начинают выходить за рамки приличий, Хармас, — резко сказал он.

— Не сердитесь, дружище, — попросил я. — Не в той я кондиции, чтобы меня запугивать.

Кристал, отвернувшись от нас, сидела в углу. Она сложила руки на коленях, стараясь напустить на себя застенчивый вид.

Корридан наклонился ко мне:

— Может, хватит дурачиться? Кто вас избил?

Вздохнув, я повесил голову, прикрыл глаза и ответил:

— Я прикопался к одному лилипуту, и он вышел из себя.

Кристал хихикнула и закашлялась, словно бы прочищая горло. Корридан рассердился окончательно:

— Слушайте, Хармас, так не пойдет. Вы стали причиной многих неприятностей, и нам нужно знать, что за всем этим кроется.

— Я уже сказал, — терпеливо ответил я. — По крайней мере, такова моя легенда, и я буду ее придерживаться. Подавать жалобу я не собираюсь. Больничный счет оплачу самостоятельно. Я действительно не понимаю, с какой стати орда фараонов врывается сюда и начинает выспрашивать, что да почему.

Тяжело дыша, Корридан поерзал в кресле.

— На вас напали, — объяснил он. — Это дело полиции. И вы обязаны подать заявление.

— Я совершенно точно не планирую добавлять работы полицейским, — недовольно сказал я. — Я сунулся куда не надо и получил по заслугам. Это личное дело, и не хочу, чтобы в него вмешивались вы или ваши друзья. Так что забудьте.

Несколько секунд Корридан изучающе смотрел на меня, а потом пожал плечами.

— Хорошо, — сказал он. — Если вы до сих пор страдаете от комплекса «мне любое море по колено», разговор окончен. Значит, не будете подавать заявление? Тогда мне здесь делать нечего. — Отодвинув стул, он встал. — По-моему, я предупреждал, что вам не стоит лезть не в свое дело, не так ли? Похоже, вас хочет предупредить кто-то еще. Если нападение связано с убийством Кеннитт, скажите, кто это сделал, или смиритесь с последствиями.

— Я смирюсь с последствиями, — беспечно произнес я.

Корридан фыркнул:

— Так это связано с убийством Кеннитт или нет?

— Понятия не имею. Те головорезы, что меня поколотили, не оставили ни имен, ни адресов.

— То есть теперь вы говорите о головорезах?

— Верно. Про лилипута я пошутил. Вы же знаете: я парень крепкий. Лилипуту со мной не справиться. Те парни были вдвое крупнее Джо Луиса. Их было двенадцать, и я отбивался то ли два, то ли три часа. Вот это было сражение! Я уложил восемь человек — и поверьте, они молили о пощаде. Остальные четверо никак не отставали, и я продолжал их избивать. Сталинградская битва ничто по сравнению с нашей схваткой. — Тут я умолк, ибо Корридан окинул меня страшным взглядом и, громко топая, вышел из палаты.

Кристал подбежала ко мне.

— Ну зачем ты его так разозлил? — потрясенно спросила она. — Теперь у тебя будут неприятности.

Я притянул ее к себе:

— Это меня не тревожит, милая. Инспектор вполне безвреден. Жаль, что туповат.

— Мне он не по душе. — Кристал положила голову мне на плечо; было больно, но оно того стоило. — Не нравится, как он на меня смотрит.

— И как он на тебя смотрит?

— Об этом девица может рассказать только матушке, — чопорно ответила Кристал.

Через несколько минут в палату явилась медсестра. Услышав шаги за дверью, Кристал отошла к окну; она старалась выглядеть невозмутимой, но без особенного успеха. Прогнав ее, медсестра пощупала мне пульс, наложила на раны какую-то мазь и велела спать.

Как ни странно, упрашивать меня не пришлось. Я проспал до сумерек, а когда проснулся, понял, что мне стало получше. Выбравшись из постели, я неуклюже подошел к зеркалу и хорошенько себя рассмотрел. Ощущения были смешанные.

Вид у меня был гораздо хуже самочувствия. Оба глаза подбиты, кончик носа покраснел и распух, на скулах — два багровых синяка, а правое ухо — значительно больше обычного. И грудь, и руки покрыты кровоподтеками. Та троица неплохо надо мной потрудилась.

Вернувшись в постель, я вытянулся на простынях и подумал, что в ближайшее время физически не смогу что-либо предпринять. Через пару дней я должен быть готов схватиться с Брэдли. Пора удивить этого крысеныша.

В коридоре раздались шаги, а потом в дверь кто-то постучал.

— Войдите! — с надеждой крикнул я, приподнимаясь на подушках.

Дверь открылась, и в палату вошел человечек с печальным лицом. Раскрыв рот, я не мог поверить своим глазам. Передо мной стоял Генри Литтлджонс.

— Ради всего святого! — воскликнул я, с трудом усаживаясь. — А вы здесь откуда?

— Добрый вечер, мистер Хармас, — грустно сказал он. Поискал взглядом место для своего котелка, положил его на комод и сделал пару шагов вперед. — Мне очень жаль видеть вас в таком плачевном состоянии, сэр, — продолжал он, очевидно шокированный моим видом. — Надеюсь, вы быстро идете на поправку?

— Опустим любезности, — нетерпеливо произнес я. — У меня все хорошо. Присаживайтесь. Чувствуйте себя как дома. Я думал, вы в Лейкхеме.

— Там я и был, сэр. — Придвинув стул, Литтлджонс суетливо переступил с ноги на ногу, поддернул брюки, чтобы не пузырились на коленях, и уселся. — По крайней мере, до сегодняшнего полудня.

Заметив, что он чувствует себя неловко, я протянул ему пачку сигарет.

— Нет, спасибо, сэр, — отказался Литтлджонс. — Я не курю. — Жуя кончик уса, он устремил на меня печальный взгляд.

— Хотите что-то сообщить? — спросил я, не понимая, зачем он явился.

— Не совсем, сэр. — Литтлджонс забарабанил пальцами по коленям. — Наверное, мистер Мерриуезер еще не связывался с вами?

— Нет, не связывался, — озадаченно сказал я. — Что-то не так?

Литтлджонс стеснительно пригладил седеющие волосы:

— Дело в том, сэр, что мистер Мерриуезер отказался от вашего дела.

— Черт возьми. — Я подскочил в постели и тут же пожалел об этом. — В каком смысле?

— Видите ли, сэр, мистер Мерриуезер всегда считал, что это расследование выходит за рамки наших обычных занятий, — объяснил Литтлджонс. — Его интересовал... э-э-э... финансовый аспект вашего дела. Можно сказать, мистер Мерриуезер находил его соблазнительным. Но теперь, когда ему начали угрожать... в общем, он думает, что продолжать расследование бессмысленно.

— Угрожать? — Я навострил уши.

Литтлджонс серьезно кивнул:

— Насколько мне известно, вчера утром к нему заходили двое мужчин. Они в грубой форме объяснили, что, если мистер Мерриуезер тут же не откажется на вас работать, ему вправят мозги. Да, полагаю, именно так они и сказали.

Закурив, я нахмурил брови. Похоже, Брэдли разошелся не на шутку.

— Хотите сказать, Мерриуезер позволил этим двоим запугать себя?

— Эти люди были чрезвычайно грубы, — торопливо повторил Литтлджонс, словно извиняясь за малодушие Мерриуезера. — Они сломали ему стол, сказали, что избили вас, а теперь собираются избить и его. Мистер Мерриуезер немолод, и ему нужно заботиться о супруге. Должен признаться, я не виню его за такое решение. Надеюсь, вы согласитесь с моей точкой зрения, сэр.

Литтлджонс выглядел так торжественно, что я расхохотался:

— Все нормально. — Я улегся назад на подушки и улыбнулся Литтлджонсу. — Готов спорить, старый пень перепугался до потери пульса. Я нисколько его не виню. Эти ребята и меня крепко напугали. Не до потери пульса, но почти. — Внезапно я озадачился. — Но почему вы мне все это рассказываете? Вам-то какое дело?

Литтлджонс дернул себя за ус.

— Мне очень жаль бросать это дело, сэр, — признался он. — Очень жаль. Видите ли, сэр, мне нравилась его динамика. Хотите верьте, хотите нет, но я с младых ногтей мечтал стать детективом. И до нынешнего момента работа не приносила мне ничего, кроме разочарования. Дела у мистера Мерриуезера идут неважно. Обычно к нам обращаются по поводу разводов. Уверен, вы понимаете, что такая работа не очень интересна. Скажу больше: она откровенно скучна. Мне не нравится шпионить за женатыми людьми. Но по долгу службы именно этим я и вынужден заниматься. Я не молодею, и найти другую работу не так-то просто. Поэтому я и решил рассказать о своем положении, сэр. Надеюсь, вы простите меня за то, что отнимаю у вас столько времени. Я собирался предложить... — Окончательно смутившись, он помолчал. — Если позволите мне такую вольность, я собирался предложить свои услуги касательно вашего дела. С радостью соглашусь на меньший гонорар. В данный момент мистер Мерриуезер не может ничего мне предложить. Он платит, только когда я работаю на него. Поэтому я решил прийти сюда. Разумеется, вы не обязаны продолжать расследование, но я подумал, что будет уместно упомянуть о своих намерениях.

Я изумленно смотрел на него:

— Но если угрожают Мерриуезеру, то угрозы относятся и к вам тоже.

— Меня не так-то просто запугать, — тихо ответил Литтлджонс. — Уверяю вас, со мной этот номер не пройдет. Если вы все еще нуждаетесь в моих услугах, я в вашем распоряжении.

Внезапно я понял, что безмерно люблю этого парня.

— Разумеется. Делайте свое дело. Прежние условия вас устраивают?

Запинаясь, он удивленно произнес:

— О, мистер Хармас; вы, конечно, понимаете, что они были непомерными. Я готов...

— Нет. Получите столько же, сколько получал Мерриуезер, и точка, — твердо сказал я. — Не обманывайтесь: эти деньги придется заработать. Я не посвящал вашего босса во все подробности этого дела. Но вам я все расскажу, а потом сами решайте, нужна ли вам такая работа.

— Спасибо, сэр, — расцвел Литтлджонс. — Но сперва я должен сообщить, что видел рыжеволосую девушку. Вчера поздно вечером она вышла из коттеджа, и я хорошо ее разглядел. Она села в черно-желтый «бентли», после чего машина направилась в сторону Лондона; к сожалению, я не успел последовать за ней.

— Хорошо, — сказал я. — Вероятно, девушка решила посетить Лондон. Что ж, продолжайте следить за коттеджем. А теперь внимательно меня слушайте.

Я рассказал ему историю во всех подробностях, включая убийство Мэдж Кеннитт; про Джакоби, его жену Сельму, Брэдли, Юлиуса Коула и его визит в клуб. Не забыл и про то, как на меня напали.

— Вот, пожалуй, и все, — закончил я. — Эти ребята — та еще банда. Будьте очень осторожны.

Казалось, Литтлджонс меня не услышал.

— Спасибо, что доверились мне, сэр, — сказал он, поднимаясь на ноги. — Думаю, через пару дней мне будет что вам сообщить. Сейчас говорить преждевременно, но в ваших словах есть зацепка, которую я искал. Вскоре я свяжусь с вами.

— Эй! — позвал я, когда он, взяв шляпу, направился к двери. — Что насчет Юлиуса Коула? Он приехал в Лейкхем?

— Прибыл три дня назад и остановился у миссис Брэмби, — сказал Литтлджонс, открывая дверь, и повторил: — Через пару дней мне будет что вам сообщить.

И ушел, не дожидаясь, пока я снова попрошу его соблюдать осторожность.

ГЛАВА ШЕСТНАДЦАТАЯ

Два дня спустя, все еще в синяках и шишках, но по-прежнему бодрый и злой, я вернулся в гостиницу. Меня встречала Кристал. Номер был завален букетами и благоухал, как цветочная лавка. В ведерке ждала своего часа бутылка шампанского. Такое чувство, словно родина приветствует своего героя, — не хватало только духового оркестра и лорд-мэра.

— Дорогой! — воскликнула Кристал, обняв меня так крепко, словно собиралась задушить. — Добро пожаловать домой!

— Кто платит за шампанское? — осведомился я, высвобождаясь из ее объятий.

— Ты, милый, — радостно сообщила она. — Давай же откроем бутылку и выпьем за твое здоровье. Мои бедные миндалинки иссохлись в ожидании.

— Бутылку за семь фунтов? Нет, такую я открывать не собираюсь, — твердо сказал я. — Она отправится назад в погреб. За цветы, наверное, тоже плачу я?

— Так и знала, что ты не будешь против. — Взяв меня под ручку, Кристал прижалась лицом к моему плечу. — Если букеты тебе не нравятся, заберу их домой. Но раскошелиться за них придется тебе. У меня сейчас неважно с деньгами. Ты посмотри, как красиво стало в комнате, ведь правда?

— Оно-то понятно, но каково теперь у меня на банковском счету? Все это еще разорительнее, чем отгулять свадьбу. Давай-ка ты посидишь, а я просмотрю почту. Я выпал из жизни на целых четыре дня. Придется наверстывать упущенное.

— Ой, на это у тебя будет полно времени, — сказала Кристал. — Разве ты не рад меня видеть? Даже не поцеловал.

Я поцеловал ее.

— Теперь присядь и помалкивай. Дай мне минутку.

— Я так люблю тебя, Стив. Даже несмотря на разбитое лицо, — усевшись, продолжала она. — Но мне бы хотелось, чтобы ты был чуть более романтичен.

— Спасибо, что назвала это лицом. — Глянув в зеркало, я скривился. — Сожалею, что я не романтик. Может, тебе лучше связаться с Фрэнком Синатрой?

Плечи Кристал сокрушенно поникли.

— Зато я вне конкуренции, — сказала она. — Для девушки, которая решила встречаться с чудаком вроде тебя, это единственное преимущество.

— Как только появится время, я докажу тебе, что у меня в жилах течет кровь, а не водица, — с улыбкой ответил я, после чего занялся почтой. Распечатал письмо Мерриуезера: рассыпаясь в извинениях, он отказывался от моего дела столь решительно, что я даже умилился. Развернул записку от Корридана: тот поздравлял меня с выздоровлением и выражал надежду, что вскоре я отправлюсь домой. А еще давал очевидный совет: раз уж мне повезло остаться в живых, то отныне не стоит лезть не в свое дело. Я бросил записку в мусорную корзину. Остальные письма были из Америки; их следовало прочесть незамедлительно.

Я прогнал Кристал, пообещав, что мы встретимся вечером. Уселся за работу и не вставал до полудня.

Пообедав, я принялся за четвертую статью из цикла о послевоенной Британии, но перед этим взял телефонный справочник и нашел номер Джека Брэдли. Оказывается, у него квартира на Хейз-мьюз. Записав адрес, я со злостью захлопнул справочник. Однажды вечером я навещу мистера Брэдли, и мой визит хорошенько ему запомнится.

Вечером мы с Кристал ужинали в «Вэнити-фэйр». Выглядела она очаровательно. На ней было светло-голубое вечернее платье: по ее словам, это приз за участие в неравном борцовском поединке с одним из клиентов клуба. Я тактично воздержался от вопроса, кто победил.

— Сегодня в клубе был твой ужасный друг из полиции, — сказала Кристал, когда мы справились с превосходным телячьим эскалопом.

— Имеешь в виду Корридана? — заинтересованно уточнил я.

Она кивнула:

— Он провел полчаса в кабинете Брэдли, а когда уходил, остановился рядом со мной и просил обязательно передать тебе, что я его видела. Ведь ты любишь все знать. И еще сказал, что любопытство до добра не доводит.

Я рассмеялся:

— Как вижу, у этого парня начинает появляться чувство юмора. Интересно, чего он хотел от Брэдли? Раньше ты не встречала его в клубе?

Кристал покачала головой:

— О нет. Полисмены, как правило, к нам не заходят. Когда Брэдли провожал Корридана до двери, он был в ярости, а ведь Брэдли всегда держит эмоции при себе. Должно быть, Корридан сказал ему что-то чудовищно грубое.

— В скором времени я тоже собираюсь сказать мистеру Брэдли кое-что чудовищно грубое, — мрачно заметил я.

Кристал положила ладонь мне на руку:

— Ты же не наделаешь глупостей, милый?

— Я никогда не делаю глупостей. Ну, разве что с тобой милуюсь.

Она сердито взглянула на меня:

— Так вот, значит, как ты это называешь?

— А как еще называть? У меня сложилось впечатление, что мы с тобой сблизились.

— Однажды я забуду о том, что я дама, — зловеще произнесла Кристал, — и ты в полной мере осознаешь значение слова «сблизились». Обещаю, впечатления будут незабываемые.

— Как быстро ты меняешь тему. — Я похлопал ее по руке. — Есть новости от Сельмы Джакоби?

— Ну вот, началось, — вздохнула Кристал, качая головой. — Снова одни вопросы. Не понимаю, зачем я трачу на тебя лучшие часы моей жизни. Новостей от Сельмы нет. И полагаю, что не будет. Скорее всего, она начала жизнь с чистого листа. Иногда я думаю, что и мне пора поступить так же.

— Давай на секунду забудем про твою жизнь, — сказал я. — Сосредоточимся на Сельме. У нее есть друзья? То есть близкие друзья, которые помогут мне ее найти?

НЕ МОЕ ДЕЛО

— Ты же не собираешься гоняться за ней? — осведомилась Кристал, подняв брови. — Поверь, она не в твоем вкусе. Через пять минут в ее обществе ты умрешь от скуки. В твоем случае наилучший вариант — это я. В конце концов, я твоя первая и единственная любовь.

— Милая, это нужно мне для дела, — терпеливо произнес я. — Я пытаюсь раскрыть убийство. И если поговорю с Сельмой, то, скорее всего, узнаю что-то новое. Так у нее есть друзья?

— Вот эта фраза про дело мне очень понравилась. Прозвучала еще напыщеннее остальных. Но ты, наверное, так и будешь приставать, пока я не сдамся. Так что скажу сразу. Есть один парень, которому Сельма в свое время жутко нравилась. Они гуляли вместе, пока не объявился Джордж Джакоби. Парня зовут Питер Френч.

Внимательно глядя на Кристал, я потер подбородок. Питер... Может, тот самый Питер, о котором говорила миссис Брэмби?

— Ты знаешь, где его найти? — спросил я.

— У него автомастерская на Шепард-маркет. — Кристал назвала адрес. — Он часто говорил, что если мне понадобится горючее, можно взять у него. Вот такой человек; знает же, что у меня нет машины.

— Хоть ты и глупенькая, но очень мне помогла, — сказал я. — Напомни, чтобы я отблагодарил тебя, когда мы останемся наедине.

После ужина я посадил Кристал в такси (она неохотно решила, что лучше будет показаться в «Блю-клабе»), а сам направился на Шепард-маркет. Путь был недолгий: всего несколько минут пешком от «Вэнити-фэйр».

Автомастерская Френча находилась в одном из переулков. Бетонный пустырь, из оборудования — только скамейка и смотровая яма. Непохоже, что этот бизнес приносит доход.

Я подошел поближе. У открытых дверей прохлаждались двое мужчин в промасленных комбинезонах. Они без интереса посмотрели на меня. Один из них, совершенно лысый приземистый толстяк, достал из-за уха сигаретный окурок, закурил и выдохнул дым. Второй, помоложе и весь перемазанный маслом, безучастно взглянул на окурок и потерся плечами о стену.

— Мистер Френч на месте? — обратился я к лысому.

Тот смерил меня взглядом.

— Как вас представить? — спросил он. — А то я пока не знаю, на месте он или нет.

Я усмехнулся:

— Скажите, что я пришел по рекомендации из «Блю-клаба». Буду рад, если он выделит для меня минутку.

Лысый удалился в недра мастерской, поднялся по лестнице и скрылся из виду.

— Вы работаете допоздна, — сказал я молодому.

— Обычно закрываемся раньше, — проворчал он, — но сегодня обещали подкинуть работенку.

Через несколько минут лысый вернулся.

— Второй этаж, первая дверь направо, — сказал он.

Поблагодарив его, я обогнул лужу масла и ступил на огромную площадку из грязного бетона. На полпути я остановился. В дальнем углу стоял великолепный черно-желтый «бентли». Помедлив, я было направился к нему, но тут заметил, что лысый не спускает с меня глаз.

— Неплохая машина, — заметил я.

Он продолжал молча смотреть на меня.

Запомнив номер, я подумал, не этот ли автомобиль Литтлджонс видел в Лейкхеме. А еще Кристал говорила, что загадочный приятель Нетти ездил на таком же. Таких невероятных совпадений не бывает, так что, пожалуй, машина та самая. Я пошел вверх по лестнице, повторяя про себя номер машины. Постучав в первую дверь справа, я услышал мужской голос:

— Войдите.

Распахнув дверь, я шагнул в большой кабинет и тут же застыл на месте, пораженный шикарным интерьером. Центр комнаты был украшен китайским ковром прекрасной работы; даже полированные доски отполированы как следует, не говоря уже обо всем остальном. У окна — большой стол; повсюду расставлены уютные кресла, так и приглашающие присесть. Все, включая шторы, выдержано в яркой, современной цветовой гамме. Контраст с замызганным гаражом был просто разительным.

Повернувшись спиной к огромному кирпичному камину, стоял крупный темноволосый человек. В толстых пальцах его была сигара, а на каминной полке, в пределах досягаемости, стоял большой бокал с бренди.

Человеку было лет тридцать пять. На вид иностранец — вероятно, еврей. Черные волосы, разделенные пробором, были зачесаны назад двумя жесткими волнами, обнажая узкий лоб. Черные глаза его походили на терновые ягоды, а лицо было цвета рыбьего подбрюшья. Выглядел он впечатляюще: такой ухоженный, уравновешенный, демонстративно богатый, уверенный в себе и своем капитале.

Взглянув на меня без особенного восторга, он кивнул:

— Добрый вечер. Мне не сообщили ваше имя. Вы упоминали «Блю-клаб», верно?

— Меня зовут Стив Хармас, я из «Нью-Йорк кларион». Рад знакомству, мистер Френч.

Слегка прищурившись, он пожал мне руку и указал на кресло:

— Присаживайтесь. Возьмите сигару. А этот бренди не такая уж отрава. — Самодовольно улыбнувшись, он добавил: — Я плачу восемь фунтов за бутылку. Так что напиток, должно быть, не самый дрянной.

Я сказал, что предпочту сигарету, но от бренди не откажусь.

Пока Френч наливал бренди в бокал, я внимательно следил за его движениями. Мне вспомнились слова Кристал о мужчине в черно-желтом «бентли». Френч вполне подходил под описание. Такая машина скорее принадлежит ему, а не Юлиусу Коулу. Мне не верилось, что Нетта стала бы встречаться с Коулом, но Френч вполне мог ее очаровать.

— У вас здесь неплохо, — заметил я, принимая бокал у него из рук. — После первого этажа так просто удивительно.

Он с улыбкой кивнул:

— Я люблю комфорт, мистер Хармас. Работаю я допоздна и большую часть жизни провожу в этом кабинете. Почему бы не окружить себя красивыми вещами?

Я согласился, задаваясь вопросом, стоит ли говорить напрямую или лучше поискать обходные пути.

— Не могу не спросить о ваших синяках, — продолжал он, глядя на меня с дружелюбным интересом. — Если у парня подбит глаз, я молчу: возможно, его подруга вышла из себя. Но когда подбиты оба глаза, а остальное лицо разукрашено во все цвета радуги, я считаю необходимым проявить сочувствие.

— Очень мило с вашей стороны, — рассмеялся я. — Думаю, вы понимаете, что мой вид вызывает вопросы не только у вас. Хороший журналист, мистер Френч, обязан быть любознательным. Он вынужден совать нос в чужие дела. Так вышло, что трое джентльменов крупного телосложения остались недовольны методами моей работы. Объединив усилия, они попытались изменить черты моего лица. Как видите, не без успеха.

— Понимаю. — Френч поджал губы и приподнял брови. — Случись такое со мной, я был бы весьма раздосадован.

Я кивнул:

— Конечно же я раздосадован. Но я пришел не для того, чтобы обсуждать мое лицо. Думаю, вы можете мне помочь.

Френч молча кивнул и слегка насторожился.

— Насколько мне известно, вы знакомы с Сельмой Джакоби, — сказал я, решив не юлить.

Поставив бокал на каминную полку, Френч нахмурился.

— Не выйдет, друг мой, — коротко ответил он. — Простите, но я не собираюсь рассказывать газетчикам о миссис Джакоби. Если это единственная цель вашего визита, я вынужден пожелать вам доброй ночи.

— Сейчас вы говорите не с репортером, — сказал я. — Моей газете неинтересна миссис Джакоби. Я пришел к вам в качестве друга Нетты Скотт.

Задумчиво посмотрев на сигару, Френч отошел от камина и встал у окна.

— Вы знали Нетту Скотт? — спросил он. — Я тоже.

Я молчал. Стоит ли спросить, кому принадлежит «бентли»? Наверное, нет.

— Но какое отношение Нетта Скотт имеет к миссис Джакоби? — помедлив, продолжил он.

— Не знаю. — Я вытянул ноги. — Но интуиция мне подсказывает, что между ними есть связь. Думаю, Нетта была знакома с Джорджем Джакоби. Хочу это проверить. Возможно, Сельма сможет мне помочь.

— Зачем вам это проверять? — спросил Френч, все еще глядя в окно.

— Чтобы понять, почему она покончила с собой, — ответил я. — Вы же слышали об этом?

— Да. — Его массивные плечи съежились. Казалось, он не хочет говорить на эту тему. — Почему вас заботит самоубийство Нетты?

— Говорят, не тронь лихо, пока оно тихо. Мне такое не по душе. Я уже упоминал, что я человек любознательный. А такие, как Нетта, обычно не сводят счеты с жизнью. Мне интересно, нет ли здесь какой-то загадки.

Глянув через плечо, Френч хотел было что-то сказать, но передумал.

Повисла долгая пауза, а потом он произнес:

— Я не видел миссис Джакоби уже два или три месяца. С тех пор как она вышла замуж.

— Знаете ее адрес?

— Там она больше не живет, — ответил Френч. — Теперь в этом доме пусто.

— Где он находится?

— Какая разница? — Френч повернулся ко мне. — Я же говорю, она там больше не живет.

— Вдруг вернется. Позвольте выложить все начистоту. Вас ищет полиция. По крайней мере, в розыск объявлен крупный мужчина по имени Питер, знавший Нетту. У меня нет желания помогать полисменам. Но они охотно побеседуют с вами и будут гораздо менее вежливы, чем я. Мне нужен адрес Сельмы Джакоби, и вы дадите его — или мне, или полиции. Мне все равно, как будет, поэтому решайте сами.

Он пожевал потухшую сигару. По этому признаку всегда видно: человек о чем-то размышляет.

— С чего вы решили, что полиция хочет со мной поговорить? — холодно осведомился он.

Я рассказал ему про Энн Скотт и передал слова миссис Брэмби.

— Энн Скотт? Впервые слышу, — отрезал он. — Я даже не знал, что у Нетты была сестра.

— Со мной откровенничать незачем. Расскажете об этом в суде. Меня интересует только адрес Сельмы.

— Не хочу, чтобы сюда нагрянула полиция, — помолчав, сказал Френч. — Окажите мне любезность, держите рот на замке. Сельма жила на Хэмптон-стрит, в доме три-Б. Это недалеко от площади Расселл. А теперь уходите. Сегодня у меня еще много дел. Я и так уделил вам достаточно времени.

Я поднялся на ноги:

— У вас есть фотография Сельмы?

Внимательно посмотрев на меня, он покачал головой:

— Я не коллекционирую фотографии замужних женщин. Доброй ночи.

— Что ж, спасибо, — сказал я. — Я не буду сообщать в полицию. Если вас и побеспокоят, то не из-за меня. — Повернувшись к двери, я остановился. — Внизу я заметил отличный автомобиль. Он ваш?

Френч смерил меня взглядом:

— Да. Что с того?

— Ничего. Владеть такой машиной — настоящая удача.

— Доброй ночи, — повторил он. — Начинаю понимать, почему вам разбили лицо. И жалею, что над ним недостаточно потрудились.

Усмехнувшись, я сказал, что еще увидимся, и ушел.

ГЛАВА СЕМНАДЦАТАЯ

Кристал однажды упомянула, что Джек Брэдли обычно приезжает в клуб не раньше десяти вечера.

Шагая по Шепард-маркет, я решил, что, если зайду прямо сейчас, у меня хорошие шансы застать Брэдли дома.

Хейз-мьюз находится недалеко от Баркли-сквера. Через несколько минут я был на месте.

Квартира Брэдли располагалась прямо над гаражом. Из-за муслиновых занавесок кремового цвета пробивался свет лампы. Я бы предпочел войти через окно, но это было невозможно. За неимением лучших вариантов я позвонил в звонок.

Через несколько минут я услышал шаги. Дверь отворилась. Я не ожидал увидеть Фрэнки, а он, соответственно, не ожидал увидеть меня.

— Привет, громила, — сказал я.

Глаза его тревожно вспыхнули, и он собрался было завопить.

Готовый к такому развитию событий, я ударил его в челюсть, подхватил и осторожно опустил на пол.

Перешагнув через Фрэнки, я закрыл дверь и прислушался.

Передо мной были ступени, ведущие в квартиру. У подножия лестницы, на цоколе, стояла ваза с орхидеями. Я усмехнулся.

Ступени покрывал толстый зеленый ковер. Приятно проседая под ногами, он заглушал звук шагов. Стены были выкрашены в абрикосовый цвет, а перила — в темно-зеленый.

— Фрэнки, кто там? — спросил женский голос. Странно, но он показался мне знакомым.

Я обмер. Да, я знал этот голос. Я слышал его много раз. Но мне все равно не верилось, что эти слова произнесла Нетта.

Быстро шагнув вперед, я заметил наверху женские ноги, затянутые в шелковые чулки, и край голубого платья. Затем раздался испуганный вздох, и ноги исчезли из виду.

Я услышал звук стремительных шагов и побежал вверх по лестнице. Она оказалась неожиданно крутой, и я споткнулся.

Выругавшись, я восстановил равновесие и продолжил путь наверх, придерживаясь за перила руками. Наконец я очутился в маленьком холле. Передо мной было три двери.

Одна из них распахнулась, и в холле появился Джек Брэдли. На нем был зеленый халат, белый крахмальный воротничок и черный вечерний галстук. Глаза его были как две льдинки, а рот скривился от ярости.

Шагнув вперед, я заметил в его руке автоматический пистолет 38-го калибра и остановился.

— Ты за это заплатишь, — прорычал он. — Как ты посмел сюда врываться?

Не глядя на него, я прислушался. Где-то хлопнула дверь.

— Привет, Брэдли, — сказал я. — Твоя подружка — кто она?

— Выкинешь какой-нибудь фокус — пристрелю, — пообещал Брэдли. — Подними руки. Я вызываю полицию.

— Ничего подобного, — ответил я. — И стрелять ты не будешь. У тебя нет разрешения на пистолет, а если бандит вроде тебя начнет палить направо и налево, полиция легко поставит его в затруднительное положение. — Я говорил быстро, надеясь, что мой блеф сработает, и одновременно приближаясь к Брэдли.

Я видел, что в глазах его мелькнула неуверенность. Этого было достаточно. Я выбил пистолет, и он скатился вниз по ступенькам. Брэдли замахнулся, но я отпихнул его в сторону и ворвался в комнату, из которой он вышел.

Если не считать богатой обстановки, там было пусто. В воздухе пахло сиренью. «Значит, я действительно видел Нетту», — подумал я, и мне снова сделалось не по себе.

В комнате была еще одна дверь; метнувшись к ней, я дернул за ручку. Заперто. Отступив, я лягнул замок. Дверь распахнулась. За ней была деревянная лестница, ведущая на улицу. В этот момент раздался звук отъезжающего автомобиля.

Обернувшись, я обнаружил, что ко мне крадется Брэдли. В руке у него была кочерга. Уклонившись от удара, я перехватил его запястье, отобрал кочергу и вгляделся в его бледное лицо. Брэдли сердито уставился на меня в ответ.

— Помню, ты говорил, что будешь покрепче Фрэнки, — заметил я. — Вот и выдалась возможность подкрепить слово делом.

Я швырнул кочергу в угол. Она угодила в торшер, а тот в свою очередь опрокинул столик с бутылками и стаканами, порадовав меня приятным шумом.

— Ты об этом пожалеешь, — прорычал Брэдли, попятившись.

— Значит, не такой уж ты крепкий, — усмехнулся я. — Ты из тех, кто поручает грязную работу своим подручным. Ну же, Брэдли, сейчас ты в самой гуще событий. Пора размяться и показать, на что ты способен.

Схватив Брэдли за халат, я хорошенько встряхнул его и швырнул следом за кочергой. Весил он около шестнадцати стоунов[1], но жира в нем было значительно больше, чем мускулов.

Он так и остался лежать на полу. Подойдя поближе, я с улыбкой присел на ручку кресла. Брэдли, не пытаясь встать, прожигал меня поистине драконьим взглядом.

— Помнишь меня, Брэдли? — спросил я. — Парня, сующего нос не в свое дело? Мне подумалось, ты меня не узнаешь — после того, что твои бандиты со мной сотворили.

— Не знаю, о чем ты, — огрызнулся он. — Выметайся, пока я не вызвал полицию.

— Ты предупреждал, что проучишь меня, верно? — Достав сигарету, я закурил. — Что ж, меня не впечатлила твоя наука. Но моего урока ты не забудешь. Я на тебе, жирном, живого места не оставлю. Но, прежде чем начну, ты ответишь на несколько вопросов. Та девушка, с которой ты только что говорил, — кто она?

---

[1] Примерно 100 кг. — *Примеч. ред.*

— Ты ее не знаешь. — Брэдли медленно уселся. — Если не уберешься, Хармас, я убью тебя. Богом клянусь, я тебя прикончу!

Я пнул его в жирную грудь, и он снова растянулся на полу.

— Я же говорил, что крысам вроде тебя грош цена. Помнишь? — Я подмигнул ему. — Тебе не понять, что такое человек с крутым нравом. Убьешь? — Я рассмеялся. — Когда я с тобой закончу, ты и пальцем шевельнуть не сможешь.

Брэдли лежал, схватившись за грудь. Лицо его покраснело от боли и гнева, но встать он не пытался.

— Ну же, кто эта дамочка? Говори, или стукну. И буду бить, пока не скажешь.

— Сельма Джакоби, — проворчал он. — Теперь убирайся!

— Ответ неправильный. — Покачав головой, я легонько пнул Брэдли. — Это была Нетта, верно?

Щеки его обвисли. Кровь отхлынула от лица; побледнев, оно стало похоже на шмат сала.

— Спятил? — выдохнул он, подняв голову. — Нетта мертва.

— Ты сам себя выдал. — Сняв пиджак, я закатал рукава рубашки. — Вставай, Брэдли. Попробуй сделать то, для чего нанимал троих головорезов.

Он лежал неподвижно, как труп. В глазах его читался испуг.

— Оставь меня в покое, — сказал он. — Меня нельзя трогать, Хармас. Я старик. У меня проблемы с сердцем.

— Пока нет, но скоро будут, — рассмеялся я, после чего врезал ему ботинком по ребрам. — Вставай, подлец.

После нескольких пинков Брэдли все же поднялся на ноги. Я изо всех сил ударил его в глаз, и он отлетел в другой конец комнаты, где ухватился за книжный шкаф в попытке сохранить равновесие. Шкаф, покачнувшись, рухнул; по полу рассыпались книги. Подняв самую толстую, я запустил ею в Брэдли. Книга угодила ему в грудь, и Брэдли упал, опрокинув кресло.

Я продолжал швырять книги, пока Брэдли не укрылся за канапе. Я подошел поближе, и тут он бросился на меня, словно бык. Отмахнувшись от слабого удара правой, я подбил ему второй глаз и, не дав упасть, врезал по губам. Его зубы прогнулись в деснах, оцарапав мне кулак. Отшатнувшись, Брэдли сплюнул кровь. Губы его надувались, словно воздушные шарики, а глаза были прикрыты.

Он рванулся к телефону. Я позволил ему коснуться трубки, а потом схватил за колени и завалил на пол.

Когда я ослабил захват, Брэдли удалось меня ударить, но сил у него было не больше, чем у любой жирной крысы среднего возраста, предпочитающей завтракать стаканом виски.

С мясом вырвав телефонный провод, я колотил Брэдли трубкой, пока она не треснула у меня в руке.

Отступив, я оглядел комнату в поисках чего-нибудь подходящего, и не придумал ничего лучше, чем сорвать со стены картину с изображением упитанной голой дамы. Я разбил ее о голову Брэдли, когда тот наслаждался передышкой.

Потом я схватил торшер и стал его бить им.

Лежа на спине, Брэдли хрипел и сопел, а его физиономия выглядела значительно хуже моей.

Я надеялся, что он встанет, но он не вставал. Когда я пытался решить, стоит ли наступить ему на лицо, или и так сойдет, в комнату вошел Фрэнки. Вид у него был кровожадный. В правой руке он сжимал кухонный нож, и было заметно, что Фрэнки собирается им воспользоваться.

Он не стал набрасываться на меня. Подходил медленно, выставив нож перед тощим тельцем, оскалившись и сверкая глазами.

— Привет, Мармадюк, — сказал я. — Разве мамаша не говорила тебе, что играть с ножом опасно? Можно порезаться.

Он, что-то бормоча себе под нос, надвигался на меня.

Я решил, что не стоит подпускать его слишком близко. Сунув руку за спину, я нащупал книгу и запустил ею в противника. Книга попала ему в плечо, но Фрэнки это не остановило. Он подходил все ближе, и я решил отступить. Внезапно я понял, что, если допущу ошибку, он меня убьет.

Мы двигались по комнате, перешагивая через обломки мебели, стараясь не оступиться, не отрывая глаз друг от друга. Я понял, что он хочет оттеснить меня поближе к Брэдли, чтобы тот мог схватить меня за ноги. Если такое случится, Фрэнки получит прекрасную возможность продырявить мне шкуру.

Я перестал пятиться и пригнулся.

На секунду мои действия озадачили Фрэнки: он тоже остановился. Я сделал шаг вперед. Он легонько ткнул в мою сторону ножом, не решив, стоит ли налететь на меня или лучше сдать назад. Пока он размышлял, я бросился в атаку.

Лезвие рассекло рукав моей рубашки и оцарапало бицепс, но к тому моменту я уже держал Фрэнки за запястье. Пока я выворачивал ему одну руку, другой он вцепился мне в лицо. Было больно, и на мгновение я вышел из себя. Схватив Фрэнки за обвисшие штаны, я швырнул его на Брэдли — тот как раз пытался встать.

Пока они разбирались, кто есть кто, я сбросил нож с лестницы.

Обернувшись, я увидел, что они оба стоят на ногах. Оказавшись в компании Фрэнки, Брэдли расхрабрился.

— Убей эту сволочь, — буркнул он, подталкивая Фрэнки вперед.

Я расхохотался. Не смог сдержаться. Фрэнки — совсем шмакодявка. Без ножа он и лилипута не напугает. Но в храбрости ему не откажешь. Он бросился на меня, скрючив пальцы в подобии птичьей лапы. Но я дрался не с ним; моим врагом был Брэдли. Шагнув в сторону, я подождал, пока Фрэнки окажется рядом, и как можно аккуратнее стукнул его в челюсть. Поймал падающее тело, осторожно опустил его на пол, подложил подушку ему под голову, посмотрел на Брэдли и поцокал языком.

— Нехорошо заставлять ребенка драться вместо себя, — произнес я, приближаясь к нему. — Теперь посмотрим, сможешь ли ты ответить на несколько вопросов. Здесь была Нетта, верно?

Брэдли швырнул в меня стулом. Уклонившись, я схватил стул за ножки и разбил его о спину Брэдли. Присев рядом, я отвесил ему пять-шесть оплеух, потом схватил его за уши и постучал затылком об ковер.

— Ну давай же, крысеныш, — приговаривал я, не переставая выбивать ковер его головой. Жаль, что пол не бетонный. С другой стороны, я очень старался, и ушам Брэдли было больно, а такую боль способен терпеть не каждый. — Здесь была Нетта, верно?

— Перестань! — взвыл он. — Да, черт побери, Нетта!

— Вернулась с того света, да? — заметил я, оставив в покое его уши, но отвесив еще пару оплеух, чтобы Брэдли не расслаблялся. — Что ей было нужно?

— Деньги, — сердито проворчал он.

— Сколько ты ей дал?

— Триста фунтов.

— Зачем ей деньги?

— Чтобы скрыться от полиции.

— Почему?

— Я не знаю.

Я снова схватил его за уши и стукнул затылком об ковер.

— Почему? — повторил я.

— Я не знаю, — простонал он. — Богом клянусь, не знаю.

Сев ему на грудь, я щелкнул его по носу:

— Не верится, что ты расстался с бабками только потому, что она попросила. Говори, почему ты дал ей деньги?

— Она продала мне кольца, — всхлипнул он.

— Где они?

— Вон там.

Я рывком поднял его на ноги и поставил прямо:

— Не нужно скромничать. Показывай.

Шатаясь, Брэдли подошел к разбитому столу и выдвинул ящик.

— Вот, — сказал он и рухнул на пол.

Я взял четыре кольца с бриллиантами, рассмотрел, повертел в руках:

— Добыча Джакоби, верно?

— Не понимаю, о чем ты. — Он вздрогнул. — Нетта сказала, это ее кольца. Про Джакоби я ничего не знаю.

— Знаешь, крысеныш. Скоро ты окажешься за решеткой, так что говори побыстрее. Где она взяла эти кольца?

— Я не спрашивал, — прохныкал он. — Она попросила три сотни за цацки. Я видел, что они стоят дороже, потому и купил.

— Передам их Корридану, — сказал я, убирая кольца в карман. — Тебе известно, что будет потом.

— Это мое! — воскликнул он, потрясая кулаком. — Тебя посадят за воровство.

— Ну что ты как маленький. Мы оба знаем, что эти кольца украл Джакоби. Как мне найти Нетту?

— Не знаю, — ответил он, уткнувшись носом в окровавленный платок. — Она не сказала, куда направляется. Ты явился в чертовски неподходящий момент!

ДЖЕЙМС ХЭДЛИ ЧЕЙЗ

Я подумал, что он, должно быть, прав.

— Вставай, — велел я.

Брэдли не спешил. Я многозначительно замахнулся на него ботинком. Он вскочил на ноги и встал передо мной.

— Ладно, Брэдли, — сказал я. — Мы с тобой квиты. В следующий раз, когда вздумаешь кого-то проучить, получше выбирай себе жертву.

Присмотревшись, я решил, что по сравнению с Брэдли я просто красавчик. Размахнувшись, я ударил его в жирный подбородок и проводил падающее тело взглядом, после чего раскатал рукава рубашки, надел пиджак, направился к двери и свалил.

ГЛАВА ВОСЕМНАДЦАТАЯ

На углу Хэмптон-стрит я расплатился с таксистом и свернул в узкий тупичок. Три больших здания были почти полностью разрушены — остались только кирпичные стены и деревянные перекрытия. В четвертом, поменьше, располагалась скромная, необитаемая на вид типография; ее окна были заколочены досками. На двери в дальнем конце здания значился номер: «3-Б».

Шагнув назад, я взглянул на занавешенные окна. Света в них не было.

Как я и ожидал, дверь оказалась заперта. Я снова отступил и посмотрел вверх. Рядом с одним из окон проходила водосточная труба. Подергав ее, я решил, что она выдержит мой вес, и оглянулся. В переулке не было ни души.

Взбираясь по трубе, я пожалел, что не надел костюма похуже. Наконец я очутился на козырьке над входом в типографию. Оттуда было нетрудно дотянуться до окна. Я заглянул в темноту, прислушался. С площади

Расселл доносился гул транспорта. Вдалеке кто-то крикнул: «Такси!» — но из квартиры Сельмы Джакоби не доносилось ни звука.

Вынув перочинный нож, я отодвинул щеколду, поднял оконную раму, еще раз оглянулся и шагнул во тьму.

Я оказался в спальне и тут же ощутил, как по коже пробежали мурашки.

В комнате отчетливо пахло сиренью. Я опустил жалюзи, затем сдвинул шторы. Нащупав зажигалку, чиркнул колесиком о кремень. В слабом свете пламени я разглядел выключатель, подошел к нему и включил лампу.

Комната была маленькой, но довольно уютной. В углу стояла разложенная тахта, так и зовущая прилечь. На спинке висела ночная рубашка из голубого шелка; на полу, прямо под ней, стояли голубые шлепанцы.

Справа от окна был туалетный столик, заваленный коробочками с пудрой, тюбиками губной помады и прочей косметикой — то есть всем, что нужно девушке, которая следит за своей внешностью. У двери стоял комод, а слева от окна — платяной шкаф.

Выдвинув один из ящиков, я заглянул внутрь и увидел кучу шелка: чулки и нижнее белье. Чулки я вытащил. Некоторые были уже ношеные, другие — нет. Хмыкнув, я положил их на место и выключил свет. Открыл дверь, прислушался. В доме было так тихо и спокойно, что мне сделалось не по себе. Тишину нарушало только мое дыхание и размеренное биение сердца.

Я шагнул в короткий узкий коридор. В одном его конце была лестница, а в другом — еще одна дверь. Подкравшись к двери, я приложил к ней ухо и прислушался. Ни звука. Повернув ручку, я толкнул дверь, заглянул в кромешную тьму и снова прислушался. Подступила тревога; пожалуй, я даже слегка испугался. Нащупав рукой выключатель, я чуть помедлил, включил свет и окинул взглядом большую, богато обставленную комнату. Волоски у меня на шее встали дыбом, а дыхание перехватило.

На коричнево-синем ковре, поджав ноги, лежал Генри Литтлджонс: ладони разжаты, усы взъерошены, а рот перекошен от ужаса. Глаза его были безжизненными.

Шагнув вперед, я увидел, что кожа у него на виске рассечена. Кровь, стекая по шее, образовала зловещий нимб вокруг головы. Рядом с ним лежала тяжелая стальная кочерга — ее шарообразная рукоять была запачкана красным.

Стараясь не наступить на кровь, я наклонился и дотронулся до его руки. Она была теплой и мягкой. Я приподнял руку, затем отпустил. Она гулко шлепнулась на ковер. Литтлджонса убили совсем недавно.

Я был так изумлен, что простоял несколько минут, глядя на тело, ничего не чувствуя и ни о чем не думая.

А затем я просто обмер. Сердце мое, дрогнув, забилось так сильно, что я едва мог дышать.

В комнате была еще одна дверь, и теперь она пришла в движение: приоткрылась на дюйм, остановилась, приоткрылась еще на дюйм.

— Кто там? — спросил я, не узнав собственного голоса. Дверь распахнулась. Я машинально отступил назад. В дверном проеме стояла Нетта.

Мы смотрели друг на друга, а между нами лежало тело Литтлджонса.

Затем она сказала:

— О, Стив... Стив, Стив... Слава богу, ты наконец-то нашел меня.

Я стоял на месте, словно болванчик. Подбежав ко мне, Нетта схватила меня за руку.

— Стив, это я, Нетта, — всхлипнула она, падая в мои объятия.

Я молча подхватил ее, но не мог отвести глаз от Литтлджонса.

— Забери меня отсюда, Стив, — рыдая, говорила она. — Пожалуйста, забери меня отсюда.

Собравшись с духом, я обнял ее за талию и увел в спальню. Мы сели на тахту, и я дал ей выплакаться. Больше я ничего не мог сделать.

Через какое-то время я произнес:

— Нетта, так дело не пойдет. Ну же, возьми себя в руки. Я помогу тебе, если это в моих силах.

Отодвинувшись от меня, она провела пальцами по густым рыжим волосам. Взгляд ее остекленел от ужаса.

— Ты не понимаешь, — произнесла она хриплым, надломленным голосом. — Я убила его! Ты слышишь, Стив? Я его убила!

Похолодев, я попытался что-то сказать, но вместо слов из горла вырвалось хриплое кваканье.

Внезапно вскочив, Нетта бросилась к двери, но я успел ее схватить. Она пыталась вырваться, но я крепко держал ее. Перепуганные, мы смотрели друг другу в глаза.

— Ты его убила? — спросил я. — Бога ради, Нетта!

Она упала мне на грудь, и я почувствовал аромат сирени, исходящий от ее волос.

— Теперь до меня доберутся, Стив, — простонала она, прижавшись лицом к моей рубашке. — До сих пор у меня получалось скрываться, но теперь меня возьмут.

Я почувствовал, как по лицу течет холодный пот. Мне хотелось убраться отсюда. Дело нешуточное, и если я запутаюсь, то уже не смогу так просто передать его Корридану. Это же убийство. Схватив Нетту за руки, я пытался что-нибудь придумать. Мне вспомнились те счастливые мгновения, что мы пережили два года назад. Должно быть, это помогло справиться с нахлынувшим ужасом. Пожалуй, только из-за этих воспоминаний я не бросил Нетту и не сбежал.

— Успокойся, — сказал я, прижимая ее к себе. — Нам нужно выпить. Здесь найдется скотч?

Вздрогнув, Нетта еще крепче вцепилась в меня.

— Вон там!

Я понял, что она имеет в виду. Мягко оттолкнув, я усадил ее на кровать:

— Побудь здесь. Я сейчас вернусь.

— Нет! — воскликнула Нетта, повышая голос. — Не бросай меня, Стив! Не бросай меня. — Она впилась ногтями мне в запястье.

— Все в порядке, — сказал я, стараясь, чтобы не стучали зубы. — Я мигом. Успокойся, ладно?

— Нет! Ты не вернешься. Ты хочешь сбежать. Хочешь бросить меня в беде. Стив, не делай этого! Так нельзя!

Она снова разрыдалась, а потом, прижав руки к лицу, внезапно начала визжать.

Этот звук пронзил мне мозг, словно раскаленная проволока. Я испугался настолько, что не мог шевельнуться. Оторвав руку Нетты от своей, я сильно ударил девушку по лицу — так, что она упала на кровать.

И встал над ней.

— Заткнись, дуреха, — сказал я, покрываясь испариной. — Хочешь, чтобы кто-то заявился сюда и обнаружил тело?

Замолчав, Нетта посмотрела на меня; взгляд ее был пустым, а щека покраснела от моей оплеухи.

— Я вернусь, — продолжал я. — Сиди спокойно, и чтобы ни звука.

Я пересек коридор и оказался в гостиной. Литтлджонс лежал на прежнем месте — маленький, беззащитный, жалкий. Я смотрел на него — и чувствовал себя скверно.

Смотрел на его поношенный костюм, на стоптанные ботинки, на сбившиеся полосатые носки, на пере-

НЕ МОЕ ДЕЛО

кошенный рот, на мертвые глаза, в которых застыл ужас. Наклонившись, я положил руку ему на плечо.

В руке Литтлджонса, между большим и указательным пальцем, был зажат клочок бумаги. Нагнувшись пониже, я аккуратно вытащил его. То был обрывок глянцевой фотографии, и я озадаченно на него уставился.

Трупная муха, прогулявшись по застывшему глазу, зажужжала над лужицей крови. Передернувшись, я положил обрывок фотографии в нагрудный карман и подошел к стоящему у камина серванту. Там нашлась полная бутылка скотча. Прихватив два стакана, я вернулся в спальню и закрыл дверь.

Нетта лежала на кровати лицом вниз. Ее юбка задралась, обнажив бедро — на дюйм или около того. В такой момент парня сложно заинтересовать обнаженным женским бедром. Во всяком случае, у меня это зрелище не вызвало никаких эмоций.

Я налил в оба стакана по приличной порции виски, отметив, что рука моя дрожит как осиновый лист. Свой виски я выпил, словно воду. Напиток добрался до желудка, и секундой позже я почувствовал, что оживаю.

Склонившись над Неттой, я помог ей сесть:

— Давай же. Тебе нужно это выпить.

Нетту пришлось поить: сама она вообще ничего не могла удержать в руках. Давясь, Нетта проглотила виски и перестала плакать. Я дал ей носовой платок, налил себе еще и отставил бутылку.

— Покури, — сказал я, вкладывая сигарету в дрожащие губы Нетты. Взял вторую себе и присел на кровать. — А теперь рассказывай, да поживее. Я помогу, если это в моих силах. Не знаю, что за игру ты затеяла, но, если все расскажешь, я сделаю что смогу. Давай выкладывай.

Затянувшись, Нетта откинула с лица копну рыжих волос. Выглядела она плохо: заостренный нос, круги под глазами. С последней нашей встречи она сильно похудела. Но хуже всего был ее взгляд — пустой, безумный, пугающий. Он мне совершенно не понравился. Все остальное можно исправить, отдохнув на пляже. Все, кроме этого пустого взгляда. Такой же был у француженок, переживших многодневные воздушные налеты или вызволенных из немецкого плена. Такого взгляда не забыть.

— Я убила его, — тихо произнесла Нетта. Похоже, спиртное сделало свое дело, помогло ей собраться. — Услышала какой-то звук, прокралась сюда. Было темно. Я увидела, как кто-то движется, и ударила... — Она спрятала лицо в ладонях. — Потом включила свет. Я... я думала, это Питер Френч.

Не выпуская сигареты изо рта, я придвинулся ближе и вслушивался в каждое слово.

— Так не пойдет, Нетта. — Я положил ладонь ей на колено. — Давай начнем с самого начала. Пока что забудь про мертвеца. Начинай с начала.

Не поднимая взгляда, она сжала кулаки:

— Я не смогу снова через это пройти. Не смогу.

— Придется. Ну же, Нетта. Чтобы помочь тебе, я должен знать, насколько все плохо. Давай с самого начала.

— Нет! — Она вскочила на ноги, опрокинув стоявший на кровати стакан. — Пусти меня! Я не могу находиться рядом с ним. Ты должен забрать меня отсюда.

Я схватил ее за руки, встряхнул, усадил рядом и свирепо сказал:

— Заткнись! Никуда ты не пойдешь, пока все не расскажешь. Ты хоть понимаешь, о чем говоришь? Ты просишь меня сунуть голову в петлю.

Задыхаясь, Нетта пыталась вырваться, но я крепко ее держал.

— Я должен быть уверен, что человек, ради которого я рискую, того заслуживает. Это относится и к тебе. Так что, если тебе нужна моя помощь, не тяни. Сядь и рассказывай, да поживее.

Судорожно дыша, Нетта обмякла.

— Послушай, — продолжал я. — Этот паренек работал на меня. Может, ты и не собиралась его убивать, но все равно убила, и вернуть его к жизни нельзя, как бы нам того ни хотелось. Он был отважный человек. Мне он нравился, и я очень переживаю, что так вышло. Если бы на твоем месте сидел кто-то другой, сейчас я уже звонил бы в полицию. Но я не забыл того, что ты в свое время сделала для меня. Я многим тебе обязан, но не смогу помочь, пока ты будешь молчать. Теперь успокойся и говори. Расскажи все с самого начала.

— Но что ты хочешь знать? — выдохнула она, сжимая кулаки. — Стив, неужели ты не понимаешь, что чем дольше мы здесь просидим, тем хуже? Нас найдут... Меня найдут.

— Что за девушка была у тебя в квартире? Та, что умерла? — Я решил, что добьюсь результата быстрее, если буду задавать прямые вопросы.

— Энн... Моя сестра. — Нетта вздрогнула.

— Что за парень был с ней?

— Откуда ты знаешь?.. — Она взглянула на меня.

Взяв ее за подбородок, я приподнял лицо Нетты и заглянул ей в глаза. Она не отдернулась.

— Хватит увиливать, — сказал я. — Отвечай на вопросы. Что за парень был с ней?

— Питер Френч.

— Как он с ней связан?

— Он был ее любовник.

— А с тобой?

— Никак.

— Уверена?

— Да.

— Он убил ее, верно?

Лицо Нетты побледнело еще сильнее.

— Да, — ответила она и закусила губу.

Отстранившись, я вытер лицо рукой:

— Почему?

— Она узнала, что Френч убил Джорджа Джакоби.

— Как?

— Она не успела мне рассказать. — Нетта покачала головой.

— Вас с Френчем видели вместе. Как такое случилось?

— Он пытался найти Энн. Думал, что, если будет крутиться рядом, я приведу его к ней.

— Где она была?

— Скрывалась. Она узнала, что за кражей бриллиантов стоят Джакоби и Френч, а позже выяснила, что Френч убил Джакоби. Испугалась и спряталась.

— А Френч ее нашел?

Нетта кивнула:

— Он разыскал ее в ночном клубе, пьяную. Энн постоянно напивалась. Френч это знал и боялся, что она проболтается. Он привел ее ко мне.

— Зачем?

Нетта сложила руки на коленях:

— Хотел поговорить с ней. Узнать, что ей известно. Ночной клуб недалеко от меня, а Френч спешил.

— Во сколько они пришли?

— Около часа. Я проснулась и впустила их. Видела, что Энн, хоть и пьяная, была в ужасе. Она сумела шепнуть мне, что Френч собирается ее убить, и просила не спускать с нее глаз. — Нетта снова спрятала лицо в ладонях. — Прямо слышу, как она это говорит.

Плеснув еще виски в стакан Нетты, я заставил ее проглотить спиртное.

— Продолжай. Что случилось потом?

— Я не знала, что делать. Хотела одеться, но Энн боялась оставаться наедине с Френчем, а он не пускал ее ко мне в комнату. Я решила выиграть время, достала выпивку. Френч что-то подмешал в наши бокалы. Что-то мощное. Я тут же вырубилась, не успев предупредить Энн. Услышала ее крик — и больше ничего не помню.

— То есть Френч убил ее? — тихо спросил я.

Нетта вяло кивнула, пытаясь справиться со слезами.

— Мне так страшно. Он и меня убьет!

— Успокойся. Что было потом? Ну же, Нетта, мне нужно знать все подробности. Что было потом?

— Смутно помню, что он одел меня и свел вниз по лестнице — сама я идти не могла. На площадке стоял Ю Коул. Френч говорил с ним, но в голове у меня был туман, и я не слышала его слов. Потом Френч вытолкал меня из дома. Ночной воздух подействовал отрезвляюще, и я стала отбиваться. — Нетта закрыла глаза. — Френч ударил меня. Когда я очнулась, поняла, что лежу у него в машине. Попыталась встать, и он снова меня ударил. Я пришла в себя уже в какой-то комнате. За мной присматривала женщина, миссис Брэмби. Через некоторое время пришел Френч. Пригрозил, что прикончит меня, если я не буду сидеть в той комнате и делать, что говорят.

— Ты раньше слышала о миссис Брэмби?

Нетта кивнула:

— У Энн был коттедж в Лейкхеме. Его купил Френч. Приезжал на выходные или когда выдавалось время. Миссис Брэмби присматривала за домом.

— Почему они держали тебя взаперти? — Я протянул ей очередную сигарету.

— Френч хотел сбить полицию с толку. Чтобы думали, что в моей квартире нашли меня, а не Энн.

— Бога ради, зачем?

— Френч знал, что через меня его выследить не удастся. Но они с Энн довольно часто выходили в свет. Он боялся, что следствие свяжет его со смертью Энн. В коттедже он мутил какие-то темные делишки, и полиции не следовало о них знать. Френч думал, что если полицейские станут наводить справки по поводу Энн, то рано или поздно заявятся в коттедж.

— Что происходило в коттедже?
— Не знаю.
— Но что-то было не так. Откуда тебе это известно?
— Миссис Брэмби рассказала. Ей нравилась Энн. А еще она боялась Френча.
— Когда объявился я, Френч понял, что его план не сработает. Верно?
— Да. Ему позвонил Коул. Рассказал про тебя и добавил, что ты, скорее всего, захочешь увидеть... тело. Френч запаниковал, взял пару своих людей и забрал Энн из морга. Они тут же отвезли тело в коттедж, будто Энн умерла там, а не у меня в квартире.
— Да будь я проклят! То есть девушка, найденная у тебя в квартире, и та, которую обнаружили в коттедже, — одно и то же лицо?
— Да, это была Энн.
— Но в квартире нашли рыжую, а в коттедже — блондинку.
— Френч ни перед чем не останавливался. — Нетта вздрогнула. — Я ведь рыжая не от природы. У меня была хна, и Френч выкрасил волосы Энн, пока та была без сознания. А когда отвез тело в коттедж, осветлил волосы перекисью, вернув им естественный цвет.

Я поморщился. Да, этот парень и правда крыса бездушная.

— Давай дальше. Что было потом?
— Я стала для него обузой. Полиция искала мое тело. Френч хотел убить меня и спрятать труп там, где его не найдут. Но ему помешал Ю Коул. Мы с ним всегда ладили. Пока Ю был рядом, мне ничего не грозило. Он сказал, что Френч подбросил мне в квартиру одно из колец Алленби и теперь полисмены ищут меня. Я испугалась. Решила, что за мной гонится полиция, а Френч

ждет удобного случая, чтобы меня убить. Устроила так, что Ю помог мне бежать. Приехала в Лондон. Спрятаться я могла только... только здесь. Мы с Сельмой дружили. Пока она не вышла замуж за Джакоби, я часто здесь бывала. Знала, что после смерти Джорджа Сельма с Питером уехали в Америку. Питер провез ее нелегально.

— Питер? Какой Питер?

Нахмурившись, она провела ладонью по глазам:

— Забыла; ты же его не знаешь. Питер Аттерли. Американец, служил здесь. Милый парень. Когда Сельма попала в беду, он предложил уехать с ним. Сказал, что позаботится о ней.

— Это он дал тебе пистолет? Люгер?

— Люгер? — безучастно переспросила Нетта. Потом кивнула. — Совсем забыла. Я обещала, что подержу пистолет у себя. Но когда Питер уезжал, мы про него и не вспомнили. Откуда ты знаешь про пистолет?

— Он у Корридана, — сказал я. — Мы оба думали, что именно из него застрелили Джакоби.

— Но вы же выяснили, что это не так? — побелев, спросила Нетта.

— Конечно выяснили. — Я похлопал ее по колену. — Мы почти закончили. Зачем ты пошла к Брэдли?

— Пришлось. У меня не было денег. После нашей первой ссоры Брэдли всегда вел себя прилично. Больше идти было некуда. К тебе обратиться я боялась. Ю сказал, что где ты, там и полиция. Я хотела приехать к тебе, но Ю убедил меня, что это слишком опасно. Поэтому я пошла к Брэдли и все ему рассказала. Он, как порядочный человек, дал мне двести фунтов. Затем появился ты. Я ударилась в панику и сбежала.

— Продолжай. — Я почесал нос.

— Вернулась сюда, — говорила Нетта, внезапно вцепившись мне в запястье. — Открыла дверь, поднялась наверх. Услышала, что в гостиной кто-то ходит.

Решила, что это Френч. Клянусь, я думала, что это Френч.

Замолчав, она вгляделась мне в лицо:

— Стив! Ты должен мне поверить.

— Продолжай, — сказал я.

— Я подумала, он явился, чтобы убить меня. Чуть не сошла с ума от страха. Сама не понимала, что творю. Схватила кочергу и затаилась в темноте. Затем я поняла, что кто-то ко мне приближается. Я... я ничего не соображала... ударила его. — Она зарылась лицом в ладони. — Стив, ты должен мне помочь. Мне так страшно. Скажи, что поможешь. Прошу...

Встав на ноги, я прошелся из одного конца комнаты в другой.

— И как, черт побери, прикажешь тебе помочь? Рано или поздно убитого найдут. Узнают, что он работал на меня. Выяснят, что ты здесь пряталась. Единственное, что можно сделать, — рассказать все Корридану. Другого выхода нет. Он отнесется к тебе с пониманием. Он поможет тебе, Нетта.

— Нет! — Она вскочила. — Френч убьет меня, и полиция не успеет ему помешать. А если не убьет, то мне не поверят. Знаю, так и будет. Кроме тебя, мне никто не поверит. — Она обняла меня за шею, притянула к себе. — Стив, прошу, помоги мне. Знаю, у тебя получится. Вывези меня из страны — так же, как Питер Аттерли вывез Сельму. Можем уехать через день-два. Пока не нашли тело. — Вздрогнув, она оглянулась. — Питер договорился с другом-пилотом. Сельма отправилась в Америку на его самолете. Ты мог бы устроить то же самое для меня? Мог бы спасти меня — после всего, что было между нами?

— Дай подумать. — Опустившись на кровать, я снова закурил и просидел так несколько минут. А потом сказал: — Хорошо, Нетта. Я все устрою. Вывезу тебя из Англии, и после этого мы в расчете. Да, я тебе обязан.

Не думал, что цена окажется столь высокой. Но я все устрою.

Нетта упала на колени рядом со мной.

— Но как ты это сделаешь? — спросила она, схватив меня за руку.

— Нам поможет Гарри Бикс. Помнишь его? В тот вечер, когда мы с тобой познакомились, Гарри пришел со мной. Он каждую неделю перегоняет самолеты назад в Америку. Хороший парень. Он поможет. Тайком привезем тебя на аэродром и как-нибудь перебросим через границу. Все получится, Нетта, не беспокойся. Если я, черт побери, дал слово, то обещание свое сдержу.

Уткнувшись лицом мне в колено, Нетта расплакалась снова.

Я погладил ее по волосам, разглядывая картинку над кроватью. С нее смотрела красотка в желтых брюках. «Ну ты и дурак», — говорил ее взгляд.

Может, так оно и было.

ГЛАВА ДЕВЯТНАДЦАТАЯ

Пока Нетта собирала вещи, я вымыл посуду и стер отпечатки пальцев, после чего отнес бутылку скотча и стаканы назад в шкаф. Обернув руку носовым платком, я поднял окровавленную кочергу, смыл с нее кровь и снова положил ее рядом с телом Литтлджонса.

Когда я вошел в спальню, Нетта запихивала вещи в большой чемодан фирмы «Ревелейшн».

— Ничего не оставляй. Любая мелочь может вывести полицию на тебя, — сказал я.

— Я все собрала, — ответила она, закрывая крышку чемодана.

— Уверена?

Оглядев комнату, она кивнула:

— Да.

— Ладно. Теперь нужно придумать, куда тебя деть, пока я буду договариваться насчет самолета. Это может занять пару дней.

— Я знаю, куда пойти, — сказала она. — Пока тебя не было, я все обдумала. Теперь знаю.

Я посмотрел на нее:

— Куда?

— В квартиру Мэдж Кеннитт.

— Чего-чего? — Я даже рот разинул от удивления.

— В квартиру Мэдж Кеннитт. Там меня искать не будут.

— Бога ради! — воскликнул я. — Ты что, не знаешь? Ее убили. Тебе туда нельзя.

— Можно. Там никого нет, полиция уже все обыскала. Миссис Крокетт не станет сдавать квартиру, пока разговоры об убийстве не улягутся. Ближайшие три-четыре дня там будет безопасно. Но я собираюсь туда не только поэтому. В начале войны Мэдж запасла консервы. Я знаю, где они лежат. Уверена, банки все еще там. Мне нужно чем-то питаться. Если спрячусь у нее, не придется выходить за продуктами. Буду ждать, пока ты меня не заберешь.

— Уверена, что консервы на месте?

— Вроде как. По крайней мере, можно проверить.

Эта мысль мне не нравилась, но я согласился, что снабжать ее продуктами будет непросто.

— И как ты попадешь в квартиру?

— Мой ключ подходит к ее замку. И к замку Ю тоже. Во всех тамошних квартирах стоят одинаковые замки — ну, более или менее.

— Хорошо, — сказал я. — Но ты должна быть предельно осторожна.

Внезапно я понял: если Коул мог открыть дверь Мэдж своим ключом, то мог и убить женщину; он же мог стереть имя «Джакоби», написанное в пыли. Надо будет еще подумать об этом.

— Я буду осторожна, — пообещала Нетта.

— Значит, решено. Когда я обо всем договорюсь, то возьму машину и приеду за тобой. Когда именно — не знаю, но точно вечером. Так что будь готова.

Сделав шаг вперед, Нетта положила руки мне на плечи. Глубоко в глазах ее все еще таился ужас, но в целом она уже пришла в себя.

— Не знаю, как тебя благодарить, Стив, — сказала она. — Может, я и вела себя как дура с тех пор, как мы расстались. Но я не сделала ничего плохого. По-настоящему плохого. И я всегда помнила о тебе.

Похлопав ее по плечу, я отвернулся и серьезно произнес:

— Мы оба оказались в чертовски неприятной ситуации. Если сглупим, неверно разыграем свои карты, у нас будут серьезные проблемы. Не заблуждайся на этот счет. В таком деле я не стал бы помогать никому. Никому, кроме тебя, Нетта.

Ее ладонь скользнула в мою.

— Знаю. И еще знаю, что правильнее отказаться от твоей помощи, Стив. Я потеряла голову, но теперь взяла себя в руки. Если захочешь пойти на попятную, я не стану тебя винить. Как-нибудь справлюсь. Ведь всю свою жизнь я как-то справлялась. Могу и дальше сражаться в одиночку.

— Забудь, — отрезал я. — Это дело касается нас обоих. Но меня беспокоит одно...

— Что, Стив? — Она пытливо вглядывалась мне в глаза.

— Питер Френч. Если мы сбежим, он останется безнаказанным.

Нетта схватила меня за руку:

— Ну и пусть. Мы ничего не можем сделать, Стив, иначе сами окажемся в беде. Стоит что-то предпринять — и наши действия вернутся к нам бумерангом.

— Пожалуй, ты права, — кивнул я. — Но противно думать, что эта крыса...

Широко раскрыв глаза, Нетта сильнее сжала мою руку.

— Слышишь? — прошептала она.

— О чем... — начал я, но она закрыла мне рот ладонью.

— В квартире кто-то есть, — выдохнула она. — Прислушайся!

Застыв на месте, я повернул голову к двери.

Нетта была права. Я услышал, что внизу кто-то тихонько ходит.

Сердце мое забилось, как свежевыловленный лосось. Шагнув к выключателю, я потушил свет.

— Жди здесь, — прошептал я. — Ни звука. Как появится возможность, уходи, но не оставляй чемодан. Сможешь его унести?

Нетта прижалась ко мне, и я почувствовал, что она дрожит.

— Постараюсь, — сказала она. — Господи, как мне страшно! Как думаешь, кто это?

— Сейчас узнаю, — шепнул я в ответ. — Но ты меня не жди.

Я подкрался к окну. За ним была покатая крыша, а дальше — задний двор.

— Вот и выход из положения, — прошептал я, прижавшись губами к ее уху. — Дай мне пару минут, а потом выбирайся на крышу и спустись во двор. Отправляйся в квартиру Мэдж. Через день-другой я с тобой свяжусь.

Ее пальцы коснулись моей руки.

— Стив, любимый... — произнесла она.

— Как выйду, закрой дверь на засов, милая. — Сжав ее руку, я выглянул в коридор. Прислушался, ничего не услышал, вышел из комнаты и прикрыл за собой дверь.

Нетта задвинула засов. Я прошел в гостиную и на ощупь двинулся к светильнику. Секунду повозившись, я нашел его, выкрутил лампочку и осторожно положил ее на пол. Вспомнил про отпечатки, вынул носовой платок, поднял лампочку, тщательно вытер ее и положил обратно.

Вернулся к двери, остановился и прислушался. Сердце мое колотилось, а по лицу стекал пот.

Несколько секунд ничего не было слышно. Потом раздался тихий скрип. Звук повторился: кто-то поднимался по лестнице.

Вжавшись в стену за дверью, я ждал. Услышав, как поворачивается дверная ручка, я понял, что незваный гость уже наверху и пытается проникнуть в комнату Нетты. Вот бы у нее хватило сил не закричать. Да я и сам еле сдерживался.

Снова тишина, такая густая, что хоть ножом режь.

Внезапно я увидел, как дверь рядом со мной приоткрылась. Даже не увидел, а почувствовал. Во рту пересохло, а волоски на шее зашевелились. Дверь открывалась, дюйм за дюймом, и вдруг перестала двигаться. Я увидел, как по стене шарит бледная тень: человек пытался нащупать выключатель. И нащупал.

В тишине комнаты щелчок выключателя прозвучал громче пистолетного выстрела. Светлее не стало, и я вознес хвалу тем богам, что надоумили меня выкрутить лампочку. Поиграв мускулами, я стиснул кулаки и принялся ждать.

Повисла долгая пауза. Дверь не двигалась, и в комнате не было ни звука: разве что тяжело билось мое сердце. Едва дыша, я ждал. Нервы мои были натянуты до предела. И тут я различил новый звук — чье-то дыхание. Интересно, слышит ли гость, как дышу я? Может, поэтому он и не спешит войти?

Дверь снова начала открываться. Я присел у стены, готовый к броску.

Из-за двери появилась темная тень: размытые очертания головы и плечей на фоне жалюзи. Я знал, что меня не видно, и решил посмотреть, что предпримет гость.

Вглядываясь в темноту, он сделал еще один шаг вперед. И тут раздался новый звук: Нетта подняла оконную раму, и та резко скрипнула.

Мгновенно обернувшись, человек выскочил в коридор и снова схватился за ручку двери, за которой была Нетта.

— Я вас слышу! — кричал он. — Открывайте! Ну же! Открывайте.

Это был голос Корридана!

На мгновение я так запаниковал, что не мог шевельнуться. Затем я услышал, как Корридан навалился на дверь, и та затрещала под его весом.

Нельзя было ждать ни секунды. Я ударил ногой стул, и тот упал, заодно завалив маленький столик. Грохот от падения был такой, будто взорвалась мина.

Корридан издал сдавленное восклицание. Мгновением позже он оказался в гостиной. Увидев, как он сунул руку в задний карман брюк, я пригнулся и крадучись направился в его сторону. Хоть бы он не услышал моих шагов.

Секундой позже Корридан вынул из кармана фонарик. Его луч упал на тело Литтлджонса.

Корридан сдавленно охнул. В ярком свете фонарика вид Литтлджонса мог напугать кого угодно. На мгновение Корридан застыл от неожиданности, и я прыгнул на него.

Мы вместе рухнули на пол, словно пара бизонов, по пути разбив столик в щепки. Врезав Корридану по лицу, я выхватил фонарик и со всей силы запустил его в стену напротив. Свет погас.

Изловчившись, Корридан ударил меня в грудь — такое ощущение, что кувалдой. Схватив его, я пытался помешать ему встать. Но инспектор был слишком силен.

Две или три секунды мы сражались, как дикие звери: обезумев от страха, били друг друга кулаками, давили коленями, грызли зубами в бешеном переплетении рук и ног. Да, Корридан оказался серьезным бойцом. Он знал все подлые уловки, которые можно применить в драке. Если бы не обязательный для военных корреспондентов курс десантника, я бы не продержался и двух минут.

Наконец мне удалось поймать его голову в захват. Я попытался утихомирить Корридана, надавив предплечьем ему на горло, но он так сильно ударил меня в корпус, что я разжал руки. Отпрыгнув от него, я вскочил, но не успел сделать ни шага: инспектор дернул меня за ноги, и я снова завалился на спину. Воздух со свистом вырвался из легких, и на секунду я стал беззащитен. А для такого парня, как Корридан, секунда — это очень много. Не успел я отдышаться, как он уже наступил коленями мне на руки, и я ощутил себя распятием в соборе Святого Павла.

— Давай-ка посмотрим на тебя, мерзавец, — сказал Корридан, тяжело дыша.

Я услышал шуршание спичечного коробка. Если инспектор увидит, кто перед ним, мне конец. Нельзя, чтобы меня поймали рядом с телом Литтлджонса.

Приложив чудовищное усилие, я вздернул ноги и сумел ударить его ботинками по затылку. Корридан упал на меня, и я высвободил руки. Тут же опомнившись, он схватил меня за голову, намереваясь размозжить ее об пол. Я напряг шею, чтобы помешать ему это сделать, и ударил инспектора, — казалось, мой кулак вошел ему в живот на целый фут.

У Корридана перехватило дыхание, он подался вбок. Я нащупал ножку стола, наугад взмахнул ею и почувствовал, как рука моя содрогнулась от удара. Корридан тяжело упал на пол.

Я лежал, пытаясь отдышаться; казалось, меня прокатили через пресс. Нельзя было терять ни секунды. Сбросив с себя ноги инспектора, я с трудом встал и дотронулся до него. Корридан не шевелился. Я ужаснулся, решив, что убил его, но тут же услышал его дыхание. Значит, инспектор может очнуться в любой момент. Пока есть возможность, нужно уходить.

Шатаясь, я вышел в коридор и заглянул в комнату Нетты: окно открыто, девушки нет. Спускаясь по лестнице, я чудом не упал — едва успел ухватиться за перила. У входной двери я немного постоял, собрался с силами и вышел в темный тупичок. Ночной воздух немного привел меня в чувство. С трудом держась на ногах, я направился к главной улице — то бегом, то снова переходя на шаг.

Так я добрался до площади Расселл, потом вышел на Кингсвэй, а оттуда на Стрэнд. Потихоньку я приходил в себя. Теперь мне нужно было железное алиби — такое, чтобы Корридан не мог подкопаться. Интересно, узнал ли он меня. Во время драки я не издал ни звука и в комнате было очень темно. Если повезет, выйду сухим из воды.

Проходя мимо телефонной будки, я помедлил, вошел в нее и набрал номер Кристал. Не факт, что она уже вернулась с работы: было всего лишь четверть двенадцатого. К моему облегчению, она сняла трубку.

— Это Стив, — сказал я. — Нет, молчи. Дело серьезное. Как давно ты ушла из клуба?

— Час назад. Голова заболела, и я решила пойти домой. А что?

— Кто-нибудь видел, как ты вернулась?

— Нет. Что случилось, милый?

— Много чего, — мрачно ответил я. — Скоро приеду. Последний час я был у тебя и останусь на ночь. Договорились?

— Договорились? — Она ликовала. — Еще бы! Побыстрее приезжай.

— Скоро буду, — повторил я, повесил трубку и собрался выйти из будки. Тут меня осенило. Скормив аппарату еще два пенни, я позвонил Фреду Ульману из «Морнинг мейл».

— Слушай внимательно, Фред, — сказал я, когда он снял трубку. — У меня есть история, которая продержится на первой полосе целый год. Эксклюзивная, и только для тебя! Но мне нужно кое-что взамен.

— Если история действительно хороша, почему бы и нет, — ответил он. — Но тебе придется меня убедить. Что от меня требуется?

Прислонившись к стенке телефонной будки, я рассказал, что нужно сделать.

ГЛАВА ДВАДЦАТАЯ

На следующее утро, около одиннадцати, я вернулся в «Савой». Ожидая, пока администратор выдаст мне ключ от номера, я почувствовал, как кто-то коснулся моей руки. Забрав ключ, я обернулся.

Рядом со мной возвышался суровый Корридан.

— Ну и ну, — сказал я, пытаясь изобразить дружелюбную улыбку. — И снова мой старинный приятель. Всегда появляется неожиданно, как Борис Карлофф. Каким ветром вас сюда занесло? Заблудились?

Он покачал головой. Глаза его были ледяными, а губы плотно сжаты.

— Я хочу поговорить с вами, Хармас. Поднимемся к вам в номер?

— Лучше пойдем в бар, — ответил я. — Он как раз открылся. Судя по вашему виду, вам нужно выпить.

— Думаю, лучше подняться к вам.

— Ну, если настаиваете — пойдем. Куда делся ваш обычный оптимизм? Что вас тревожит? Только не говорите, что влюбились. Или у вас несварение?

— Сейчас не время для шуток, — ответил он, направляясь вслед за мной к лифту.

— В этом ваша главная беда, — сказал я. — У вас нет чувства юмора.

Мы вошли в кабину лифта и поднялись на третий этаж.

— Будь у вас чувство юмора, вы стали бы поистине великим человеком. Возьмите, к примеру, меня, — продолжал я, пока мы шли к моему номеру. — Что бы со мною стало, если бы я время от времени не дурачился? Скажу: я погрузился бы в пучины отчаяния. А почему? Потому что решил бы, что вы собираетесь меня арестовать.

Корридан проницательно взглянул на меня.

— Почему вы так говорите? — осведомился он, стоя у двери, пока я открывал замок.

— Сейчас вы очень похожи на исполненного благих намерений фараона, который собирается произвести арест, — ответил я. — Вот только вам ничего не светит.

— Это мы еще посмотрим. — Войдя в комнату, он снял шляпу и повернулся ко мне лицом. На виске у него — там, куда угодила ножка от столика, — налился синяк. Остается надеяться, что он не сможет доказать, что на него напал именно я.

— Так-так-так, — сказал я, пристально разглядывая инспектора. — Теперь моя очередь злорадствовать. Откуда у вас этот синяк? Полагаю, вы пытались разбить голову о кирпичную стену?

— Будьте так добры, перестаньте валять дурака, — произнес Корридан. Я впервые видел его столь серьезным. — Где вы были прошлой ночью?

НЕ МОЕ ДЕЛО 185

«Начинается», — подумал я, направляясь туда, где обычно держу бутылку виски, а вслух спокойно сказал:

— Это не ваше дело. Выпьете? — Открутив крышечку, я плеснул виски в стакан.

Он покачал головой:

— Это именно мое дело. И вам следует знать, что вы оказались в очень серьезном положении.

Не сводя с него глаз, я потягивал виски.

— Что взбрело вам в голову, Корридан? Другими словами, что за муха вас укусила?

— Вы когда-нибудь слышали о человеке по имени Генри Литтлджонс?

— Конечно, — кивнул я. — Он частный сыщик. А что?

— Вы его нанимали, верно?

— Ну да. Если уж на то пошло, он до сих пор работает на меня. Но какое отношение он имеет к вам?

— Большое. Вчера вечером его убили.

Изо всех сил изображая изумление, я отставил стакан и переспросил:

— Убили? Господи боже мой! Литтлджонса убили?

И тут же решил, что вышло не очень убедительно. Взглянув на Корридана, я понял, что его мнение совпадает с моим.

— Я предупреждал вас, Хармас: в следующий раз, когда ваше имя всплывет в связи с убийством, вам не поздоровится. Теперь вы знаете, чего ожидать. Не так ли?

— Не будем списывать со счетов чувство юмора, — сказал я. — Вам меня не запугать, Корридан. Или я ошибаюсь? Я не имею отношения к смерти Литтлджонса, и вам это известно.

— Думаю, что имеете, — произнес он, внимательно глядя на меня. Выдержать его пронзительный взгляд оказалось непросто.

— Так, минуточку. Вы что, серьезно? — спросил я с вымученным смешком, таким отвратительным, что тут же умолк. После паузы я продолжил: — Должно быть, вы шутите?

— Нет, не шучу, — ответил Корридан. — И призываю вас отнестись к делу со всей серьезностью.

— Хорошо, буду серьезен. Может, объясните, о чем вы?

— Когда вы в последний раз видели Нетту Скотт? — внезапно спросил он.

Не готовый к подобному вопросу, я помедлил. Увидев мое замешательство, Корридан поджал губы.

— Пожалуй, года два назад, — медленно ответил я.
— Вы не видели ее прошлым вечером?
— Прошлым вечером? — переспросил я. — Вы спятили или что? Она уже неделю как мертва. Или хотите сказать, что вы нашли ее тело?

Корридан уселся в кресло.

— Послушайте, Хармас, так не пойдет, — тихо сказал он. — Мы оба знаем, что Нетта жива.

Взглянув на руки, я увидел, что они слегка дрожат, сунул их в карманы брюк и настойчиво повторил:

— Я не видел Нетту два года.

Изучающе посмотрев на меня, Корридан кивнул:

— Где вы были вчера вечером?
— Мне бы не хотелось распространяться об этом, — сказал я, отводя взгляд. — Ваш вопрос затрагивает дело чести.

Корридан едва сдержался.

— Хармас, если не скажете, где были вчера вечером, у меня не будет выбора. Придется везти вас в участок. Не хочу, чтобы дело приняло официальный оборот, но если вы не бросите дурить и завираться, то мне, черт побери, придется исполнить служебные обязанности!

— Вы что, и правда думаете, что я убил Литтлджонса? — спросил я, удивленно глядя на него.

— Если хотите, чтобы я сделал вам официальное предупреждение, так и будет, — сказал Корридан. — В данный момент я беседую с вами как с другом. Если сумеете убедить меня, что вас не было на месте преступления, я останусь удовлетворен. Если не сумеете, я вас арестую.

Изображая потрясение, я уселся:

— Ну, раз такое дело, придется рассказать. Я был у Кристал Годвин.

Лицо Корридана застыло.

— О, неужели? В котором часу вы встретились и когда ушли?

— Я подобрал ее возле «Блю-клаба»... так, во сколько же... в десять минут одиннадцатого. Помню, когда она вышла, я еще взглянул на часы. Мы договаривались встретиться в десять, она опаздывала, и я уже начинал терять терпение. Потом мы поехали к ней домой.

— Во сколько вы ушли от нее? — резко спросил Корридан.

— Вот теперь вы ставите меня в затруднительное положение. Строго между нами, я ушел сегодня утром.

Корридан задумчиво смотрел на меня. Момент был очень неловкий.

— У вас тривиальное алиби, Хармас. Эта девушка скажет что угодно, лишь бы выгородить вас.

— Пожалуй, вы правы, — ответил я, натянуто улыбаясь. — В конце концов, я подарил ей шесть пар нейлоновых чулок. Не удивлюсь, если она захочет отплатить мне за подарок. И в то же время, Корридан, это алиби. Если вы думаете, что старинный приятель будет так вам врать, — что ж, мне очень жаль. Скажу больше: мне обидно.

— Это мы еще посмотрим, — мрачно заметил Корридан. — Возможно, я сумею вытрясти правду из этой юной дамы. В прошлом мне удавалось отговорить человека от лжесвидетельства. Возможно, удастся и в этот раз.

Мне оставалось лишь надеяться, что Кристал окажется инспектору не по зубам. Главное — не сглазить.

— Ну, раз вы мне не верите, — сказал я, недоуменно пожимая плечами, — вам лучше побеседовать с мисс Годвин. Думаю, она сможет вас убедить, хотя мне это и не удалось. После встречи с ней загляните ко мне, чтобы извиниться. Это обойдется вам в бутылку шампанского.

— Я так не думаю. — Корридан откинулся на спинку кресла. — Вы как-то говорили, что сирень — любимый аромат Нетты Скотт, — продолжал он, сменив тему. — Помните?

— Разве? — спросил я. — Ну, я много чего говорю, и, бывает, попусту. Речь шла об убийстве; зачем приплетать сюда духи Нетты?

— В квартире, где убили Литтлджонса, был стойкий аромат сирени, — ответил Корридан. — Знаете, Хармас, я советую вам рассказать правду. Мы точно знаем, что Нетта Скотт жива. Сейчас мы ее разыскиваем и вскоре найдем. Нам известно, что она связана с делом Алленби. Знаем, что, когда ее сестру убили, она была рядом. Это делает ее соучастником убийства. И еще мы знаем, что Нетта Скотт была в квартире, где убили Литтлджонса.

Приподняв брови, я промолчал. Признаться, я был потрясен.

Я-то думал, Корридан топчется на месте. Теперь же оказалось, что он знает об этом деле не меньше моего.

— Что вам известно о черно-желтом «бентли»? — внезапно спросил он.

«Должно быть, узнал о машине от Merриуезера», — решил я и приподнял плечи.

— Только одно: Литтлджонс сообщил, что этот автомобиль видели у коттеджа в Лейкхеме. А что?

— Мы его ищем, — ответил Корридан. — Считаем, что его владелец связан с убийством Энн. Вы не знаете, где сейчас эта машина?

Помедлив, я решил, что рассказывать про Питера Френча слишком опасно. Эту информацию я мог получить только от Нетты. Корридан будет рад заманить меня в подобную ловушку.

— Без понятия, — сказал я.

— Вы, Хармас, ведете себя очень недальновидно, — проворчал он. — И глупо. Выгораживаете Нетту Скотт только потому, что в прошлом крутили с ней любовь. Уверен, вчерашней ночью, когда Литтлджонс застал вас обоих врасплох, вы попытались ей помочь. Более того, вы ударили Литтлджонса. И убили его. Как вам такое предположение?

Я начал покрываться испариной.

— Великолепно, — сказал я с застывшей на лице ухмылкой. — У вас очень развитое воображение.

Корридан подождал, надеясь, что я скажу что-нибудь еще. Я молчал, и он продолжил:

— У вас серьезные проблемы, Хармас. Помимо прочего, вас можно обвинить в убийстве Кеннитт.

— Обвинить? — ошарашенно переспросил я.

— Да. У вас был отличный мотив. Вы могли убить Мэдж Кеннитт, потому что ей было известно, что Нетта Скотт жива. Вы — последний, кто ее видел. А если я найду Юлиуса Коула, он расскажет, что произошло, когда вы были в гостях у Мэдж. Все, что мне требуется, — это один надежный свидетель, Хармас, и ваша песенка спета.

Я отхлебнул виски. Дело оборачивалось куда хуже, чем я ожидал.

— Вам бы стоило проверить голову, Корридан, — сказал я, слегка волнуясь. — Вы, похоже, переработали.

— О моей голове не беспокойтесь, — холодно ответил Корридан. — Лучше подумайте о собственной шее. Едва приехав к нам в страну, вы оказались замешаны в убийстве. Я предупреждал, что не нужно лезть не в свое дело. Вероятно, сейчас вы жалеете, что не послушали меня.

— Надо же! Мы с вами называли друг друга по имени, и я кормил вас яствами, купленными на мои кровные, — сокрушенно сказал я. — Что ж, матушка всегда говорила мне, что нельзя верить полицейским. Хотите повесить на меня какое-нибудь дело? Не думаю, что у вас получится, но можете попытаться. Только по британским законам вы обязаны доказать мою вину. Мне же нет необходимости доказывать, что я невиновен. Пока у вас нет надежных свидетелей, не стоит увлекаться абсурдными предположениями.

Поднявшись на ноги, Корридан повернулся к двери.

— Рано или поздно мы схватим и Нетту Скотт, и Юлиуса Коула. Этих свидетелей мне будет предостаточно, — тихо произнес он. — Полагаю, они быстро разговорятся и сдадут вас. Не забывайте, что за мной не числится ни одного нераскрытого убийства.

— Не бывает правил без исключений, — с надеждой сказал я. — Возможно, вы на пути к своей первой крупной неудаче.

Корридан вынул из кармана картонную коробочку. Я тут же ее узнал. Именно ее я позаимствовал у Кристал позавчера вечером. В ней я отправил Корридану четыре бриллиантовых кольца, которые забрал у Брэдли. Эти кольца жгли мне карман, вот я и решил послать их инспектору, не указав обратный адрес. Надеялся, что он их опознает. Если кольца не связаны с делом Джакоби, я влип по-крупному.

— Узнаёте? — резко спросил Корридан.

Я покачал головой:

— Только не говорите, что это подарок от одного из ваших поклонников.

Открыв коробочку, он вытряхнул на ладонь четыре кольца:

— А это?

Я снова покачал головой:

— Нет. Что это за кольца? Из тех, что украл Джакоби?

— Почему вы так думаете? — Корридан смерил меня жестким взглядом.

— Спиритическая доска все еще при мне, — улыбнулся я. — Вы не поверите, но эта штуковина — нечто невероятное.

— Нет, эти кольца не из тех, что украл Джакоби, — произнес Корридан, сверля меня взглядом. — Сегодня утром их доставили мне почтой. Обратный адрес не указан. Посылку отправили вы?

— Я? Корридан, дорогой, вы мне очень нравитесь. Но я, несомненно, справился бы с искушением подарить вам четыре бриллиантовых кольца.

— Когда же вы перестанете шутить? — Инспектор покраснел. — Думаю, эти кольца прислали вы.

— И ошибаетесь. А почему вы так думаете?

— Отследить посылку будет нетрудно, — продолжал он, словно не услышав вопроса. — Изучив коробку и упаковку, я узнаю все, что нужно.

— Если вас интересует мое мнение, — сказал я, начиная волноваться, — какой-то пройдоха украл эти кольца, а потом раскаялся и выслал их вам, чтобы вы вернули украденное законному владельцу.

— Так я и думал, пока мы не проверили кольца, — ответил Корридан. — Но они не значатся в розыске. Выдумайте что-нибудь еще. На этот раз старайтесь получше.

— Должен заметить, сегодня утром с вами чертовски неприятно общаться, — сказал я. — Лучше выдумывайте сами. Зачем мне посылать вам бриллиантовые кольца? Ну-ка, расскажите.

— Вероятно, вы сунули нос в дело, не имеющее к вам отношения: нашли и забрали эти кольца, полагая, что их украл Джакоби. Не имея возможности проверить кольца самостоятельно, вы отправили их мне: ведь я могу выяснить, не принадлежат ли они Алленби. Что ж, это не так. Сейчас я собираюсь разыскать их хозяина, а если найду, то уговорю заявить на вора. Возможно, владелец знает, кто украл эти кольца. И если вором окажетесь вы, друг мой, я приложу все усилия, чтобы вас упрятали за решетку. — И, развернувшись на каблуках, Корридан твердым шагом вышел из комнаты.

Допив виски одним глотком, я наморщил лоб. Оказывается, Корридан знает свое дело гораздо лучше, чем я думал! Если Брэдли все расскажет, я попаду в серьезный переплет. Перво-наперво нужно предупредить Кристал, чтобы не удивлялась, когда Корридан предъявит ей коробочку. Если этого не сделать, Кристал тут же расколется. Набрав ее номер, я рассказал, что произошло.

— Сейчас он едет к тебе. И покажет ту коробку. Будь к этому готова.

— Предоставь его мне, милый, — ответила Кристал. — Всю жизнь мечтала, чтобы меня допросил полицейский. Я справлюсь.

— Поменьше самоуверенности, — предупредил я. — Этот парень далеко не дурак.

— Так ведь и я не дурочка, — ответила она. — Разве что глупею, когда мы вместе. Скажи, тебе понравилась прошлая ночь? — жеманно добавила она.

— Не то слово, — усмехнулся я. — Она запомнится мне на всю жизнь. И вскоре я вернусь на бис.

Повесив трубку, я закурил и задумался. Отныне нужно соблюдать осторожность.

Корридан открыл на меня охоту, и даже если он не сможет предъявить мне обвинение в убийстве, все равно с легкостью найдет способ упрятать меня за решетку.

Я принялся расхаживать по комнате. В дверь тихонько постучали. Открыв, я застыл в изумлении.

Передо мной, подняв брови и склонив голову набок, стоял Юлиус Коул.

— Здравствуй, милый, — сказал он, входя в комнату. — Нам нужно поговорить.

ГЛАВА ДВАДЦАТЬ ПЕРВАЯ

Мимо прошел официант, толкая перед собой сервировочный столик с нехитрой снедью: кофе и булочками. Должно быть, кто-то из постояльцев решил наконец позавтракать. Смерив Юлиуса Коула презрительным взглядом, официант продолжил свой путь и исчез за поворотом. Но Юлиус Коул не исчез. Он неторопливо вошел ко мне в номер; на губах его играла та самая загадочная улыбка; он покачивал головой и, казалось, был очень уверен в себе.

— Рад новой встрече, милый, — сказал он.

Я впустил его только потому, что от неожиданности сразу не сообразил, как от него отделаться. Где-то в подсознании дребезжал тревожный звоночек. Я понимал, что вот-вот случится что-то нехорошее.

— Что тебе нужно? — спросил я, прислонившись к двери.

Окинув взглядом комнату, Юлиус Коул выглянул в окно.

— Как красиво, — заметил он, спрятав руки в карманы мешковатых брюк. Его серый пиджак был вытерт на локтях, а жирные пятна красовались даже на спине.

Манжеты зеленой рубашки были истрепаны, а белый галстук заляпан грязью. — Мне всегда хотелось увидеть «Савой» изнутри. Не думал, что тебя так хорошо разместили. Один этот вид окупает стоимость номера. — Он лукаво взглянул на меня. — И сколько же берут за такую комнату?

— Давай ты скажешь, что тебе нужно, — ответил я. — А потом я позвоню Корридану. Он хочет тебя видеть.

Присев на широкий подоконник, Коул повел бровями.

— Знаю, — сказал он. — Но ты не станешь звонить Корридану.

Я подумал, не стоит ли ударить его в левый глаз, но справился с искушением и тоже сел.

— Продолжай. В той штуке, что ты зовешь своей головой, явно завелась какая-то мысль. Выкладывай.

Вынув из кармана мятую пачку сигарет, Коул закурил. Выпустил дым через узкие ноздри.

— Хочу одолжить немного денег, — сказал он.

— Не буду тебе мешать, — тут же ответил я, — но ты ошибся комнатой. Попробуй обратиться к администратору. Возможно, он откроет тебе кредит. От меня этого не жди.

Коул хихикнул.

— Наверное, по виду не скажешь, милый, — мягко произнес он, — но я в том числе специализируюсь и на шантаже. Я здесь, чтобы тебя шантажировать. — Он снова хихикнул.

— С чего ты решил, что я подходящий объект для шантажа? — настороженно спросил я.

— Подходящий объект для шантажа? Таких не бывает, — надув губы, ответил Коул. — Иногда я задаюсь вопросом, стоит ли рисковать? — Тонкими грязными пальцами он поправил галстук. Ногти у него были словно черные полумесяцы. — Сам знаешь, риск немалый.

НЕ МОЕ ДЕЛО

Я очень тщательно выбираю жертву. И, даже несмотря на это, иногда ошибаюсь.

— Можешь занести наш разговор в список своих величайших ошибок, — мрачно сказал я. — Я не верю в шантаж. И никогда не верил.

— Так никто не верит, милый, — с улыбкой отметил Коул, пригладив ладонью коротко стриженные волосы. — Все зависит от обстоятельств. В твоем случае я не представляю, как можно выкрутиться.

— Можно, например, от души пнуть твою жирную тушу, — предположил я, неприязненно глядя на него.

— Представляешь, сколько было желающих так поступить? — Стряхнув пепел на ковер, Коул покачал головой. — Но я всегда убеждал их, что это бессмысленно.

— Поясни, — велел я.

— Я слышал ваш разговор с Корриданом. — Он хихикнул. — Подслушивал за дверью. Я могу сделать так, что тебя повесят. Неплохо, да?

— Не думаю, что тебе это по силам, — сказал я, с трудом веря в происходящее.

— Не упрямься, милый, — взмолился Коул. — Думаешь, я рисковал напрасно? Я приехал в Лондон и пришел сюда только потому, что знал: поездка окупится. Мне посчастливилось услышать слова Корридана. Он ищет меня. Думает, я видел, что случилось в квартире Мэдж Кеннитт. Что ж, я не стану его разочаровывать. Все расскажу.

— Ты ничего не видел, — произнес я.

— Знаю. Но он-то не знает. Я скажу, что ты был влюблен в Нетту. Мэдж сообщила тебе, что Нетта и Питер Френч убили Энн. Ты не хотел, чтобы эта информация дошла до полицейских, и решил подкупить Мэдж. Она отказалась, ты вышел из себя и убил ее. А я все видел.

Я барабанил пальцами по ручке кресла:

— Ничего ты не видел, Коул. И сам это знаешь.

Он кивнул:

— Разумеется, не видел. Но это не имеет значения. Корридан хочет услышать от меня что-то в этом роде. И услышит, раз уж ты меня вынуждаешь.

— Тебя спросят, почему ты не рассказал об этом раньше, — напомнил я.

— Разумеется, и это будет неприятно. Но не думаю, что до этого дойдет. Я следил за тобой, когда ты заявился в квартиру Сельмы Джакоби. Заметил, что Литтлджонс вошел сразу после тебя. Но не видел, как он выходит.

— И как ты повсюду успеваешь? — заметил я.

— Я ни разу не был у дома Сельмы, но это не помешает мне рассказать все Корридану. Верно? Ему нужно арестовать кого-нибудь за эти убийства, и он жадно набросится на мои показания.

Да, именно так и будет. После долгой паузы я сказал:

— Корридан не обрадуется, когда узнает, что ты выставил его дураком, опознав Энн как Нетту. И за это ты сядешь в тюрьму.

— Да, милый. — Коул самодовольно улыбнулся. — Об этом я тоже подумал. Но тебе-то грозит виселица, поэтому я надеюсь избежать такой участи. Думаю, мне не придется идти к Корридану. Ведь ты заплатишь мне за молчание.

Я достал сигарету и какое-то время курил, погрузившись в размышления.

— Видишь ли, нельзя забывать и про Нетту, — мягко шепелявил Коул. — Она тоже попадет в беду. Корридан обвинит ее в убийстве. Он суровый человек. — Сняв с пиджака волосинку, Коул с подчеркнутой осторожностью опустил ее на подоконник. — Согласись, у меня на руках сильные карты. Но тебе незачем волноваться. Мне нужно совсем немного, ведь у меня скромные запросы. Как насчет единовременной выплаты в пятьсот фунтов? Недорого, верно?

— Но через неделю ты вернешься и попросишь еще. Я знаю повадки таких подонков, как ты.
Коул покачал головой:
— Не обзывайся, милый. Это невежливо. Я веду дела иначе. Заплати мне пятьсот фунтов — и можешь уехать из страны, когда тебе вздумается. Пяти сотен мне надолго хватит. Я человек нерасточительный. И нетребовательный.
— Мне нужно время, чтобы все обдумать, — сказал я. — Что, если ты зайдешь после обеда?
— О чем тут думать? — спросил он, склонив голову сперва налево, а потом направо.
— Мне нужно привыкнуть к мысли, что меня шантажируют, — ответил я, больше всего на свете желая врезать ему по жирному, обрюзгшему лицу. — И еще хочу придумать способ выпутаться из этой ситуации. Сейчас я такого способа не вижу.
— А его и нет, — хихикнул Коул. — Корридан будет счастлив взять тебя за жабры. Кроме того, что для тебя пятьсот фунтов? Тьфу. — Взгляд его серо-зеленых глаз шарил по комнате. — Ты привык к хорошей жизни и не захочешь неделями сидеть в тюремной камере. Даже если вину не смогут доказать, речь идет именно об этом: несколько недель в тюремной камере.
— Из тебя вышел бы отличный продавец. — Я поднялся на ноги. — Возвращайся в половине четвертого. Или я пошлю тебя ко всем чертям, или выплачу деньги.
Коул отодвинулся подальше, чтобы я не дотянулся до его жирной туши.
— Хорошо, милый, — сказал он, не сводя с меня глаз. — Приготовь деньги однофунтовыми купюрами. — Снова оглядев комнату, он качнул головой. — Как же красиво. Может, сниму здесь номер. Приятно будет отдохнуть от той противной квартирки.
— Не советую, — произнес я. — Сначала смени костюм. Персонал здесь привередливый.
Его одутловатое лицо слегка покраснело.

— Как невежливо, милый, — сказал он и ушел.

Я проводил его взглядом: фигурой похож на водителя-дальнобойщика, а движения ленивые, высокомерные, как у танцора.

Когда Коул скрылся за поворотом коридора, я вернулся к себе в номер, налил неразбавленного виски и уселся у окна.

События развиваются быстрее, чем хотелось бы. На меня давят со всех сторон. Если я хочу решить эту головоломку и не угодить в тюрьму, нужно поторопиться.

Подумав несколько секунд, я допил виски и решил, что пора повидаться с Неттой. Поднявшись, я схватил шляпу и направился к двери.

Тут зазвонил телефон.

Помедлив, я взял трубку.

— Хармас?

Я узнал голос Брэдли. Ему-то что нужно?

— Как твои передние зубы, Брэдли? — спросил я. — Если какие-то еще на месте, дай мне знать, и я все устрою. Болезненное удаление зубов — это по моей части.

Я ожидал, что он выйдет из себя, но этого не произошло. Брэдли говорил вполне спокойно:

— Ладно, Хармас, проехали. Теперь мы квиты. Я тебя прижал, ты в долгу не остался. Забудем.

Я не поверил своим ушам.

— И что дальше?

— Дальше я хочу получить свои кольца, Хармас. Они стоят две тысячи фунтов. Может, ты взял их ради хохмы. Я не называю тебя вором, но хочу получить их обратно.

«Справедливо», — подумал я. Но как же их вернуть?

— Они у Корридана. Лучше обратись к нему.

— Мне неинтересно, у кого они. Мне интересно получить их обратно. Ты их забрал, ты и вернешь.

Я прикинул, отдаст ли Корридан кольца, и засомневался в этом.

— Если я попробую их забрать, меня арестуют. Позвони Корридану; скажи, что я взял кольца шутки ради, попроси их отдать. Он будет уговаривать, чтобы ты заявил на меня в полицию, но ты не соглашайся. Это единственный способ вернуть кольца.

— Если не привезешь их к четырем дня, я заявлю на тебя и добьюсь, черт побери, чтобы ты оказался за решеткой, — сердито проворчал Брэдли и повесил трубку.

Какое-то время я размышлял, а потом набрал номер «Уайтхолл-1212». Мне сообщили, что Корридана нет в городе и он будет поздно. Я сказал спасибо, повесил трубку на рычаг и нахмурился — ну и черт с ним!

Я спустился в фойе и взял такси до Кромвель-роуд. Там я вошел в дом миссис Крокетт, поднялся на второй этаж, постоял и прислушался. Не услышав ничего тревожного, пересек площадку, постучал в дверь Мэдж Кеннитт и сказал:

— Милая, это Стив.

Дверь тут же открылась. Широко раскрыв глаза, передо мной стояла Нетта. Я оглянулся, ожидая увидеть Юлиуса Коула, но его не было. Я вошел в комнату и закрыл дверь.

На Нетте был почти прозрачный пижамный костюм. Выглядела она очень привлекательно, и, будь моя голова посвободнее, я бы даже взволновался. Но сейчас я лишь резко бросил ей:

— Надень какой-нибудь камуфляж, детка. Твоим достопримечательностям не место в путеводителях для туристов.

— Что случилось? — спросила она, накинув шелковую шаль. — Почему ты пришел? Что-то не так?

— Много чего, — сказал я, присев на подлокотник кресла. — События развиваются слишком быстро. Я решил, что лучше нам с тобой перемолвиться.

Нетта уселась на кушетку. Я вспомнил Мэдж Кеннитт. Вспомнил, как она лежала здесь с раной в горле.

— Пересядь, — велел я. — Ее нашли на кушетке.

— Соберись, Стив, — сказала Нетта, не двигаясь с места. Она настороженно смотрела на меня, взгляд ее стал жестким. — И не вздумай нервничать.

— Черта с два. Ладно, сиди где хочешь. — Я внимательно посмотрел на нее. — А с твоими нервами все в порядке, Нетта?

Она кивнула:

— Да, пока ты рядом. Что случилось, Стив?

Я рассказал, как ко мне заходили Корридан и Коул и о чем мы с ними беседовали. А еще про звонок Брэдли.

Нетта слушала не перебивая.

— Вот такой расклад, — подытожил я. — Что скажешь?

— Есть только один выход, — немного подумав, произнесла она. — Нам обоим нужно уезжать из страны. Даже если тебе не смогут пришить эти убийства, ты все равно проведешь несколько недель в тюрьме. И что мне тогда делать?

— Да, думал об этом. Но сбежать — все равно что повиниться перед Корриданом.

Вскочив с кушетки, Нетта бросилась ко мне:

— Стив, разве ты не понимаешь? Тебе нужно покинуть Англию, пока не поздно. Можешь написать Корридану из Америки. Все ему расскажешь. Но если надумаешь ждать, спастись уже не получится. Френч доберется до меня. Ты должен выручить нас обоих — и меня, и себя.

Я положил руку ей на бедро; было приятно чувствовать тепло ее тела сквозь тонкий шелк. Вспомнив дни нашей близости, я погладил Нетту по спине и сказал:

— Хорошо. Пока есть возможность, будем выбираться, а Корридану напишу из-за границы. Теперь нужно организовать перелет.

— Давай уедем сегодня вечером. — Нетта схватила меня за руку. — Как думаешь, получится?

— Если не сегодня, то никогда, — ответил я. — Как только полицейские поймут, что я пустился в бега, они возьмут под наблюдение все аэродромы. — Я притянул Нетту к себе. — Меня беспокоит Брэдли. С Коулом я справлюсь, но Брэдли — проблема посерьезнее. Где ты взяла те кольца, Нетта?

— Я не приносила ему никаких колец.

— А он сказал, что приносила и он купил их у тебя за триста фунтов.

Она покачала головой:

— Все было не так. Я же говорила, что пришла к нему, рассказала правду и попросила денег. Он дал мне двести фунтов и соврал тебе про кольца, чтобы прикрыть меня. Насколько я помню, у него в кабинете всегда было полно драгоценностей.

Я щелкнул пальцами:

— Боже мой, какой я дурак! Надо же, не догадался, что Брэдли меня обманывает. Забрал те кольца, как последний идиот, а получается, совершил разбойное нападение. За это меня могут посадить на три месяца.

— Но не посадят, потому что тебя здесь не будет, — сказала Нетта. — Когда ты сможешь договориться о самолете?

— Прямо сейчас. — Я шагнул к телефону, набрал номер, подождал. — Бикс, это ты? — спросил я, услышав в трубке мужской голос.

— Он самый!

— Это Стив Хармас. Нужно увидеться, это важно. Когда у тебя следующий рейс?

— Ну привет, Стив, — сказал Бикс. — Рад слышать. Что за спешка?

— Расскажу, когда встретимся. Так когда следующий рейс?

— Сегодня вечером, в двадцать два тридцать, — ответил он. — Хочешь полететь со мной?

— Еще как. Сейчас приеду. — Повесив трубку, я обернулся.

— Поплюй и постучи, малышка. Может, смогу уговорить его, чтобы взял нас с собой. Собери вещи и будь готова к девяти.

Нетта повисла у меня на шее.

— Стив, ты великолепен, — заявила она. Глаза ее взволнованно блестели.

— Да, я великолепен, — согласился я, чувствуя себя последним мерзавцем. — Но давай отметим успех на том берегу Атлантического океана.

Я позволил ей поцеловать себя, но не стал целовать в ответ. Это было бы уже слишком: как поцелуй Иуды.

ГЛАВА ДВАДЦАТЬ ВТОРАЯ

В 15:20, закончив готовиться к вечеру, я вернулся в «Савой», поднялся к себе в номер и стал ждать Юлиуса Коула.

Расставшись с Неттой, я навестил Гарри Бикса и объяснил, что́ мне от него нужно. Заинтригованный рассказом, он тут же согласился пойти мне навстречу. Затем я взял такси, поехал в редакцию «Морнинг мейл» и целый час просидел у Фреда Ульмана. С того момента, как я ему позвонил, Ульман пахал как вол. Он собрал кучу информации, и вся она требовала незамедлительного рассмотрения.

Корридан был в Лейкхеме. Я пытался связаться с ним, но пока что безуспешно. Я знал, что вечером он вернется, но к тому времени я уже или раскрою дело, или все провалится. Даже хорошо, что его не было рядом: никто не путался у меня под ногами, и я этим активно пользовался. Если мне удастся раскрыть дело Алленби, это станет для Корридана сильнейшим потрясением.

Далее было необходимо заручиться поддержкой властей.

Живя в Лондоне во время войны, я подружился с инспектором уголовной полиции О'Мэлли. Он трудился в участке на Боу-стрит. Нас познакомил Корридан, и О'Мэлли охотно показал мне, как работает уголовный полицейский суд. Я решил обратиться к нему, позвонил, все рассказал и перечислил доказательства. О'Мэлли настаивал, что мне необходимо поехать в Скотленд-Ярд и встретиться с шефом Корридана. Мы решили немедленно приступить к делу.

Теперь же, вернувшись в «Савой», я расслабился. Если все пойдет по плану, к вечеру убийства Мэдж Кеннитт и Генри Литтлджонса будут раскрыты. И дело Алленби тоже.

Едва я успел прокрутить все в голове, чтобы убедиться, что ничего не упустил, как в дверь постучали: пришел Юлиус Коул.

Встав с кресла, я открыл дверь.

Коул, покачивая головой, выжидающе смотрел на меня. Он привел себя в порядок. Жирных пятен на пиджаке стало меньше, грязный белый галстук он сменил на желтый, менее грязный. В петлице у него была увядшая лилия.

— Здравствуй, милый, — сказал он. — Я не слишком рано?

— Входи, — пригласил я, распахивая дверь.

Он неторопливо вошел, окинул комнату взглядом.

— Представляешь, чем больше смотрю на нее, тем больше нравится. — Он с надеждой взглянул на меня. — Приготовил деньги, милый?

— Конечно. Вон там, в столе.

Коул попытался сдержать волнение, но не сумел. Лицо его просветлело, в глазах загорелся огонек.

— Пятьсот фунтов! — Он хихикнул, потирая крупными неухоженными руками. — Даже не верится.

— Садись, жиртрест, — сказал я, закрывая дверь. — Они еще не твои, так что не спеши радоваться.

Улыбка исчезла с его лица. Затем он снова натянуто улыбнулся и с подозрением спросил:

— Но ты ведь принял решение, милый? Ты же будешь вести себя благоразумно?

— Откуда мне знать, что ты, получив деньги, не вернешься за новой суммой? — спросил я, закурив сигарету.

— Пожалуйста, не начинай. — Коул лукаво взглянул на меня. — Уверяю, я веду дела иначе. Мне нравится считать себя честным шантажистом. Может показаться, что это звучит нелепо, но у меня есть свои принципы. Я называю справедливую цену и не меняю ее.

— Если думаешь, что я хоть немного тебе верю, то очень ошибаешься, — сказал я. — Сядь. Я хочу с тобой поговорить.

Помедлив, Коул опустился в кресло, и я снова отметил, каким дряблым выглядит его крупное тело.

— Жаль, что ты такой недоверчивый. — Он надул губы. — Милый, я предлагаю честную сделку. Ты даешь мне пятьсот фунтов, я молчу, и ты уезжаешь из страны. Проще не бывает. Я же не могу навредить тебе, если тебя здесь не будет?

— Но сейчас я здесь, — заметил я. — Если захочешь обмануть меня, пока я не уехал, я не смогу тебе помешать.

— Этого не случится, — возразил он. — Подлость — это не про меня.

— Золотые слова. Как-нибудь вспомню их и поплачу от умиления, — сказал я. — А если тебя прижмет Корридан и ты сообщишь, что вместо Нетты умерла ее сестра? Откуда мне знать, что этого не произойдет?

— Не глупи, милый, — произнес Коул. — Если я расскажу об этом Корридану, то попаду в беду. Разве нет?

— Значит, в квартире умерла сестра Нетты, верно?

Коул прищурился:

— Разумеется.

— Откуда ты знаешь? Ты когда-нибудь видел ее сестру?

— Разумеется, — повторил он и уставился на меня, ковыряя в носу.

— Почему ты опознал мертвую девушку как Нетту?

— Думаю, не стоит углубляться в этот вопрос, милый. — Коул беспокойно поерзал. — На то были свои причины.

— Сколько Питер Френч платит тебе за молчание? — внезапно спросил я.

На секунду он растерялся, потом пришел в себя и хихикнул:

— А ты ничего не упускаешь. Но я не имею права разглашать эту тайну.

— Ну ладно. — Я пожал плечами. — Теперь к делу. Ты требуешь, чтобы я заплатил тебе пятьсот фунтов. В ином случае ты дашь Корридану ложные показания, на основании которых меня обвинят в двух убийствах. Все обстоит именно так, верно?

— В общем и целом, — самодовольно улыбнувшись, подтвердил Коул. — Боюсь, не смогу подтвердить в письменном виде. Но, строго между нами, так все и обстоит, милый.

Я удовлетворенно кивнул:

— Можешь забрать деньги. Не дай бог ты надумаешь обмануть меня, жиртрест. Я тебя найду. И отделаю так, что родная мать не узнает.

— Даю слово, — сказал он с таким достоинством, что я почти растрогался. — Этого достаточно. Хотя ты же американец. Не понимаешь, насколько серьезно англичане относятся к обещаниям.

— Хватит выделываться, ты, жирная вошь, — с омерзением рявкнул я.

Коул качнул головой:

— Тебе не кажется, что мы зря теряем время? Где деньги?

Я подошел к столу, открыл ящик, достал из него пачку фунтовых банкнот, которую намеревался отдать Нетте, и швырнул ее Коулу на колени.

— Вот твои деньги, — сказал я, не сводя с него глаз.

Выпучив глаза, он уставился на банкноты. Сперва дотронулся до пачки, потом погладил ее.

— Забирай деньги и выметайся, — велел я.

— Ты не против, если я их пересчитаю? — с хитрецой в голосе спросил Коул. — Не то чтобы я тебе не доверял, но бизнес есть бизнес. Кроме того, вдруг там больше, чем нужно. — Не сдержавшись, он захихикал.

— Не против, но давай побыстрее. Меня уже тошнит от твоего вида.

Некоторое время тишину в комнате нарушало лишь шуршание банкнот: Коул, дрожа от возбуждения, увлеченно пересчитывал деньги.

Наконец он выпрямился и кивнул. Глаза его сияли; казалось, он сам не верит в свой триумф.

— Ну, милый, — сказал он, — все прошло на удивление гладко. А я-то думал, ты доставишь мне кучу неприятностей. — Запихнув деньги в задний карман брюк, Коул улыбнулся своей загадочной улыбкой. На него было противно смотреть.

Я расхохотался:

— Пошел вон, гадина.

Коул опустил взгляд на поникшую лилию. Вынул стебелек из петлицы, положил на стол.

— Сувенир на память, милый, — хихикнул он. Это было уже слишком.

— А вот тебе сувенир от меня, жиртрест. — Я с размаху ударил его в правый глаз.

Прижав руку к лицу, Коул отшатнулся к стене. На секунду он ошарашенно застыл, а потом сжался в комок и застонал.

— Животное! — скулил он. — Гнусная, мерзкая скотина!

Я угрожающе шагнул в его сторону. Коул метнулся к выходу, распахнул дверь. Выскочив в коридор, он наткнулся на здоровенного детектива в штатском. Тот втолкнул Коула обратно в номер, улыбнулся и сказал:

— Привет, дорогой.

Чуть ли не минуту Коул всматривался в него, держась рукой за глаз. Потом лицо его сморщилось, а колени дрогнули.

Сыщик шагнул в комнату. Коул попятился. Я пинком захлопнул дверь.

— Значит, ты думал, что я доставлю тебе кучу неприятностей? — мрачно спросил я. — Это еще мягко сказано, парнишка.

Я подошел к ванной комнате и открыл дверь:

— Ладно, О'Мэлли, теперь можете выходить.

В комнате появился инспектор уголовной полиции. За ним следовал еще один детектив в штатском. В руке у него был блокнот.

— Все записали? — спросил я.

— Каждое слово, — сказал О'Мэлли, потирая руки. — Лучшего признания и желать нельзя. Если его не посадят на десять лет, можете назвать меня лжецом.

Трое полисменов, ухмыляясь, смотрели на Коула. О'Мэлли подошел к нему и коснулся его руки:

— Я — О'Мэлли, инспектор уголовной полиции с Боу-стрит, а эти люди рядом со мной — полисмены. — Он указал на детективов в штатском. — Я обязан арестовать вас по обвинению в попытке шантажа. Должен предупредить: все, что вы скажете, будет зафиксировано и использовано против вас в суде.

Коул позеленел.

— Со мной так нельзя, — пискнул он. — Арстовать нужно вот этого человека. — Дрожащим пальцем Коул показал на меня. — Он убил Мэдж Кеннитт и Генри Литтлджонса. Я все видел! Меня нельзя арестовывать. Я честный гражданин.

О'Мэлли усмехнулся.

— Расскажете об этом судье, — утешительным тоном произнес он. — А сейчас пойдете со мной.

На Коула надвинулись двое детективов в штатском. Один вытащил у него из кармана деньги и передал их О'Мэлли.

— Нам придется придержать их, — сказал О'Мэлли, обращаясь ко мне. — Вернем после суда.

— Надеюсь, — с ухмылкой ответил я. — Не хочется думать, что они пойдут в ваш спортивный фонд.

Детективы рассмеялись.

— Ну, пойдем. — О'Мэлли повернулся к Коулу. — Устроим вас в милую, уютную камеру.

Коул отскочил назад.

— Говорю же, он убийца! — неистово кричал он. — Арестуйте его! Если не арестуете, он сбежит из страны. Вы слышите? Сбежит из страны!

— Не нужно так волноваться, дорогой, — сказал детектив в штатском. — Веди себя тихо и в участке получишь чашку отличного какао.

Коул убрал руку от глаза; оказалось, тот заплыл и распух.

— Он напал на меня! Я желаю обвинить его в оскорблении действием. Арестуйте его!

О'Мэлли сделал огорченное лицо, печально покачал головой и спросил:

— Ваших рук дело?

— Моих? — Я был ошеломлен. — Мне бы и в голову это не пришло. Наш друг так торопился истратить деньги, что налетел глазом на дверной косяк.

О'Мэлли гоготнул.

— Должно быть, вы очень спешили, — сказал он, подмигнув Коулу.

— Прощай, гаденыш, — с улыбкой сказал я. — В следующий раз, когда вздумаешь кого-то шантажировать, обходи газетчиков стороной. Увидимся через десять лет.

Коула увели. Он был так изумлен, что потерял дар речи. У двери О'Мэлли оглянулся и сказал:

— До вечера.

— Увидимся, — ответил я. — К тому времени вернется Корридан. Представляете его лицо, когда он узнает о моем маленьком сюрпризе? За это зрелище не жалко отдать весь виски в Лондоне.

— Жду не дождусь. Хоть я и трезвенник, — благочестиво заметил О'Мэлли.

ГЛАВА ДВАДЦАТЬ ТРЕТЬЯ

Часы в холле миссис Крокетт били половину восьмого. Я крадучись поднимался в квартиру Мэдж Кеннитт. Никто не видел, как я вхожу в дом. Было приятно знать, что Юлиус Коул не появится на площадке, покачивая головой.

Оказавшись у квартиры Мэдж, я прислушался, ничего не услышал и легонько постучал в дверь.

— Это Стив, — сказал я.

После паузы дверь открылась, и Нетта впустила меня. На ней было красно-белое шелковое платье.

Я вошел в комнату, закрыл дверь и произнес:

— Привет.

— Ты рановато, Стив. — Нетта положила ладонь мне на руку. — Все в порядке? — Под глазами у нее были темные круги. Казалось, она встревожена.

Я кивнул:

— Думаю, да. Я поговорил с Биксом. Он хочет с тобой встретиться.

— Хочет встретиться? — нахмурившись, переспросила Нетта. — Но зачем?

— Ты не знаешь Бикса. Он полоумный, — ответил я. — Говорит, что не собирается рисковать работой ради того, чтобы вывезти в Штаты какую-то уродину. Я сказал, что ты у меня красотка, как с картинки. Но он считает, что мои девицы предпочитают носить калоши и красную фланель. Чтобы убедить его, вам необходимо встретиться. Подзадорь его, и он нам поможет. Такой уж он человек: решил все усложнить. Я договорился о встрече. Посидим, выпьем. Прямо сейчас.

— Но у нас нет времени, — озабоченно произнесла Нетта. — И это опасно. Полицейские могут нас увидеть. Стив, мне это не нравится. Почему ты не привел его сюда?

— Не получилось, — сказал я. — Он был занят. Волноваться не о чем. Встретимся в пабе возле Найтбриджа. Я на машине — взял напрокат. Все обговорим, а потом он отправится на аэродром. Мы вернемся сюда, заберем твои вещи и поедем вслед за ним. Самолет вылетает в десять тридцать, так что времени полно.

Я видел, что Нетта не в восторге от моего предложения, но выбора у нее не было.

— Хорошо, Стив, — согласилась она. — Тебе виднее. Я готова; осталось только шляпку надеть.

Дожидаясь ее, я походил по комнате. Вспомнил Мэдж Кеннитт, и мне стало не по себе.

Мгновением позже Нетта вышла из спальни. Шляпка была ей к лицу, хоть и походила на крышку от кастрюли.

— Да, теперь он точно клюнет, — сказал я, рассматривая наряд Нетты. — Шикарно выглядишь. — Я взял ее под ручку. — Пошли. На цыпочках. Мы же не хотим потревожить миссис К.

Мы тихонько спустились вниз и сели в «бьюик».

— Как у тебя дела, Стив? — спросила Нетта, когда мы ехали по Кромвель-роуд. — Скажи, ты дал Ю денег?

Я ожидал услышать такой вопрос и с готовностью соврал:

— Ага. Рассчитался с крысенышем. Остается надеяться, что он не надумает нас подставить, пока мы в Англии. — Искоса взглянув на Нетту, я увидел, что она побледнела и плотно сжала губы.

— Когда вы встретились? — спросила она. Казалось, в вопросе кроется подвох.

— Сегодня в три тридцать, — ответил я. — Пятьсот фунтов. Это большие деньги, Нетта.

Она промолчала, глядя прямо перед собой. Лицо ее было напряженным.

Когда мы остановились у маленького паба в переулке Найтбриджа, Нетта поинтересовалась:

— А Джек Брэдли? От него что-нибудь слышно?

— Нет, — сказал я. — С ним я разобраться не смог. Корридана не было в городе. Нельзя забрать кольца без его разрешения. Ультиматум Брэдли истек в четыре часа. Может, сейчас меня ищут копы. Если так, они опоздали. Сегодня после обеда я выписался из гостиницы. Все вещи в багажнике. Я готов к отъезду.

Мы вышли из «бьюика». Нетта посмотрела по сторонам.

— Стив, ты уверен, что здесь нам ничего не грозит? — нерешительно спросила она. — По-моему, появляться в людном месте — чистой воды безумие.

— Не волнуйся, — успокоил я. — Здесь вполне безопасно. В этот паб никто не ходит. Здесь нас точно не станут искать. — Взяв ее за руку, я быстро пошел к двери.

У стойки ошивался Гарри Бикс. На нем была кожаная летная куртка с эмблемой его эскадрона — изображением пикирующего альбатроса. В руке Бикс держал стакан скотча с содовой.

Кроме него, в баре было еще двое посетителей. Они сидели в дальнем углу, не обращая на нас внимания.

Увидев нас, Бикс — плотный, мощный, добродушный — вытянулся во весь рост. Взглянул на Нетту, сложил губы в трубочку и беззвучно присвистнул.

— Прив-вет! — воскликнул он, ухмыляясь во весь рот. — Она и впрямь красотка. Как с картинки, говоришь? Еще бы!

— Нетта, это Гарри Бикс, — сказал я, подталкивая ее вперед. — Пожми руку лучшему пилоту военно-воздушных сил. Иногда Гарри ведет себя как дикарь, но это простительно: он только что из джунглей.

Ее ладонь скользнула в лапищу Бикса. Девушка одарила его такой ослепительной улыбкой, что Гарри едва устоял на ногах.

— Мэм, зачем вы тратите время на этого подонка? — жарко спросил Бикс. — Вы что, не знаете: у него две жены и восемнадцать детей? А еще он отсидел десять лет за разбойное нападение.

Рассмеявшись, Нетта кивнула:

— Я из тех девушек, кому по душе именно такие парни.

— Бога ради! — озадачился Бикс. — Он вам и правда нравится или вы охотитесь за его деньгами?

Нетта притворилась, что обдумывает вопрос.

— Пожалуй, и то и другое, — наконец ответила она.

— Что ж, по такому поводу нужно выпить. Может, опустошим запасы виски в этом пабе? Или предпочитаете что-то более затейливое?

— Виски вполне подойдет, — сказала Нетта.

Бикс жестом подозвал барменшу, заказал два двойных виски и снова повернулся к Нетте:

— Где же вы прятались все это время? Я-то думал, что знаю всех сочных дамочек в Лондоне.

— А я до сих пор считала, что знакома со всеми красавцами из Америки, — ответила она.

Шумно выдохнув, Бикс ударил меня в бок:

— Свободен, братишка. Сделай одолжение, выйди на тротуар и сломай себе ногу.

— Да она шутит, — заметил я. — У этой девицы вместо сердца шарик мороженого. Прикинь, десять минут назад она говорила мне, что в военно-воздушных силах служат одни придурки. Верно, Нетта?

— Но тогда я еще не была знакома с Гарри, — возразила Нетта. — Беру свои слова обратно.

Бикс придвинулся поближе.

— Мы соль земли, милая, — сказал он. — Так пишут в газетах, а газеты врать не станут.

— Ну, почти, — заметил я.

Барменша принесла виски и отошла к другому концу стойки. Бикс сказал:

— Значит, вы хотите лететь со мной, верно?

Лицо Нетты внезапно сделалось серьезным. Она кивнула.

— Значит, доверяете мне настолько, что готовы рискнуть жизнью? — спросил Бикс.

— В самолете — да. Но только в самолете, — ответила Нетта.

Бикс расхохотался:

— Слушай, у твоей малышки отменное чувство юмора. Перед такой мне точно не устоять. Мэм, я пошутил. Я совершенно не интересуюсь дамочками. Спросите Стива, он расскажет.

— Так и есть, — подтвердил я. — В целом девушки его совершенно не интересуют. Но по отдельности... оставь его наедине с дамочкой — и увидишь, чем все закончится.

— Ах ты, предатель!.. — с негодованием начал Бикс.

— Даже если ему нельзя доверять, — сказала Нетта, — я вряд ли стану звать на помощь.

— Не станете? — Бикс выпучил глаза. — Честно? — Он перевел взгляд на меня. — Давай-ка на выход, ты нам мешаешь. Третий лишний.

— Хватит болтать. Перейдем к делу, — поторопил я. — Итак, ты взглянул на нее. Ну, поможешь?

Бикс отхлебнул виски, посмотрел на Нетту, потом на меня:

— Ага. Такой милашке отказать я не могу. Но дело чертовски рискованное.

— Не заливай, — сказал я. — Сам знаешь, устроить это совсем несложно. Ты, Нетта, его не слушай. Он просто важничает.

— А если честно, риск действительно велик? — Нетта пытливо всматривалась в лицо Бикса.

Бикс хотел было набить себе цену, но бросил на меня сердитый взгляд и признал:

— Вообще-то, нет. Если уговорить пилота, а вы уже это сделали, то дело за малым. Встретимся у въезда на аэродром, зайдем в столовую, выпьем. Потом я предложу взглянуть на мой самолет, и мы отправимся на взлетную полосу. Если успеем до двадцати двух пятнадцати, там никого не будет. Вы заберетесь в самолет, а я покажу, где спрятаться. Вылетаем в двадцать два тридцать. На месте меня будет ждать машина. Ляжете на заднее сиденье, я наброшу на вас свою экипировку, какие-нибудь тряпки — и все. Как выедем с аэродрома, сядете по-человечески, а я вас высажу, где скажете.

На мгновение Нетта задумалась:

— Все и правда настолько просто?

— Да. Я это делаю не в первый раз. И не в последний. Но предупреждаю: в качестве платы за проезд я требую от своих пассажиров поцелуй.

— Мы с тобой целоваться не будем, — холодно произнес я. — Чем лететь на таких условиях, я лучше переберусь через Атлантику вплавь.

— И я, — торопливо сказал Бикс. — Но я обращался не к тебе, болван.

— С этим трудностей не возникнет, — улыбнулась Нетта. — Думаю, ваши условия вполне разумны.

Мы перешучивались еще минут двадцать, выпили еще виски, а в десять минут девятого Бикс сказал, что ему пора.

— Увидимся в двадцать один сорок пять возле аэродрома, — напомнил он. — И не нужно нервничать. Считайте, дело в шляпе. — Взяв Нетту за руку, он добавил: — До скорой встречи. Если вам надоест этот тупица, не забудьте, что следующим по списку иду я. Рыжеволосые девушки умеют подобрать ключик к моему сердцу.

— Я это запомню. — Нетта одарила его долгим взглядом, от которого Бикс, казалось, растаял. Затем она улыбнулась. — Случись нам общаться почаще, я могу и передумать насчет своего тупицы. Хотя он милый, если не обращать внимания на его поведение за столом.

— Ну, этого не исправить, — усмехнулся Бикс. — В отличие от меня, он не приучен к приличному обществу.

И, лучась от удовольствия, он нас оставил.

Как только дверь за его спиной закрылась, улыбка сошла с лица Нетты, и она встревоженно посмотрела на меня.

— Ты уверен, что все в порядке? — спросила она. — Он совсем ребенок. Думаешь, он сможет нас перевезти?

— Не суетись, — сказал я. — У этого парня на счету около сотни боевых вылетов. Он сбросил на немцев больше бомб, чем звезд на небе. Может, он и выглядит как мальчишка, но пусть это тебя не смущает. Если Бикс дал обещание, он его сдержит. Ты ему понравилась, так что считай, мы уже на месте.

— Хорошо, милый. — Тихо вздохнув, Нетта взяла меня за руку. — Не буду суетиться. Но я все равно нервничаю. Что теперь?

— Возвращаемся в квартиру, забираем твои вещи и едем на аэродром. Пошли, Нетта. Путешествие началось.

Десятью минутами позже мы были в квартире Мэдж Кеннитт.

— Надеюсь, ты отправишься налегке? — спросил я, бросив шляпу на кушетку.

— У меня только сумка, — кивнула Нетта. — Конечно, жаль оставлять здесь платья. Они такие милые. Но в Штатах я смогу купить все, что нужно. — Шагнув ближе, она обняла меня за шею. — Ты так добр ко мне, Стив. Не знаю, как тебя благодарить. Что бы я без тебя делала.

На мгновение я почувствовал себя подлецом, а потом вспомнил Литтлджонса. Вспомнил, как он свернулся на полу, поджав ноги. Это воспоминание придало мне сил.

— Забудь. Ты готова?

Она произнесла слова, которые я надеялся услышать: от этих слов зависел успех или провал моего плана.

— Дай мне пять минут, Стив. Хочу переодеться во что-нибудь потеплее. Мой наряд не очень-то подходит для перелета.

— Давай. Забирайся в свое шерстяное бельишко, — усмехнулся я. — Кстати, мне чертовски хочется тебе помочь.

Смущенно рассмеявшись, Нетта направилась к спальне.

— И не входите, мистер Хармас, — сказала она с напускной серьезностью. — Вы уже давно не видели, как я раздеваюсь. Мне будет неловко.

— Ты права. — Внезапно мой тон стал серьезным. — Давно. Слишком давно, Нетта.

Но она не слушала меня. Удалившись в спальню, она закрыла дверь и заперлась на ключ.

Я сел на кушетку и закурил. Ладони мои были влажными, а мышцы бедер подергивались. Так обычно бывает, когда я волнуюсь.

Время тянулось медленно: пять минут, еще пять. Я слышал, как Нетта возится в соседней комнате. Ковер у моих ног был покрыт сигаретным пеплом.

— Эй, Нетта! — позвал я, не справившись с нервами. — Время не ждет.

— Уже иду, — сказала она. Через секунду я услышал, как щелкнул замок. Нетта вышла из спальни, одетая в светлый шерстяной свитер и черные как смоль слаксы; через одну руку была перекинута шубка, а в другой Нетта держала большой чемодан.

— Извини, что задержалась. — Она улыбалась, но лицо ее было бледным, а взгляд — встревоженным. — Еще только пять минут десятого. Я нормально выгляжу?

— Ты выглядишь потрясающе. — Я подошел к ней, обнял за талию. Резко, почти грубо Нетта оттолкнула меня, стараясь сохранить на губах улыбку, которая показалась мне кривенькой.

— Не сейчас, Стив, — попросила она. — Подожди, пока мы не окажемся в безопасности.

— Как скажешь, детка, — произнес я.

Она оттолкнула меня слишком поздно. Я успел прощупать ее талию под свитером и понял, что там спрятано.

— Ну же, давай.

Взяв шляпу, я осмотрел комнату, чтобы удостовериться, что мы ничего не забыли. Затем направился к выходу. Нетта шла следом. Я забрал у нее чемодан, но шубку она несла сама.

Я открыл дверь.

За ней стоял Корридан: губы неумолимо сжаты, а ледяной взгляд устремлен прямо на меня.

ГЛАВА ДВАДЦАТЬ ЧЕТВЕРТАЯ

Нетта тонко взвизгнула. С таким звуком карандаш царапает грифельную доску.

— Здравствуйте, Корридан, — спокойно сказал я, делая шаг назад. — Наконец-то вы на финишной прямой.

Инспектор вошел в комнату, прикрыл за собой дверь. Вопросительный взгляд его светлых глаз был устремлен на Нетту. Она отскочила в сторону, прикрыв лицо рукой.

— Я не знаю, что вы здесь делаете, — холодно произнес Корридан, — но вынужден вам помешать. У меня есть ордер на ваш арест, Хармас. Я вас многократно предупреждал. Брэдли обвиняет вас в нападении и краже колец. Вам придется пойти со мной.

— Очень жаль. — Я безрадостно усмехнулся. — Но сейчас, Корридан, у вас есть дела поважнее. Взгляните на эту юную даму. Разве вы не желаете с ней познакомиться? — Я улыбнулся Нетте. Она напряженно смотрела на меня. Глаза ее ярко сверкали на бледном лице.

Корридан смерил меня недобрым взглядом:

— Кто она?

— Не догадываетесь? — спросил я. — Взгляните на рыжие волосы. Принюхайтесь к аромату сирени. Ну же, Корридан. Неужели вы настолько плохой детектив?

На лице инспектора отразилось замешательство.

— Хотите сказать, это... — начал он.

— Прости меня, малышка, — произнес я, обращаясь к Нетте. — Но теперь тебе не отвертеться. — Я снова повернулся к Корридану. — Разумеется. Знакомьтесь: Нетта Энн Скотт Брэдли.

— Ах, — гневно выдохнула Нетта. — Ты... ты, мерзавец! — Она отшатнулась от меня.

— Следи за языком, милая, — заметил я. — Корридана легко вогнать в краску.

Инспектор уставился на Нетту, перевел взгляд на меня.

— То есть эта женщина — Нетта Скотт? — осведомился он.

— Ну конечно, — сказал я. — Или, если вам угодно, миссис Джек Брэдли, также известная под именем Энн Скотт. Я же говорил, что она не совершала самоубийства. Вот она перед вами, собственной персоной. И я покажу вам еще кое-что интересное.

Нетта было отпрыгнула, но я успел ее схватить. Ее лицо стало серовато-белым, как оконная замазка, а во взгляде читался страх, смешанный с гневом. Она вцепилась в меня скрюченными пальцами; схватив Нетту за запястья, я вывернул ей руки и прижал к себе.

— Спокойно, малышка, — сказал я, уворачиваясь от ее яростных пинков. — Покажи инспектору, как здорово ты выглядишь в нижнем белье. — Я стащил с нее свитер и, не обращая внимания на вопли и пинки, расстегнул молнию на брюках.

Сердито фыркнув, Корридан шагнул вперед.

— Перестаньте! — крикнул он. — Что вы творите, черт побери?

— Снимаю шкуру с кролика, — сказал я, оттаскивая Нетту к кушетке и укладывая лицом вниз. Угомонить девушку было непросто, но мне наконец удалось прижать ее коленом.

Корридан схватил меня за руку, но я отмахнулся:

— Взгляните-ка на это. — Я ткнул пальцем в тяжелый пояс для денег, застегнутый на талии Нетты.

Корридан застыл, что-то буркнул и отступил в сторону.

Расстегнув пряжку, я сорвал пояс и тоже отошел назад.

Нетта распростерлась на кушетке, стиснув кулаки и громко всхлипывая.

Встряхнув поясом, я эффектно вывалил его содержимое на ковер, прямо к ногам Корридана.

— Вот так-то, братец. Безделушки Алленби. Взгляните: здесь драгоценностей на пятьдесят тысяч фунтов!

Опустив голову, Корридан изумленно смотрел на всевозможные кольца, ожерелья и браслеты, грудой лежащие на ковре. В электрическом свете бриллианты, рубины, изумруды горели, как светлячки.

— Убью тебя за это! — крикнула Нетта, внезапно выпрямляясь. Вскочив с кушетки, она бросилась на меня.

Я отмахнулся от нее так грубо, что она растянулась на полу.

— Спектакль окончен, малышка, — сказал я, стоя над ней. — Уж постарайся понять. Если бы ты не убила Литтлджонса, я бы тебе подыграл. Но ты прикончила его, пытаясь спасти свою шкуру. Это развязало мне руки. За какого простофилю ты меня держала, черт возьми? Разве стал бы я покрывать человека, который сделал с Литтлджонсом то, что сделала ты?

С трудом поднявшись на ноги, Нетта без сил рухнула на кушетку и спрятала лицо в ладонях.

Я повернулся к инспектору. Тот, словно под гипнозом, все еще смотрел на груду драгоценностей.

— Что ж, надеюсь, вы удовлетворены. Я дал себе обещание, что раскрою дело Алленби, чтобы поумерить ваше чванство. Я его сдержал.

Лицо Корридана являло собой незабываемое зрелище. Он посмотрел на Нетту, потом на меня.

— Но как вы узнали, что она прячет эти вещи в поясе? — спросил он.

— Вы не представляете, как много я знаю. Кражу организовали они с Джеком Брэдли. Я сообщу вам факты, а вы уже подготовите доказательства. Ну что, хотите меня выслушать?

— Конечно хочу. — Опустившись на колени, он сложил безделушки обратно в пояс. — Как вы до всего этого додумались?

Он положил пояс на стол.

— А вот как: я не поверил, что Нетта покончила с собой. — Закурив, я присел на стол. — Я понял, что она не совершала самоубийства, когда обыскал ее квартиру. Оттуда исчезла почти вся одежда, а также шелковые чулки. Я был знаком с Неттой некоторое время и неплохо знал, что она за человек. Такие, как она, не накладывают на себя руки. А еще у нее страсть к одежде. После того как тело похитили, я подумал, что в квартире Нетты погибла другая девушка. Нетта же испугалась и сбежала, забрав все вещи, которые смогла унести.

Прислонившись к стене, Корридан внимательно смотрел на меня.

— Это вы уже говорили, — заметил он. — Да я и сам это понял.

— Конечно, — сказал я. — Но в деле осталось множество загадок. Например, личность мертвой девушки. Меня озадачил еще один момент. У Нетты было время собрать вещи; почему же она оставила в квартире шестнадцать пятифунтовых банкнот и пачку облигаций на пять тысяч фунтов? Я не мог этого понять, пока Мэдж Кеннитт не рассказала, что той ночью к Нетте приходил мужчина, а с ним — девушка. Очевидно, эта девушка и умерла. Мужчина или убил ее, или был сообщником Нетты. Я решил, что Нетта не стала забирать деньги, потому что не доверяла этому человеку, а он не дал ей возможности незаметно вынуть купюры из тайников. Поэтому ей пришлось оставить деньги в квартире. Должно быть, она надеялась забрать их позже, но я нашел деньги первым. — Я взглянул на Нетту. Она не смотрела на меня — сидела без движения, зарывшись лицом в ладони.

— Продолжайте, — негромко сказал Корридан.

— Кто же был этот загадочный мужчина и почему Нетта не хотела, чтобы он узнал про деньги? — продолжил я. — Нетта сказала, что его зовут Питер Френч и он любовник Энн. То есть любовник Нетты. Видите ли, у Нетты не было никакой сестры. Но вернемся к Питеру Френчу чуть позже. Девять месяцев назад Нетта вышла замуж за Джека Брэдли. По некой причине они решили сохранить свой брак в секрете. Жили порознь, а выходные проводили вместе, в Лейкхеме. Брэдли купил там коттедж, служивший им тайным убежищем. В Лейкхеме Нетта называла себя Энн Скотт. Она сказала мне, что Френч убил ее сестру, когда той стало известно, что он виновен в смерти Джорджа Джакоби. Очевидно, это была ложь: ведь никакой сестры у Нетты не было. В таком случае что за девушка умерла у нее в квартире? Чье тело было найдено в коттедже? Хочу, чтобы вы хорошенько это поняли, Корридан. Помните, из морга похитили тело? В коттедже мы обнаружили именно его.

Корридан поджал губы.

— Но у одной девушки были рыжие волосы, а у другой — светлые, — напомнил он. — Как вы это объясните?

— Нетта уже все объяснила, — сказал я. — Френч сперва выкрасил волосы девушки в рыжий цвет, а потом отбелил их до естественного состояния, когда перевез тело в коттедж.

— Что за чертовщина, — пробормотал Корридан.

— Да, верится с трудом, — кивнул я. — Но если немного подумать, все выглядит правдоподобно. Пожалуй, именно так и было. Повторю, я все проверил и на сто процентов уверен, что у Нетты не было сестры. Кто же эта девушка? Почему ее убили? Почему убийца так хотел помешать опознанию тела?

— Вы это выяснили? — взволнованно спросил Корридан.

— Думаю, да. И не только я. Литтлджонс тоже это узнал. Потому-то он и умер.

— Итак, кто она?

— Сельма Джакоби. Жена Джорджа Джакоби — человека, которого убил Джек Брэдли.

Выпрямившись, Нетта с ненавистью взглянула на меня.

— Вранье! — крикнула она. — Джек его не убивал. Это сделал Питер Френч.

— Ничего подобного, — мягко заметил я, соскользнул со стола и принялся расхаживать по комнате. — Вернемся чуть назад — к тому времени, когда американские военнослужащие начали возвращаться на родину. До этого момента Брэдли зашибал неплохие деньги на продаже дрянной выпивки. Да и в целом обирал наших ребят всеми возможными способами. Но когда они стали уезжать из Англии, доходы Брэдли сдулись. Пришлось придумывать новый способ заработка. Помимо организации азартных игр, Брэдли решил ввязаться в крупное воровство. Экспертом по этой части был Джордж Джакоби. Брэдли вступил с ним в сговор, и они задумали похитить драгоценности Алленби. Примерно в это время Нетта вышла замуж за Брэдли, а Джакоби женился на Сельме. Дом Алленби расположен недалеко от Лейкхема. Купив коттедж в этой деревушке, Брэдли убил двух зайцев: теперь у него был штаб для организации преступления, а также любовное гнездышко для них с Неттой. Сестра Джакоби, миссис Брэмби, вызвалась присматривать за коттеджем. Кража прошла успешно. Оставалось найти способ сбыть краденое. Но полиция слишком рьяно искала драгоценности, и ни Брэдли, ни Джакоби не рискнули выставить их на продажу. Решили придержать добычу, пока страсти не улягутся. По ходу дела они повздорили из-за дележа. Однажды ночью Брэдли убил Джакоби прямо в клубе, после чего бросил тело в Сохо.

— Это догадки или у вас есть доказательства? — поинтересовался Корридан.

— Догадки, — признался я. — Но скоро Нетта расколется. Такие, как она, всегда раскалываются.

— Давайте дальше, — проворчал Корридан, взглянув на Нетту.

— Пока что забудем о смерти Джакоби. Поговорим про Литтлджонса. — Я закурил. — Это важно. Ведь именно его гибель показала, что Нетта уже не тот человек, которого я знал раньше. И я не мог допустить, чтобы убийство сошло ей с рук. Мне нравился Литтлджонс. Он был отважный парень и, кроме того, работал на меня. Я рассказал ему все, что знал, и он заметил, что я упускаю некоторые детали. Литтлджонс понял, что Сельма Джакоби как-то связана с нашим делом. Вполне могло оказаться, что именно ее тело обнаружили сначала в квартире Нетты, а затем в деревенском коттедже. Литтлджонс не встречался с Сельмой, но я-то видел тело мертвой девушки. Бедняга хотел удивить меня. Узнав, где жила Сельма, он отправился туда в надежде раздобыть ее фото. Литтлджонс собирался показать фотографию мне: вот, мол, будет сюрприз, когда я пойму, что на ней мертвая девушка. Фотографию он нашел. Обрывок все еще был у него в руке, когда я обнаружил тело. Но Нетта застукала Литтлджонса. Поняла, что сыщик наступает ей на пятки, и убила его, чтобы спасти собственную шкуру. Этого я простить не мог. Поэтому я притворился, что собираюсь вывезти ее из Англии. Я знал, что она постарается захватить с собой безделушки Алленби.

— Все равно я не понимаю, как вы узнали, что драгоценности у нее, — нахмурился Корридан. — Говорите, Сельму Джакоби убил этот Питер Френч?

Я покачал головой:

— Нет, я такого не говорил. Нетта сказала мне, что Питер Френч убил Сельму. Но это ложь. Питер Френч вообще не в курсе этого дела. Он подставное лицо. Его имя фигурирует в деле только для того, чтобы я не вышел на настоящего убийцу.

Нетта медленно поднялась на ноги. На нее было страшно смотреть. Корридан сделал шаг вперед.

— В таком случае кто убил Сельму Джакоби? — осведомился он.

— Тот же, кто убил Мэдж Кеннитт. — Я подошел к кухонной двери. — Разрешите вас познакомить. — Распахнув дверь, я посторонился. — Выходите. Довольно прятаться.

В комнате появились три детектива в штатском, а с ними — инспектор уголовной полиции О'Мэлли. Все четверо взглянули на меня, на Корридана, на Нетту.

— Вот человек, убивший Сельму Джакоби и Мэдж Кеннитт, — сказал я. И показал пальцем на Корридана.

ГЛАВА ДВАДЦАТЬ ПЯТАЯ

— Общаясь с Гарри Биксом, будь добра вести себя тактично и сдержанно, — сказал я. Мы с Кристал шли по фойе гостиницы «Савой» в сторону книжного киоска, где Бикс в компании Фреда Ульмана рассматривал литературные новинки. — В амурных делах этот парень собаку съел. Настоящий волк. Не потакай ему, держись рядом со мной — и все пройдет без эксцессов.

— Ты бы еще надел на меня шляпку с козырьком и дал в руки бубен, — заметила Кристал. — А что, если мне захочется приключений?

Тут Гарри Бикс, заметив нас, толкнул Ульмана локтем, поправил галстук и громко поздоровался.

— Ну и ну, — сказал он, приближаясь. — И снова ты не подкачал, Синяя Борода. Ума не приложу, как тебе удается находить таких соблазнительных дамочек. Должно быть, все дело в твоей неотразимости.

Я вздохнул:

— Кристал, знакомься. Это Гарри Бикс. Не верь ни единому его слову. Он плетет сам не знает что. Гарри, это мисс Годвин. Просто для справки: это моя девушка. Так что попрошу держать руки в карманах, когда будешь с ней беседовать. Кристал, видишь джентльмена на заднем фоне? У него еще мешки под глазами? Это Фред Ульман. Фред, знакомься: мисс Годвин.

Ульман поздоровался; вид у него был слегка скучающий. Отодвинув его за спину, Бикс лучезарно улыбнулся.

— В моей жизни еще не было такого волнующего момента, — произнес он, взяв Кристал за руку. — Он же соврал, что вы его девушка, да? Уверен, такая красотка не станет тратить лучшие годы на этого престарелого тупицу.

Расцепив их ладони, я крепко сжал локоть Кристал и сказал:

— Руки прочь. Эту блондинку я намерен оставить себе. Займись кем-нибудь другим. — Я провел Кристал в гриль-бар. — Давайте-ка поедим. А ты, Фред, держи этого грабителя на поводке.

— Не понимаю, почему вы так разоряетесь из-за девушки, — угрюмо заметил Ульман. — Взгляните на меня: всю жизнь держусь подальше от женщин.

— Сами и смотрите. Я-то вас уже видела, — язвительно произнесла Кристал.

Заняв столик в углу, мы сделали заказ, и Гарри Бикс сказал:

— Прошу заметить, мы здесь не ради благотворительного ужина. Сегодня наш Арсен Люпен, — он кивнул на меня, — будет разглагольствовать о том, какой он умный. А в благодарность за наше внимание он, разумеется, оплатит наш заказ.

Вцепившись мне в рукав, Кристал спросила, почему Бикс называет меня таким странным именем, и добавила, что по-французски «люпен» значит «кролик».

В ответ я шепнул, что «кролик» по-французски «лепан», а Арсен Люпен — всемирно известный детектив.

Тут Кристал захотела узнать, при чем тут я.

— Помолчи-ка ты, — раздраженно сказал я. — Необязательно демонстрировать всем свое невежество.

— Я, как репортер, вынужден пойти на такую жертву, — устало произнес Ульман. — Готов питаться за его счет и терпеть его болтовню. Но только если он подробно расскажет историю, что привела к аресту Корридана. Британская публика желает знать все подробности, а моя прискорбная обязанность — написать об этом статью.

— Только без подробностей, — взмолился Бикс. — На свете столько интересных занятий... — Он многозначительно взглянул на Кристал, и та ответила ему тем же.

— Блондинка пришла со мной, — напомнил я, похлопав его по плечу. — Я бы показал тебе, где у нее стоит мое персональное клеймо. Но оно в совершенно недоступном месте. Так что руки прочь. И впредь попрошу избавить мою спутницу от похотливых взглядов.

Кристал сказала, что ей нравятся похотливые взгляды и она не прочь, чтобы на нее так посматривали.

— Ты бы утихомирил этих двоих, — попросил Ульман. — В отличие от них, мне интересен твой рассказ. Не понимаю, зачем ты притащил блондинку на нашу встречу. Блондинки — угроза для общества.

— Не очень-то вы вежливы, — сказала Кристал, слегка обидевшись.

Ульман холодно взглянул на нее.

— Я был вежлив лишь с одной женщиной. Моей матерью, — произнес он.

— Удивительно, что у вас вообще была мать, — заметила Кристал. — Скажите, старушка умерла не от разрыва сердца?

— Помолчи! — торопливо сказал я, заметив, что Ульман начинает выходить из себя.

Бикс сообщил, что, пока мы с Ульманом будем морить друг друга унылыми вопросами и ответами, им с Кристал неплохо бы прогуляться по гостинице.

— Заткнись же наконец, — прорычал я, стукнув кулаком по столу.

— Ну же! — Ульман сгорал от нетерпения. — Я ведь замучился добывать для тебя информацию. Как ты вышел на Корридана?

— Давай я расскажу все с самого начала, — предложил я. — Чтобы даже Кристал при всей ее тупости ничего не упустила. Ой! — Я помассировал голень, велел Кристал вести себя прилично и поспешил продолжить рассказ, пока никто не мешает.

— Насколько вам известно, чтобы возместить убытки, Джек Брэдли поставил в клубе две рулетки, — начал я. — Будущее у такой затеи есть только в одном случае: если обзавестись надлежащей протекцией. Брэдли, как человек неглупый, хорошо это понимал. Он принялся искать сотрудника полиции, который мог бы организовать такую «крышу».

— И нашел Корридана? — спросил Ульман.

— Не перебивайте, — упрекнула его Кристал. — Папаша говорит, что если человек склонен перебивать...

— Только не начинай про своего папашу, — тут же вмешался я. — Давайте я буду рассказывать, а все остальные молчать. — Я взглянул на Бикса. — Просто чтобы ты знал: колено, которое ты сейчас оглаживаешь под столом, принадлежит не Кристал, а мне.

Биксу хватило воспитанности, чтобы покраснеть. Отдернув руку, он с упреком посмотрел на Кристал. Та хихикнула.

— Да, он нашел Корридана, — продолжил я, когда Ульман снова начал хмуриться. — В то время инспектор был восходящей звездой Скотленд-Ярда и как раз занимался контролем клубов. Брэдли предложил ему приличную долю от прибыли за информацию о грядущих рейдах. Легкие деньги. Корридан купился. Затем на сцену вышел Джордж Джакоби...

— Жаль, что у тебя нет диапозитивов, — с сожалением произнес Бикс. — Прикинь: картинка, где Джордж Джакоби выходит из вьюги. Было бы круто.

— Особенно если вверх ногами, — добавила Кристал, посмеиваясь над тарелкой с холодными закусками.

— Знаешь, кого я сейчас переверну вверх ногами? — рявкнул я.

— Не обращай внимания на этих идиотов, — сказал Ульман. — Бога ради, продолжай.

— Джакоби был вором. Специализировался на краже бриллиантов. Планировал украсть сбережения Алленби стоимостью в пятьдесят тысяч фунтов, приготовленные на случай оккупации. — Кристал корчила мне рожицы, и я нахмурился. — Но Джакоби знал, что в одиночку такую кражу не провернуть...

— Слабак! — брезгливо заметил Бикс. — Я бы справился один, даже если бы куш был вдвое меньше.

— И я, — подхватила Кристал. — Согласилась бы даже на четверть.

— Он предложил Брэдли принять участие в этом деле, — продолжал я, игнорируя их ремарки. — Брэдли подумал, что неплохо бы заручиться поддержкой полиции, ввел Корридана в курс дела и пообещал ему треть добычи, если после кражи тот поможет отвести подозрение от Джакоби.

— Умно, — одобрил Ульман. — Ты, наверное, узнал все это от Нетты?

— Ага. Она раскололась. Запела соловьем! Итак, жадный до денег Корридан решил им подыграть. И тут появилась Нетта. Девять месяцев назад она вышла замуж за Брэдли; заполучить ее иным способом он не сумел, но решил помалкивать о браке. Такой расклад устраивал Нетту: она могла жить как и прежде, но уже с поддержкой Брэдли. А если он, наигравшись, бросит Нетту, ее благосостоянием займется специалист по разводам. Брэдли купил коттедж в Лейкхеме. Там у них было любовное гнездышко, и там же планировалось преступление.

В банде было несколько человек: Брэдли, миссис Брэмби, Джакоби, Юлиус Коул и Корридан. Кража прошла успешно, но Брэдли и Джакоби не поделили добычу. Брэдли застрелил Джакоби на глазах у Нетты.

— Вот теперь интересно, — просветлел Бикс. — Давай побольше кровавых подробностей.

— Джакоби был убит из пистолета люгер — Брэдли привез его с Первой мировой в качестве сувенира. На рукоятке было его имя. Хотя надпись затерли, Брэдли знал: полицейские способны прочесть ее, используя ультрафиолетовые лучи. Если пистолет когда-нибудь обнаружат, Брэдли пойдет на виселицу за убийство. К тому времени Нетта уже устала от Брэдли; она запала на Корридана. Когда Брэдли вывозил тело Джакоби в Сохо, она забрала пистолет, решив, что отныне это будет ее капитал.

— Ради денег некоторые женщины готовы на что угодно! — потрясенно воскликнула Кристал. — Ну почему мне никак не представится случай показать свою беспринципность?

— Нетта опасалась подкатывать к мужу самостоятельно, — продолжал я. — Она предложила Корридану шантажировать Брэдли и разделить с ней прибыль. Корридан согласился, но ему нужен был пистолет. Инспектор использовал Нетту для собственной выгоды и не доверял ей. Нетта же отказалась дать ему люгер. Пистолет был нужен ей самой — на тот случай, если Корридан решит ее обмануть.

— Тебе, милый, я готова доверить все, что у меня есть, — сказала Кристал, ласково касаясь моей руки.

— Как только выдастся минутка, запишу это черным по белому. — Я погладил ее по голове. — Но помолчи, дай мне договорить. Вот, кушай свою курочку и постарайся не заляпать платье. Оно у тебя красивое.

— Как только перестанете пускать слюни, — с отвращением заметил Ульман, — я готов слушать дальше.

— Корридан прижал Брэдли, и тот согласился платить, — продолжал я. — Поскольку Корридану нельзя было светиться в клубе, а Нетта скрывала свое участие в шантаже, деньги еженедельно забирала миссис Брэмби.

Так обстояли дела, пока Сельма Джакоби не узнала, что Брэдли убил ее мужа. Об этом ей рассказал Коул: он обиделся, что ничего не получает из тех денег, что Брэдли выплачивал Корридану. Однако Коул боялся инспектора и умолчал, что в краже драгоценностей замешан не только Брэдли, но и сам Корридан. Узнав, что он ведет расследование дела Джакоби, Сельма отправилась к нему и повторила то, что сказал ей Коул. Представьте, в какой ситуации оказался Корридан. Если отреагировать на слова Сельмы, то придется перекрыть себе источник дохода. Вдобавок Брэдли утащит инспектора за собой. Если оставить визит Сельмы без внимания, она пойдет к его начальству. Корридан в любом случае попадал под удар. Выход был только один — избавиться от Сельмы. Корридан отвез ее в квартиру Нетты, накачал наркотиками, а потом они с Неттой инсценировали самоубийство.

Тут нам принесли кофе.

— Ради всего святого, давайте выпьем виски, — взмолился Бикс. — От твоего рассказа у меня во рту пересохло.

Я заказал виски для нас и бренди для Кристал. Дождавшись напитков, я продолжил:

— Еще когда Сельма была жива, Брэдли узнал, что Нетта путается с Корриданом. Он сообщил Нетте, что велел Фрэнки подкараулить ее и облить серной кислотой. Может, то были просто слова. А может, Фрэнки и впрямь собирался это сделать. Не знаю. Нетта клянется, что собирался. Зная Фрэнки, я думаю, это вполне вероятно. В любом случае Нетта перепугалась и решила, что лучше будет исчезнуть. И у нее появилась такая возможность, когда умерла Сельма. Корридан согласился помочь. Они выкрасили волосы Сельмы в нужный цвет. Дали Коулу денег, чтобы тот опознал мертвую девушку как Нетту. Сделали так, что Брэдли стало известно о самоубийстве супруги. Всем все ясно? — спросил я, окинув собравшихся взглядом.

— Продолжай, — вздохнул Бикс. — Мозги у меня уже онемели, но звук твоего голоса действует успокаивающе.

— Тут появился я. Брэдли собирался в морг, чтобы опознать тело. Я тоже. Корридану нельзя было медлить. Он отправил одного из своих людей забрать тело из морга и перевезти в Лейкхем. Это было сделано ради меня: ведь я нашел конверт, адресованный Энн Скотт, и тут же решил, что Энн — сестра Нетты. Корридан позволил мне взглянуть на девушку, после чего тело увезли в морг Хоршема и сожгли, чтобы его не увидел Брэдли. Все ли понятно?

— Запутанно, но неглупо, — кивнул Ульман. — Что потом?

— Не человек, а сущее наказание, — простонал Бикс, схватил мой виски и выпил, прежде чем я успел ему помешать. — С меня, пожалуй, хватит.

— Дальше будет интересно, — пообещал я. — Узнаешь, какой я умный.

— Значит, лучше посидеть, — сказал Бикс, обращаясь к Кристал. — Иначе он заставит нас оплачивать счет.

— На свадьбу Брэдли подарил Нетте пять тысяч фунтов в облигациях, — продолжал я. — И очень хотел получить эти деньги обратно. Фрэнки проник в квартиру, поискал облигации, но так ничего и не нашел. Зато их нашел я. Заподозрив, что я унес облигации, Фрэнки напал на меня, но я отбился. Можете себе представить, как обрадовался Корридан, когда я преподнес ему не только облигации, но и люгер. Он выдумал байку о том, что облигации фальшивые, а люгер принадлежит парню по имени Питер Аттерли. Все проверив, Фред выяснил, что человека по имени Аттерли не существует. Что еще более важно, не существует никакой Энн Скотт, хотя Корридан сказал мне, что ее регистрационные записи хранятся в Сомерсет-хаус.

— Здесь я вынужден сделать два глубоких замечания, — вмешался Гарри Бикс. — Во-первых, Корридан выставил тебя полным идиотом. А во-вторых, всю грязную работу проделал Фред.

Усмехнувшись, я кивнул:

— Верно. Мистер Ульман срывает аплодисменты.

Кристал так увлеклась, что поцеловала Ульмана. Тот, стерев помаду, моргнул и сказал:

— Что ж, это незабываемое впечатление. Допущу, что до этого момента я жил неполной жизнью. Кроме матушки, меня не целовала ни одна женщина.

— Должно быть, вы очень печалитесь о ней, — заметила Кристал. — Кстати, у вас очень вкусный крем для бритья.

— Замолчите, вы двое, — нахмурился Бикс.

— Продолжим, — твердо произнес я. — Итак, убийство Мэдж Кеннитт. Именно здесь Корридан по-настоящему выдал себя. Я видел его, когда отправился за бутылкой виски. Заметил возле дома, а когда вернулся, Мэдж была мертва. На пыльном полу она написала имя «Джакоби» в надежде, что эта надпись станет для меня подсказкой. Разумеется, так и произошло. Потом явился Корридан со своими сыщиками. Заметив надпись, Корридан стер ее. Должно быть, надеялся, что я ее не видел.

— Но он ошибся, — сказал Бикс. — Давайте выпьем еще виски, а не то я лишусь чувств от переживаний.

— Он надеялся зря, — произнес я, не обращая внимания на Бикса. — Фред сообщил мне факты по делу Джакоби. Нанятый мною частный детектив по имени Мерриуезер рассказал, что у коттеджа видели черно-желтый «бентли». Я отследил этот автомобиль. Он принадлежал Корридану. Понимая, что от машины необходимо избавиться, инспектор продал ее парню по имени Питер Френч. Так вышло, что я навестил Френча и видел «бентли». Узнав об этом, Корридан велел Нетте убедить меня, что Френч убил Мэдж Кеннитт. Тут я чуть было не повелся. Итак, Корридан уже не поспевал за мной. Он решил, что пора вывозить добычу из страны. Сам бог велел использовать Нетту в качестве курьера: ведь она могла рассчитывать на мою помощь. Встретившись с Брэдли, Корридан сообщил ему, что Нетта жива и собирается увезти драгоценности в Америку. Брэдли эта мысль не понравилась, но возразить он не мог: ведь Корридан слишком много знал. Украденное добро передали Нетте, и она принялась обрабатывать меня. Забрав кольца у Брэдли, я сыграл им на руку; а еще я оказался замешан в убийстве Литтлджонса. Тут объявился Коул со своим шантажом, и я сделал вид, что вынужден бежать из страны.

— Похоже, история приближается к концу, — облегченно вздохнув, сказала Кристал.

— Верно, — подтвердил я. — Я попросил Гарри подыграть мне — убедить Нетту, что он переправит нас в Штаты...

— И я неплохо справился с этой задачей, — радостно заметил Бикс.

— Я рассказал все О'Мэлли. Он задержал Коула и расставил силки для Корридана. К счастью, Корридан узнал, что Коул арестован, и сообразил, что его планы рушатся. Он заглянул в квартиру Мэдж как раз в тот момент, когда мы с Неттой собирались отправиться на аэродром. Думаю, он собирался арестовать меня, а Нетта должна была уговорить Гарри переправить их с Корриданом в Штаты.

— Как бы не так, — презрительно сказал Бикс.

— В любом случае О'Мэлли все слышал. Корридан угодил прямиком в ловушку, — закончил я. — Буду удивлен, если этим двоим удастся избежать смертной казни.

— То есть ты сам до всего этого додумался? — Кристал глазела на меня с неприкрытым восхищением. — Как я тобой горжусь. Я и не знала, что ты такой умный.

— Вот и все, — сказал я, подзывая официанта. — Пойдемте-ка отсюда. Вы, парни, развлекайтесь, если у вас нет других дел. А меня развлечет Кристал, но уже наедине.

— Дай мне пять минут, милый. — Кристал встала из-за стола. — Попудрю носик и буду готова тебя развлечь.

Когда она ушла, Ульман взглянул на часы и тоже поднялся на ноги.

— Нужно перенести твой рассказ на бумагу, — сказал он. — А вы пока посидите вдвоем. Попрощайтесь за меня с мисс Годвин, хорошо? Счастливо, и спасибо за подробности.

Бикс хотел было пойти за Ульманом, но я схватил его за руку:

— А ты, болван, оставайся там, где я могу тебя видеть. И сиди на месте, пока не вернется Кристал. А потом растворишься во тьме ночной.

— С чего ты решил, что нравишься ей, ботаник? — жарко спросил Бикс. — Две минуты наедине, и твоя Кристал будет есть у меня с руки.

— Ты удивишься, но она не такая, — с достоинством произнес я. — Кроме того, она предпочитает есть с тарелки. А если ты что-то задумал, то готовься к очередной войне.

Мы сидели, злобно поглядывая друг на друга. Прошло полчаса. Нам обоим стало слегка не по себе.

— Интересно, куда она подевалась. — Я взглянул на дверь гриль-бара. — Ни слуху ни духу. Нельзя же так долго пудрить нос.

Бикс посмотрел на меня с подозрением и тревогой.

— Ты же не думаешь, что этот негодяй... — начал он.

Вскочив на ноги, я бросился в фойе. Бикс следовал за мной по пятам. Кристал там не оказалось. Я подошел к администратору и спросил, не видел ли он мою спутницу.

— Мисс Годвин ушла около двадцати минут назад, сэр, — сообщил он. — С мистером Ульманом. Насколько я помню, мистер Ульман собирался показать ей свою коллекцию газетных вырезок.

— А я-то хотел похвастаться своими татуировками! — взвыл Бикс.

Я похлопал его по груди.

— Наверное, ей понравились его мешки под глазами. И разговор о его мамаше. А девка-то оказалась распутная, — грубо заметил я.

— Как раз такие мне и нравятся. — Бикс направился в сторону бара, увлекая меня за собой. — А тебе?

Я сказал, что и мне тоже.

ДВОЙНАЯ ПОДТАСОВКА

ГЛАВА ПЕРВАЯ

1

Настольный интерком рявкнул голосом Мэддокса, деловито и резко. Проснувшись, я дернулся и едва не свернул себе шею.

— Хармас, зайди ко мне.

Я тут же сбросил ноги со стола и опрокинул телефон, лихорадочно нащупывая кнопку интеркома.

— Уже иду. — Я чувствовал себя как зомби, но говорить старался бодро. — Сейчас буду.

Интерком что-то буркнул и умолк.

Мэддокс был главой отдела претензий, моим начальником и лучшим оценщиком страховых рисков — а в нашем зверином бизнесе это кое-что да значит. Я же, на беду, работал у него следователем. Агенты снабжали нас клиентурой, а если Мэддоксу не нравился заявитель, я проверял его подноготную. Скучать не приходилось, ведь Мэддокс с подозрением относился даже к собственной тени.

Распахнув дверь приемной, я подумал: «Интересно, что стряслось?» Уже неделю в Сити-холле проходила конференция страховщиков. Агенты и менеджеры по продажам со всех уголков света съехались, чтобы обсудить дела, обмозговать перспективы, завести новых знакомых и проверить, сколько виски в них влезет. Это касалось и наших сотрудников, так что всю неделю я не особенно напрягался.

Теперь, похоже, мой отдых закончился. Как всегда, вызов к Мэддоксу означал только одно: настало время поработать. Когда я вошел, Пэтти Шоу, блондинистая секретарша босса, выбивала яростную дробь на клавишах пишущей машинки. Я остановился, чтобы полюбоваться этим зрелищем.

Меня восхищают люди, способные горбатиться с утра до ночи и при этом классно выглядеть. Не переставая стучать по клавишам, Пэтти взглянула на меня и лучезарно улыбнулась.

— Верь, не верь, а он меня звал, — сказал я, перегнувшись через стол, чтобы посмотреть, что она там печатает. — Войти или подождать?

— Иди уже, не напрашивайся на неприятности. Мне нужно работать. — Она закатила свои голубые глазки и продолжила барабанить по клавишам.

Я же постучал в дверь Мэддокса и услышал, как он орет: «Войдите».

Босс, как всегда, был частично скрыт кипой разбросанных по столу бумаг. Его жидкие седеющие волосы были взъерошены, красное лицо сморщено, а брови нахмурены. Сидя за столом, он казался человеком высоким, хотя на самом деле ростом не вышел. У него было туловище профессионального боксера и ноги лилипута. Когда нужно было сделать рекламное фото, он всегда усаживался за стол.

— Присядь, — велел Мэддокс, махнув перемазанной чернилами рукой в сторону кресла. — Есть для тебя работенка. — Он сдвинул бумаги в сторону. Большая часть листов упала на пол. Поднимать их мы не собирались, это входило в обязанности Пэтти. Каждый вечер, когда босс уходил домой, секретарша тратила полчаса на уборку кабинета. — Чем ты занимался всю неделю, черт тебя дери? Готов поспорить, что ничем.

— У меня дел хватает, — беспечно произнес я, опускаясь в кресло. — Что стряслось?

Мэддокс бросил на меня сердитый взгляд, взял сигарету и подтолкнул пачку мне.

— Ты, наверное, помнишь, как месяца три назад я ездил в Нью-Йорк. Пробыл там неделю, — сказал он, потянувшись к настольной зажигалке. — И меня замещал сам дед. Помнишь?

— Конечно, — ответил я. — Я тогда очень по вам скучал.

— Скучал он. — Мэддокс нахмурился еще сильнее. — Ты на той неделе прямо надрывался. Примерно как на этой.

— Любому механизму требуется передышка, — спокойно сказал я. — К чему ворошить прошлое?

— Пока меня не было, — продолжал Мэддокс, — компания оформила полис. Из тех, к которым я бы и близко подходить не стал. Дед ничего не заподозрил, равно как и этот тупица Гудьир — именно он продал ту страховку. Неудивительно. Агенты думают только о комиссионных, больше ни о чем.

Это было несправедливо. Алан Гудьир — наш лучший продавец. Проблема в том, что только на комиссии он зарабатывает чуть ли не больше Мэддокса, — и шефа это бесит.

— И что с этим полисом?

Мэддокс провел пальцами по взъерошенной шевелюре и фыркнул так, что со стола слетело еще несколько листов.

— Ничего хорошего. Для начала, компании нашего уровня не пристало продавать подобные страховки. — Он стукнул кулаком по столу. — Этот полис составлен специально под клиента. Нет, ты только подумай! Мы ежегодно платим тысячи кровных долларов юристам, чтобы те оформляли правильные бланки. А тут вдруг выписываем полис в произвольной форме.

— Может, лучше начать с самого начала? — попросил я. — Конечно, если хотите, чтобы я понял, о чем речь.

— Хорошо, начну сначала. А ты, бога ради, сиди и слушай, — приказал Мэддокс. — Итак, в июне я отправился в Нью-Йорк, — продолжал он. — А Гудьир ездил в Голливуд к некой Джойс Шерман. Что-то по поводу страховки от возгорания и угона. Ну ты понял — Джойс Шерман, киноактриса.

Мне не нужно было рассказывать, кто такая Джойс Шерман. Она не менее известна, чем Джоан Беннет, но Мэддокс думает, что вокруг него одни незнайки.

— Закончив с полисом, Гудьир отправился в бар, — продолжал Мэддокс. — Думаю, решил отметить продажу. Вот тебе пример, как наши агенты распоряжаются рабочим временем. Ну да ладно. — Он стряхнул пепел на пачку бумаг в лотке «Входящие». — Говорит, там к нему подошел парень по имени Брэд Дэнни, второсортный импресарио. Разговор зашел о страховке от несчастных случаев, и Дэнни сказал, что одна его подопечная желает застраховаться. Тут Гудьир должен был насторожиться. Сам знаешь, страховку от несчастных случаев не покупают по своей воле. Ее нужно впаривать. А если человек заводит разговор о таком полисе для третьего лица, разом срабатывает вся сигнализация. Но будучи полным тупицей, Гудьир думал только об очередном барыше, который поможет расплатиться за новую тачку. Он условился о встрече с той девушкой — вечером, в «Корт-отеле». Вот тебе очередной звоночек. — Мэддокс потряс прокуренным пальцем. — Даже мне известно, что «Корт-отель» — это почасовая гостиница для тех, кто не любит отвечать на вопросы. А ведь я ездил в Голливуд лишь раз в жизни и пробыл там всего четыре часа.

Ухмыльнувшись, я бросил на шефа восхищенный взгляд:

— Похоже, вы время даром не теряли.

— Не отвлекайся! — свирепо рявкнул Мэддокс. — Агент, знающий свое дело, не станет связываться с клиентом, живущим в «Корт-отеле». Беда Гудьира в том, что он в первую очередь думает о комиссионных, забывая, что подчищать за ним придется мне.

Я издал нечленораздельное ворчание. Гудьир был моим другом.

— Итак, он встретился с девушкой по имени Сьюзан Геллерт, — продолжал Мэддокс. — Она сказала, что хочет застраховаться от несчастного случая на сто тысяч долларов. Мол, крутится в шоу-бизнесе и сейчас работает над новым номером, а страховой полис будет для нее отличной рекламой. Не понимаю, на кой газетчикам сдалась заштатная актриска с ее страховым полисом, хоть и на сотню тысяч. Гудьир так и не потрудился об этом спросить. — Мэддокс яростно дернул себя за мясистый нос. — Будь я там, выяснил бы это в первую очередь. Девушка сказала, что полис нужен только для рекламы, и добавила, что ни у нее, ни у Дэнни совершенно нет денег и, если страховой взнос окажется непосильным, им придется отказаться от этой затеи. Здесь Гудьир должен был распрощаться, но он этого не сделал. Напротив, он назвал стоимость полной страховки, и они чуть не рухнули на пол. — Вперившись в меня, он спросил: — Как тебе такое?

— Пока нормально, — ответил я. — Лично я думаю, что подобную страховку вполне можно использовать в рекламных целях. Местные газетчики тут же набросятся на такие новости. С другой стороны, я гораздо доверчивее вас.

— Точно, — с горечью сказал Мэддокс. — Вы с Гудьиром два сапога пара. Ничего не видите дальше собственного носа.

Пропустив это замечание мимо ушей, я спросил:

— Ну и что было дальше?

— Дэнни с девушкой выдвинули встречное предложение, подчеркнув, что страховка нужна им не ради последующего иска, а только для того, чтобы имя девушки попало в газеты. Они предложили перечислить в полисе все возможные риски и указать, что они не покрываются страховкой. В таком случае взнос будет минимальным, а у них останется документ, который можно показать прессе, если кто-то усомнится в их рассказе. — Умолкнув, Мэддокс зарылся в оставшиеся на столе бумаги. Наконец он нашел, что искал. — Вот сам полис, — сказал он, постукивая пальцем по документу. — Они втроем состряпали список смертельных рисков и вписали его в страховку. — Подняв голову, он впился в меня взглядом. — Ты не слушаешь меня, верно? Если девушка умрет от перечисленных здесь причин, нам ничего не грозит. Но случись ей погибнуть иным способом, у нас появятся проблемы. Теперь понял?

— Ага. Список составил Гудьир?

— Они втроем. Зачитаю тебе риски. Слушай внимательно, список длинный. — Он начал читать: — «Застрахованный данным полисом отказывается от иска, если смерть наступила в следующих случаях: от огнестрельного или ножевого ранения, отравления, пожара или утопления; от любого происшествия, связанного с общественным, воздушным и автомобильным транспортом, велосипедами, мотоциклами и любыми средствами передвижения на колесах; от болезни или самоубийства; от падения застрахованного с высоты или от падения каких-либо предметов на застрахованного; от удушения, удушья, ошпаривания или любой травмы головы; от любых происшествий, связанных с домашними или дикими животными, насекомыми или рептилиями; от неисправной электрической проводки или от контакта с неисправными электроприборами». — Раскрасневшись, Мэддокс швырнул полис на стол и вытер блестящее лицо носовым платком. — Теперь что скажешь?

— Вроде все в порядке. Что вас не устраивает?

Мэддокс откинулся в кресле и всплеснул руками:

— За вычетом этих рисков она получила страховку на сто тысяч, а платит за нее пятнадцать долларов в год!

— Да мы ее грабим, — усмехнулся я. — Гудьир закрыл все риски.

— Неужели? — Мэддокс подался вперед. — Ладно, вернемся к этому через минуту. Дай закончить рассказ. Гудьир обсудил предложение с дедом. Жаль, меня там не было. Вышвырнул бы его из кабинета, Гудьир и глазом бы моргнуть не успел. Мы получаем пятнадцать долларов в год, а подставляемся на сотню тысяч. Какая-то нелепица. Я указал на это деду, и он ответил, что наше дело — продать услугу, а в страховом бизнесе, кроме прибылей, случаются и убытки. — Мэддокс звучно фыркнул. — Но увидишь, что будет, если девушка погибнет и нам выкатят иск. Он заорет благим матом и попытается обвинить во всем меня. — Схватив полис со стола, шеф потряс им в воздухе. — Здесь черным по белому написано, что, если девушка погибнет по любой причине, не указанной в документе, нам придется выплатить сто тысяч. По любой другой причине! Это же идеальная ситуация для мошенника, планирующего нас надуть!

— Разве? — спросил я, начиная терять терпение. — Я вижу, что Гудьир учел все риски. И еще, вы же помните, что девушка сама обратилась за страховкой? Хотите сказать, что она планирует умереть каким-то необычайным способом, чтобы ее родня стала богаче на сто тысяч? Не верю.

Мэддокс обмяк. Долгое время он молча сверлил меня пристальным взглядом.

— Знаю, — наконец произнес он. — Вчера я думал так же. Но мое мнение изменилось. Сегодня я был на конференции. Решил там пообедать.

— А это здесь при чем?

— Сейчас поясню. Я говорил с Эндрюсом из «Дженерал лайэбилити». В ходе беседы упомянул об этой Геллерт. И он сказал, что его компания выдала полис на таких же условиях и той же самой девушке.

Я было открыл рот, но он жестом приказал мне молчать.

— Погоди минутку, я не договорил. Я походил, пообщался с другими ребятами. — Он принялся ворошить документы, пока не нашел нужный листок. — Мисс Геллерт приобрела точно такие же полисы еще у девяти компаний. В общей сложности она застрахована на миллион, и платит за это сто пятьдесят долларов в год. Как тебе это нравится?

2

Повисшую тишину нарушало лишь тиканье настольных часов. Потушив окурок, я взял еще одну сигарету и пододвинул пачку Мэддоксу.

— Миллион! — сказал я, тихонько присвистнув. — Серьезная сумма. Но это не доказывает, что сделка нечистая.

— Поверь мне. Нечистая, — мрачно сказал Мэддокс. — Более того, перед нами готовый план убийства!

Я вытаращил глаза:

— Ну-ка, погодите...

— Да, именно так, — произнес Мэддокс, хлопнув по столу. — В таких делах интуиция меня пока не подводила. Ни разу за двадцать лет. Чую, замышляется убийство!

— Вы хотите сказать — Дэнни?

— Может быть. Не знаю. Ясно лишь одно: дело пахнет керосином. Давай посмотрим на Дэнни. Второсортный импресарио, вполне возможно — на мели. У него появляется милая мысль убить девушку каким-нибудь хитрым способом. И он приступает к подготовке. Для начала убеждает свою подопечную, как хорошо иметь страховку на миллион. Говорит, что это полезно для рекламы. Затем охмуряет нас и девять других компаний. Ждет несколько месяцев, убивает девушку и срывает куш. Тебе есть что возразить?

— Звучит складно, если бы не одна деталь. Расскажите, как он сможет предъявить нам иск после убийства. Ну давайте, расскажите.

Мэддокс пожал плечами:

— Кто бы за этим ни стоял, он выдумал какой-то ловкий ход. И нам не решить эту головоломку за пять минут. Но я не об этом волнуюсь. Мне нужно аннулировать полис, прежде чем нам предъявят иск. И здесь начинается твоя работа. Я хочу знать все о Сьюзан Геллерт и об этом парне, Дэнни. Хочу понять, чем объясняется их поведение. Если ты не сможешь ничего раскопать и нам не удастся разорвать контракт, нам останется просто сидеть и ждать, пока с девушкой что-нибудь произойдет. — Покраснев, он грохнул по столу кулаком. — А когда наконец она погибнет — а я, черт возьми, уверен, что так и будет, — вот тогда нам мало не покажется!

— Может, переговорить с остальными компаниями? — предложил я. — Если с ней и правда что-то случится и пару исков удовлетворят, на нас могут подать в суд, и шанса выиграть у нас не будет.

— Я над этим работаю, — сказал Мэддокс. — Завтра утром будет собрание, и я постараюсь убедить всех, чтобы расследование доверили нам. Никому не нужно, чтобы землю рыли сразу десять следователей.

— И все же я не уверен, что мы имеем дело с мошенничеством, — заметил я. — Если бы девушка пришла к нам за страховкой на миллион, пусть даже для рекламы, ее развернул бы даже сам дед. Может, она решила, что для известности ей нужен миллионный полис, и ей хватило ума обратиться сразу в десять компаний, чтобы получить свое.

Мэддокс осклабился, и его лицо стало похоже на волчью морду.

— Именно по этой причине я сижу в своем кабинете, а ты работаешь на меня, — сказал он. — У меня многолетний опыт. И я чую неприятности за версту. — Он снова потряс полисом. — Говорю тебе, Хармас, эта бумажка — готовый план убийства!

— Хорошо. Какие наши действия?

— Помимо списка причин смерти, — продолжал Мэддокс, не обратив внимания на мой вопрос, — способного насторожить любого мало-мальски опытного человека, есть еще одна деталь. Посмотри внизу страницы.

Он бросил мне полис. Чуть ниже неразборчивой подписи Сьюзан Геллерт (должен заметить, совсем детской) была клякса, а на ней — четкий отпечаток пальца.

— Узнай у Гудьира, она ли оставила отпечаток, — велел Мэддокс. — Выясни, зачем он оказался на полисе. Думаю, на то была причина. Возможно, отпечаток оставлен, чтобы мы не смогли избежать выплаты, оспорив личность погибшей. Говорю тебе, Хармас, чем дольше я смотрю на этот полис, тем яснее вижу, что за ним скрывается какая-то хитрая комбинация. А тут еще этот чертов отпечаток!

Внезапно у меня появилась мысль.

— Вы сказали, страховка покрывает гибель от электричества?

Он снова взял полис в руки:

— Верно. Если дословно: от неисправной электрической проводки или от контакта с неисправными электроприборами. Это одно и то же.

— А вот и нет. Ведь и проводка, и начинка электрического стула вполне исправны!

Мэддокс напрягся. Лицо его сделалось жестким.

— О чем ты говоришь?

— Допустим, девушка совершила убийство. Она понимает, что рано или поздно попадется. Согласитесь, она будет чувствовать себя гораздо спокойнее, зная, что на суде ее прикроют десять крупных страховых компаний.

— Спокойнее? Почему это? К чему ты клонишь?

— Допустим, нам известно, что, если девушка попадет на электрический стул, мы лишимся ста тысяч баксов. Разве мы не организуем ей защиту, не заплатим лучшим юристам, не наймем лучших адвокатов? Да мы приложим все усилия, чтобы обвинение скинули до убийства второй степени или вообще вынесли оправдательный приговор!

Мэддокс озадачился:

— Может, и так.

— Вы хотите сказать, именно так и будет! И точно так же поступят остальные девять компаний. Будем вкалывать как проклятые, лишь бы ее не посадили на электрический стул. Взгляните на формулировку. Там говорится: «неисправная проводка». Почему не «поражение электрическим током»?

Мэддокс поскреб подбородок:

— В принципе, это мысль. Но мне она не очень по душе. Поезжай, взгляни на девушку. Прозондируй почву. Наведи справки. Не забывай, мошенники — если они мошенники — могут оказаться весьма неглупыми, и ты не сумеешь разобраться, не вникнув во все детали. И еще одно: найди того, кому выгодна смерть девушки. Узнай, есть ли у нее завещание. Готов спорить, все выдумал человек, который в итоге получит деньги. Выясни, кто он, и полдела сделано.

— Где ее искать?

— Она указала лос-анджелесский адрес. — Мэддокс сверился с полисом. — Четвертая улица, двадцать пять шестьдесят семь.

— Гудьир в городе?

— Откуда мне знать, где он? Наверное, в каком-то баре. Теперь выметайся, мне нужно поработать. И держи рот на замке. Дед не должен знать, что я взялся расследовать эту страховку. Если получится доказать обман, хочу сам явиться к нему и настучать ему по башке этим полисом!

Я было направился к двери, но Мэддокс остановил меня:

— Почему бы тебе не позвать с собой жену? Она далеко не дурочка, и ее мнению я доверяю куда больше, чем твоему. Так что возьми ее в поездку. Ей понравится.

— Осмелюсь заметить, — сказал я, вцепившись в предоставленную возможность, — что мне это не по карману. Вы что, думаете, у меня денег куры не клюют?

Мэддокс потянул себя за нос.

— Ну... могу выделить на нее баксов тридцать в неделю, — расщедрился он. — Запишешь в графу «Развлечения».

— Баксов тридцать? — рассмеялся я. — Этого ей не хватит даже на еду. С тех пор как она ушла из компании, у нее развился отменный аппетит. Давайте сотню в неделю, и я возьму ее с собой.

— Тридцать долларов! — рявкнул Мэддокс. — Ни цента больше! И пошел прочь!

3

Когда я наконец выследил Алана Гудьира, было уже семь часов вечера. Как ни странно, я нашел его в баре.

Алан был симпатичный молодой здоровяк — высокий, длинноногий и энергичный, как циркулярная пила. Веселый и общительный, он умел войти в такие дома, где остальные агенты лишь топтались на пороге.

Он зарабатывал в три раза больше моего, хотя был лет на шесть моложе. За три года в страховом бизнесе Гудьир успел прослыть человеком выдающегося ума и самым удачливым продавцом. Год назад он завоевал приз «Вильямс трофи» — мечту каждого страховщика. Президент страховой гильдии ежегодно награждал им лучшего продавца. Ходили слухи, что Гудьир заберет приз и в этом году.

Алан помахал мне рукой, и я направился к нему через весь зал.

— Привет, Стив, — сказал он, отодвигая для меня стул. — Что ты здесь забыл? Где Хелен? — Он подал знак официанту, чтобы тот принес мне пива.

— Как видишь, разыскиваю тебя по низкопробным кабакам. — Я уселся рядом. — Хелен дома. Задается вопросом, где меня носит. По крайней мере, я на это надеюсь.

Официант поставил пинту пива у моего локтя. Алан расплатился.

— Наше здоровье! — Сделав долгий глоток, я выдохнул и опустил жестянку на стол. — Как же хорошо. Кстати, насчет той девушки, Геллерт.

Алан изобразил удивление:

— А в чем дело? Ты ею интересуешься, что ли?

— Очень. И Мэддокс тоже.

— С какой стати? Полису уже три месяца как дали зеленый свет. Она заплатила три взноса. Все шито-крыто. Распороть не получится. В чем проблема?

— Мэддокс приказал распороть, и побыстрее.

Алан покраснел. Мэддокс не нравился ему так же сильно, как он — Мэддоксу.

— Не получится! — сердито сказал он. — Страховку одобрил сам дед, и я не позволю, чтобы Мэддокс совал свой нос в это дело!

— Угомонись. Дай поясню ситуацию.

И я рассказал ему все, что Мэддокс узнал на конференции.

— Итого, Алан, она застрахована на миллион. Нельзя винить Мэддокса за то, что он хочет все проверить, раз уж речь зашла о такой огромной сумме.

— Что именно проверить? — требовательно спросил Алан. — Что здесь не так? Послушай, Стив. Ты не видел ни мисс Геллерт, ни Дэнни. А я видел. — Подавшись вперед, он настойчиво продолжал: — Думаешь, я бы согласился на такие условия, если бы не был уверен, что эти люди совершенно честны со мной? За все время у меня не было ни единого прокола с продажами, не было и не будет. Я хочу снова взять «Вильямс трофи», а если это дело расстроится, приза мне не видать. С этой парочкой проблем не будет, смотри не ошибись!

— Может, и так. Но провести стандартную проверку не помешает.

— Ну и проверяй, раз считаешь нужным, — сердито сказал Алан. — Мне плевать. Но я знаю, кто за всем стоит. Интересно, этот жирный мерзавец Мэддокс задавал себе вопрос, сколько я заработал на сделке? Ну, пусть посчитает. Возможно, тогда он не будет так чертовски уверен, что я думаю только о комиссионных. Лично я ничего не выгадал с этой продажи. Почему я потратил столько времени впустую? Да потому, что хотел помочь этим ребятам. Они достойные люди, и им нужна поддержка. Даже дед со мной согласился.

— А теперь представь, как я рассказываю все это Мэддоксу.

— К черту Мэддокса! Этой парочке нужна реклама. Они сейчас в самом низу карьерной лестницы и пытаются чего-то добиться. Денег у них не много. Они путешествуют по маленьким городкам, выступают в затрапезных залах. Им приходится постоянно переезжать. Каждую неделю спят на новой кровати. В их деле беспощадная конкуренция. Просто представь, что для них значит внимание со стороны прессы; как важно, чтобы их имена были на слуху. Вот почему они и выдумали этот фокус со страховкой. Да, признаю: я не знал, что они договорились с другими конторами. Ну и что с того? Разве это возбраняется? Ты можешь представить, чтобы мы продали такому клиенту миллионный полис?

— Именно это я и сказал Мэддоксу. Он же считает всю затею подготовкой к убийству.

— К убийству? — Алан вылупился на меня. — Да он спятил! Ему пора на пенсию. Вот это да! Ну, ты поезжай, поговори с той парочкой. Мне без разницы. Посмотри на них. Держу пари, ты поймешь, что никакие они не мошенники.

— Уверен, что ты прав, — сказал я примирительным тоном. — В любом случае у меня появилась возможность выбраться в Голливуд. Где искать эту девушку? На полисе указан ее постоянный адрес?

Алан смерил меня недобрым взглядом:

— Нет. Это адрес офиса Дэнни. Сейчас они в турне. Разъезжают по городам. Понятия не имею, где их искать. Тебе предстоит увлекательная погоня.

— Я не против, — сказал я, допивая пиво. — Мне давно пора в отпуск. Кстати, Алан, тот пункт о неисправной электропроводке. Это была их идея или твоя?

— По-моему, тот пункт предложил Дэнни, — озадаченно ответил Алан. — А что не так?

— Просто подумал, что странноватая формулировка. Почему не смерть от поражения электрическим током?

— Не вижу разницы, — нетерпеливо произнес Алан. — Несчастные случаи происходят, только когда неисправна проводка или сам прибор. Если же все в порядке, а человек тем не менее погибает, то это уже самоубийство. Мы прикрыты со всех сторон. Не понимаю, что тебя гложет.

— Забудь, — сказал я. — Просто мысль в голову пришла. И еще одно, Алан. Зачем на полисе отпечаток пальца?

Отодвинувшись, он сердито посмотрел на меня:

— Слушай, ты скоро станешь хуже Мэддокса. Отпечаток появился случайно. Ручка потекла, и девушка угодила пальцем в кляксу. В любом случае на что это влияет?

Но отпечаток не давал мне покоя. Не похоже, что это была случайность: уж очень аккуратно выглядел тот оттиск.

— Ты уверен, что это не было подстроено? Уверен, что она не оставила свой отпечаток на полисе нарочно?

— Бога ради! — взорвался Алан. — Теперь-то ты к чему клонишь? Разумеется, это произошло случайно. Я же все видел. А даже если и нет — какая, к чертям, разница?

— Может, ты и прав, — сказал я. — Не горячись. Мне поручили провести расследование, а обратиться за помощью я могу только к тебе.

— Извини, Стив, но такое кого угодно может взбесить. Мэддокс ведет себя так, будто не хочет, чтобы я продавал страховки.

Закурив, я внезапно спросил:

— Мисс Геллерт не говорила, кто получит деньги, если с ней что-нибудь случится?

Демонстративно застегнув портфель, Алан потянулся за шляпой.

— Вопрос об иске не стоит, — сдержанно ответил он, — поэтому не стоит вопрос и о бенефициарии. Если потрудишься прочесть полис, сразу это увидишь. Это не более чем рекламный трюк.

Он поднялся на ноги.

— Ну, мне пора бежать. Нужно собирать вещи.

Я вышел с ним на тротуар — туда, где были припаркованы наши автомобили.

— До скорого, Алан. Не бери в голову. Все будет нормально.

— Уж надеюсь, — сказал он. — Если Мэддокс начнет бузить, пойду прямиком к деду. Я этим Мэддоксом сыт по горло. Будет под меня копать — уволюсь. Многие хотят переманить меня к себе. До скорого, Стив.

Забравшись в машину, он нажал на газ, сердито взревел двигателем и умчался прочь.

4

Мэддокс не шутил, говоря, что доверяет мнению Хелен больше, чем моему. Пять лет она прослужила у него секретаршей и в результате разбиралась в мошенничестве чуть ли не лучше всех в нашем бизнесе. Моя Хелен — умница, да и вообще девушка что надо. Когда я вижу, как она рассчитывает сумму взносов без помощи таблиц, у меня голова идет кругом.

До сих пор не понимаю, почему она вышла за меня. Зато знаю, почему я на ней женился. Она бесподобно готовит, экономно ведет хозяйство, умеет поддержать беседу о страховании, когда у меня возникает желание поговорить на эту тему. Еще она подсказывает мне, как утихомирить Мэддокса (а такая необходимость возникает довольно часто), выглядит как кинозвезда, сама шьет себе платья и не позволяет мне влезать в долги. До нее у меня это не очень получалось.

У нас была четырехкомнатная квартира в двадцати минутах от работы (если на машине). Денег было меньше, чем хотелось бы, и поэтому мы обходились без прислуги: Хелен справлялась с домашними делами самостоятельно. Сэкономленные средства мы тратили на спиртное и редкие походы в кино.

Я опоздал к ужину на час, но у меня было отменное оправдание и такой же отменный рассказ, так что совесть моя была чиста как стеклышко.

Хелен всегда немного беспокоится, если я не успеваю к столу. Пожалуй, это единственное, что вызывает у нее беспокойство, — это и еще когда я стряхиваю пепел на ковер, а не в одну из пепельниц, которыми она меня окружила.

Я открыл дверь и, войдя в крохотную прихожую, изо всех сил принюхался: что там на ужин?

Но мои пытливые ноздри не учуяли аппетитных запахов, и я испытал серьезное потрясение. Похоже, меня ожидает холодное блюдо, а желудок Хармаса не очень-то дружит с холодными закусками.

Я прошел в гостиную. Из спальни донесся певучий голос Хелен:

— Дорогой, это ты?

— Нет, не я, — крикнул я в ответ. — Это шайка хорватских беженцев. Они месяцами не видели приличной еды и ждут, что здесь их накормят как следует.

Хелен появилась в дверном проеме. Я окинул ее взглядом — оно всегда того стоит. Чуть выше среднего роста, широкоплечая брюнетка. Волосы не доходят до плеч, посередине разделены пробором, гладкая кожа цвета слоновой кости. Крупные, но не слишком яркие губы, а глаза голубые, словно незабудки. Фигурой же она напоминает Бетти Грейбл (та в ответе за все, что ниже пояса) и Джейн Рассел (ее епархия — все, что выше). Должен заметить, это отлично сбалансированный коктейль.

Короче говоря, она выглядит как весьма неглупая кинозвезда — если такой зверь вообще существует в природе.

— Ты опоздал, — сказала Хелен, надвигаясь на меня. — Я решила, что ты ужинаешь в ресторане. Есть хочешь?

— Хочу ли я есть? Это слишком слабо сказано. Я умираю с голоду, а опоздал ровно по одной причине: надрывался, как пять негров на хлопковом поле.

— Да, дорогой. От тебя буквально разит работой. Сейчас что-нибудь приготовлю. Боюсь, на скорую руку. За делами я совсем забыла про ужин.

За три года совместной жизни такое случилось впервые. Я почувствовал, что вправе напустить на себя обиженный вид.

— Пойдем-ка на кухню, и пока ты будешь готовить что-нибудь приличное — и в кратчайшие сроки, — сможешь поведать мне, чем была так занята, что забыла о моем желудке, — сказал я, крепко взяв ее за руку. — Ты же понимаешь, что у меня только что появилось основание для развода?

— Прости, дорогой, — она похлопала меня по руке, — но я не могу постоянно думать о твоем желудке. Я собирала тебе вещи.

— Собирала вещи? Откуда ты знаешь, что я уезжаю?

— У меня есть лазутчики, — ответила она, после чего поочередно разбила шесть яиц, каждый раз попадая в сковороду с той ловкостью, от которой у меня отвисает челюсть. — Я знаю почти все.

— Ты говорила с Пэтти Шоу?

— Да, она мне звонила.

— Так я и думал. Наверное, Пэтти разболтала о моей поездке в Голливуд. Похоже, я дождался своего шанса. Меня заприметил один режиссер. Буду вторым Кларком Гейблом. Как тебе такое?

— Весьма неплохо, дорогой.

На секунду прекратив поиски консервного ножа, я с подозрением посмотрел на Хелен.

— Только подумай обо всех тех женщинах, что падут к моим ногам.

— Пока они будут оставаться у твоих ног, я не против.

— Разумеется, некоторые из них захотят большего. Такому риску подвергаются все кинозвезды. — Я раз-

разился бранью в адрес консервного ножа. — Одного не пойму: мы что, не можем позволить себе нормальную открывалку? Эта же — полный хлам.

— Пэтти сказала, что ты уезжаешь на неделю. Я уложила твой смокинг. Вдруг в свободное время у тебя возникнет желание посетить ночной клуб. — Забрав у меня банку, Хелен открыла ее с видом профессионала.

Я широко улыбнулся:

— Вот это я понимаю — заботливая супруга. Да, хорошая мысль. Зайду в пару клубов. Интересно, там можно встретить Хэди Ламарр?

— Думаю, можно, дорогой.

Вдруг я почувствовал себя слегка виноватым.

— Думаешь, тебе будет одиноко? — спросил я. — Вот что я сделаю. Чтобы ты не скучала, я возьму напрокат собаку. Покупать не буду; зачем тратить деньги, если я вернусь через неделю? На нашей улице живет один парень; он ссудит мне своего эрделя за доллар в день. Тебе же это по душе, верно?

— Не думаю, что мы сможем взять эрделя в Голливуд, — поразмыслив, сказала Хелен. — В гостиницы — а я говорю о классных гостиницах — не пускают с собаками.

— Мы? Откуда взялось это «мы»? Кто сказал, что ты поедешь со мной?

— Во-первых, твой босс, а во-вторых, я сама. Нас двое, так что ты в меньшинстве, дорогой.

— Погоди-ка минутку, — разволновался я. — Ты же знаешь, такое нам не по карману. Нужно оплачивать счета. Осталось пятнадцать взносов за машину. И еще этот телевизор, который ты так хотела. За него тоже нужно платить. Поездку мы не потянем. Заметь, я бы с радостью взял тебя с собой, но давай смотреть на вещи трезво.

— Я знаю, нам придется несладко. Ведь у меня отменный аппетит, — мечтательно сказала Хелен. — Но если ты урежешь свои расходы на питание, мы справимся.

— Это тебе Пэтти Шоу донесла? Вот змеюка. Не вздумай ей верить, — предупредил я. — На работе всем известно, какая она обманщица. Буквально на днях...

Хелен вынесла блюдо в столовую и холодно сообщила:

— Ужин подан, мистер Хармас.

Съев почти все яйца и половину ветчины, я набрался сил и снова бросился в атаку:

— Я знаю, Мэддокс хочет, чтобы ты поехала со мной. — Отодвинувшись от стола, я потянулся за сигаретой. — Но за твои услуги он предлагает всего тридцать баксов, а это ниже ставки трудового соглашения, так что давай судить здраво. Будь у меня лишние деньги...

— Тебе не о чем беспокоиться, — улыбнулась Хелен. — Мое общество не будет стоить тебе ни цента. Я нашла работу.

— То есть теперь ты будешь зарабатывать?

— Да, милый. К счастью, у меня сохранились некоторые связи в страховом бизнесе. Хоть я и вышла за тебя замуж, у меня все еще незапятнанная репутация. Как только Пэтти рассказала мне про вашу затею, я позвонила Тиму Эндрюсу и спросила, не желает ли он, чтобы я представляла его в расследовании. Он пришел в восторг от этой идеи и предложил мне сто долларов авансом плюс командировочные.

Я изумленно уставился на нее:

— Ну, это просто великолепно! Эндрюс тоже думает, что с полисом Геллерт дело нечисто?

— Поначалу он так не считал, но я его убедила, — бессовестно призналась Хелен.

— Сто баксов! Что ж, сможем погасить часть долгов. Но погоди-ка. Я знаю Эндрюса. Этот волк даже не потрудится накинуть на себя овечью шкуру. Он же не думает, что в свободное от работы время ты будешь исполнять у него на столе эротический танец с шаром?

— Ты был бы против? — Хелен вопросительно подняла бровь.

Я немного подумал.

— Ну, за сотню баксов нужно готовиться к подобным жертвам. Все зависит от размеров шара и моей доли.

Зайдя мне за спину, Хелен обняла меня за шею:

— Ты точно не против моего общества в поездке, Стив?

— Если тебя все устраивает, то меня и подавно.

— Если захочешь уйти в отрыв, я спущу тебя с поводка.

— Мне хватает отрывов и на своей территории, — сказал я, усаживая Хелен к себе на колени. — А сейчас позвольте подкрепить эти слова делом, миссис Хармас.

ГЛАВА ВТОРАЯ

1

Мы прибыли в Лос-Анджелес около трех часов пополудни. Хелен повезла багаж в «Калвер-отель», где я забронировал номер на двоих. Я же отметился у Тима Фэншоу, начальника местного филиала компании. Фэншоу был здоровенный толстяк с отливающим синевой подбородком. Казалось, он считает страховку девицы Геллерт самым забавным происшествием в своей карьере. Я его не винил: в конце концов, ему-то было нечего опасаться.

Мы вместе пробежались по пунктам полиса, после чего Фэншоу сказал:

— Мэддокс звонил где-то с час назад. С отпечатком все чисто. Полагаю, он надеялся, что девушка стоит на учете в полиции.

— Я с самого начала знал, что это не так, — ответил я. — Будь она на учете, не оставила бы отпечатка на полисе. И я не верю, что ее пальчик появился там случайно. Сидишь, ухмыляешься? Тебе-то хорошо, с тебя взятки гладки. А мне в случае чего придется все разгребать.

— Да это несерьезно, — заявил Фэншоу, ухмыляясь еще шире. — Беда Мэддокса в том, что он чересчур подозрительный. Он что, ни капли не верит Гудьиру? А ведь этот парень — первоклассный продавец. Когда я узнал, что его переводят к нам, то чуть не запрыгал от радости. Ты, кстати, слышал о той чумовой сделке, что он провернул с Джойс Шерман? Первый раз вижу такую полную страховку. Теперь мисс Шерман защищена от любых неприятностей. И платит чудовищные взносы. А почему Гудьир сделал такую продажу? Потому что потрудился съездить к Шерман лично — напомнить, что пришло время обновить страховку от возгорания и угона. Мои лентяи ограничились бы звонком или письменным напоминанием, а вот Гудьир устроил персональную встречу. Он заслуживает доверия, а его пинают, словно футбольный мяч.

— Верно. Он свое дело лучше всех знает. С другой стороны, я бы не надеялся, что Мэддокс вдруг станет кому-то доверять. В любом случае мне тоже жаловаться грех. Работенка, похоже, непыльная. К тому же оказия вырваться из офиса. И из когтей Мэддокса.

Фэншоу просиял:

— Если надумаешь поразвлечься, дай мне знать. У меня есть книжечка, вся исписанная телефонами страстных распутниц. Любая охотно устроит тебе жаркую встречу.

— Спасибо за предложение, но я здесь с супругой, — сказал я, поднимаясь на ноги. — С меня довольно ее жарких встреч. Пожалуй, пора наведаться в офис Дэнни. Да, с этого и начну. Хочу поразить жену успехами в работе.

— Если заскучаете, приходите вечером в «Атлетик-клаб». Куплю вам выпить.

Я сказал, что там будет видно, обменялся с Фэншоу рукопожатием и вышел на улицу.

Проезжая по Оушен-бульвару, я думал, что неплохо бы и мне перевестись в филиал Фэншоу. Похоже, он приятный парень, а еще было бы здорово отделаться от Мэддокса. Но я понимал, что сам себя обманываю. Мэддокс не отпустит, да и сам дед не пожелает со мной расстаться.

Прибыв на место, я уже слегка вспотел.

Здание, в котором находился офис Дэнни, ютилось между драгстором и китайским рестораном. На входе были двойные маятниковые двери, отделанные медью; похоже, их не чистили ни в том году, ни в этом. Распахнув створки, я вошел в жаркий сумрак, наполненный множеством ароматов — от вони лежалого мусора до запаха немытых тел.

Табличка у лестницы сообщала, что офис Дэнни находится на шестом этаже. На невзрачном листке бумаги, приклеенном поверх имени предыдущего жильца, красовались неровные прописные буквы: «БРЭД ДЭННИ, АГЕНТ. КАБ. 10, ЭТ. 6».

Звезда уровня Джойс Шерман на такую вывеску и смотреть не станет. С другой стороны, в шоу-бизнесе нужны агенты всех мастей.

Кроме офиса Дэнни, на шестом этаже был пожарный выход и мужская уборная. Дверь импресарио смотрела на пожарный выход.

Так себе дверь. Должно быть, в последний раз ее красили перед установкой. К двери была приклеена визитка, а на ней та же скромная надпись, что и на табличке внизу.

Не питая особенных надежд, я постучал по деревянной панели. Ответом мне была гробовая тишина. Подождав некоторое время, я повернул ручку.

Дверь не открылась. Слегка пораскинув мозгами, я пришел к выводу, что она заперта.

Сделав шаг назад, я выудил из кармана сигарету и уставился на дверь.

В ней был установлен йельский замок. Справиться с таким несложно, но я решил, что всему свое время.

И отправился в долгое одинокое путешествие вниз по лестнице.

Задержавшись в вестибюле, я огляделся по сторонам. Рядом с лифтом была дверь, а за ней, судя по всему, — то, что мне нужно. Я подошел к двери и постучал. Ничего не произошло.

Я постучал снова, после чего повернул ручку и толкнул дверь. Ароматы прокисшего пива и застойной канализации ударили мне в лицо и смешались с другими запахами вестибюля.

Впереди был коридор, ведущий к каменным ступеням. Подойдя к началу лестницы, я заглянул за железные перила.

Подо мной раскинулось большое помещение с бетонным полом, забитое ведрами, метлами, пустыми кегами, коробками и деревянными ящиками. Пахло мышами и жирной пищей, которую забыли съесть.

На одном из ящиков расположился пожилой мужчина без пиджака — очки в жестяной оправе, котелок и поношенные брюки. Он читал беговой листок и что-то мычал себе под нос, производя впечатление человека, у которого нет совершенно никаких забот. В левой руке он держал банку пива. Я видел, как он оторвал взгляд от листка и приложился к банке.

Дождавшись, когда он закончит долгий глоток, я спустился по лестнице.

Мужчина вскинул взгляд, поправил очки, отставил банку и моргнул. Он выглядел вполне безобидно, но на всякий случай я заранее нацепил широкую дружелюбную улыбку.

— Здравствуйте, — сказал я, останавливаясь рядом с ним. — Я ищу консьержа. Это, случаем, не вы?

Мрачные, налитые кровью глаза моргнули снова.

— А?

— Консьерж, — терпеливо повторил я. — Управляющий. Это не вы будете?

Мужчина, подумав, неуверенно согласился: похоже, что так.

Мне стало очень жарко и липко. Атмосфера в комнате была такой густой, что хоть ножом режь. Протянув руку, я придвинул перевернутый кег, смахнул с него пыль и уселся.

— Я бы с удовольствием купил у вас баночку пива, — сказал я.

— Лишних у меня нет, — быстро ответил он.

Раскопав в кармане пачку «Кэмел», я вынул две сигареты и предложил одну собеседнику. Он схватил сигарету быстрее, чем ящерица хватает муху. Закурив, мы некоторое время дышали друг на друга дымом. Затем мужчина перехватил инициативу и спросил:

— А вы не меня ищете?

— Именно вас, — подтвердил я, вынимая бумажник. Выбрав рабочую визитку, я сунул ее консьержу. Он взял ее, прочитал, подумал и вернул мне.

— Мне не надо, — сообщил он. — Я не верю в страховку.

Интересно, как таких обрабатывает Алан Гудьир. Скорее всего, в итоге втюхивает им полный пакет. Я порадовался, что продажа полисов не входит в мои обязанности.

— Мне нужен Брэд Дэнни. — Наблюдательность меня не подвела: я заметил, что худое сутулое тело слегка напряглось. Только слегка, но этого было достаточно: я понял, что мой вопрос удивил мужчину. Возможно, даже напугал.

— Шестой этаж, — сказал он. — Комната номер десять.

— Знаю. Я уже был на шестом этаже. Его нет на месте.

— В таком случае ничем не могу помочь, — сказал консьерж, шурша беговым листком. Эта слабая попытка закончить разговор выглядела весьма неуклюже.

— Не знаете, когда он вернется?

— Вроде как нет.

— Не знаете, где он может быть?

— Не-а.

— Мне нужно с ним связаться. Дело нешуточное.

Консьерж уперся взглядом в свой листок, изображая безразличие. Этот фокус вышел у него неважно, — наверное, сказалась нехватка хладнокровия.

— А мне что с того, мистер?

— Ну а вдруг, — сказал я, вынимая две долларовые бумажки.

Консьерж подскочил так стремительно, словно напоролся на гвоздь. Сбегав к своему тайничку, он вернулся с банкой пива и втиснул ее мне в руку. Я выдал ему два доллара.

— Начнем сначала, — произнес я, дернув за кольцо жестянки. — Где Дэнни?

— Вообще-то, мне не положено распространяться о съемщиках, — сказал он. — С другой стороны, почему бы не сделать одолжение...

— Давайте, как будто мы уже проговорили эту часть. — Я приложился к банке. Пиво было пресным, как чаепитие у епископа. — Когда вы видели его в последний раз?

ДВОЙНАЯ ПОДТАСОВКА

— В прошлом месяце. Он заносил арендную плату.
— Не знаете, где он теперь?

Консьерж попытался напустить на себя скорбный вид:

— Это вряд ли. Он много разъезжает. В последний раз он говорил, что и в Стоктоне бывает, и в Окленде, и в Джексоне. По всем таким городкам катается.

— Мне бы с ним связаться. Не знаете как?

— Нет. Я и другому парню сказал... — Косо глянув на меня, консьерж умолк, беспокойно поерзал и цыкнул зубом.

— Другому парню? Что за другой парень?
— Мне за разговоры не платят.

Я встал:

— Ну ладно. Давайте назад мои деньги, да я пойду. — Похоже, старикан решил меня шантажировать. Не выйдет. — Ну же, дедуля, верните деньги, да побыстрее.

Немытые пальцы консьержа впились в банкноты, словно клешни медвежьего капкана.

— Пару дней назад приходил какой-то парень. Спрашивал мистера Дэнни, — торопливо сказал он. — И вчера приходил, и сегодня утром. Страшно хочет с ним побеседовать.

— Он говорил, как его зовут?

— Нет. А я не спрашивал. Он парень крутой. Настоящий злодей. Мне от него не по себе.

Вот это уже интересно.

— Может, актер в образе? Дэнни же работает с актерами, верно?

Консьерж покачал головой.

— Точно не актер, — серьезно произнес он. — Он меня напугал. Взгляд такой, что у меня аж мурашки по спине пошли.

Разговор о мурашках на спине консьержа был мне не особенно интересен, но вслух я этого не сказал.

266 ДЖЕЙМС ХЭДЛИ ЧЕЙЗ

— Говорите, он заходил сегодня утром?

— Так и есть. Меня он не видел, но я с него глаз не спускал. Он решил, что здесь никого нет, и пробрался наверх. А я в этом здании все ходы знаю.

— Что он делал наверху? Ведь Дэнни в отъезде.

На безвольном лице старика появилось озадаченное выражение.

— А мне почем знать? Думаете, стоило лезть к нему с вопросами? Говорю же: он опасный тип. Настоящий злодей.

— Как он выглядел? — Я снова приложился к банке.

— Выглядел? — Консьерж нахмурился. — Я ведь уже сказал, разве нет? Чего еще вам надо?

— Во что был одет? Высокий, низкорослый, грузный, поджарый? Бреется или носит бороду?

Консьерж задумался.

— Я в описаниях не силен, — наконец произнес он. Меня это совсем не удивило. Судя по его виду, старик был мало в чем силен. — Телосложение примерно как у вас, волосы темные, брови срослись на переносице. От этого кажется, что он всегда хмурый. Если верно помню, на нем был клетчатый пиджак. В бело-голубую клетку. Брюки светло-коричневые. Шляпа тоже коричневая. Широкополая, из фетра.

«По описанию похож на актера, — подумал я. — К тому же переигрывающего».

— Ну и бог с ним. — Я закурил новую сигарету. — Мне нужен не он, а Дэнни. Не знаете, где он держит свои пожитки? Может, есть место, где он прячет личные вещи, когда уезжает на гастроли?

— Может, и есть. Но я о таком не знаю.

— А что с его почтой?

— Приносят сюда, он потом забирает. Но пишут ему нечасто.

Похоже, дело застопорилось.

ДВОЙНАЯ ПОДТАСОВКА

— Мисс Геллерт сюда не заходила? — без особенной надежды спросил я.
— Это еще кто?
— Девушка, с которой он выступает.
— Ничего не знаю ни про каких девушек.

И это меня тоже не удивило.
— А друзья его навещают? Может, знаете кого?
— Я в чужие дела не лезу. Не интересуюсь съемщиками.

Я спросил себя: чем он вообще интересуется?
— Похоже, этого Дэнни непросто разыскать, — сказал я, снова поднимаясь на ноги. — Что ж, спасибо за помощь.
— Вы же мне заплатили.
— Верно. Если буду и дальше раздавать деньги за просто так, то и сам не откажусь от пары баксов. Пожалуй, пойду.

Консьерж ткнул пальцем в сторону моей банки:
— А пиво?..
— Э-э, нет, здоровее буду, — сказал я, разворачиваясь к выходу.

2

Администратор «Калвер-отеля» — элегантный холеный господин лет шестидесяти — сообщил, что Хелен следует искать в коктейль-баре. Очевидно, она решила не экономить на командировочных расходах. Я поспешил к ней на помощь.

Бар был великолепным, но Хелен в нем не оказалось. Я пришел к выводу, что она отправилась в дамскую комнату. Выбрав уединенный столик в углу, где можно было поговорить, я уселся в ожидании супруги.

В баре было с десяток разношерстных пар; все они строили из себя актеров — на случай, если заглянет заинтересованное лицо. Мое появление вызвало настоящий переполох. Двое престарелых мужчин с надеждой продемонстрировали мне свои оплывшие профили. Рыжеволосая девушка в зеленом вечернем платье, открывающем плечи, — тесном, будто вторая кожа, — выставила ножку, высматривая несуществующую стрелку на чулках. Блондинка с милой, но пустой улыбкой талантливо уставилась в потолок. На мгновение я растерялся, но потом вспомнил, что в Голливуде любого незнакомца принимают за директора по кастингу, пока не выяснится, кто он на самом деле.

Даже бармен принялся жонглировать бутылками; не останавливаясь, он спросил, что я буду пить. Его улыбка сверкала ярче неоновой вывески.

— Скотч, — громко сказал я, чтобы слышали все в зале. — Для начала половинку. И пожалуйста, ничего лишнего. Предпочитаю в голом виде.

— Да, сэр. Конечно. — Бармен сделался похож на охотничьего пса. — Работаете в кино?

Все в баре изобразили пойнтеров. Будь Хелен рядом, я бы, пожалуй, ответил утвердительно. Но без ее моральной поддержки мне недостало самообладания.

— Бога ради, кому нужна такая работа? — сказал я.

Интерес к моей персоне исчез, как исчезает кулак, стоит лишь разжать пальцы. Девушка, демонстрировавшая свою ножку, ловким движением спрятала ее под платье. Я упустил свой шанс.

Выйдя из-за стойки, бармен поставил передо мной высокий стакан, до половины наполненный виски с дробленым льдом. Он взял деньги так, словно от них можно было подцепить чуму.

Я с радостью увидел, как ко мне приближается Хелен, очаровательная в своем оливковом платье с глубоким вырезом и белой лентой в черных волосах. Она села рядом со мной.

— Ты уже вырвалась вперед или еще не начинала? — с подозрением спросил я.

— Обогнала на один стакан, — радостно сообщила она. — А теперь буду сухой мартини. Как же я рада, что приехала сюда. — Она похлопала меня по руке. — Прекрасная гостиница. Номер отличный, и меня уже дважды приняли за кинозвезду.

Я подал знак бармену.

— Это еще что. Вот меня приняли за директора по кастингу. Чтоб ты знала, специалист по подбору актеров — самый важный человек в Голливуде.

Подойдя к столику, бармен вопросительно поднял брови. Я заказал большой бокал сухого мартини.

Пока бармен, не проявляя энтузиазма, готовил напиток, Хелен произнесла:

— Только не говори, что все это время ты проболтал с Фэншоу.

— Почему бы и нет? — заметил я. — Кстати, я мог бы провести с ним бурный вечерок. Фэншоу хвастался списком телефонов длиной с мою руку. И горел желанием поделиться.

— Ну а ты что? — Хелен достала зеркальце, рассмотрела свой нос и, довольная увиденным, убрала зеркальце в сумочку.

— Соблазн, разумеется, был велик, — беспечно сказал я. — Но я решил, что синица в руке лучше журавля в телефонной книге. Ты же знаешь, я не очень предприимчивый.

Поставив мартини на стол, бармен забрал добычу и вернулся за стойку.

— Я решил наведаться в офис Дэнни, — продолжал я. — Поскольку мы с тобой трудимся бок о бок, вскоре тебе предстоит узнать, что твой муж на ходу подметки рвет. Похоже, найти нашего друга будет непросто. Консьерж не дал ни единой наводки. Тем не менее нам необходимо разыскать мистера Дэнни как можно скорее. Поэтому я предлагаю хорошенько поужинать, а потом вернуться в офис нашего импресарио, где я лично просмотрю его персональные бумаги и попробую раскрыть секрет его местоположения. Как считаешь, хорошая мысль?

— Ты что, хочешь вломиться к нему в офис? — уточнила Хелен, широко раскрыв глаза.

— Думаю, можно и так сказать. Дверь у него не очень крепкая.

— Я пойду с тобой.

— Ни в коем случае, — твердо сказал я. — Такая работа не для девушки. Ты останешься здесь, а я предоставлю тебе полный отчет, когда вернусь. Если вернусь.

— Я тоже пойду, — заявила Хелен с неменьшей твердостью. — Вообще, лучше поручи это дело мне, а сам сиди здесь. Девушке справиться с такой задачей гораздо проще, чем мужчине. Да и суеты будет меньше.

— Теперь послушай, — сказал я. — Тут нужен специально обученный следователь, а не дилетант. Ты не сумеешь проникнуть в офис. Это же взлом, работа с отмычками и прочие мудреные штуки. Хотел бы я посмотреть, как девушка вскрывает запертую дверь.

— Тогда отправляйся со мной и посмотри, — отозвалась Хелен.

3

Мы вышли из «Калвер-отеля» в двенадцатом часу ночи. Начиная с восьми мы выпили по несколько стаканов и съели отличный ужин под разговоры о страховке Геллерт. Теперь, когда у Хелен было время обдумать ситуацию, мне было интересно узнать ее мнение. Она не считала, что мы имеем дело с мошенниками.

— Знаю, полис выглядит подозрительно, — сказала она, — но это не значит, что дело нечисто. Возможно, все это и правда рекламный трюк. Версия правдоподобная. Алан — хороший продавец, и ему есть что терять из-за сомнительной продажи. Если он остался доволен — а облапошить его не так-то просто, — то, вполне возможно, эти двое ведут честную игру. Когда я говорила с Тимом Эндрюсом, он сказал, что, по его мнению, с полисом все в порядке. И он очень высокого мнения об Алане. Оказывается, Эндрюс продал страховку по номинальной цене только потому, что чуть раньше Алан сделал то же самое. Я думаю, он прав. Конечно, Алан не нравится Мэддоксу. Твой босс докапывается до любого полиса. С другой стороны, у него отличное чутье на неприятности. Пока что Мэддокс не ошибался. Так что вполне возможно, Алана все же одурачили.

— Знаю, — сказал я. — И вот что меня волнует. Если мы имеем дело с мошенниками, какой смертью погибнет эта девушка? Пока что у меня лишь одно предположение. — И я рассказал о пункте про неисправную электропроводку, исключающем казнь на электрическом стуле.

Но Хелен не проявила энтузиазма.

— Насколько часто казнят женщин? И если это мошенничество, как стоящий за всем человек собирается получить деньги?

— Представь, что девушка уже совершила убийство, — пояснил я. — Теперь она обзавелась страховками, чтобы обеспечить себе наилучшую защиту, если ее поймают. Согласен, ее шансы отправиться на электрический стул невелики, но они есть. Поэтому и мы, и остальные компании будем защищать ее, чтобы прикрыться от возможного иска.

Но Хелен стояла на своем. Она сочла мое предположение надуманным.

— Если это мошенничество, — серьезно сказала она, — то преступник рассчитывает сорвать куш.

Я в этом уверена. Вообще, вся ситуация напоминает подготовку иллюзиониста к какому-то ловкому фокусу. Правой рукой он отвлекает зрителя, а левой исполняет трюк. Но я могу ошибаться. В любом случае, пока мы не встретимся с этой парочкой, подобные разговоры — пустая трата времени. И попомни мое слово. Если мы имеем дело с мошенниками, нужно внимательно следить за руками. Сейчас они показывают нам одну карту, но позже выудят из рукава совсем другую.

— У тебя что, приступ ясновидения? — спросил я. — Или же все дело в твоей хваленой интуиции?

Хелен рассмеялась:

— Не знаю, дорогой. Просто проговариваю мысли вслух. Возможно, я не права.

И мы оставили эту тему.

После ужина мы поднялись в номер, чтобы переодеться. Я взял из чемодана фомку и полицейский револьвер 38-го калибра. Хелен скользнула в слаксы и черную ветровку, а волосы убрала под тесный берет.

Дождавшись лифта, мы спустились в подземный гараж. Увидев Хелен, парковщик вскочил и широко улыбнулся.

— Минутку, мисс. Сейчас подгоню, — сказал он и резво умчался за машиной.

— Появись я без тебя, он и пальцем бы не пошевелил, — заметил я. — Ты успела взять его в оборот?

— Я была с ним учтива, только и всего, — прохладно ответила Хелен.

— Жаль, что я этого не видел. — Между рядами авто показался наш старомодный «бьюик». — Смотри, он даже помыл машину.

— И заправил полный бак, — добавил парковщик. Выпрыгнув из салона, он принялся протирать ветровое стекло. Его глаза скользнули по фигуре Хелен. В таком наряде она выглядела сногсшибательно. — Заметили, что у вас рычажок не в порядке? Я поправил.

Хелен отблагодарила его щедрой улыбкой, а я втиснул ему в руку доллар, на который он даже не взглянул — был слишком занят созерцанием моей супруги.

Выезжая из гаража, я сказал:

— Я чуть было не расквасил этому мерзавцу нос. Видела, как он на тебя смотрел?

— Иногда, мистер Хармас, вы смотрите на меня точно так же, — ответила Хелен. — И по-моему, пока что я не расквасила вам нос.

— Ну да ладно. Мы подъезжаем к Четвертой улице. На Бойл-авеню есть парковка. Оставим машину там — на случай, если какой-нибудь коп решит полюбопытствовать. И помни, милая: если что-то пойдет не так — беги. И давай не будем спорить. С неприятностями разберусь я; в конце концов, мне за это платят. А ты положись на свои прелестные ножки.

— Каких именно неприятностей ты ждешь?

— Понятия не имею. Но у нас должен быть запасной план действий. Если объявятся копы или произойдет что-то еще, убегай, да побыстрее. Возвращайся в гостиницу и жди меня там.

— А если ты не вернешься?

— Тогда звони Фэншоу и проси внести за меня залог.

Мы замолчали. Я припарковал машину, а по пути к Четвертой улице Хелен сказала:

— Ты же будешь осторожен, Стив? Мне бы очень не хотелось искать себе нового супруга.

— Если обзаведешься новым мужем, я обращусь в привидение и буду пугать его по ночам. Давай обойдем здание сзади. Может, найдем открытое окно. Этот переулок ведет к служебному входу.

Удостоверившись, что на улице нет любопытных глаз, мы нырнули в зловонный переулок. На полпути я услышал быстрые шаги. Мы замерли на месте, пристально глядя вперед.

Из темноты вынырнула женщина. Она прошмыгнула мимо нас в конец переулка, к выходу на улицу. Во мраке я рассмотрел только накинутый на голову шарф и длинное черное пальто.

Женщина появилась внезапно, будто призрак. Мне стало не по себе. Хелен, перепугавшись, вцепилась мне в руку.

— Откуда она взялась, черт побери? — пробормотал я, развернувшись к выходу из переулка. Сделав пару шагов, я услышал шум автомобильного мотора. Ускорив ход, я выскочил на улицу как раз вовремя, чтобы увидеть, как от бордюра напротив рванула огромная, словно дредноут, машина с выключенными фарами.

Хелен догнала меня, и мы оба посмотрели вслед автомобилю.

— Что бы это значило? — поинтересовался я. — Фары выключены, и умчалась быстрее, чем летучая мышь из преисподней.

— Ты заметил, какие у нее духи? — спросила Хелен. — «Джой». Самая дорогая парфюмерия в мире.

— Ну, пора осмотреть переулок, — сказал я, и мы повернули обратно.

Через двадцать шагов мы уперлись в глухую стену с единственной дверью — входом для консьержа.

— Похоже, женщина вышла отсюда, — сказал я, глядя на вывеску. Белые буквы гласили: «Джо Мейсон, консьерж здания. Служебный вход».

— Или же у нее резинка на чулках отстегнулась, и она зашла сюда, чтобы ее поправить, — сказала Хелен.

— Это она могла сделать и в машине, — заметил я, светя фонариком на дверь. — Смотри-ка, не заперто. — Я толкнул дверь, и она открылась вовнутрь. — Думаю, отсюда она и выскочила.

— Может, у нее здесь офис, — произнесла Хелен, понизив голос. — Ну что, войдем?

ДВОЙНАЯ ПОДТАСОВКА

— Ага. — Я шагнул в вестибюль. — Не забудь прикрыть дверь.

Хелен не забыла. Затем, наклонившись, она подсунула под дверь деревянный клинышек.

— Если полицейский надумает войти, то решит, что заперто, — сказала она. — Вычитала про этот фокус в книжке.

— Умница, — похвалил я. — Теперь помалкивай и не отходи от меня. Пойдем наверх. Лифт не вызывает у меня доверия.

Мы бесшумно поднимались по каменным ступеням. Хелен шла в двух шагах за мной. Иногда я мигал фонариком, но бо́льшую часть пути мы проделали в потемках.

На четвертом этаже Хелен дернула меня за пиджак. Я остановился.

— Что такое? — спросил я, наклонившись к ней.

— По-моему, я что-то слышала, — прошептала она. — Такое чувство, что в здании кто-то есть.

— Бога ради, сейчас не время полагаться на чувства. Не заставляй меня нервничать.

Стоя бок о бок, мы вслушивались в темноту, но не слышали ни звука.

— Забудь, — сказал я. — Ты просто на взводе. Ну, пошли, нам нужно подняться на последний этаж.

И наше восхождение продолжилось. Добравшись до шестого этажа, мы остановились, чтобы отдышаться.

— Теперь посвети, — сказал я. — Покажу тебе, как открывают запертые двери. И бесплатно. Хотя люди победнее тебя платили за просмотр неплохие деньги.

— Посветить-то я могу, — неровным голосом ответила Хелен. — Но, похоже, в этом нет необходимости.

Ибо дверь была приоткрыта.

Мы переглянулись. Должен признаться, волоски у меня на шее встали дыбом.

— Кто же здесь побывал? — прошептал я. — Сегодня днем дверь была заперта.

— Кто бы то ни был, возможно, он еще там, — предположила Хелен, прячась за мою спину.

Я выудил пистолет из кармана пиджака.

— Ну, давай посмотрим. — Пинком распахнув дверь, я осветил фонариком пыльную комнатенку: письменный стол, два стула, потертый ковер на полу, шкаф-картотека. И ни единой живой души.

— Странно, — сказал я, входя в комнату. — Может, после меня сюда наведался сам Дэнни?

Закрыв дверь, Хелен подошла к окну, опустила жалюзи и включила свет.

— Вряд ли это был Дэнни. Скорее, та женщина, с которой мы столкнулись. Ты что, не чувствуешь запах духов?

Я принюхался, но ничего не учуял. У Хелен обоняние было не в пример острее моего.

— Уверена? По-моему, духами здесь не пахнет.

— Абсолютно уверена, Стив.

Я осмотрел кабинет. Непохоже, что здесь кто-то рылся.

— Если у женщины такие духи, она вряд ли станет пользоваться услугами Дэнни, — продолжала Хелен. — Говорю же, они очень дорогие.

— В таком случае кто она? Что она здесь забыла?

Я подошел к пыльному столу и открыл выдвижной ящик. Один хлам: скрепки, обрывки бумаги, грязные ершики для трубок, пустые банки из-под табака. Ничего интересного. Я проверил остальные ящики. В одном была нестираная рубаха; в другом — полотенце, бритва, пена для бритья и зеркальце.

— Каков агент, таков и капитал, — заметил я, закурив сигарету.

Хелен открыла картотеку и принялась просматривать какие-то письма. Некоторое время спустя она покачала головой и закрыла шкаф.

— Ни намека на то, где его искать.

— Посмотри нижний ящик, — предложил я.

Хелен так и сделала. Там лежала аккуратная стопка страховых полисов, перевязанная красной ленточкой.

— Корень всех бед, — сказал я. — Давай-ка взглянем на эти бумаги.

Разложив все десять полисов на столе, мы склонились над ними.

Через несколько минут я убедился, что все документы — точные копии полиса, составленного Гудьиром.

— Весьма разумно, — признал я. — Раз уж решили выдать такой полис, то лучше нашей формулировки не придумаешь. Интересно, отказала ли ей хоть одна компания. — Я перевернул одну из бумаг, чтобы посмотреть на подпись. — Эй, глянь-ка! Клякса и отпечаток пальца.

— Причем на каждом, — добавила Хелен, быстро проверив остальные документы.

Мы переглянулись.

— Алан божился, что отпечаток был оставлен случайно. А вот доказательство, что это не так. Похоже, мы что-то нащупали, хоть я и не знаю, что именно.

Хелен, нахмурившись, смотрела на полисы.

— Возможно, первый отпечаток появился случайно, — произнесла она. — Девушке это понравилось, и она решила оставить свой пальчик на остальных документах.

— Снова твоя интуиция?

Хелен покачала головой:

— Нет. Нужно поспрашивать у других агентов, не сложилось ли у них впечатление, что отпечаток был оставлен нарочно, — сказала она, сворачивая полисы. — Тут я с тобой согласна, Стив. Эти кляксы выглядят подозрительно.

Я положил стопку полисов на место:

— Больше тут не на что смотреть. Пошли-ка отсюда. По крайней мере, мы не потратили время впустую, хоть так и не выяснили, где наша парочка.

Оставив дверь приоткрытой, мы вышли на лестничную площадку и минуту постояли, прислушиваясь к едва слышному гулу автомобилей на улице, после чего пошли вниз по лестнице. Мы двигались стремительно и бесшумно.

На третьем этаже Хелен остановилась и схватила меня за руку.

— Погоди! — тревожно шепнула она. — Слышишь?

Я выключил фонарик. Мы замерли в темноте, бок о бок. Затем я услышал то же, что и Хелен: тихий скребущий звук, доносящийся откуда-то снизу. Казалось, по каменному полу медленно волокут что-то вроде мешка.

Хелен вцепилась мне в руку.

— Что это? — спросила она, чуть дыша.

Шагнув к перилам, я глянул вниз. Ничего, кроме черной пустоты. Скребущий звук не утихал.

— Там кто-то есть, — прошептал я. — Похоже, что-то передвигают.

Мы перегнулись через перила и застыли в ожидании, навострив уши.

Из темноты донеслись новые скребущие звуки, а за ними последовал лязг металла о металл, от которого мы едва не подпрыгнули до потолка.

— Это лифт, — сказал я, оттаскивая Хелен от перил. — Кто-то едет наверх.

— Кто бы это мог быть? — спросила она, и я почувствовал, что она вся дрожит.

— Не пугайся. Давай-ка спрячемся.

Мы отошли в сторонку. Лифт, поскрипывая, медленно шел вверх. Я толкнул дверь одного из офисов, но она была заперта.

— На лестницу, — прошептала Хелен. — Спустимся, пока он будет подниматься.

Я взял ее за руку, и мы на ощупь двинулись к лестнице. Пошарив ногой в поисках первой ступеньки, я услышал новый звук и застыл на месте: это был жуткий сдавленный стон. Он исходил из шахты лифта, заполняя собой все здание.

— Кому-то нехорошо, — сказала Хелен. — Стив, мне страшно.

Я прижал ее к себе, не переставая прислушиваться. Лифт приближался к нашей лестничной площадке. Глянув в окошко шахты, я увидел его очертания: он двигался все медленнее и медленнее, пока не остановился в паре ярдов от нас.

Из кабины донесся негромкий шум, от которого у Хелен перехватило дыхание: прерывистый вздох и звук, словно что-то шаркнуло по стене.

Выдернув пистолет, я толкнул Хелен за спину и включил фонарик. Луч света упал на решетку. Хелен тихо вскрикнула. Стекая с приступки лифта, в шахту капала кровь.

Сжимая в дрожащей руке фонарик, я сделал шаг вперед и заглянул в кабину.

В углу к стенке лифта привалился консьерж. Его жестяные очки висели на одной дужке, глаза были безжизненными, а лицо — перепачкано кровью. Я подался вперед. Внезапно безвольное тело сползло вбок, консьерж откатился от стенки и мешком упал у решетки.

Где-то вдалеке, разрезая тишину ночи, раздался пронзительный вой полицейской сирены.

ГЛАВА ТРЕТЬЯ

1

— Кто это? — спросила Хелен. Ее голос едва заметно дрожал. Она подошла ближе и теперь стояла рядом со мной.

— Консьерж, — пояснил я, вслушиваясь в приближающийся звук сирены. — Подержи свет.

Передав ей фонарь, я вынул из кармана носовой платок, обмотал им руку и открыл решетку лифта, после чего склонился над телом и перевернул его на спину. Старика ударили ножом, между плечом и шеей. На всякий случай я поднял ему веко, но смысла в этом не было. Я знал, что он мертв.

Вой полицейской сирены стал оглушительным. Я заметил красную вспышку, отраженную от козырька входной двери.

— Наверх! — выдохнула Хелен, схватив меня за руку. — Если пойдем через переулок, нарвемся прямо на копов. Быстрее!

В дверь здания забарабанили. Я отпрыгнул от тела, и мы устремились вверх по лестнице. Из комнаты консьержа донесся резкий звонок, а затем настойчивый стук в дверь возобновился.

Мы же бесшумно мчались наверх.

— На шестой, — задыхаясь, сказала Хелен. — Там есть пожарный выход.

Едва мы добрались до последнего этажа, как, судя по шуму, полиция проникла в здание. Направив фонарик на дверь пожарного выхода, я увидел, что Хелен уже сражается с щеколдами.

— Ты знаешь, куда выходит лестница? — спросила она.

— Скоро выясним. Запереть дверь мы не сможем. Копы сразу поймут, куда мы делись.

Хелен открыла дверь. В ночном небе виднелись тусклые отблески неоновых вывесок, огней ресторанов и кинотеатров — из тех, что получше.

Когда я выбирался на крышу, с первого этажа донесся крик:

— Есть кто наверху?

Торопливо прикрыв дверь, я окинул взглядом железную лестницу и понял, что она ведет в переулок. Также я заметил патрульного перед зданием. Он смотрел в сторону улицы.

ДВОЙНАЯ ПОДТАСОВКА

Хелен уже добралась до края крыши и помахала мне. Я присоединился к ней.

— За главным входом следит коп, — сообщил я. — По лестнице спускаться нельзя.

— Можем спрыгнуть, — сказала она. — Высоковато, но у нас получится.

Футах в двадцати под нами была еще одна плоская крыша. По запаху, исходящему из приоткрытого светового люка, я догадался, что внизу тот самый китайский ресторан, который я приметил еще днем.

— Не переломать бы ноги, — нерешительно произнес я.

— Не переломаем, если приземлимся правильно. Ну, ни пуха. — Прежде чем я успел ее остановить, Хелен уселась на край крыши, ухватилась за водосточный желоб и повисла на руках. Разжав пальцы, она приземлилась, словно мастер джиу-джитсу: сначала на пятки и сразу же после этого — на руки и плечи. Секунду спустя она уже стояла на ногах.

— Проще простого. Ну, давай же, дорогой, — тихо позвала она.

Тихонько выругавшись, я ухватился руками за край крыши. Мне светила, как минимум, сломанная лодыжка — ведь я был гораздо тяжелее, чем Хелен. Отцепившись, я попытался повторить ее прыжок. Удар от падения чуть не вытряхнул из меня душу. Какое-то время я сидел, ошарашенно озираясь, а потом Хелен потянула меня за рукав, и я медленно поднялся на ноги.

— Так прыгать нельзя, — сказала она. — Ты не ушибся?

— Похоже, сломал обе ноги и позвоночник, — с чувством ответил я. — Но ты не переживай.

Последняя реплика была лишней, поскольку Хелен меня не слушала. Она склонилась над световым люком, и я тоже — как раз в тот момент, когда она его открыла.

— Давай притворимся, что проголодались, — с улыбкой сказала Хелен. — По крайней мере, пахнет вкусно. — И она спрыгнула в люк.

«Похоже, ситуация начинает выходить из-под контроля, — подумал я. — Хелен проявляет чуть больше инициативы, чем хотелось бы. Но придется прыгать вслед за ней».

Мы очутились в длинном темном коридоре, ведущем к лестнице. Заглянув за перила, двумя пролетами ниже я увидел официантов, снующих с подносами в руках.

— Спускаться нельзя, — сказал я. — Они поймут, откуда мы пришли.

— Они нас даже не заметят, — живо ответила Хелен. — Слишком заняты. Ну же, дорогой. Другого пути нет.

Она спустилась на следующую площадку, и я последовал за ней.

— Пойду припудрю носик. Заодно избавлюсь от берета. — Хелен показала на дверь с изображением женской фигурки. — А ты ступай вниз и займи столик.

Не успел я возразить, как она скрылась в уборной. Пару секунд я постоял у перил. Когда нижняя площадка опустела, я слетел вниз, метнулся к следующему пролету, пробежал десять ступеней, быстро развернулся и вразвалочку пошел наверх. В этот момент из-за шторки, закрывающей вход в верхний зал ресторана, появился рослый китаеза в плохо подогнанном смокинге.

— Добрый вечер, сэр, — сказал он с едва заметным поклоном. — Вы заказывали столик?

— Нет, — ответил я. — А надо было?

— Совсем необязательно. — Он поклонился еще раз. — Сегодня у нас много свободных мест. — Он смерил меня взглядом. — В соседнем здании что-то случилось? По-моему, я слышал сирену.

Я вынул пачку «Кэмел», выудил сигарету и закурил, после чего сказал так непринужденно, как только мог:

— Двое копов решили поиграть в грабителей. Не знаю, с чего такая суета. Может, кто-то запер в помещении кошку.

Появилась Хелен: руки в карманах, на лице смертная скука. Берета на ней уже не было, и черные шелковистые волосы красиво обрамляли лицо.

— На двоих, сэр? — спросил узкоглазый, восхищенно разглядывая Хелен.

— Совершенно верно. Шестеро детей и собака подождут снаружи.

Моргнув, он бросил еще один взгляд на Хелен и проводил нас в зал.

— Неужели обязательно нести чушь? — разъяренно шепнула Хелен.

— Бытовой штрих. Лучшее снотворное для бдительности, — усмехнувшись, прошептал я в ответ.

Зал оказался огромным и безвкусным. На одной из стен был нарисован желто-красный дракон с разинутой пастью, из которой вырывались языки пламени вперемешку с серой. Время было позднее, но несколько человек еще ужинали. Когда мы проходили мимо столиков, нас провожали взглядами. Мужчины — все без исключения — глазели на Хелен с живейшим интересом. К своему сожалению, я заметил, что ни одна женщина не обратила на меня внимания. Все они были слишком заняты, пытаясь отвлечь внимание своих спутников от моей супруги.

Заняв столик в углу, мы сделали вид, что с интересом читаем длинное меню, принесенное официантом.

Наконец, отчаявшись, мы заказали острую закуску и два виски с содовой.

Китаеза удалился, всей своей спиной выражая негодование.

Через несколько минут люди за другими столиками потеряли к нам интерес. Чувствуя, что теперь можно поговорить, я тихо произнес:

— Не знаю, стоило ли вот так сбегать. Мы могли попасть в переделку.

Хелен покачала головой:

— Нужно было выбираться. Иначе бы нам не поздоровилось. Ведь мы, как ни крути, вломились и в здание, и в офис. А стоило рассказать, зачем мы пришли, наша история попала бы в газеты. И все, пиши пропало.

— Копы появились слишком вовремя. Похоже, их предупредили. Думаешь, кто-то видел, как мы входим в здание?

Хелен наморщила лоб:

— Возможно. Лучше какое-то время посидеть тут. Если у копов есть наше описание...

— Ага.

Узкоглазый вернулся с тарелками. Я попросил его принести еще один виски через пять минут. Мне смертельно хотелось выпить.

— Уверен, что консьерж был мертв? — спросила Хелен, когда официант удалился.

Кивнув, я сделал большой глоток. То, что нужно.

— Несомненно. У него была перебита артерия. Должно быть, умер от потери крови.

— Как же он попал в лифт?

— Наверное, заполз. Хотел добраться до телефона, — предположил я. — В его комнате я телефона не видел.

Хелен внимательно осмотрела тарелку с закусками.

— Что-то мне кусок в горло не лезет, — сказала она. — Как думаешь, Дэнни связан с его смертью?

Но я пропустил ее вопрос мимо ушей. Мое внимание привлек человек, появившийся из-за угла, — должно быть, там находились другие столики. Рослый, телосложение как у профессионального боксера. Нос мясистый, а над переносицей срослись нависшие брови.

Тяжелое, угрюмое лицо, загорелое и совершенно непроницаемое. На мужчине были желтовато-коричневые брюки и клетчатый пиджак — синий с белым, свободного покроя; а еще он держал в руке светло-коричневую фетровую шляпу.

Я сразу понял, кто это. Человек полностью подходил под описание, которое я услышал от консьержа. Именно он искал встречи с Брэдом Дэнни.

2

В открытые окна ресторана ворвался вой сирен. Некоторые из посетителей, подскочив, бросились к окнам — любопытно же, что за переполох.

— Пока не смотри, — быстро сказал я, обращаясь к Хелен, — тут наш приятель в клетчатом пиджаке. Направляется к выходу. Я пойду за ним. Ты оставайся здесь. Встретимся в отеле. Поняла?

Открыв сумку, Хелен вынула ключ от машины и передала его мне:

— Может пригодиться. Я возьму такси.

Я в очередной раз отметил, как быстро она соображает.

Оттолкнув стул, я поднялся на ноги и направился к кассе. Китаеза удостоил меня невозмутимым взглядом.

— Хочу посмотреть, по какому поводу праздник, — сказал я, бросая на стойку пятидолларовую купюру. — Сдачу принесете даме.

— Да, сэр.

Сдвинув шторку в сторону, я вышел на лестничную площадку. Человек, за которым я следил, на секунду задержался между дверьми, ведущими на улицу. Стоя у перил, я не сводил с него глаз. Выйдя наружу, он пошел прочь от соседнего здания, оккупированного полицией. Я сбежал вниз, перепрыгивая через две ступеньки, и оказался на улице в тот момент, когда клетчатый пиджак начал растворяться во тьме.

Я мельком глянул на «скорую» и три патрульные машины. Возле входа в здание полукругом собралась толпа. Двое копов старались сдержать натиск зевак. Им было не до меня.

Я пустился вдогонку за мужчиной, вышедшим из ресторана. Он быстрым шагом направлялся к парковке — туда, где я оставил «бьюик».

Не оборачиваясь, он шел вперед: руки в карманах, шляпа сдвинута на затылок. Следуя за ним по пятам, я задавался вопросом, что он делал в ресторане. Не он ли вломился в офис Дэнни? Не он ли убил консьержа? Возможно, он нас видел. Зашел в ресторан, чтобы позвонить в полицию и свалить все на нас. Это была лишь догадка, но мне она понравилась. Но что за женщина выбежала из переулка? Интересно, она как-то связана с убийством?

Высокая широкоплечая фигура остановилась у входа на парковку. Мужчина оглянулся. Я едва успел прижаться к стене, чтобы он меня не заметил. Человек исчез за воротами. Стараясь не шуметь, я перешел на бег и в дюжину прыжков добрался до парковки.

Мужчины в клетчатом пиджаке не было видно, но я знал, что он где-то рядом. Ограда высокая, перелезть через нее непросто, и в этом случае я бы услышал шум.

Я решил, что клетчатый ищет свою машину. Или же видел, что я иду за ним, и дожидается моего следующего хода.

Зная, что этот человек, вероятно, убийца и еще одно убийство не будет иметь для него особенного значения, я слегка занервничал. Вытащив пистолет из кобуры, я снял его с предохранителя и переложил в карман.

Несколько минут я простоял в темноте, уверенный, что остаюсь незамеченным. Время шло, и мне становилось все яснее: тип в клетчатом пиджаке заметил, что я слежу за ним, и заманил меня в ловушку. Я начал двигаться вдоль ограды, стараясь держаться в тени и напряженно вглядываясь во тьму.

Мне удалось разглядеть лишь рядок из шести машин в центре парковки. Некоторое время я смотрел на них, пытаясь засечь движение. Ничего. Я продолжал идти вперед. Когда из темноты выплывал новый автомобиль, я останавливался, чтобы присмотреться.

Потратив на это развлечение примерно пять минут, я начал обливаться потом. Внезапно подъехал автомобиль, и в свете фар парковка зажглась рождественской елкой. Распластавшись на асфальте, я быстро глянул по сторонам. Клетчатого не было видно.

Машина остановилась, фары погасли. Из автомобиля выбрался парень, за ним — девушка. Оба быстро пошли к выходу. Я слышал, как девушка возбужденно говорит:

— Только представь: убийство на Четвертой улице! Как думаешь, удастся посмотреть на труп?

— Будем стараться, — ответил парень, схватил девушку за руку и перешел на бег.

Проводив их взглядом, я поднялся на ноги.

Тип в клетчатом пиджаке ухитрился меня обмануть. Наверное, бесшумно перелез через ограду. Я машинально подумал, что скажет Хелен. Будет неприятно сообщить ей, что я провалил слежку. Мне хотелось, чтобы она продолжала считать меня ловким сыщиком.

Ругая себя на чем свет стоит, я повернулся к выходу и быстро пошел мимо рядка из шести автомобилей в центре парковки.

Минуя третью машину, я услышал тихий свист у себя за спиной и остановился, словно налетел на кирпичную стену. Я вперился во тьму и задержал дыхание, чтобы оно не мешало слуху. Внезапно до меня дошло, что я как на ладони. Превосходная мишень для остроглазого стрелка.

Собравшись упасть на четвереньки, я услышал шорох за спиной, сунул руку за пистолетом и резко обернулся.

Надо мной нависла широкоплечая тень. В грудь прилетел кулак, и я потерял равновесие. Я было выдернул пистолет из кармана, но второй кулак, со свистом разрезав темноту, врезался мне в челюсть.

И я умчался в звездное небо, полное ярких огней.

Когда я вошел в номер, Хелен расхаживала из угла в угол. Взглянув на мое разбитое лицо и перепачканную одежду, она, встревоженно распахнув глаза, бросилась ко мне:

— Стив, что случилось? Ты цел?

Ничего, кроме кривой ухмылки, изобразить я не сумел.

— Все нормально, — сказал я, падая на кровать. — А ты не захватила ту бутылку скотча, что я приберег на крайний случай? Пара глотков мне бы не помешала.

Метнувшись к чемодану, Хелен раскопала бутылку, сбегала в ванную и вернулась со стаканом, полным драгоценной жидкости.

— Сам справишься?

— Справлюсь ли я со стаканом скотча? Меня пока что не заколотили в гроб. Расслабься, милая. Я в норме. — Сделав глоток, я отставил стакан и потер ссадину на подбородке. Повезло, что зубы на месте. — В настоящий момент, — с горечью продолжил я, — ты смотришь на самого тупого растяпу в мире. Наслаждайся зрелищем.

— Все это к тому, что ты его упустил. Верно? — уточнила Хелен, присев на кровать. — Даже самым лучшим сыщикам случается упускать преступников.

— Я его не упустил, — сказал я. — Совсем наоборот. Я преподнес ему себя на блюдечке. Пошел за ним на парковку. Темно было, хоть глаз выколи. Он исчез. Я посмотрел по сторонам, но никого не увидел. Затем подъехала машина, ее фары осветили парковку, но я снова никого не увидел. Разумеется, все это время он прятался за одним из автомобилей. Хотел, чтобы я решил, что он сбежал. Что ж, так я и подумал. Упав духом, я пошел к выходу, и тут он появился из ниоткуда и выключил меня. — Я пошевелил челюстью. Мне показалось, что она двигается свободнее обычного. — Удар у него что твоя кувалда, и весьма быстрый. Мне потребовалось полчаса, чтобы прийти в себя, и еще десять минут, чтобы включить ту штуковину, которую я в шутку называю мозгом. Парень обшарил мои карманы, разбросал все содержимое и исчез.

— Что было в бумажнике, Стив?

— Вот поэтому я всем говорю, что ты самая умная в нашей семье. Ты сыплешь соль прямо на рану. В бумажнике была вся наша работа: моя визитка — теперь он знает, кто я такой; адрес Фэншоу — теперь он знает, что я здесь по делу; мое удостоверение — теперь он знает, что я следователь. А еще — только не умри со смеху — список причин смерти, по которым девица Геллерт не сможет предъявить иск. Вся работа! Если этот парень — один из подручных Дэнни, то я только что раскрыл ему все наши карты.

— Ну, ничего не поделаешь. — Хелен поцеловала меня. — Бывает и такое. Любой мог угодить в подобную западню. Не нужно себя винить.

— Приятно это слышать. Но если о случившемся узнает Мэддокс, с ним приключится удар. Пожалуй, лягу спать. На сегодня дело Геллерт закрыто.

Я начал раздеваться, и тут Хелен сказала:

— Когда ты ушел, я смешалась с толпой. Поглазела на происходящее и подружилась с одним из полицейских. Он рассказал, что на третьем этаже вскрыли офис оценщика бриллиантов. Взломщик оказался новичком и сумел лишь поцарапать сейф. Полиция думает, что консьерж услышал шум, пошел проверить и получил удар ножом.

Я тем временем выбрался из брюк и произнес:

— Слишком отчаянный новичок. Не верится мне в эту байку. Имя Дэнни не упоминали?

Хелен покачала головой:

— Нет. Полицейские уверены, что убийца хотел добраться до бриллиантов.

Я продолжал раздеваться.

— А я не уверен. Но если так, убийство консьержа не имеет отношения к Дэнни. Не факт, что джентльмен в клетчатом пиджаке заходил в здание. Не факт, что он убил Мейсона. Но он три дня ошивался там в поисках Дэнни — и это факт. К тому же сегодня он оказался рядом с местом преступления. Следовательно, он может быть убийцей, но доказательств у нас нет. Плюс та леди с духами «Джой». Какое отношение она имеет ко всей истории?

Пока я рассуждал, Хелен сменила свой наряд на ночную рубашку, в очередной раз изумив меня своим умением переодеваться в мгновение ока. Я пошел за ней в ванную.

— Если вдуматься, джентльмен в клетчатом пиджаке не обязательно имеет отношение к нашему делу. Он мог воспользоваться именем Дэнни в качестве предлога, чтобы забраться в офис оценщика.

Не прекращая чистить зубы, Хелен энергично закивала.

Вернувшись в спальню, я влез в пижаму.

Когда Хелен вышла из ванной, я сказал:

— Нужно разыскать эту Геллерт. Правильнее всего будет поспрашивать мелких импресарио. Кто-то из них может знать, где она. Составим список агентств и посмотрим, что удастся выяснить. У тебя есть предложения получше?

— Да, — ответила Хелен. — Заканчивай строить из себя сыщика. Давай немного поспим. Ты понимаешь, что уже третий час ночи?

— Должен вам сообщить, миссис Хармас, — произнес я, выпрямляясь во весь рост, — что сыщик не имеет права на сон. Сыщик всегда на службе, в любое время дня и ночи.

— Мы же только что решили, что ты не сыщик, а самый тупой растяпа в мире, — заметила Хелен, натягивая одеяло до плеч. — Не выпендривайся и полезай в кровать.

3

На следующее утро, после завтрака в постель — а именно в половине десятого, — мы уселись за телефонный справочник и составили список актерских агентств города. Имя им было легион, и список получился длиннющий.

— К тому времени, как мы его проработаем, у тебя уже заведутся внуки, — недовольно произнес я. — Господи! Как они вообще зарабатывают при такой-то конкуренции?

— Вдруг нам повезет, и мы с первого раза попадем к тому, кто знает нашу парочку, — с надеждой ответила Хелен. — Разорви список пополам. Я пройдусь по одной половине, а ты — по другой.

— Весьма благородно с вашей стороны, мадам, — сказал я. — Пойми, тебе необязательно этим заниматься. Бродить по тротуарам, задавать идиотские вопросы, бегать вверх-вниз по лестницам — это моя работа, и мне за нее платят. А тебя наняли за твой ум.

— Поверь, я им воспользуюсь, — заметила Хелен. — Давай мне список, и начнем. Предлагаю встретиться здесь в час дня и пообедать.

— Согласен. Сосредоточь внимание на агентах-одиночках. В больших конторах эту девочку, скорее всего, не знают. И не лезь в неприятности.

Вооружившись списком, я приступил к делу. Эта часть работы не очень-то мне нравилась, но сделать ее было необходимо. По опыту я знал: если набраться терпения, такое занятие всегда приносит плоды. Любой коп скажет, что поиск пропавшего человека на девяносто процентов состоит из беготни. Еще пять процентов — это вдохновение, а последние пять — удача.

Через пару часов утомительной ходьбы по лестницам и обивания офисных порогов я пришел к выводу, что мой удел — стопроцентная беготня и ноль удачи. К тому времени я посетил десять агентств. Стоило спросить о Сьюзан Геллерт, как везде звучала равнодушная фраза: «Впервые слышу».

Так же реагировали и на имя Брэда Дэнни. Об этой парочке никто не знал. Более того, и знать не хотел.

День выдался жаркий, и к половине двенадцатого я чувствовал себя стариком, просидевшим в парилке турецкой бани на час дольше положенного. Решив дать отдых ногам и выпить кофе, я зашел в драгстор. На этой улице располагались офисы двадцати двух импресарио, и все — на последних этажах зданий, не оборудованных лифтами. Я решил, что будет разумно расспросить пожилого продавца; тот как раз принес мне чашку кофе.

— Я пытаюсь найти одну актрису, — сказал я, вытирая пот с лица и шеи. — Ее зовут Геллерт. Сьюзан Геллерт. Слыхали о такой?

— Сьюзан Геллерт? — Продавец покачал головой. — Увы, нет. Коррин Геллерт знаю, а Сьюзан — нет. Может, они сестры. Я слышал, у Коррин Геллерт есть сестра.

— Кто такая Коррин Геллерт? — без особой надежды спросил я, хотя фамилия была не из тех, что слышишь каждый день.

Продавец ухмыльнулся, продемонстрировав три зуба, одиноко торчащие из голых десен:

— В свое время она была та еще красотка. Частенько сюда захаживала. Из всех, кого я видел, — самая чокнутая.

— Чокнутая? В смысле?

— Ей было на все наплевать. На все и на всех. У нее был номер с раздеванием в клубе «Замочная скважина» на Десятой улице. Лет шесть-семь назад. Однажды она надралась, выбежала из клуба и пошла гулять по улице — голая, что твоя ладошка. Но ей повезло. Ее перехватил знакомый коп и по-быстрому увел с улицы. Крутая девица, уж вы мне поверьте.

— Не знаете, где она теперь?

— Без понятия. Не видел ее уже года три. Говорят, она вышла замуж. Знаю только, что она ушла из шоу-бизнеса. Сама — или вытурили.

— А вы не встречали парня по имени Брэд Дэнни? Насколько мне известно, он импресарио.

— Вроде нет. Вы бы сходили через дорогу, к Мосси Филипсу. Думаю, у него фотографировался каждый, кто крутится в шоу-бизнесе. Понятно, не суперзвезды. Всякая мелочь. Все они заходят к Мосси. Вдруг он сумеет вам помочь.

А что, неплохая мысль. Заплатив за кофе, я поблагодарил продавца и снова вышел под палящее солнце.

Напротив была витрина маленького фотоателье, увешанная множеством глянцевых снимков. Облезлая золоченая вывеска сообщала: «М. Филипс. Портреты. С 1897 г.».

Толкнув дверь, я вошел в крошечный зал. Там был прилавок, деливший комнату надвое, а еще четыре огромных стенда с фотокарточками актрис, танцоров, стриптизерш, культуристов и комиков. Когда дверь открылась, громко тренькнул колокольчик, но в зале никто не появился.

Я рассматривал фото, задаваясь вопросом, сколько из этих людей дожило до нашего времени. Казалось, многие снялись у мистера Филипса, когда он только открылся. И тут я услышал, как за спиной у меня тихонько кашлянули.

Я обернулся.

За прилавком стоял высокий седовласый негр с печальным лицом. Он смотрел на меня — вопросительно и с надеждой. Ему было около семидесяти пяти. В своем сюртуке, белоснежной манишке и узком галстуке он походил на памятник старины.

— Доброе утро, — произнес он, положив костлявые руки на прилавок. — Могу ли я вам помочь?

— Надеюсь, что можете, — ответил я, в порядке эксперимента широко улыбнувшись. Негр отреагировал на это так же, как дружелюбный пес реагирует на щелчок пальцами. Его зубы были гораздо белее и крупнее моих.

— Я ищу кое-какую информацию, — продолжал я, положив свою визитку на прилавок.

Изучив карточку, старик кивнул:

— Конечно, мистер Хармас. Я хорошо знаю вашу компанию. Мой сын покупает у вас страховку. Он прекрасно отзывается о ваших сотрудниках.

— Вот и славно, — сказал я, пожимая негру руку. — Я пытаюсь найти одну актрису. Нужно прояснить кое-что по поводу ее полиса.

— Не желаете пройти в студию? Там будет удобнее, и нам никто не помешает.

Он поднял крышку прилавка, и я последовал за ним в уютно обставленную комнату. В углу располагалось студийное оборудование: большая старинная камера на треноге, накрытая куском бархата, и серая холстина с грубо намалеванными облаками.

Мы уселись в стоящие друг напротив друга кресла-бочонки — вполне удобные, если кто любит сидеть прямо, как жердь.

— Не обращайте внимания на обстановку, — извиняющимся тоном произнес Филипс. — Знаю, она выглядит очень старомодно, но людям из шоу-бизнеса такое по душе. Они очень консервативны и суеверны. Поэтому я не спешу обновлять реквизит.

Я понял, что он меня водит за нос, но сказал: мол, знаю — с людьми из шоу-бизнеса бывает непросто.

— Что за девушка интересует вас, мистер Хармас? — По печальному взгляду стало ясно: негр понял, что я ему не поверил.

— Ее зовут Сьюзан Геллерт. Подопечная Брэда Дэнни. И больше я о ней ничего не знаю.

— Сьюзан Геллерт? — Филипс наморщил лоб. — Да, припоминаю. Сестра Коррин Геллерт. Вы говорите о ней?

— Понятия не имею. Я не знаю, есть ли у нее сестра.

— Должно быть, это она. Из них двоих Коррин была поумнее. Очень талантливая. Сьюзан выглядела прелестно, но не думаю, что здесь, — негр постучал себя пальцем по лбу, — у нее было что-то примечательное. Они близнецы. Различить их можно было только по цвету волос.

— Близнецы? — Я подался вперед.

— Да. Поразительное сходство. Сьюзан блондинка, а Коррин брюнетка. Однажды у них был номер. Сьюзан надевала черный парик и сбивала публику с толку. — Филипс встал. — Где-то у меня была фотография. Наверное, вы хотите на нее взглянуть?

Я сказал, что хочу. Похоже, мне удалось нащупать что-то важное. Хотя — не уверен.

Достав из ящика кипу фотокарточек, старик некоторое время возился с ними. Зрение у него было неважное, и ему приходилось подносить каждое фото к носу. Я уже лез на стену от нетерпения, когда он наконец удовлетворенно хрюкнул и подошел ко мне с глянцевым снимком двадцать на тридцать.

— Вот, — сказал он, протягивая мне фото. — Сейчас поймете, что у них был за номер. Особенным успехом он не пользовался. Думаю, у Сьюзан не хватало таланта, чтобы сравняться с сестрой.

На фотографии была девушка, смотрящая в гигантское зеркало. Лишь внимательно изучив снимок, я понял, что никакого зеркала там нет, а девушка стоит перед пустой рамой. Роль отражения играла ее сестра-близнец, стоящая в той же позе. Картинка была эффектной, а девушки — совершенно одинаковыми: миловидные, с хорошими фигурами и стройными ножками. На обеих были волнистые юбки с оборками и усыпанные блестками лифы, обычные для актрис, выступающих в ночных клубах.

— У меня есть фото Сьюзан без черного парика, — продолжал Филипс. — Сейчас попробую найти.

Пока он искал фотографию, я спросил, не знает ли он, где можно найти саму Сьюзан.

— Боюсь, что нет, — ответил он. — Я давно ее не видел. Года три назад Коррин вышла замуж и перестала выступать. Говорят, она переехала в Буэнос-Айрес. Не знаю, чем сейчас занимается Сьюзан. Не думаю, что без сестры она сумеет добиться успеха. Я уже говорил, что Коррин была поталантливее.

— Брэд Дэнни. Слышали о таком?

— Да, конечно. Мистер Дэнни заходил сюда раз-другой.

— Вы его фотографировали?

— Он новичок в шоу-бизнесе. Думаю, он счел мои методы работы несколько старомодными. Он заходил, чтобы купить несколько снимков.

— Что он за парень?

— Очень приятный молодой человек, — сказал Филипс, зарывшись носом в фотографии. — Замечательный танцор.

— Я думал, что он импресарио Сьюзан.

— Возможно. Я не знаю. Когда мы встречались, а это было месяцев шесть назад, он выступал с песней и танцем. Он в шоу-бизнесе всего несколько лет. Думаю, ему года двадцать три. Ну, может, двадцать четыре.

— Вы бы стали ему доверять, мистер Филипс?

Старик выпрямился и удивленно моргнул:

— Доверять? Боюсь, я не понимаю вопроса.

— Вы бы назвали его честным человеком?

— Да, насколько это возможно в нынешние времена, — серьезно ответил Филипс. — Я думаю, мистер Дэнни внушает доверие. У меня не было с ним персональных дел, но да, я бы назвал его честным молодым человеком. Он был приятен в общении и очень мне понравился.

Я кивнул. Старик подтвердил слова Алана Гудьира.

— А как насчет сестер Геллерт? Какая у них репутация?

На лице Филипса появилось неловкое выражение.

— Честно говоря, я бы предпочел оставить свое мнение при себе. С годами девушки могли сильно измениться. Они были слегка сумасбродными — но, с другой стороны, в шоу-бизнесе такое встречается нередко. Я давно их не видел. И мне не хотелось бы продолжать разговор на эту тему.

Я понял, что негр много чего недоговаривает, но чувствовал, что мне не удастся выудить из него что-то еще, и решил не настаивать.

Наконец он нашел фотографию. Я с интересом стал ее рассматривать. Сьюзан была милой девушкой с озорными глазами. Девушка с таким взглядом способна на безрассудные поступки, особенно в соответствующем настроении. В ее лице я не разглядел ничего дурного, но мне показалось, что я видел его раньше, хоть и непонятно где.

— Можно купить у вас эту фотографию? И ту, вторую? — спросил я. Увидев замешательство, я положил на стол пятерку. — Моей компании очень нужны эти снимки, мистер Филипс. Конечно, если вы можете с ними расстаться.

— Разумеется. Но пять долларов — это слишком много. Достаточно одного.

— Пусть будет пять. Спасибо за беседу. Вы не могли бы подсказать, как мне связаться с Дэнни или Сьюзан Геллерт?

— Ступайте на Файрстоун и спросите о них в «Водевиле». Возможно, сестры оставили в клубе адрес для пересылки корреспонденции.

— Попробую. Спасибо. — Пожав старику руку, я взял конверт с фотографиями и поспешил к автомобилю.

Был почти час дня, и я решил заехать в клуб «Водевиль» после обеда. Я устал от жары и очень хотел выпить, поэтому помчался в отель так быстро, как только позволяло полуденное движение.

Хелен сидела в холле и читала газету.

Она выглядела такой свежей, что я, нависнув над креслом, смерил ее подозрительным взглядом.

— А вот и ты, дорогой, — с улыбкой сказала она, отрываясь от газеты. — Похоже, ты весь вспотел. Что, выдалось непростое утро?

— Выдалось, — ответил я. — Стер ноги до костей. А ты, как погляжу, еще и не начинала работать.

— Я подумала, что сегодня слишком жарко для прогулок, и решила никуда не ходить.

Присев рядом, я ослабил пропотевший воротник, чтобы ненароком не задохнуться.

— То есть ты все утро просидела на заднице? — Я изумленно воззрился на Хелен. — Набиралась сил, пока твой бедный муж пересчитывал тысячи ступенек? И ты имеешь нахальство вот так спокойно докладывать мне об этом? А кто обещал проработать половину списка?

— Я, дорогой, — сказала Хелен, похлопав меня по руке. — Но когда ты ушел, я решила потратить время не на ходьбу, а на размышления. Помнишь, ты говорил, что меня наняли за мой ум?

Я вытер лицо влажным носовым платком.

— Ну, давай рассказывай. Ты узнала, где они?

— Ну конечно. Они в Виллингтоне, выступают в «Палас-театре».

— Уверена? — буркнул я. — Не выдумываешь?

— Абсолютно.

— Как ты узнала?

— Посмотрела в «Варьете». Вспомнила, что обычно артисты рекламируют предстоящие выступления в колонке частных объявлений. Так и оказалось. Не думай, что я не пыталась установить с тобой телепатический контакт. Но ты, похоже, был слишком далеко.

Лишившись дара речи, я направился к бару.

ГЛАВА ЧЕТВЕРТАЯ

1

Пока я все утро стаптывал ботинки, Хелен тоже даром времени не теряла, хоть и притворялась бездельницей. Узнав, где выступают Сьюзан Геллерт и Дэнни, она выяснила у администратора, как лучше доехать до Виллингтона, купила карту округа, собрала вещи, расплатилась за номер, позвонила в единственную гостиницу Виллингтона и забронировала нам комнату на ночь.

Судя по всему, Виллингтон был обычным провинциальным городком в ста двадцати милях от Лос-Анджелеса. Хелен прикинула, что мы как раз успеем к вечернему представлению в «Палас-театре», если отправимся в путь сразу после обеда.

Я был слишком занят едой и питьем и не успел рассказать Хелен о том, что мне удалось выяснить. Но как только мы, забравшись в «бьюик», поехали по Фигероа-стрит, я подробно описал ей мою встречу с Мосси Филипсом.

— Близнецы! — воскликнула она, когда я закончил свой монолог. — Теперь можно дать волю фантазии. Возможно, это ключ к разгадке, Стив. Я не говорю, что мы имеем дело с мошенничеством. Но теперь нельзя исключать подмену личности.

— Все и так чертовски непросто, — сказал я. — Не усложняй еще сильнее. Мы еще не видели Сьюзан, а Коррин уехала в Южную Америку.

— Ну, это непроверенная информация. Представляешь, как будет здорово, если нас туда пошлют? Всегда хотела побывать в Южной Америке. Говорят, мужчины там замечательные.

— Смотри, куда едешь. А твой муж тем временем вздремнет, — сказал я. — Ты, в отличие от меня, все утро просидела на месте. К тому же я, кажется, переел.

— Я не против, дорогой. Спи на здоровье, — произнесла Хелен, изображая сострадание. — Мне в голову только что пришла одна мысль. Если я сочту ее стоящей, то разбужу тебя и все расскажу.

— Потерпи до Виллингтона, — сказал я, закрывая глаза.

В восьмом часу мы прибыли на место. Городишко был не ахти, но чуть лучше, чем я ожидал.

Единственный отель располагался на ответвлении главной улицы. Умывшись и перекусив, мы отправились в театр; по словам администратора, он находился в сотне ярдов от гостиницы.

— Представь, каково жить в такой дыре, — сказал я, шагая по пыльному тротуару. — Тебе бы понравилось?

— Ну уж нет. — Хелен покачала головой. — Какие планы, Стив? Кого будешь играть за кулисами — следователя или восторженного поклонника?

— Следователя. Узнав об остальных полисах, я слегка тревожусь о безопасности мисс Геллерт. На это и буду давить. Расскажу, какие опасности таятся в страховке на миллион, и напомню, что кое-кто может замыслить недоброе. Будет интересно посмотреть на ее реакцию. Если девушка увидит, что мы подозреваем ее в мошенничестве, она может занервничать и отказаться от своего плана — если такой, конечно, есть. А еще я хочу узнать, кто получит деньги, если с ней что-то случится.

— Мне пойти с тобой или только помешаю?

Я усмехнулся:

— Ты никогда не мешаешь мне, милая. Пойдешь со мной.

Похоже, «Палас-театр» стремился развлечь зрителей по полной. Кроме Хопалонга Кэссиди, там был певец, от которого у меня заныл зуб, и комик, вогнавший Хелен в краску, после чего настал черед Брэда Дэнни. В программке его выступление значилось как «Номер с танцами».

Судя по перешептыванию соседей, все пришли посмотреть на Сьюзан. Я заметил, что мужчин в зале было раз в шесть больше, чем женщин. Когда на табло высветилось имя Дэнни, по залу пронесся нетерпеливый гул.

— Скорей бы ее номер, — пробормотал я, обращаясь к Хелен. — Иначе я сдохну в этой потогонке.

Рев ожившего квинтета заглушил ее ответ. Сцена озарилась огнями, и парнишка в смокинге принялся отбивать стандартную чечетку.

Мы оба с интересом следили за ним. Мальчик был миловидный — типичный парень из колледжа: светлые волосы, широкие плечи, сверкающая улыбка и настороженный взгляд блестящих глаз.

Конечно, до Астера[1] ему было далеко, но выплясывал он весьма энергично и даже заслужил одобрение вспотевшей публики. Однако выход на бис был встречен с меньшим энтузиазмом.

Зрители пришли посмотреть на Сьюзан и уже начинали проявлять нетерпение.

— Если судить по внешности, вопросов он не вызывает, — сказал я, когда Дэнни подошел к рампе, чтобы раскланяться.

---

[1] *Фред Астер* (1899–1987) — американский танцор, певец и актер. — *Примеч. ред.*

— По-моему, он лапочка, — отозвалась Хелен.

Аплодисменты постепенно затихли, и Дэнни поднял руки.

— А теперь, дамы и господа, — начал он, — я с великим удовольствием представляю вам блестящую танцовщицу, юную, прекрасную и отважную. Дважды за вечер она, рискуя жизнью, дарит вам самый сенсационный танец века! Дамы и господа, приветствуйте Сьюзан Геллерт в номере «Поцелуй смерти»!

Дэнни шагнул назад, а барабанщик, оглушительно жахнув по тарелкам, выдал мелкую дробь. Публика захлопала и затопала, свет медленно погас, и сцена погрузилась во тьму.

Сидя в жаркой духоте, я чувствовал, как по залу захолустного театра внезапно распространилось напряжение сродни электрическому. Такое бывает на бродвейской премьере. Публика замерла, и в театре повисла абсолютная тишина.

Тут зажглись огни. В центре сцены стояла блондинка; на ней были только трусики «танга» и шестифутовая кобра. Допущу, что ее наготу можно описать и получше, но мне это не под силу.

Змея покоилась на плечах танцовщицы. Одной рукой девушка держала кобру за шею, увенчанную шипящей головой, а в другой руке у нее был змеиный хвост.

Секунд двадцать блондинка стояла без движения, барабанщик выбивал дробь, а публика, завывая, хлопала в ладоши. У девушки была красивая миниатюрная фигурка. Все шесть чешуйчатых футов оплелись вокруг неподвижного тела танцовщицы, и от этого зрелища я, как и остальные мужчины в зале, нервно подался вперед.

— Жаль, я не знала, что представление так тебя увлечет, — ядовито заметила Хелен. — Иначе захватила бы бинокль.

— Я бы и сам его захватил, будь мне известно, на что предстоит смотреть, — ответил я. — И помолчи, пожалуйста. Моя линия занята.

Сьюзан начала двигаться по сцене; честно говоря, лучше бы не начинала. Как только она сделала первые шаги, я понял, что танцовщица из нее примерно как из меня, — и это еще мягко сказано. Она не чувствовала ритм; ее движения были неуклюжими; она совершенно не умела танцевать. Но к ней были прикованы взгляды всех мужчин в зале. Недостаток таланта она компенсировала фигурой, способной свести с ума любого скульптора. Зазвучал бодрый вальс, движения девушки ускорились. Она принялась раскачиваться из стороны в сторону, все еще держа кобру за шею на расстоянии вытянутой руки. Внезапно она выпустила змеиный хвост, и тварь, яростно хлестнув воздух, обвилась тугим кольцом вокруг ее руки. Какая-то женщина вскрикнула от ужаса.

Прекрасная обнаженная фигура продолжала извиваться и кружить по сцене. Потом движения танцовщицы замедлились, и я увидел, что шея змеи — сразу за ее зловещей головой — раздулась капюшоном. То был верный знак, что тварь ждет удобного случая для атаки.

Я говорил себе, что змея безвредна, что ей удалили ядовитые железы. Но, даже понимая это, не сводил глаз со сцены, вцепившись в подлокотники кресла. Подойдя к рампе, девушка замерла снова, а омерзительное чешуйчатое тело вилось по ее шее и рукам.

Снова зазвучала барабанная дробь, и блондинка медленно опустилась на колени. Плавно и неторопливо она сняла змею с шеи и положила ее на пол, прямо перед собой.

Стремительно свившись в тугой клубок, кобра подняла голову с раздутым капюшоном. Мелькнул раздвоенный язык, и девушка отпрянула.

Она застыла лицом к лицу со змеей, и это мгновение было нескончаемым.

Затем, очень медленно, блондинка подалась вперед.

— Господи боже, — выдохнул я, утратив контроль над эмоциями. — Если эта тварь укусит ее...

— Тихо! — отрывисто сказала Хелен. По голосу я понял, что зрелище взволновало даже ее.

В темноте раздался приглушенный женский крик. Какой-то мужчина вскочил на ноги, но его одернули сидящие сзади.

Лицо девушки приближалось к злобной шипящей голове. Теперь между ними было не более фута. Барабанная дробь внезапно прекратилась, и повисла мертвая тишина. Девушка перестала двигаться.

Змея также застыла на месте. Хелен впилась пальцами в мою руку. Такая атмосфера бывает на корриде в момент развязки.

Это уже не был пошлый танец с банальной змеей. Внезапно в душный зал театра вошла сама Смерть — и уселась рядом со зрителем. Люди едва дышали, а двое или трое тихонько постанывали, словно с ними случился припадок.

Блондинка снова начала двигаться; дюйм за дюймом она приближала лицо к змее. Мелькнул раздвоенный язык; теперь девушку и змею разделяла пара дюймов. Но девушка не останавливалась. Раздвоенный язык коснулся ее губ. Это было самое жуткое зрелище, что мне доводилось видеть. Очевидно, танец подошел к кульминации: барабанщик грохнул по тарелкам, и все погрузилось во тьму.

Долгое мгновение ничего не происходило. Я откинулся на спинку кресла, измотанный так, словно пробежал десять лестничных пролетов. Единственным звуком в зале было тяжелое дыхание всех зрителей разом. Затем кто-то начал хлопать, один человек засвистел, другой что-то закричал. По этому сигналу раздался рев публики, от которого содрогнулось все здание.

Зажглись огни. Сьюзан стояла на сцене, улыбаясь и отвешивая поклоны.

Кобра исчезла, а на девушке был изумрудный плащ, закрывающий ее до пят.

Минут пять она кланялась и раздавала воздушные поцелуи, а зрители, вскочив на ноги, вопили, свистели и хлопали. Затем занавес опустился, и в зале загорелся свет.

И даже тогда почти все мужчины продолжали свистеть и вопить.

— Пойдем-ка отсюда, — сказала Хелен. — Бррр! Отвратительное зрелище. Просто какое-то извращение.

Я понял, что насквозь промок от пота, а мое сердце, казалось, колотится о грудную клетку. Разумеется, Хелен была права. В этом танце действительно было что-то порочное. По какой-то загадочной причине от него веяло смертью и сексом.

Оказаться на прохладной ночной улице было приятно. Закурив, мы прислонились к стене, чтобы не мешать расходящейся публике.

Зрители, блестя глазами, оживленно переговаривались.

У некоторых мужчин был голодный, звериный вид, и я с тревогой подумал, как сам выгляжу со стороны.

— Сомневаюсь, что в Нью-Йорке получится устроить такое представление, — сказала Хелен.

— И я сомневаюсь. Полиция не разрешит. Но мне кажется, главную роль здесь играет публика. Именно зрители создают такую атмосферу. Пойдем побеседуем с девушкой. Как считаешь, та змея безвредная?

— Ну конечно. Ты же не думаешь, что человек в своем уме станет устраивать такой цирк с ядовитой коброй?

— Хорошо, что змеиный укус — не повод для иска, — заметил я. — Подменить змею было бы несложно. Что ж, давай познакомимся со Сьюзан Геллерт поближе.

2

У служебного входа собралась небольшая толпа. В большинстве своем то были стариканы с окрестных ферм, решившие устроить себе вечер отдыха. Полицейский старался сдерживать их напор.

Я показал копу свою визитку:

— Хочу побеседовать с мисс Геллерт.

Коп посмотрел на меня, затем на Хелен и решил, что мы хотя бы прилично выглядим.

— Пройдите в офис менеджера, — сказал он, открывая дверь.

Нырнув под его руку, мы пошли по тускло освещенному коридору.

Менеджер беседовал с пожилым швейцаром. Когда я вошел в офис, оба уставились на меня.

— Я ищу мисс Геллерт, — пояснил я.

Менеджер покачал головой:

— Не уверен, что она принимает поклонников. У вас есть визитка?

Я дал ему карточку. Взглянув на нее, менеджер передал визитку швейцару:

— Сбегай к мисс Геллерт, Джо. Узнай, примет ли она этого джентльмена.

Швейцар медленно удалился. Сбегать он не мог; когда он ковылял мимо, я почти слышал, как скрипят его суставы.

— Неплохое у вас шоу, — сказал я, предлагая менеджеру сигарету. Это был здоровенный обрюзгший лысый мужик, под глазами — фиолетовые круги.

— Понравилось? Ну да, это что-то. Какие-то слабоумные завалили меня ругательными письмами. Кто-то даже ходил к шерифу, но ничего не добился. Разумеется, по большей части все в восторге от выступления, но не трудятся зайти и сказать спасибо. — Закурив, он с интересом посмотрел на Хелен. — Сейчас у нашего театра золотая пора, первая за всю историю. А вам понравился номер, мисс?

— Боюсь, что нет. Обнаженные женщины меня не интересуют, — ответила Хелен. — Но мне понравился Дэнни.

— Да, он неплох, — равнодушно согласился менеджер. — Дэнни повезло, что мисс Геллерт взяла его на буксир. Эта девушка далеко пойдет.

— Если только не сядет в тюрьму, — язвительно сказала Хелен.

Менеджер с тревогой посмотрел на нее:

— Выступление показалось вам вульгарным?

Заметив, что Хелен собирается отпустить очередную колкость, я торопливо вмешался в разговор:

— Я бы не решился вот так приближать лицо к змее. Хоть она и неядовитая. Все равно мне такая идея не по душе.

На бледном отечном лице менеджера появилось озадаченное выражение.

— Неядовитая? Это еще почему? Вы что, не видели афишу? Мы предлагаем сотню баксов любому, кто докажет, что кобра неядовитая. Каждый может осмотреть ее в любое время.

— И что, кто-то осматривал? — спросила Хелен.

— Конечно. Один фермер назвался специалистом по змеям. Взглянул на нее сквозь стеклянную крышку ящика. Ничего у него не вышло. Змея бросилась на стекло, и на нем остался первосортный яд. Наверное, поэтому люди и заводятся. Ждут, когда кобра ее укусит. Да я и сам не пойму, как эта чертова гадина еще не добралась до хозяйки. — Он вытер лицо грязным носовым платком. — Ага. Номер что надо.

Швейцар вернулся.

— Она вас примет, — сказал он, тыча большим пальцем в коридор. — В том конце, первая дверь направо.

— Спасибо. — Я сунул ему доллар.

Раскланявшись с менеджером, мы снова вышли в коридор.

— Может, у нее две змеи, — буркнул я себе под нос. — Одна — безобидная, а вторая — для проверок.

Хелен ничего не ответила. Она следовала впереди, прямая как жердь.

Наконец мы достигли конца коридора, и я постучал в первую дверь справа.

— Входите, — прозвучал женский голос.

Хелен распахнула дверь, и мы вошли в маленькую неряшливую гримерку — такая есть в любом провинциальном театре. Там было два стула, туалетный столик, занавешенный шторкой уголок, служивший гардеробом, ковровая дорожка и умывальник.

За столиком сидела Сьюзан Геллерт, энергично вытирая только что вымытую голову полотенцем. Не сдержавшись, я ткнул Хелен в спину. Девушка однозначно не носила парика, поэтому предположение Хелен о том, что Коррин притворяется своей сестрой, рассыпалось на месте. Хелен напряглась — она поняла значение этой сцены не хуже моего.

Сьюзан была одета в синий свитер и черные фланелевые слаксы. Она курила сигарету. Макияжа на ней не было, но она все равно выглядела очень свежо и молодо.

— Прошу, — с улыбкой пригласила она. — Вот это сюрприз. — Она взглянула на Хелен. — Вы его жена?

— Да, — ответила Хелен. — Но в данный момент я представляю «Дженерал лайэбилити».

Сьюзан широко раскрыла голубые глаза.

— Ой! — Она взглянула на мою визитку. — А вы из «Нэшнл фиделити»? Боже мой! Что-то случилось? Прошу, присядьте. У нас тут тесновато. — Она подвинула единственный свободный стул к Хелен, а мне указала на большой деревянный сундук, стоящий у стены. — Простите, я не ждала посетителей. Наверное, видок у меня еще тот. — Не успел я успокоить девушку, как она, повысив голос, позвала: — Эй, Брэд! Иди сюда!

Мы услышали, как где-то дальше по коридору открылась дверь. Секунду спустя в гримерке появился Дэнни. На нем все еще был смокинг, при ближайшем рассмотрении — весьма потрепанный. Увидев нас, Дэнни, казалось, удивился и быстро глянул на Сьюзан.

— Знакомьтесь: Брэд Дэнни, — сказала девушка, улыбнувшись молодому человеку. — Мой партнер, а также импресарио. А это — мистер и миссис Хармас. Мистер Хармас работает в «Нэшнл фиделити», а его жена — в «Дженерал лайэбилити».

Дэнни растерялся было, но мгновением позже с улыбкой произнес:

— Черт возьми! Я не знал, что ваши компании породнились. Что ж, шила в мешке не утаишь. Должно быть, вам известно об остальных полисах?

— Да, — ответил я. — Известно.

Я не сводил глаз с этой парочки, но не заметил на их лицах ни виноватого выражения, ни испуга. Им не хватало уверенности в себе, и они были слегка озадачены. Но в то же время они обменялись улыбками, и я понял, что для них эта ситуация — не больше чем шутка.

— Не знаю, нужно ли было ставить вас в известность, — произнес Дэнни, прислонившись к стене. — Не хотели вас отпугнуть. Никто не спрашивал, есть ли у нас страховки от других компаний, вот мы и решили не распространяться.

— С таким полисом, как у вас, — сказал я, — нет строгой необходимости ставить нас в известность о других полисах. Насколько я понимаю, теперь мисс Геллерт застрахована на миллион долларов.

— Да! — Лицо Сьюзан лучилось радостью. — Разве не чудо? Узнав такие новости, газетчики просто зашатаются. Вам понравился номер? Весь зал был потрясен, ведь правда? И так каждый вечер. Верно, Брэд?

— Совершенно верно, — подтвердил Дэнни, с гордостью глядя на Сьюзан. — Я говорил ей, мистер Хармас, что нужно набраться терпения. Необходимо довести номер до совершенства и уже потом покорять Нью-Йорк. Она хочет ехать туда уже сейчас, но я думаю, что еще месяцок нам стоит покататься по захолустным театрам. Видите ли, на Беллариуса нельзя полностью положиться, и, когда мы начнем выступать по-настоящему, я не хочу, чтобы все сорвалось.

— На Беллариуса? — недоуменно переспросил я.

Сьюзан хихикнула:

— Он про мою змею. Разве Беллариус не душка? Я его отлично выдрессировала. Но, думаю, Брэд прав. Иногда на Беллариуса находит грусть, и он отказывается меня целовать.

Сдвинув шляпу на затылок, я шумно выдохнул:

— Ну, тут печалиться не о чем. Говорят, ваша змея ядовита. А я слыхал, что укус кобры смертелен.

— Ну, наверное, — спокойно сказала Сьюзан, — но он не станет меня кусать.

— Вы очень ему доверяете, — заметил я. — Но почему бы не удалить ядовитые железы — так, на всякий случай? Разве это не разумный ход?

— Но так будет нечестно, — ответила Сьюзан. Казалось, она потрясена. — Люди же почувствуют, что их обманули.

— Понимаю ваше волнение, — сказал Дэнни, заметив, как я поглядываю на Хелен. — Впервые увидев ее номер, я волновался не меньше. Чтобы привыкнуть, мне понадобилось несколько недель. За первые два месяца работы с ней я похудел на четырнадцать фунтов, но теперь привык. Сьюзан полностью контролирует эту кобру. Змея сделает для нее что угодно.

— Так вы не ответили, понравился ли вам номер, — напомнила Сьюзан, расчесывая волосы. — Интересно было смотреть?

— Это еще мягко сказано, — ответил я. — Ваше выступление — чистый динамит. А с чего вы решили, что вам позволят показывать такое в Нью-Йорке?

Оба уставились на меня с изумлением.

— А что, могут не позволить? — резко спросил Дэнни. — Господи! Ни один менеджер — при условии, что он в своем уме, — не откажется от толпы зрителей, которую мы можем собрать в его театре. Конечно же, мы со всеми договоримся. Ведь номер — просто бомба.

— Возможно, последнее слово останется за полицией.

— Ах вон оно что... — Сьюзан смущенно умолкла. — Ну, думаю, в Нью-Йорке придется выступать одетой. Я знаю, номер немного вульгарный. С другой стороны, мы же выступаем в провинции, а здешние жители хотят видеть именно это. Перед Нью-Йорком мы доведем номер до совершенства. Брэд организует мне выступления в ночном клубе.

— Именно так, — подтвердил Дэнни. — Да, номер, конечно, весьма пикантный, но публике нравится. Вот почему я думаю, что ночной клуб будет для нас идеальной площадкой.

— Желаю удачи вам обоим, — произнес я. — Что же касается полиса...

— С ним все в порядке? — встревоженно спросила Сьюзан. — Мистер Гудьир обещал, что все будет хорошо. Разве не мило с его стороны? По-моему, он такой симпатяга. Потратил на нас столько времени...

— С полисами все в порядке, — сказал я, — но компания хочет предупредить вас об опасности, неизбежной, если вы застрахованы на миллион. Честно говоря, беспринципный человек может обернуть эту ситуацию в свою пользу.

И Сьюзан, и Дэнни озадаченно уставились на меня.

— Не понимаю, о чем вы, — призналась Сьюзан.

— Грубо говоря, — пояснил я, — вы застрахованы от случайной гибели. На миллион долларов. Если кто-то решит вас убить, вам придется несладко. И нам тоже.

— Убить ее? — переспросил Дэнни. — Как вы можете такое говорить?

— Миллион долларов — это очень много. Вам может показаться, что я лезу не в свое дело, но мне бы хотелось знать, кто получит страховку в случае вашей гибели, — обратился я к Сьюзан, игнорируя вопрос парня.

— Да никто, — ответила она, с тревогой взглянув на Дэнни. — Мистер Гудьир все нам объяснил. Разве он не рассказывал?

— Да, все это понятно, — заметил я, — но у полиса есть свои слабые места. Там написано, что, если вы погибнете по не указанной в нем причине, нам придется выплатить деньги.

— Но это невозможно, — вмешался Дэнни. — Вот почему у нас такие маленькие взносы. Мистер Гудьир сказал, что учел все общеизвестные риски.

Или передо мной была парочка первоклассных актеров, или эти ребята действительно верили в то, что говорят.

— В этом и загвоздка, — терпеливо произнес я. — Все общеизвестные риски. Но вдруг существует неучтенный нами риск? Тогда ловкий мошенник сумеет извлечь из него выгоду.

— Ох, Брэд! — воскликнула Сьюзан, вскакивая на ноги. — Он меня пугает!

ДВОЙНАЯ ПОДТАСОВКА 313

— Слушайте, мистер Хармас, — резко сказал Дэнни. — Не нужно так себя вести. Мы же не учим вас делать вашу работу. Мы доверились мистеру Гудьиру, и он убедил нас, что полис не оставляет пространства для иска. Зачем вы расстраиваете девушку?

Проведя пальцами по волосам, я беспомощно посмотрел на Хелен. Настал ее черед.

— Думаю, мы зря тратим время, — холодно произнесла Хелен. — Давайте не будем спорить, мисс Геллерт. Мы исходим из того, что вы застрахованы на миллион долларов. Допустим, произошло невозможное — не важно как. Просто допустим. Вы погибаете в результате несчастного случая, не оговоренного в страховке, и нам предъявляют иск. Кто получит деньги?

— В чем смысл этого вопроса? — спросила Сьюзан. — Никаких денег не будет. Да и быть не может. Зачем вы меня запугиваете?

— Кто получит деньги? — Хелен повысила голос.

— Я не знаю.

— Вы составили завещание?

— Нет.

— Ваши родители живы?

— Нет.

— Родственники?

— Только сестра.

— Значит, деньги получит ваша сестра?

— Наверное, да. Но я не понимаю, к чему все это. Ничего не...

— Ваша сестра работает в шоу-бизнесе? — спросил я, чтобы разговор не пошел на второй круг.

— Работала, но ушла несколько лет назад. — Сьюзан села на место. Она выглядела взволнованной и поглядывала на Дэнни в поисках поддержки. — У нас был совместный номер. А потом она вышла замуж.

— Буду признателен, если расскажете, где она живет, — продолжил я. — Понимаю, я кажусь назойливым, но в этом нет моей вины. Человек, застрахованный на миллион долларов, должен быть готов ответить на несколько вопросов.

— Да я не против, но я уже сказала вам...

— Я помню. Дадите адрес вашей сестры?

— Вы же к ней не поедете? Она не в курсе нашей затеи. Я хочу, чтобы страховка была сюрпризом.

— Нет, адрес нужен мне только для документов.

— Теперь она миссис Коррин Конн. Живет на Мертвом озере. Это в Калифорнии. В Спрингвилле.

Не выказывая удивления, я все записал, хоть и ожидал услышать южноамериканский адрес.

— Отлично. — Я вопросительно посмотрел на Хелен; та покачала головой. — Похоже, мы закончили. Теперь мы знаем, кто получит страховку, и у нас больше нет причин вас беспокоить. Спасибо, что уделили нам столько времени.

Молодые люди выжидающе смотрели на меня.

— Вы что-то недоговариваете, верно? — спросила Сьюзан. — Ваши слова про убийство... Я до смерти перепугалась.

Я усмехнулся:

— Лично мне не верится в убийство. Но сами подумайте: молодая женщина вроде вас тайно страхует жизнь на миллион долларов и платит за это мизерные взносы. Разумеется, отдел претензий косо посмотрит на такой полис. По большей части вы сами навлекли на себя это расследование. Если бы вы сообщили, что купили страховку в других компаниях, меня бы здесь не было. Но теперь я выслушал ваше объяснение и убедился, что вы приобрели полисы не против своей воли. Так что я удовлетворен. Вот, собственно, и все.

— То есть все будет в порядке? — уточнила Сьюзан. — Для нас это важно. Уверена, страховка будет отличной рекламой, а реклама нужна нам больше всего на свете.

— Почему вы оставили на всех полисах свой отпечаток, притворившись, что это вышло случайно? — неожиданно спросила Хелен.

— Нет, ты слышала? — произнес Дэнни. — Вот это подозрительность. Отпечаток тоже вас тревожит?

— Почему вы сделали вид, что отпечаток появился случайно? — повторила Хелен, не обращая внимания на Дэнни.

— Это и была случайность, — сказала Сьюзан, округлив глаза. — Я поставила кляксу на полис и влезла в нее большим пальцем. По-моему, мистеру Гудьиру это даже понравилось. Вот я и решила оставить отпечаток на остальных полисах.

— Почему вы так решили? — настаивала Хелен.

— Мистер Гудьир сказал, что теперь подлинность моей подписи не вызовет сомнений.

— Если вы так уверены, что ни по одному из этих полисов не предъявят иск, зачем сомневаться по поводу подписи? — резко спросила Хелен.

Я же тем временем внимательно смотрел на Сьюзан. На ее лице не читалось ничего, кроме замешательства.

— Я лишь повторяю его слова. Ведь я не привыкла подписывать важные бумаги — за меня это делает Брэд. Когда мистер Гудьир сказал, что оставить отпечаток — хорошая мысль, я решила, что другим компаниям это тоже понравится. А что, так делать не следовало?

Я видел, что Хелен выходит из себя.

— Ну конечно, — сказала она, — может, это и правда хорошая мысль.

Сьюзан взволнованно смотрела на нее:

— Ну извините, если я доставила вам неудобство. В тот момент мне казалось, что отпечаток выглядит мило.

— Да, очень мило, — произнесла Хелен, направляясь к двери.

Сьюзан умоляюще взглянула на меня:

— Это все, мистер Хармас? Мне нужно переодеваться. Уже поздно.

Я решил выстрелить наугад:

— Еще один вопрос, и мы пойдем. Вы, случайно, не знаете высокого, атлетично сложенного мужчину со сросшимися над переносицей бровями? Он еще носит пиджак в бело-синюю клетку.

Оба непонимающе посмотрели на меня.

— Вроде нет, — сказала Сьюзан. — Не припоминаю такого. А кто он?

— Он вас разыскивает, — произнес я, обращаясь к Дэнни. — Говорят, он уже несколько дней крутится возле вашего офиса.

Дэнни покачал головой:

— Может, какой-то актер ищет работу. По описанию я его не припоминаю. Я ведь новичок в этом деле и не знаю половины из тех, кто ко мне заходит.

— Хорошо. Не буду вас задерживать. — Я открыл дверь, пропустив вперед Хелен. — Было приятно с вами познакомиться. Удачи с выступлениями.

Мы молча проследовали по коридору и вышли на улицу.

— Ну вот и все, — сказал я, когда мы протиснулись через толпу мужчин, собравшихся у служебного входа в надежде увидеть Сьюзан. — Похоже, твоя теория о подмене личности разлетелась вдребезги. На девушке точно не было парика. Не знаю, как ты, но я остался всем доволен. Как и говорил Алан, они вполне милая парочка. Я с самого начала считал это подозрение сумасбродным. Оно могло зародиться только у тараканов в голове Мэддокса. Окажись я на месте Алана, тоже продал бы им этот полис.

— Знаешь, что я думаю? — произнесла Хелен. — Эта парочка кажется слишком уж милой.

— Вот слова настоящей женщины. Выдумала абсурдную теорию и отказываешься признать, что она не выдерживает критики.

— Пока она строила тебе глазки, — холодно произнесла Хелен, — я стащила ее зеркальце. На нем есть пара отличных отпечатков. Хочешь сравнить их с пальчиком на документе?

— Конечно хочу. Какая ты у меня умница. Я и не подумал о том, чтобы снять ее отпечатки.

Вскоре мы прибыли в гостиницу и сразу же отправились в номер. Расстегнув чемодан, я достал фотостат полиса, а Хелен вынула зеркальце, что взяла с туалетного столика Сьюзан. На стекле было несколько четких отпечатков, включая и оттиск большого пальца.

— Одолжишь мне пудру? — попросил я. Хелен протянула мне пудреницу, и я аккуратно нанес немного порошка на поверхность зеркала. — Вот этот просто отличный. Словно по заказу сделан. Давай-ка посмотрим, что тут интересного. Гляди, вот этот выступ уходит налево и раздваивается, а в центре — четко очерченный завиток. — Я поднес полис к свету и сравнил отпечаток с пальчиком чуть ниже подписи Сьюзан. — Да, одинаковые. Вот раздвоенный выступ и завиток. Ну, теперь ты довольна?

— Не совсем, Стив. Думаю, сначала нам нужно взглянуть на Коррин Конн, а уже потом везти отчет Мэддоксу.

— Спрингвилл в паре сотен миль отсюда. Зачем снова тратить время?

— Затем что мы не сможем предоставить Мэддоксу полный отчет, пока не встретимся с Коррин, Стив. Согласна, что ни Сьюзан, ни Дэнни не вызывают подозрений, но я не могу отделаться от чувства, что здесь есть какая-то загвоздка. К ним-то вопросов нет, но ты забываешь о типе в клетчатом пиджаке и о той женщине. Вспомни, что убит консьерж, и его смерть можно с легкостью связать с этими двумя. Чтобы успокоиться, мне нужно повидать Коррин. А еще я хочу взглянуть на ее мужа. Пойми, если Сьюзан погибнет, а Коррин получит деньги, то она будет делить миллион со своим мужем. Возможно, именно он стоит за всем этим фокусом — если речь вообще идет о фокусе.

Я пожал плечами:

— Ну ладно. Раз уж взялись за работу, доделаем ее до конца. Думаю, нужно позвонить Фэншоу. Пусть знает, куда мы направляемся.

ГЛАВА ПЯТАЯ

1

Спрингвилл находится в двадцати милях к востоку от горы Грейпвайн, на высоте трех с половиной тысяч футов над уровнем моря. Проехав по одной из живописнейших дорог на свете, мы добрались до места в 6:40 вечера.

Когда я остановил «бьюик» возле здоровенного бревенчатого строения с вывеской «Спрингвилл-отель», Хелен взглянула на часы:

— Неплохо. С учетом того, что мы сбивались с пути как минимум шесть раз.

— И позволь заметить, — сказал я, выбираясь из машины, — в этом не было моей вины. Не доверь я тебе карту, мы были бы здесь уже несколько часов назад.

— Надеюсь, ты помнишь, — произнесла Хелен, — что после Окленда именно ты решил свернуть влево и чуть не завез нас в болото. Допустим, я дала тебе пару неверных указаний, но, по крайней мере, мы не утопили машину.

На ступеньках отеля появился пожилой мужчина в коричневой клетчатой рубашке, рейтузах и сапогах до колен. В ширину он был едва ли не такой же, как и в высоту, с дочерна загорелой лысиной, окаймленной седыми волосами.

— Добро пожаловать в Спрингвилл, — сказал он, одобрительно окинув Хелен проницательным взглядом голубых глаз. — Я Пит Иган, хозяин этого заведения. Надеюсь, вы решили здесь остановиться.

— Если разместите нас на ночь, мы с радостью у вас погостим, — произнес я. — Это моя жена. А я — Стив Хармас. Мы здесь по работе.

— Тогда прошу внутрь, — пригласил хозяин, пожимая мне руку. — Готов поспорить, вы проголодались. От горного воздуха даже у меня разыгрывается аппетит.

Записав нас в журнал, Иган сообщил:

— Ужин будет через двадцать минут. Не желаете выпить?

— Вот только хотел спросить об этом, — сказал я. — Мы весь день провели в машине. Меня мучит такая жажда, что от нее и верблюд бы сдох.

Иган проводил нас в довольно приличный бар.

— Сейчас у нас тихо, — заметил он, готовя виски с содовой. — Низкий сезон. Пара охотников да один командировочный. Месяц назад мы были забиты под завязку. И в следующем месяце снова будет не протолкнуться.

Мы присели на барные стулья.

— Вы не знаете, как нам связаться с семейством Конн? — спросил я, когда мы обсудили то да се, отметились в уборной и выпили по второму стакану. — Они ведь здесь живут, верно?

Иган кивнул:

— Есть тут такие. У них дом на Мертвом озере, на самом отшибе. Если собираетесь к ним в гости, вам предстоит то еще путешествие. Лучше подождите три дня, если время позволяет. Конн приезжает сюда первого числа каждого месяца — забрать почту и запастись продуктами.

Я покачал головой:

— Три дня — это слишком долго. Завтра вечером мы должны быть в Лос-Анджелесе. Как до них добраться?

— Отсюда поезжайте прямо, — начал объяснять Иган, — а через пять миль будет указательный столб. Свернете налево, проедете еще три мили. Как окажетесь на развилке, поверните направо. Дорога там узкая, двум машинам не разминуться. Прямо на повороте увидите изобретение Конна — веревку с колокольчиком. Не забудьте позвонить, чтобы предупредить о своем приезде. Обычно там машин не бывает, но, если вдруг на дороге окажется Конн, кому-то придется пару миль сдавать назад. И поверьте, этим кем-то будет не Конн. — Усмехнувшись, Иган покачал головой и продолжил: — Есть еще одна дорога к озеру, но она длиннее миль на двадцать пять. Дом Конна стоит на острове. Как доберетесь до конца дороги, сразу его увидите. Там есть причал. Обычно к нему пришвартована лодка. Сможете переплыть на остров. Но если лодки не будет, звоните в колокольчик, и Конн вас заберет. Добраться туда непросто, но вот что я вам скажу: то место — одно из красивейших на свете.

— Чем Конн зарабатывает на жизнь? — вскользь поинтересовалась Хелен.

— Честно говоря, не знаю, — ответил Иган. — На острове есть норковая ферма, но я слышал, что денег она не приносит. Какое-то время назад почти все норки передохли. Думаю, Конн с женой — люди небогатые.

— До замужества миссис Конн работала в шоу-бизнесе, верно? — уточнил я, потянувшись за стаканом. — Странно, что после огней рампы она решила поселиться у черта на куличках.

— Ага. Я тоже об этом думал. Причем она очень привлекательная девушка. Но, похоже, вполне счастлива. Заметьте, лично я не хотел бы месяц за месяцем проводить наедине с Джеком Конном. Он человек несговорчивый, да и нрав у него крутой.

— Чем он занимался до переезда на остров?

Иган покачал головой:

— Не знаю. О нем никто ничего не знает. Приезжая сюда, Конн держит рот на замке. И он не из тех, кому стоит докучать вопросами. Конн поселился на Мертвом озере с полгода назад. Тогда и организовал свою ферму. Я даже не знал, что он там живет, пока где-то месяц спустя он не зашел за спиртным. Недель через шесть приехала миссис Конн. Милая девушка. Мы с ней неплохо ладим, но от Конна я предпочитаю держаться подальше — слишком уж он драчливый.

— А как с ним уживается миссис Конн? — спросила Хелен.

Иган пожал плечами:

— Не знаю. Никогда не видел их вместе. Они приезжают сюда по очереди.

— На днях мне довелось встретиться с ее сестрой, Сьюзан Геллерт, — сказал я. — Мы видели ее выступление в Виллингтоне. Она сюда не заглядывала?

— Было дело, — припомнил Иган. — Один раз, примерно через месяц после приезда миссис Конн. Похожи как две капли воды, верно? Никогда такого не видел. Она приехала сюда вместе с Конном. Он ее встречал. Сперва я подумал, что миссис Конн перекрасилась в блондинку. Тоже милая девушка. Насколько я понял, она танцовщица.

— У нее танец со змеей, — сказал я. — С коброй. Должен сказать, производит впечатление. Она такое вытворяла, что у меня до сих пор кровь стынет от ужаса.

— Конн держит змей у себя на ферме. Очень ловко с ними управляется. Однажды я видел, как он голыми руками одолел гремучую змею. Он быстрый, как молния. Ловит их живьем.

— Что он с ними делает? — спросила Хелен.

— Продает на консервный завод в Форт-Орде. Некоторые считают мясо гремучей змеи деликатесом, хотя лично мне оно не нравится. Конн ловит змей каждый день. Ему десяток поймать — раз плюнуть. Наверное, знает, где они гнездятся.

Я решил, что Джек Конн вряд ли мне понравится.

— А теперь прошу меня извинить. — Иган бросил взгляд на часы, висящие над барной стойкой. — Нужно проверить, что там с ужином. Повар у меня хороший, но лодырь еще тот. Приходится стоять над ним, иначе работать не заставишь. Как насчет стейка с кровью? У нас неплохие. Если вы, конечно, такие любите.

Мы сказали, что стейки — это замечательно.

— Плеснуть вам еще глоток, пока я не ушел?

— Спасибо. А тебе, Хелен?

Она покачала головой:

— Мне хватит.

Приготовив очередной виски с содовой, Иган удалился, и мы остались одни. Забрав стаканы, мы перешли к эркеру, выходящему на еловый лес. Вдали, над Мертвым озером, виднелась заснеженная горная вершина.

— Ну, что думаешь? — спросил я, усаживаясь в плетеное кресло. — Пока что я не вижу повода для опасений.

— Давай сначала посмотрим на Коннов, — сказала Хелен. — Не уверена, что я буду в восторге от главы семейства.

— Дом у них неприступный. И застать их врасплох точно не получится. И я вот думаю: вдруг это неспроста?

Внезапно Хелен устремила взгляд в сторону, и ее лицо напряглось. Я посмотрел туда же.

В бар вошел мужчина в том самом пиджаке — в сине-белую клетку. Оглядев комнату, он скользнул по нам взглядом, не узнал нас — или же не подал виду — и направился к барной стойке.

Мы сидели как две восковые куклы, не сводя с него глаз. Клетчатый нетерпеливо постучал по прилавку, дождался, пока появится Иган, и отрывисто бросил:

— Две пачки «Лаки Страйк».

Иган дал ему сигареты, забрал деньги и предложил выпить.

— Пожалуй, откажусь, — сказал мужчина.
— Ужин будет через пять минут, — сообщил Иган.
— Пусть принесут в номер. Мне нужно поработать, — произнес клетчатый.

Он задержался, чтобы сорвать обертку с пачки и вынуть сигарету, после чего развернулся и вышел из бара так же бесшумно, как вошел.

2

Выскользнув из кресла, я подскочил к стойке — как раз когда Иган собирался вернуться на кухню.

— Мистер Иган.

Он обернулся:

— Просто Пит. Формальности ни к чему. Еще виски?
— Не сейчас. Я видел этого парня раньше. Не знаете, кто он?
— Мистер Хоффман? Конечно знаю. Он здесь в третий или четвертый раз. Работает в кинобизнесе.
— Должно быть, я видел его в Голливуде. Он в отпуске?
— Нет, — сказал Иган. — В командировке. Говорит, что здесь хотят снять фильм, а он выбирает места для съемок. Все время разъезжает по округе. Как по мне — неплохая работа.

— Наверное, — согласился я. — Он ездил к Конну?

— Само собой. Спросил меня об острове еще в свой первый приезд. Вот бы Хоффман выбрал его для съемок. Голливудские ребята неплохо платят, а деньги Конну не помешают.

— Как и любому из нас, — добавил я. — Так что насчет стейков? Я такой голодный, что быка бы проглотил.

— Три минуты. Если потрудитесь пройти в ресторан, успеете к моменту подачи. В эту дверь и до конца коридора.

Я подал знак Хелен, она подошла ко мне, и мы вместе отправились в ресторан.

— Его зовут Хоффман, — сообщил я. — Он работает в кинобизнесе. По крайней мере, так он сказал.

— Думаешь, он следит за нами? Или оказался здесь случайно?

— Сомневаюсь, что следит, — произнес я, когда мы уселись возле зажженного камина. Вечером в горах было холодно, и огонь пришелся очень кстати. — Знай он, что мы здесь, не стал бы показываться нам на глаза. Но мне не верится, что его приезд — простое совпадение.

— Никакого совпадения, — твердо сказала Хелен. — Он здесь, потому что замешан в этом деле. И теперь он главный подозреваемый в убийстве консьержа. Хоффман или следит за нами, или как-то связан с Конном. Не думаешь, что Конн нанял его шпионить за Дэнни?

— А это мысль. Возможно, он работает на Конна.

Появился негр в белом пиджаке; он толкал перед собой стол на колесиках. К стейкам полагался зеленый салат, жареная картошка и молодой горошек. Как только негр удалился, мы приступили к еде, и Хелен сказала:

— У него должна быть машина, Стив. Давай-ка осмотрим ее, взглянем на права и проверим регистрационный номер.

— Я этим займусь.

Покончив с ужином, я спросил у хозяина, куда можно поставить «бьюик».

— На заднем дворе есть несколько гаражей, — сообщил Иган. — Давайте ключ. Сэм все сделает.

— Ничего, я сам поставлю. Мы думали прогуляться перед сном.

— Там холодно, — предупредил Иган.

— Мы ребята крепкие, — уверил его я и, взяв Хелен под руку, спустился к машине. За отелем мы обнаружили десять гаражей, один из которых был заперт.

— Должно быть, его авто здесь, — сказал я, поставив «бьюик» в свободный гараж. — Давай-ка проверим.

Хелен отправилась караулить въезд во двор, а я тем временем отомкнул нужную дверь, вошел внутрь, закрылся и включил свет.

Передо мной стоял запыленный, покрытый грязью «плимут». Было заметно, что его нещадно эксплуатируют, но не особенно любят.

Я записал регистрационный номер, открыл водительскую дверь и прочитал надпись на правах: «Бернард Хоффман. Уилтшир-роуд, 55, Лос-Анджелес».

Списав адрес, я открыл бардачок: там лежал мощный бинокль и полицейский револьвер 38-го калибра. Взяв пистолет в руки, я понюхал его, откинул барабан и проверил ствол. Тот был покрыт тонким слоем пыли. Ясно, что из револьвера давно не стреляли. Я положил его на место, обыскал карманы в дверцах, но не нашел ничего интересного.

Через пару минут я вернулся к Хелен. Мы прогулялись вокруг отеля, и я рассказал ей о своих находках.

— Судя по биноклю, он шпионит за Коннами, — предположил я. — Пожалуй, работает против обоих — и Конна, и Дэнни. Как думаешь, стоит его разговорить?

Хелен покачала головой:

— Это нам ничего не даст. Если он виновен в убийстве консьержа, то вряд ли что-то расскажет.

— Интересно, узнал ли он меня. Скорее всего, да, но не показал виду. Может, поэтому он и решил ужинать у себя в номере. Не хочет с нами пересекаться. Вот бы узнать, зачем он сюда приехал.

— Пойдем спать, — зевнув, сказала Хелен. — Дорога меня совершенно вымотала. К тому же здесь холодно. Теперь у нас есть адрес Хоффмана. Пробьем его, когда вернемся в Лос-Анджелес. С утра первым делом поедем к Конну. Если повезет, послезавтра будем дома.

— Договорились. Меня тоже клонит в сон.

Мы направились к гостинице. Хелен поднялась наверх. Посмотрев ей вслед, я отправился в бар, где с удивлением обнаружил, что у камина сидит Хоффман. Он потягивал виски и не поднял взгляда, когда я вошел.

Пит Иган протирал стаканы за стойкой. Он кивнул мне:

— Недолго вы гуляли. Готов поспорить, для вас там холодновато.

— Даже слишком, — сказал я, потирая руки. — Мне бы скотча. Спасибо за стейки. Они в точности соответствовали вашему описанию.

— Мой бездельник-повар умеет готовить. Конечно, при желании, — заметил Иган, наливая мне стакан скотча. — Рад, что вам понравилось. Миссис Хармас уже улеглась?

— Ага. Устала. — Глянув на Хоффмана, я заметил, что теперь он не сводит с меня глаз. — Добрый вечер, — сказал я, обращаясь к нему. — Мы знакомы?

Он смерил меня недобрым взглядом:

— Может, и так.

— Хочу побеседовать с этим парнем, — тихонько сказал я Питу. — Прошу прощения. — Забрав свой стакан, я подошел к камину. — Не против, если я составлю вам компанию?

Хоффман жестко взглянул на меня. Глаза у него были угольно-черные.

— Как вам угодно.

Придвинув кресло, я уселся.

— Неплохой у вас удар, — сказал я, дотронувшись до синяка на подбородке.

Он отвел взгляд:

— Да, при необходимости я могу и стукнуть.

— Говорят, вы работаете в кинобизнесе, — продолжал я. — Я из страховой компании. Но, думаю, вам это известно.

Хоффман промолчал.

— Ну что, нашли Дэнни? — спросил я, выдержав долгую паузу.

— Дэнни меня не интересует, — коротко ответил он.

— Разве не вы вломились в его офис? У меня сложилось впечатление, что вы как раз вышли из того здания на Четвертой улице. Мы еще столкнулись с вами в китайском ресторане.

Секунд пять он глазел на меня, а потом принял какое-то решение и расслабился. На его жестком лице мелькнула презрительная ухмылка.

— А вы умник, да? — сказал он, понизив голос, чтобы Иган его не слышал. — Ладно. Может, мы с вами договоримся. Как насчет подняться ко мне в номер и побеседовать?

— О чем?

— О всяком. — Он встал. — Пойдем?

Кивнув, я допил виски и выбрался из кресла. Хоффман вышел из бара. Пожелав Питу спокойной ночи, я последовал за ним. Пит проводил нас заинтригованным взглядом.

Мы поднялись на второй этаж, и Хоффман открыл дверь своего номера. Комната была поменьше нашей.

Внутри было прохладно. Затворив дверь, он кивнул на единственное кресло, а сам присел на край кровати.

— Сожалею о том ударе, — сказал Хоффман. Однако виноватым он не выглядел. — Вы вроде как пытались меня прижать. А я не из тех, на кого стоит давить.

Взяв сигарету, я предложил ему пачку и закурил сам.

— Какую роль вы играете в этом деле? — спросил я.

— Роль наемного работника. — Достав бумажник, Хоффман вынул из него засаленную визитку и протянул ее мне. Там говорилось: «Бернард Хоффман, частный детектив. Уилтшир-роуд, 55, Лос-Анджелес».

— Театр одного актера, — произнес он со своей презрительной ухмылочкой. — Пустяк по сравнению с вашим бизнесом. Но иногда мне перепадает доллар-другой.

— Разрешите взглянуть на ваши бумаги? — удивленно попросил я. Надо же, частный шпик.

Хоффман протянул мне лицензию. В полном порядке и не просрочена. Я вернул ее Хоффману.

— На кого вы работаете?

— На Микки-Мауса. — Он усмехнулся. — Какое вам дело, на кого я работаю? Давайте так: говорить буду я. Как вижу, мы с вами ведем одно и то же дело. Это ваша компания выдала один из полисов, что хранятся у Дэнни?

Я кивнул. Значит, он все же побывал в том офисе.

— И такая ситуация вам не нравится, верно? — спросил он.

— Ну, не совсем. Причин для беспокойства нет, но мы хотим все проверить. Пока не нашли ничего подозрительного. А вам-то зачем эти страховки?

— Я не могу отвечать на вопросы, — сказал он. — Вынужден помалкивать. Но если поделитесь информацией, я расскажу вам все, что сумею разузнать. Как вам такое?

Я изучающе посмотрел на Хоффмана. Он мне не нравился. Была в нем какая-то изворотливость. В Лос-Анджелесе полно частных шпиков, которые сначала собирают информацию, а потом шантажируют своих клиентов. Я решил, что Хоффман из таких. Наверняка сказать я не мог, но мне не нравилось презрение в его взгляде и плотно сжатые губы.

— Что вы хотите знать?

— Эта Геллерт действительно застраховала жизнь на миллион баксов?

Я кивнул.

— Агент, продавший ей полис, кто он?

— А это вам зачем?

Поерзав, он посмотрел на свою сигарету и перевел взгляд на меня:

— Не задавайте вопросов. Это бессмысленно. Итак, кто продал страховку?

— Продавцов было десять. Девушка купила десять полисов в разных компаниях. Я не могу назвать вам все имена.

— Кого вы представляете?

— «Нэшнл фиделити».

— А та девушка, что с вами?

— «Дженерал лайэбилити».

— Как зовут продавцов, оформивших продажу от имени ваших компаний?

— Алан Гудьир и Джек Макфадден.

Набрав полные легкие дыма, Хоффман выдул тонкую струйку в потолок:

— Кто все начал? Гудьир?

— Гудьир продал первый полис, если вы об этом.

Задумавшись, Хоффман стал грызть ноготь.

— Я взглянул на эти бумаги, — наконец произнес он. — Они совершенно одинаковые. Думаю, купив полис у вас, девушке было несложно застраховаться и в остальных компаниях. Верно?

— Более или менее.

— Каким образом такая девушка, как Сьюзан Геллерт, смогла позволить себе страховку на миллион долларов?

— Мы рассчитали ей особые взносы. Этот полис — только для рекламы. Если с ней случится несчастье, нам не смогут предъявить иск.

— Примерно так я и думал. У меня не было времени вчитываться в документы. Тот список причин смерти — он указан для уменьшения взносов, так?

Я ответил утвердительно.

— Вам не кажется, что эта ситуация смахивает на мошенничество?

— А вам кажется?

Он ухмыльнулся, и я понял: ему что-то известно.

— Откуда мне знать? Вы, страховщики, вроде неглупые ребята. Это вы должны все знать. Вашей компании уже доводилось продавать такие страховки?

— Нет. Но это ни о чем не говорит.

— Почему вы решили, что здесь замешаны Конны?

— А они замешаны?

Прежде чем ответить, Хоффман потер мясистый нос.

— Вполне может быть. К этому парню, Конну, следует присмотреться. Вы его видели?

— Поеду к нему завтра.

— Ну, присмотритесь. Бьюсь об заклад, он мужик с прошлым. Но неглупый. Я здесь уже в третий раз и до сих пор ничего о нем не знаю. Слежу за ним через бинокль. С тем же успехом мог бы сидеть дома.

— Что насчет Коррин?

Он покачал головой:

— Она тут ни при чем. За всем этим стоит Конн.

— За всем этим? За чем конкретно?

Хоффман скривил губы в очередной загадочной ухмылке:

— Может, если побудете здесь подольше, сами все узнаете. Мне приказано молчать. Зачем на полисах отпечаток пальца? Это была мысль девушки или Гудьира?

— Девушки.

Он кивнул:

— Так я и думал. Этот Конн — совсем не дурак.

— Если выложите карты на стол, сэкономите нам массу времени и сил, — сказал я. — На кого вы работаете?

Хоффман покачал головой:

— Ничего не выйдет. На кон поставлена куча денег, и у меня нет права на ошибку. Ну, спасибо за информацию. Если нарою что-нибудь полезное, обязательно сообщу.

— Очень мило с вашей стороны, — сказал я, не двигаясь с места. — Я же могу сообщить вам кое-что прямо сейчас. Помните Мейсона? Консьержа из того здания, где находится офис Дэнни?

Хоффман быстро глянул на меня:

— А что с ним?

— Позапрошлой ночью его убили.

Реакция Хоффмана была поразительной. Он отпрянул, словно я ударил его в нос. Лицо его приобрело цвет колесной мази.

— Убили? — хрипло повторил он.

— Ага. Ножом. Вы что, не читаете газеты?

— А мне какое дело? — Он сжал кулаки. — Зачем вы мне это рассказываете?

— Той ночью вы были в здании, и Мейсон вас услышал. Он пошел посмотреть, что происходит, и вы его зарезали.

— Ложь! — Свирепо глядя на меня, Хоффман подался вперед. — Вы тоже там были. Вдруг это вы воткнули в него нож? — На его лице выступил пот. В глазах появился испуг.

— По-моему, из нас двоих вы больше похожи на убийцу, — заметил я. — И копы тоже так решат.

Он сунул руку в карман пиджака. В поле зрения появился пистолет.

Хоффман взял меня на мушку.

— Та женщина, что была с вами, кто она? — спросил я. — Ваш богатенький наниматель?

— Убирайтесь! — Хоффман распахнул дверь.

Казалось, он вот-вот всадит в меня пулю, не дожидаясь особого приглашения. Шагнув мимо него, я вышел в коридор.

— Вряд ли вы сможете долго ее покрывать, — сказал я. — Вы угодили в нехорошую историю. Очнитесь! В одиночку у вас нет ни единого шанса. Дайте мне имя, расскажите, что знаете, и я вас прикрою. Если за человеком стоит наша компания, копы начинают вести себя очень осторожно. Так что не валяйте дурака. Говорите, и я сделаю все, что в моих силах.

Хоффман пристально смотрел на меня. Я видел, что в нем сражаются страх и жадность. Жадность, как всегда, одержала верх.

— Идите к черту! — прорычал он и захлопнул дверь у меня перед носом.

На следующее утро, одеваясь, я сообщил Хелен о ночном разговоре с Хоффманом. Когда я вернулся, она крепко спала, и у меня не хватило храбрости ее будить.

Она сидела в постели, широко раскрыв глаза, и с тревогой смотрела на меня, пока я рассказывал ей о том, что узнал от Хоффмана.

— Я уверен, что он не убивал Мейсона, — закончил я, надевая пиджак. — А если убийца не Хоффман, то все указывает на таинственную женщину. Таким образом, я прихожу к выводу, что она наняла детектива, чтобы проникнуть в офис Дэнни. Пока Хоффман изображал попытку взлома на третьем этаже, чтобы скрыть настоящую причину проникновения, женщина изучала полисы Геллерт. Должно быть, Мейсон услышал шум. Думаю, он столкнулся с женщиной, когда та уходила. И она его зарезала. Вот почему Хоффман был так потрясен, узнав о смерти консьержа. Наверное, понял, что эта женщина опасна. Возможно, собирается ее шантажировать. Как тебе такая версия?

Хелен не сводила с меня восхищенного взгляда.

— Не стоит ли нам разговорить Хоффмана? — спросила она по пути в ванную.

— Об этом-то я и думаю. Наверное, нужно было взять его в оборот еще вчера. Но когда мне угрожают пушкой, я в разговорах не силен. После завтрака попробую подступиться к нему еще раз.

Но за завтраком Пит Иган сообщил нам, что Хоффман уехал.

— Должно быть, ночью, — добавил он, ставя на стол огромную тарелку с яичницей и жаренной на углях ветчиной. — По-моему, я слышал шум автомобиля. Покинул нас в такой спешке, что забыл расплатиться.

— Что будете делать? Обратитесь к шерифу? — спросила Хелен.

Иган покачал головой:

— Вряд ли. Хоффман уже бывал здесь. Дела у нас идут так себе. Негоже натравливать шерифа на клиентов.

И он с озабоченным видом удалился.

— Ну вот, нашего шанса как не бывало, — раздраженно сказала Хелен. — Нельзя было выпускать этого парня из виду.

— Забудь, — посоветовал я. — Мы знаем, где его искать. Далеко он не убежит. Как вернемся в Лос-Анджелес, я им займусь.

После завтрака мы выдвинулись в сторону Мертвого озера, следуя указаниям хозяина отеля. У первого указательного столба мы свернули налево. Дорога была ужасная: три мили тряски, а по обеим сторонам — непролазные заросли. Наконец мы добрались до развилки, о которой говорил Иган, и увидели грубо сооруженный знак: «Частная дорога. Одна полоса. Звоните в колокольчик».

— Будешь звонить? — спросила Хелен.

— Ни в коем случае. Зачем раскрывать свои планы? Рискнём поехать так. Надеюсь, ни во что не врежемся.

И мы двинулись дальше. Дорога была узкой, и растущие по обочинам кусты непрерывно хлестали по машине. Примерно через милю дорога стала шире, а еще через пару миль впереди блеснула водная гладь.

— Похоже, приехали, — сказал я, замедляя ход. — Давай-ка не будем высовываться. Сперва осмотримся.

Оставив машину за деревьями, мы вернулись к началу дороги. Перед нами раскинулось огромное, в пару миль шириной, озеро, мерцающее в лучах утреннего солнца. В четверти мили от нас был островок, поросший огромными елями.

— Ах, какое место! — воскликнула Хелен. — Ну разве не прелесть?

— Ага. Еще и неприступное, словно крепость.

Понаблюдав за островом минут десять, мы не заметили признаков жизни. Лишь лодка с подвесным мотором покачивалась у маленького причала.

— К тому же скрытое от любопытных глаз, — заметил я, закуривая сигарету. — Посмотрим, есть ли лодка с этой стороны.

Лодка-то была, но вот мотора у нее не было.

— Придется тебе грести, — ехидно сказала Хелен. — Хоть растрясешь тот чудовищный завтрак, что слопал в гостинице.

Помрачнев, я снял пиджак и закатал рукава рубашки, после чего столкнул лодку в воду, забрался в нее, и мы пустились в долгий заплыв по озеру.

— Представь, что он сидит там с ружьем и прицеливается. Мы с тобой, должно быть, соблазнительная мишень, — сказал я, вытирая пот с лица.

— Было бы просто замечательно, — едко заметила Хелен, — если бы ты держал свои ужасные фантазии при себе. Я наслаждаюсь прогулкой.

— Приятно, что наша прогулка хоть кому-то нравится. Потому что я от нее не в восторге.

Через полчаса я подгреб к острову. Когда нос лодки ударился о причал, пот лил с меня ручьем. Пока Хелен привязывала лодку, я сидел, пытаясь отдышаться.

— Что действительно меня радует, — сказал я, выбираясь на причал, — так это перспектива грести обратно. Солнце будет жарить в три раза сильнее.

— Подумай, на сколько ты похудеешь, — произнесла Хелен без тени сострадания.

От озера в чащу вела тропинка. Ярдов через пятьдесят мы вышли на открытое место и увидели небольшую бревенчатую хижину, а по соседству с ней — дряхлые хозяйственные постройки. На широкой веранде стояли шезлонги и деревянный стол. Все выглядело очень грубо и просто.

— Слава богу, здесь не держат злых собак. Я все время боялась, что меня покусают, — призналась Хелен.

— Зачем им собаки? Ты же помнишь, у них тут гремучие змеи.

Я внимательно осмотрел хижину. Входная дверь и окна были открыты. Из комнаты доносился звук радио. Передавали свинг.

— Для норковой фермы здесь маловато норок, — сказал я. — В любом случае дома кто-то есть. Давай зайдем в гости.

Не успели мы подняться по ступеням, ведущим на веранду, как в дверях появилась девушка. После разговоров с Питом и Мосси Филипсом я был готов к необычайному сходству, и девушка действительно была почти точной копией Сьюзан — за исключением пары различий. Ее лицо было чуть круглее, а зубы слегка выдавались вперед, отчего казалось, что она надула губки. Шелковистые волосы были черными, а телосложение, как мне показалось, — более плотным, чем у Сьюзан. Кроме того, она была очень загорелой.

Из одежды на девушке был красный топ и видавшие виды белые шорты. Открытое взгляду тело — то есть все, что разрешается видеть мужскому глазу, — было бронзового цвета.

Девушка посмотрела на Хелен и перевела взгляд на меня.

— А вы еще откуда? — с улыбкой спросила она. — Только не говорите, что приплыли сюда на веслах по такой-то жаре.

— Как видите, приплыли, — ответил я, вытирая лицо. — Грести и правда было жарковато. Надеюсь, вы не против, что мы заявились без приглашения. Пит Иган из «Спрингвилл-отеля» рассказал нам про ваших норок. А у жены пунктик на норковом манто. Вот я и решил, что ей не помешало бы посмотреть на живых зверьков. Вдруг это подействует, и она перестанет просить шубу. Вас не слишком бы затруднило показать их ей?

Коррин Конн вышла на веранду. К моему удивлению, она была искренне рада нас видеть.

— Вы приплыли сюда, чтобы посмотреть наших норок? — спросила она. — Вот бедняги! Эти бестии передохли сто лет назад.

— Неужели? Иган сказал...

— Джек был вне себя от бешенства, — рассмеялась девушка, — и решил сохранить это в тайне. Тем более что в их смерти виноват только он сам. Но вы присаживайтесь. Наверное, хотите пить. Не желаете кофе со льдом?

— Было бы здорово. — Хелен подала голос впервые за весь разговор. — Мы точно не причиняем вам неудобств?

— Да какие там неудобства. Если бы вы жили здесь и месяцами не видели ни одной живой души, то не стали бы спрашивать. Подождите минутку.

Развернувшись, она исчезла в хижине.

ДВОЙНАЯ ПОДТАСОВКА

— Сдаюсь, — тихо сказал я. — Куда бы мы ни направились, везде натыкаемся на непроходимую стену. Как тебе эта девушка?

Хелен слегка повела плечами:

— Подозрений не вызывает. Удивительно, что она рада нас видеть.

— Интересно, где Конн. Если и он будет нам рад, здесь больше нечего ловить.

Коррин Конн вернулась с подносом, на котором стояли три высоких стакана с холодным кофе.

— Наверное, нам стоит представиться, — сказал я. — Это моя жена, Хелен. Я — Стив Хармас. Мы в отпуске и впервые приехали в Спрингвилл.

— А я — Коррин Конн, — произнесла девушка. — Мой муж где-то бродит. Наверное, ловит змей.

— Змей? — переспросила Хелен. — А, ну да. Ведь Сьюзан Геллерт — ваша сестра, верно? Позавчера вечером мы видели ее выступление в Виллингтоне. Какое странное совпадение.

Я быстро взглянул на Коррин, чтобы не упустить ее реакцию. На лице девушки не отразилось ничего, кроме приятного удивления.

— Вы что, действительно видели Сьюзи? И правда, вот так совпадение. До замужества я сама работала в шоу-бизнесе. — Коррин села рядом со мной. — Иногда я думаю, что мне пора бы проверить голову. Смотрите, на что я променяла сцену. Как вам номер Сьюзи?

— Немного вызывающий, — сказал я. — И от той кобры мне сделалось не по себе.

Коррин рассмеялась:

— Вы про Беллариуса? Он и мухи не обидит. Прежде чем передать змею в руки Сьюзи, Джек удалил ей ядовитые железы. Самое смешное, сестра до сих пор думает, что змея опасна.

— Ну, менеджер театра считает так же, — заметил я. — Ее осматривал специалист.

— Знаю. Это тоже Джек устроил. Сьюзи слишком честная и дорожит своей репутацией. Думает, что, если обезвредить змею, публика почувствует себя обманутой. Поэтому мы не стали ничего ей говорить. Если бы Джек не поколдовал над Беллариусом, эта дурочка давно бы погибла. Может, и не стоило вам рассказывать. Это профессиональный секрет. Если случится снова встретить Сьюзи, бога ради, не проболтайтесь.

— Не проболтаемся, — рассмеялся я.

— Вы так похожи, прямо оторопь берет, — сказала Хелен, рассматривая Коррин.

— Все так говорят, когда видят нас вместе. До моего замужества у нас был неплохой номер. Я пытаюсь убедить Джека бросить этот остров и вернуться к благам цивилизации. Мы с сестрой могли бы снова выступать вместе. Эта ее змея — уже вчерашний день. С таким номером у Сьюзи нет будущего. Бедняжка думает, что ее ждут в Нью-Йорке. Я пыталась вернуть ее на землю, но без толку. — Коррин посмотрела нам за спину. — А вот и Джек.

Мы резко обернулись. По тропинке шел невысокий коренастый мужчина в грязной белой майке и парусиновых брюках, заправленных в высокие ботинки. С его плеча свисал мешок.

Мужчине было года тридцать три, тридцать четыре, но он уже начал лысеть. Лицо его было круглым, мясистым и загорелым, а глубоко посаженные глаза — холодными и безразличными.

Он поднялся на веранду, опустил мешок на пол и остановился, сверля нас взглядом.

— Джек, это мистер и миссис Хармас. Приехали взглянуть на твоих норок, — сказала Коррин. — По совету Пита Игана.

Холодные глазки изучающе обшаривали нас.

— Опоздали. — Голос у него оказался неожиданно мягким. — Нет у меня больше норок. Передохли. Вы на веслах добирались?

— Верно, — ответил я. — Я думал позвонить в колокольчик, но решил вас не тревожить.

Конн кивнул. Его лицо совершенно ничего не выражало. Я не мог догадаться, о чем он думает, но по его позе, по наклону головы я видел — стоящий передо мной человек опасен.

— Коррин покажет вам остров, — сказал он, поднимая мешок. — Минут через пятнадцать я поплыву на тот берег, на моторке. Могу взять вас с собой. — Он направился к двери хижины.

— Джек, они же только что приехали. Может, мы все вместе пообедаем? — спросила Коррин.

Конн остановился и взглянул на нее. На мгновение его пустые глаза ожили. В них загорелся желтоватый огонь.

— Я заберу их с собой, — повторил он и ушел в хижину.

Повисла неловкая пауза. Наконец Коррин наигранно рассмеялась.

— Вы уж простите Джека, — сказала она. — Гостей он не любит. Слишком долго жил один и отвык от хороших манер.

— Ничего страшного, — успокоила ее Хелен. — Стив будет рад вернуться на моторке. Он не очень-то хотел снова садиться на весла в такую жару.

— Ну, пойдем. Покажу вам остров, — пригласила Коррин. — Смотреть тут не на что, но вдруг вам будет интересно.

Спустившись по ступеням, мы вышли под палящее солнце. Коррин сказала правду: смотреть было не на что. Остров оказался гораздо меньше, чем я думал. За хижиной стояли пустые проволочные клетки для норок, штук пятнадцать-шестнадцать. Едва ли их было достаточно, чтобы ферма приносила прибыль, подумал я.

— Расходов на них было много, а толку ноль, — грустно заметила Коррин. — Джек неплохо зарабатывает на ловле змей. Не думаю, что он вернется к разведению норок.

Мы подошли к моторке. Вскоре к нам присоединился Конн. Не говоря ни слова, он забрался в лодку.

— Что ж, до свидания, — сказала Коррин. — Жаль, что вы уезжаете так быстро. Будете в наших краях — заглядывайте снова.

Хелен обменялась с ней рукопожатием, а я взял сигарету и протянул портсигар Коррин.

— Ой, спасибо. — Она потянулась за сигаретой.

Разжав пальцы, я выронил портсигар, и девушке пришлось подхватить его.

— Извините, — сказал я. — Вот ведь незадача.

— Я сама виновата, — улыбнулась Коррин. Взяв сигарету, она закрыла портсигар и вернула его мне.

Что ж, по крайней мере, время потрачено не впустую. Теперь у меня есть ее отпечатки.

Только я собрался сесть в лодку, как услышал звук, заставивший меня обернуться. В хижине кто-то приглушенно вскрикнул, а легкий ветерок донес этот звук до берега.

— Что это? — резко спросил я.

Конн тоже заметно напрягся. Он уставился на меня, на его губах появилась натянутая ухмылочка. Я быстро глянул на Коррин. Девушка улыбалась.

— Испугались? — спросила она. — Это мой попугай. Забыла вам его показать. По ночам слушать его особенно страшно — словно кого-то убивают. Правда похоже?

— Да, — согласился я. По спине у меня пробежал холодок. — Еще как.

— Забирайтесь. — В мягком голосе Конна появилась стальная нотка.

Заведя мотор с двух рывков, он дождался, пока мы с Хелен не уселись в лодку, и отчалил.

Стоя на берегу, Коррин махала нам вслед.

— Отличное у вас место, — сказал я, обращаясь к Конну.

Он даже не посмотрел на меня.

— Должно быть, вашей жене тут одиноко, — продолжал я, пытаясь его разговорить.

Вместо ответа он полностью открыл дроссельную заслонку, и мотор заревел так, что беседовать стало невозможно.

Лодка неслась по водной глади, оставляя за собой широкий пенный след. Не прошло и десяти минут, как мы оказались у причала. Все это время Конн смотрел вперед, не обращая на нас никакого внимания.

В нескольких ярдах от берега он заглушил мотор. По инерции лодка подплыла к причалу.

— Мне нужно плыть дальше, — сказал он. — Высажу вас здесь.

Выбравшись из лодки, мы встали на берегу.

— Если приедете сюда снова, — продолжал Конн, смерив нас взглядом, — звоните в колокольчик. Для того он и придуман. Здесь полно браконьеров. А я из тех, кто сначала стреляет, а потом приносит извинения.

Мы проводили лодку взглядом. Конн ни разу не обернулся.

— Да уж, не самый приятный тип, — сказал я.

— Жуткий, — произнесла Хелен. — У меня от него мурашки по коже.

Вернувшись к машине, мы уселись в салон.

— Теперь у меня есть отпечатки Коррин, — сообщил я, вынимая из кармана портсигар. — Если дашь мне пудреницу, проверю их прямо сейчас.

Через минуту, повозившись с пудрой и тщательно изучив отпечатки, оставленные Коррин на блестящей поверхности портсигара, я убедился, что оттиск на полисах принадлежит не ей.

— Значит, к этой девушке вопросов нет. — Я показал отпечаток супруге. — И после всей беготни мы не продвинулись ни на шаг. — Закурив, я продолжил: — Как считаешь, тот вопль похож на крик попугая?

— Не знаю. — Казалось, Хелен была встревожена. — Может быть. Он меня напугал. Странно, что девушка показала нам остров, но не пригласила в дом.

— Ну, некоторые не очень-то гордятся своим бытом. Честно сказать, взглянув на попугая, я бы чувствовал себя спокойнее. На мгновение мне показалось, что кричала женщина.

Я завел двигатель. Хелен придвинулась ко мне, и я добавил:

— Жаль, что у меня нет отпечатков Конна. Хоффман прав. Похоже, этот парень побывал за решеткой. Но, думаю, он не повелся бы на фокус с портсигаром. Странно, что Коррин на него купилась.

— Может, она сама хотела, чтобы у нас оказались ее отпечатки, — задумчиво произнесла Хелен, в то время как я медленно ехал по узкой дороге. — Если вдуматься, мы добрались до острова без проблем, верно? Если Конн не рад гостям, почему нас ждала лодка? У него же есть моторка. С чего бы ему оставлять лодку на другом берегу озера?

— Решила снова все усложнить? Говоришь, Коррин хотела, чтобы у нас появились ее отпечатки. Но зачем?

— Вот смотри. О чем мы сейчас думаем? Правильно. Задаемся вопросом, не зря ли мы устроили переполох на ровном месте. А если они мошенники, то хотят, чтобы мы думали именно так.

— Верно. В этом что-то есть.

— Я все еще считаю, что готовится какой-то трюк, — продолжала Хелен. — Следите за руками: фокусник тасует колоду раз-другой — и вот из рукава появляется туз. Мне кажется, мы видим только то, что нам хотят показать. Думаю, пора и нам проявить изобретательность, Стив. Иначе мы ничего не выясним, а девушку убьют.

Я глянул на Хелен:

— Считаешь, ее планируют убить?

— Как вспомню этого Конна, меня в дрожь бросает. Он способен на что угодно. Думаю, Сьюзан в опасности. Все они ведут себя так открыто. Так охотно заявляют, что иска не будет. Строят такие невинные глазки. И так рады нас видеть, что мне все это не нравится. Не могу отделаться от мысли, что какой-то ловкач убьет девушку способом, который мы не учли, и получит миллион долларов. Не могу выкинуть из головы Конна с его звериным взглядом. У него вид убийцы, Стив.

— Да, на ягненка он не похож, — с сомнением произнес я. — Но нам совершенно не за что зацепиться. Я не говорю, что ты не права...

Всю дорогу до гостиницы мы спорили, но так и не пришли к единому мнению.

— Думаю, пора собирать вещи и возвращаться в Лос-Анджелес, — сказал я, выходя из машины. — Если не найду Хоффмана, придется швырнуть дело на стол Мэддоксу. Пусть делает выводы сам.

— Я останусь здесь, — отозвалась Хелен. — Только не спорь. Думаю, один из нас должен следить за озером. Такое чувство, что скоро здесь произойдет что-то важное.

— Послушай, Хелен, — встревоженно произнес я. — Тебе нельзя оставаться здесь одной. Этот парень, Конн, — он опасен. Ну уж нет! На это я пойти не могу. Давай так: ты поедешь в Лос-Анджелес, а я останусь здесь.

— Прошу, не городи нелепицу. Мне с Хоффманом не справиться, и ты это знаешь. Со мной все будет хорошо. Конн меня не заметит. Возьму бинокль и буду наблюдать за островом с этого берега.

И тут я увидел, что к нам мчится Пит Иган.

— Вас спрашивал мистер Фэншоу, — сообщил он. — Просил перезвонить ему как можно скорее. Сказал, дело важное.

— Спасибо, — поблагодарил я и повернулся к Хелен. — Интересно, с чего такая спешка? Надо бы выяснить, что стряслось.

Через несколько минут я дозвонился до офиса Фэншоу.

— Это ты, Хармас? — взволнованно прокричал он. — Сейчас же приезжай. Мэддокс велел тебе бросить дело Геллерт и переключиться на мою проблему.

— Конечно приеду. А что такое?

— Помнишь актрису Джойс Шерман? Ее похитили. Мэддокс хочет, чтобы ты представлял компанию.

— Ну, похитили. А нам-то какое дело? — непонимающе спросил я и тут же вспомнил, что недавно Гудьир продал ей полную страховку. — То есть мы несем за это ответственность?

Фэншоу гневно взвыл:

— Еще какую! Шерман застрахована от похищения. Если не найдем ее, да побыстрее, придется раскошелиться на полмиллиона. Так что возвращайся, и за работу!

ГЛАВА ШЕСТАЯ

1

Взлет Джойс Шерман к зениту славы был головокружительным. По легенде, три года назад она жила в Сан-Бернардино и работала администратором в небольшом, но изысканном отеле. Там остановился некий Перри Райс, охотник за талантами из студии «Пасифик пикчерз». Он положил глаз на девушку, и весьма своевременно: руководство студии собиралось уволить его за некомпетентность. Райс погряз в долгах, и до встречи с Джойс Шерман его перспективы были безрадостнее сибирских ветров.

Компетентный или нет, Райс был достаточно умен, чтобы разглядеть в девушке будущую звезду. Он легко убедил Джойс подписать контракт, передающий ему все права на ее дальнейшую карьеру, вкупе со значительными финансовыми привилегиями. С еще большей легкостью он организовал ей приглашение на кинопробу от «Пасифик пикчерз». Показав блестящие результаты, девушка получила женскую роль второго плана в триллере с неплохим сценарием. Благодаря помощи опытного режиссера Джойс затмила главную героиню, и Говард Ллойд, глава «Пасифик пикчерз», тут же предложил ей звездный контракт на одну картину в год с гонораром в пятьдесят тысяч долларов за фильм.

Тем же утром Перри Райс уволился с должности охотника за талантами и навестил Ллойда в своем новом амплуа — в качестве агента и менеджера Джойс Шерман. От такого сюрприза Ллойд взбесился настолько, что чуть не изошел пеной. За закрытыми дверями развернулась долгая, ожесточенная финансовая битва. Поскольку Райс предусмотрительно заручился договором с девушкой, все козыри были у него. Наконец он вышел из кабинета с контрактом, о котором в Голливуде до сих пор перешептываются затаив дыхание. Внезапно Джойс Шерман стала одной из самых высокооплачиваемых звезд в кинобизнесе, а неделю спустя Райс женился на ней, чтобы обеспечить сохранность своего имущества.

Джойс была прирожденной актрисой. Помимо блестящего таланта, она обладала и звездной внешностью. Пылающие рыжие волосы (крашеные) и чувственные миндалевидные глаза (подозревали, что над их формой потрудился пластический хирург) привлекали и мужчин, и женщин, а соблазнительная фигура ее дышала женственностью.

Войдя в офис Фэншоу, я с удивлением обнаружил там Мэддокса. Здесь же сидел Гудьир. Лицо у него было бледное, а вид — подавленный.

Мэддокс ревел, словно разъяренный бык. Увидев меня, он проорал:

— Где ты болтаешься? Я тебя уже час как дожидаюсь!

— Ну, вот он я. — Придвинув стул, я уселся. — К вашему сведению, я мчался сюда на всех парах. Что стряслось?

Я подмигнул Фэншоу и кивнул Гудьиру.

— Что стряслось? — Мэддокс грохнул кулаками по столу. — Ничего! Мы всего лишь продали треклятой актрисе полис, гарантирующий уплату выкупа, если ее когда-нибудь похитят. И через три недели эту сучку похищают. Вот что стряслось!

— Что-то вы не жаловались, когда я принес этот полис, — устало произнес Гудьир. — Откуда мне было знать?

— А ты вообще помалкивай! — рявкнул Мэддокс. — Ты уже и так тут дров наломал, когда продал ей страховку.

— Так, минуточку, — жарко перебил его Фэншоу. — Я, черт возьми, такого не потерплю. Алан продает страховки, это его работа. Если бы он их не продавал, его бы вышвырнули из компании. У вас нет права так говорить, и вы сами это знаете!

Открыв было рот, Мэддокс свирепо взглянул на Фэншоу и, смягчившись, произнес:

— Да, может, и так. — Он перевел взгляд на Гудьира. — Забудь. Похоже, я слегка заработался. Прошу прощения.

— Да ничего страшного, — сказал Гудьир, но лицо его не стало счастливее.

— Мне нужны факты, — произнес я. — Когда ее похитили?

— Три дня назад, — сообщил Фэншоу. — Ее муж только что узнал о страховке. До этого студия не распространялась о похищении. Шерман уехала ужинать и никому не сказала, куда собирается. В два ночи Райс начал волноваться. По крайней мере, он так говорит. Не думаю, что этот жлоб способен хоть на какие-то чувства. В любом случае, он связался с друзьями Шерман, позвонил на студию, но девушку никто не видел. Затем в полицию сообщили, что на Футхилл-бульваре найден автомобиль мисс Шерман. На ветровом стекле — под дворником — был конверт, адресованный Райсу. Он отправился на место в сопровождении копов. В записке говорилось, что мисс Шерман похищена и сегодня будут предъявлены требования насчет выкупа.

— Уже предъявили?

— Нет. Дело в том, что компания покрывает сумму в полмиллиона, и нам не выкрутиться, если только мисс Шерман не удастся найти до передачи денег.

Мэддокс яростно фыркнул, но никто не обратил на него ни малейшего внимания.

— Есть зацепки? — спросил я.

— Ни одной. Неофициально делом занимаются федералы, но Райс ставит им палки в колеса. Говорит, что хочет вернуть жену живой и, пока она не окажется дома, нельзя ничего предпринимать. Я понимаю, каково ему. В записке сказано, что полицию привлекать нельзя. Иначе с мисс Шерман произойдет масса неприятных вещей.

Мэддокс, все пытавшийся ввернуть словечко в рассказ Фэншоу, наконец рявкнул:

— Хочу, чтобы ты прямо сейчас поехал в дом Шерман. Ты наш представитель. Будешь работать с полицией. Я уже договорился; у тебя будет все, что нужно. Раз уж мы отвечаем за выкуп, то, черт возьми, будем командовать этим цирком.

— Хорошо, — сказал я. — Еще один момент: почему ты назвал Райса жлобом? — обратился я к Фэншоу. — Это действительно так?

— Ну, может, я неправильно подобрал слово. Скорее, он просто гаденыш. В Голливуде у него очень мутная репутация. Все его прежние отношения заканчивались максимум через три месяца. Он — известный любитель повалять дурака с молоденькими девочками. Фигурировал в нескольких скандалах, но их удалось замять — так или иначе. В настоящий момент он, совершенно не стесняясь, живет на заработки жены. А та не может от него избавиться — все из-за контракта, который подписала, поддавшись на его уговоры.

Я повернулся к Гудьиру:

— Райс имеет какое-то отношение к страховке?

Гудьир покачал головой:

— Никакого. Более того, мисс Шерман хотела сохранить все в тайне. Полис должен был остаться секретом. Прямо так и сказала: Райс не должен ничего знать.

— Но он мог что-то пронюхать, верно?

— Это вряд ли. Мы подписали полис в кабинете юриста мисс Шерман. Он оставил документы у себя. Именно он предъявил иск, как только узнал о похищении.

— Кто ее юрист?

— Лео Саймон, — произнес Гудьир. — Порядочный человек. Фэншоу подтвердит.

— Ага. В своем деле он один из лучших. Райс понятия не имел о страховке, — сказал Фэншоу. — Но теперь все узнал и начал на нас давить.

— Ну ладно, — сказал я, отодвигая стул. — Поеду к Райсу.

— Будь со мной на связи, — велел Мэддокс. — Мне нужно назад в Сан-Франциско. Если что-то пойдет не так — я приеду.

— Пока вы здесь, не желаете послушать про дело Геллерт?

Он посмотрел на часы:

— Нет, если это не срочно. Нужно успеть на самолет. Сейчас занимаемся Шерман. Вернемся к делу Геллерт, когда — и если — нам предъявят иск.

— Как скажете, — заметил я.

Мы с Гудьиром вышли из офиса. Оказавшись на улице, он сказал:

— Вот это, называется, повезло. Две проблемы, и обе на мою голову.

— Чего ты волнуешься? — спросил я. — Ты же не винишь себя, верно? Просто Мэддоксу нужно было выпустить пар. Сам ведь знаешь, в нашем бизнесе случаются неожиданности.

— Наверное, ты прав, — уныло согласился он. — Но расследование в связи с двумя моими продажами одновременно? Очень гнетущая ситуация. Выяснил что-нибудь, когда встречался с мисс Геллерт?

Я покачал головой:

— Ничего дельного. Ты знал, что у нее есть сестра-близнец?

— Нет. Какое отношение она имеет к страховке?

— Понятия не имею. Она замужем за парнем по имени Джек Конн. Вполне вероятно, что он мошенник.

Гудьир нетерпеливо щелкнул пальцами:

— В этом тоже я виноват?

Я усмехнулся:

— Только не заводись, Алан. Теперь, когда я повидал Сьюзан Геллерт и Дэнни, я бы и сам продал им ту страховку. Они — приятная пара.

— Я знал, что ты так подумаешь. — Его бледное лицо просветлело. — Эти двое — честные люди. Мне бы хотелось, чтобы они добились успеха.

— Ты видел ее номер?

— Собирался, но не успел. А что, хороший?

— Для ее нынешней публики — просто бомба, но в Нью-Йорке не пройдет. Расхаживает по сцене голая, валяет дурака с коброй.

— Говорят, вы с Хелен работаете вместе.

— Верно. Все деньги в дом. Хелен уговорила Эндрюса нанять ее. Сейчас она в Спрингвилле, неподалеку от Конна. Присматривает за ним.

— Какое отношение Конн имеет к нашему делу? — безучастно спросил Алан.

— Хелен думает, что самое прямое. Чует мошенничество. Должно быть, все дело в женской интуиции.

Внезапно у меня появилась мысль.

— Ты не знаешь парня по имени Бернард Хоффман? — спросил я.

— Слышал о нем, — сказал Гудьир. — Но лично не встречался. А что?

— Он работает по делу Геллерт. Мы с ним пересеклись, но он так и не признался, кто его нанял. Что тебе о нем известно?

Гудьир озадаченно посмотрел на меня:

— Он частный сыщик и не самый достойный представитель этой породы. Работает по делу Геллерт? Ты уверен?

— Я узнал, что он интересуется полисами. Три дня назад он вломился в офис Дэнни, чтобы взглянуть на них.

— Зачем?

— Понятия не имею. Он не сказал. Как выдастся свободная минутка, планирую надавить на него. Может, получится разговорить.

Гудьир бросил взгляд на часы:

— Мне пора бежать. И так уже опоздал на встречу. Если выудишь что-то из Хоффмана, дай мне знать. Хорошо?

Мы расстались. С трудом вырулив с парковки, я направился на бульвар Беверли-Глен.

2

По длинной извилистой аллее я доехал до резиденции Шерман. Именно таким я и представлял себе это место — со всеми погремушками, которыми кинозвезды любят подчеркнуть свой успех и благосостояние.

Там был обязательный бассейн с прожекторным освещением, акры аккуратно ухоженных садов, широкие веранды, шезлонги, гамаки, веселенькие зонтики от солнца и, наконец, огромный особняк спален на двадцать.

У главных ворот дежурили полицейские. Я дал им свою визитку, и они пропустили меня внутрь. Еще больше полицейских собралось у входной двери; парни скучали, слегка ошарашенные всей этой роскошью.

Бледнолицый дворецкий проводил меня в главную гостиную, где уже находились трое мужчин и одна девушка. Стоя у окна, они приглушенно переговаривались.

Один из мужчин направился ко мне — высокий, стройный, с узким загорелым лицом, острым подбородком, словно нарисованными тонкими усиками и тусклым надменным взглядом. На нем была желтая шелковая рубашка с расстегнутым воротом, габардиновые брюки цвета бутылочного стекла и высокие кожаные ботинки. На тонком волосатом запястье красовался золотой браслет. Мужчине не нужно было представляться — я понял, что передо мной Перри Райс. Время от времени мне попадались его фотографии в компании Джойс Шерман, и вживую он понравился мне гораздо меньше, чем на страницах газет.

— Хармас, «Нэшнл фиделити», — сказал я. — Меня прислал Мэддокс из отдела претензий.

— Вы не очень-то спешили. — Райс говорил с подчеркнутой медлительностью. — Мы уж думали, что вы заблудились. Что ж, раз вы наконец здесь, познакомьтесь с остальными. Мисс Майра Лантис, секретарша моей супруги. — Он указал на девушку. Та, повернувшись, окинула меня равнодушным взглядом. Невысокая, темноволосая, она была довольно смуглой, и я решил, что в ней есть примесь мексиканской крови.

Я произнес обычные слова, которые принято говорить в подобных случаях. Она не потрудилась ответить.

— Мистер Говард Ллойд, — продолжал Райс, махнув рукой в сторону высокого седовласого господина. Тот шагнул вперед, чтобы пожать мне руку.

Я с интересом посмотрел на него. Этот человек был знаменит не меньше Сэма Голдвина. Будучи главой «Пасифик пикчерз», Ллойд считался одним из богатейших людей планеты. Лицо у него было бледное, губы искривленные, а глубоко посаженные глаза так напряженно всматривались мне в лицо, что я почувствовал себя неловко.

— Рад вас видеть, мистер Хармас, — сказал он тихим низким голосом. — Похоже, на сей раз вашей компании не повезло.

— Точно, — ответил я. — Но это часть нашего бизнеса.

— А это Миклин. Он из ФБР, — продолжал Райс, кивая на невысокого крепыша. Тот дернул подбородком в мою сторону, но руки не подал.

— Какие новости? — спросил я, обращаясь к нему.

— Никаких. Ожидаем инструкций по выкупу с минуты на минуту. Пока их нет, мы вряд ли можем что-то сделать.

— Поскольку ответственность за выкуп лежит на вашей компании, — произнес Райс, вынимая сигарету из золотого портсигара, — вы, наверное, можете сообщить мне, как быстро соберете необходимую сумму?

— Все зависит от суммы, — ответил я. — Похитителям нужны мелкие купюры, и обычно они готовы подождать.

Райс закурил; взгляд его водянистых глаз блуждал по моему лицу.

— Понимаю. Тем временем бедняжка Джойс мучается в их лапах. Чем быстрее вы решите вопрос с деньгами, тем лучше.

— У вас есть какие-нибудь соображения насчет размера выкупа?

Райс сердито посмотрел на меня:

— С какой стати?

— По-моему, мы тратим время впустую, — нетерпеливо вмешался Ллойд. — Мистер Хармас, мы подумали, что будет лучше, если вы сами передадите выкуп, когда мы получим инструкции.

— Неужели? Очень вдумчиво с вашей стороны. Значит, вы решили заплатить?

— Конечно мы заплатим, — раздраженно сказал Райс. — Я хочу вернуть жену.

Я посмотрел на Миклина:

— А вы? Тоже хотите заплатить выкуп?

Он пожал плечами:

— Я бы предпочел сначала найти женщину, а потом расставаться с деньгами. Но поскольку я здесь неофициально, то ничего не могу поделать.

— Нас предупредили: не вовлекать в дело полицию, — сказал Ллойд. — Мистер Миклин присутствует только в качестве наблюдателя. Как только деньги будут уплачены, а мисс Шерман вернется домой, он приступит к работе.

Я снова повернулся к Миклину:

— Пожалуй, будет уже поздновато. А почему вы думаете, что мисс Шерман отпустят?

— Я задаю им этот же вопрос, — заметил Миклин. — Они и слушать меня не хотят.

— Конечно ее отпустят, — сказал Райс, потушив сигарету и тут же закурив новую. — Почему нет? Зачем она похитителям, когда они получат деньги?

Я взглянул на Миклина, но тот едва заметно покачал головой. Не было смысла говорить им, что похитители чувствуют себя спокойнее, когда их жертва мертва. Если Райс этого не понимает, то скоро поймет и без наших подсказок.

— Поскольку мы отвечаем за выкуп, — произнес я, — то имеем право на информацию. Вы уверены, что ни вам, ни мисс Лантис не было известно, куда мисс Шерман собиралась позапрошлым вечером, когда она взяла машину?

— Я уже ответил на все вопросы, — отрезал Райс и отвернулся. — После разговора с полицейскими я до смерти устал. Думаете, я позволю вам меня окончательно доконать? Черта с два.

— Мы этого не знаем, — сказал Ллойд, — но после работы на студии Джойс часто катается одна. По-моему, быстрая езда помогает ей успокоить нервы.

— Она взяла с собой какие-нибудь вещи? — спросил я.

Развернувшись, Райс уперся в меня взглядом:

— Вы намекаете, что жена уехала из дома, потому что решила бросить меня?

— Полмиллиона долларов — приличный куш. Я хочу убедиться, что она похищена.

И Райс, и Майра Лантис напряглись. Ллойд сделал нетерпеливый жест. Один лишь Миклин остался невозмутим.

Шагнув вперед, Райс приблизил свое лицо к моему. Его водянистые глаза сверкнули.

— Поясните, что конкретно вы имеете в виду?

— Хочу удостовериться, что она не сбежала. А записку оставила, чтобы сбить вас с толку, — сказал я, не отводя взгляд. — Хочу также исключить вариант, что некий человек, узнав о ее страховке, убил ее, после чего инсценировал похищение, чтобы без труда заполучить полмиллиона. Мисс Шерман не застрахована от убийства, только от похищения. И еще я хочу удостовериться, что вы с ней не сговорились, чтобы разжиться карманными деньгами. Вот что конкретно я имею в виду.

— Ах, вы...

Райс с трудом взял себя в руки. Как только он осознал опасность своего положения, ярость в его глазах погасла.

— Другими словами, вы и ваша дрянная компания постарается избежать уплаты выкупа, — дрожащим голосом сказал он.

— В целом совершенно верно, — с готовностью ответил я. — Мы платим только в тех случаях, когда обязаны платить. А пока что я в этом не уверен. Могу я осмотреть комнату мисс Шерман?

— Минутку, — вмешался Ллойд. — По одному вопросу я могу вас успокоить. Очень маловероятно, что Джойс сбежала. Сейчас она снимается в картине, и актерская гордость не позволила бы ей отказаться от лучшей роли в карьере. Нет, она не сбежала. Я в этом совершенно уверен.

— Если съемки сорвутся, вы, наверное, потеряете немало денег, — заметил я.

— Тысячи долларов. Это серьезнее, чем вы можете себе представить. Мы уже потратили три четверти миллиона, а если Джойс не найдут, мы всего лишимся. Ее необходимо найти!

— Я бы хотел осмотреть комнату мисс Шерман.

Майра Лантис направилась к двери. Вслед за ней я поднялся по ступеням, прошел по коридору и оказался в просторной комнате с блестящими зелеными стенами, коричневыми портьерами, зеркалами с подсветкой и кроватью с зеленовато-коричневым стеганым покрывалом. Неплохая комната для кинозвезды. Я в ней чуть было не заблудился.

— Мисс Шерман взяла с собой какой-нибудь багаж? — спросил я, когда Майра включила свет.

— Нет.

Она собралась уйти, но я встал перед дверью:

— И вы не знаете, почему той ночью она уехала одна?

Майра не отвела взгляда. Глаза у нее были темные, блестящие. Она чуть придвинулась ко мне.

— Хозяйка пила не просыхая, — тихо сказала она. — По большей части она не соображала, что делает. Прыгала в машину и гоняла как сумасшедшая. Той ночью она, как обычно, была пьяной. Разве вы не поняли, что это пытаются скрыть? Они думают только о фильме. А ей давно пора в лечебницу.

Я озадаченно посмотрел на Майру. Анфас она была очень похожа на Сильвану Мангано. Мне подумалось, что если я ее поцелую, то вряд ли мне расцарапают лицо.

— Так вот что громыхает в шкафу. И как долго это продолжается?

— Несколько месяцев. Должно быть, этот фильм — последний в ее карьере. Она даже не способна передвигаться по съемочной площадке. Приходится водить за ручку.

— То есть похищение произошло в удобный момент?

Майра ничего не ответила.

— Вы думаете, ее и правда похитили?

— Почему нет? У нее не хватило бы ума написать такую записку.

— Если я не обманываюсь, — произнес я, — мисс Шерман вам не очень нравится.

— Я ее обожаю, — сказала Майра. — Все ее обожают.

— Включая Райса?

— Ему необязательно ее обожать. Она связана с ним контрактом.

— Ну, это другое дело.

Протянув руку, она поправила мне галстук. Ее лицо приблизилось к моему. Отодвинувшись на шесть дюймов, я вернулся в зону сравнительной безопасности.

— Я думала, умные сыщики существуют только в книгах, — сказала она и, протиснувшись мимо меня в коридор, метнулась вниз по лестнице.

Закурив столь необходимую мне сейчас сигарету, я на мгновение задумался, после чего закрыл дверь и принялся методично осматривать комнату. Я не знал, что искать, но пытался представить себе, что происходило в этой комнате перед тем, как Джойс Шерман отправилась в свою, несомненно, последнюю поездку.

Как и следовало ожидать, у нее было очень много одежды. Также я нашел множество бутылок бренди. Они были спрятаны между платьями, в шкафу для обуви, под грудами шелкового белья, — так белка запасается орешками на черный день.

В одном из выдвижных ящиков стола я обнаружил пистолет 22-го калибра. Он был заряжен, но из него не стреляли — по крайней мере, довольно давно. В том же ящике лежало три нераспечатанных флакона духов

«Джой», и это вынудило меня сделать перерыв в поисках. Открыв один флакон, я принюхался. В памяти мелькнул темный переулок, спешащая навстречу женщина и огромный, стремительно рванувший с места автомобиль. Конечно же, это было нелепо. Должно быть, половина голливудских актрис пользуется духами «Джой». Закрыв флакон, я продолжил поиски. В коробке из-под шляпы обнаружился угрожающего вида кинжал, похожий на шило для колки льда и острый как игла. Эта находка, наряду с духами «Джой», заставила меня ускорить поиски. Я переключился на стол у эркера, выходящего в сад. В одном из ящиков было полно бумаг: письма, старые контракты, фотографии и газетные вырезки. Под пачкой писем нашлась визитная карточка, запачканная, с мятыми углами. Взяв ее в руки, я прочел имя Бернарда Хоффмана.

В то время как я разглядывал визитку, чувствуя, как по спине у меня бегают мурашки, где-то внизу зазвонил телефон.

3

Открыв дверь, я удивленно отметил, что в офисе Фэншоу все еще горит свет. На часах было без пятнадцати восемь. Я не думал, что Фэншоу работает допоздна. Собственно говоря, он и не работал. Закинув ноги на стол, он читал книгу в бумажной обложке. У его локтя, в пределах досягаемости, стояла бутылка скотча и пепельница, полная сигаретных окурков.

— А вот и ты, — сказал он, снимая ноги со стола. — Я решил пока не уходить. Вдруг понадоблюсь. Выкуп уже затребовали?

— Ага. Около часа назад. — Придвинув кресло, я уселся. — Если у тебя найдется лишний глоток скотча, я не прочь приложиться.

Налив в два стакана, Фэншоу подтолкнул один пришедшему со мной Миклину.

— Даже боюсь спрашивать. Сколько?

— Мэддокса, наверное, хватит удар. Похитители не скромничают. Должно быть, им известно о страховке. Требуют всю сумму, полмиллиона.

— Ох ты ж! — простонал Фэншоу. — Когда?

— Через четыре дня. Только пятерки, десятки и двадцатки, не крупнее. Я сам беседовал с похитителем.

— О господи, — сказал я.

— Судя по разговору, с этим парнем лучше не шутить. Через четыре дня позвонит снова. Скажет, куда везти деньги. У нас не будет времени устроить ловушку.

— Ну, по крайней мере, что-то сдвинулось, — зевнув, произнес Фэншоу. — Может, Мэддокс откажется платить.

— Не откажется. Райс уже связался с прессой. Рассказал газетчикам о страховке. Нам придется раскошелиться.

— Что ж, думаю, нужно поставить его в известность. Собрать купюры будет весьма непросто. Максимум двадцатки?

— Именно. Парень говорил так, что было понятно: он не шутит. — Отпив глоток, я продолжил: — Ты знал, что мисс Шерман пьет?

— Сильно?

— Я слышал, что нынешний фильм должен был стать для нее последним. Секретарша рассказала, что Шерман приходилось водить по съемочной площадке.

Фэншоу задумчиво посмотрел на меня:

— Разумеется, до меня доходили слухи. Но я не предполагал, что все так серьезно. Как тебе Райс?

— Великолепно. Мы отлично поладили.

— Есть соображения?

— Только очевидные. Высокооплачиваемая кинозвезда вылетает с работы из-за пьянства. Ее супруг решает сорвать куш, пока не стало слишком поздно. Устраивает похищение и кладет выкуп себе в карман.

Фэншоу кивнул:

— Ага, вариант. Вот только он не знал о страховке.

— Это не доказано. Возможно, Шерман все ему рассказала. Мне эта версия по душе.

— Итак, какие наши действия?

— Никаких, пока не заплатим. Потом будем следить за Райсом. Если деньги окажутся у него, мы рано или поздно это выясним.

— А Джойс Шерман?

— Готов спорить, что она не вернется.

— Согласен. Ну, пора звонить Мэддоксу. Передам ему твое мнение.

— Он будет в восторге. Такую версию он и сам бы выдвинул. — Я встал. — Нужно сделать еще одно дельце. Если я ему понадоблюсь, скажи, что где-то через час я буду в «Калвер-отеле».

— Хорошо. Увидимся утром.

Фэншоу принялся дозваниваться до Сан-Франциско, а я вышел на улицу. Мимо проезжало такси. Водитель, высунувшись из окна, вопросительно посмотрел на меня. Я махнул рукой.

— Уилтшир-роуд, дом пятьдесят пять, — сказал я, усаживаясь в машину.

Нужная улица оказалась сразу за Саут-бульваром. В тусклом освещении едва виднелись ряды одноэтажных домов. Пятьдесят пятый стоял на отшибе; это было темное здание с маленьким неухоженным палисадником и расшатанной деревянной калиткой.

Я велел таксисту подождать, прошел по дорожке и брякнул дверным кольцом, потом еще раз. Услышал, как кто-то идет по коридору. Дверь открылась, и на пороге показалась женщина.

Она смерила меня изучающим взглядом:

— Вы кто?

— Мистер Хоффман дома?

— Нет. — Дверь начала закрываться.

— Вы миссис Хоффман?

— Какая вам разница, кто я?

— У меня срочное дело к мистеру Хоффману. Где я могу его найти?

Задумавшись, женщина всмотрелась мне в лицо. Наконец она приняла решение и посторонилась:

— Ну, думаю, лучше вам войти.

Я прошел за ней в маленькую неопрятную комнату. Пыли там было едва ли не больше, чем потертой мебели.

В резком свете электрической лампы я разглядел женщину получше. Ей было лет тридцать пять, выглядела она уныло и явно не следила за собой, хотя еще сохраняла остатки былой простецкой привлекательности. На ней был старый неряшливый свитер, надетый наизнанку, и серая мятая юбка с жирным пятном на самом видном месте.

— Вы миссис Хоффман?

— А если и так? — отрывисто произнесла она. — Это не предмет для гордости. Что вам нужно?

Я предложил ей сигарету. Прикурив от моей зажигалки, женщина присела на видавший виды мягкий диван.

— Говорите, зачем явились. Да побыстрее, — добавила она. — Мне вот-вот нужно уходить.

— Вы не знаете, где ваш муж?

— Я уже сказала. Зачем он вам?

— По делу. Я встретил его в Спрингвилле. Прошлым вечером. Если смогу его найти, подброшу ему работенку.

Женщина пытливо посмотрела на меня. В ее взгляде внезапно проснулся интерес.

— Вы тот парень из страховой компании?

— Он самый. Ваш муж рассказал вам обо мне?

— Муж? — Она презрительно усмехнулась. — Он мне ничего не рассказывает. Я слышала, как он упомянул вас во время телефонного разговора. Вы Хармас, верно?

Кивнув, я осторожно уселся в одно из кресел. Оно с трудом выдержало мой вес.

— Когда это было?

— Три дня назад.

— Вы не знаете, с кем он говорил?

— Допустим, знаю.
— С кем?

Женщина лукаво улыбнулась:

— Я не обсуждаю дела моего мужа. Ему бы это не понравилось.

— Так вышло, что это и мои дела тоже. Как считаете, двадцать долларов изменят ход нашей беседы?

Облизнув бледные губы, женщина беспокойно поерзала:

— Возможно.

Я вынул из бумажника двадцатку:

— С кем он говорил?

— С той рыжей. В последнее время он постоянно с ней носится.

— Теперь слушайте. Это важно. Прошу, расскажите все, что знаете. Не заставляйте меня вытягивать из вас информацию. Цена вопроса — сорок долларов. Двадцать сейчас и еще двадцать после рассказа. — Я собирался положить банкноту на подлокотник дивана, но женщина вырвала ее у меня из пальцев. Деньги исчезли в недрах свитера.

— Только не говорите ему, что я раскололась, — попросила она. — Я бы не стала рассказывать. Но теперь я уверена, что он не вернется.

— Что вы такое говорите?

— Он уехал с вещами. Кто-то его напугал. Выскользнул тайком, когда я была на кухне. Так что он не вернется. Ну и скатертью дорога.

— Эта рыжая, кто она?

— Не знаю. Она пришла сюда с неделю назад. Я впустила ее в дом, но не рассмотрела лица. На ней были солнечные очки и шляпа с широкими полями. Увижу снова — не узнаю.

— Она заходила только один раз?

Женщина кивнула.

— Но я знаю, что Берни время от времени встречался с ней. Она давала ему деньги. Обычно он ходил к ней поздно вечером.

— Не знаете, зачем она наняла его?

Женщина покачала головой.

— Говорите, он звонил ей три дня назад?

— Да, так. Я была на кухне и услышала, что он говорит по телефону. Решила узнать, что происходит. Подошла к двери и подслушала разговор. Берни говорил об убийстве. Уверена, что он звонил рыжей.

— Можете в двух словах описать, что он сказал?

На секунду она задумалась.

— Точно не помню. По-моему, что-то вроде: «Этот парень следил за мной. Его зовут Хармас, он следователь из страховой компании. Он знает, что я был в том здании. Доказать не может, но знает. Он постарается повесить убийство на меня. И я не хочу рисковать бесплатно. Нам нужно встретиться. Да, прямо сейчас. Захватите с собой деньги. Увидимся через полчаса». И все, повесил трубку.

— Что произошло потом?

— Он ушел. Было без четверти двенадцать. В половине первого он вернулся. Сразу же пошел к себе в комнату. Решил, что я уже сплю. Теперь у нас раздельные спальни. Минут через двадцать он спустился с вещами. Я была на кухне и все видела. Он погрузил сумки в машину и уехал.

— Вы только что сказали, что он был напуган. Почему у вас сложилось такое мнение?

— Потому что он был напуган. Белый как простыня, весь потный и бормотал себе под нос. Никогда его таким не видела. Он до смерти перепугался. Судя по всему, влип в историю. Я рада, что он уехал. Не хочу оказаться соучастницей. — Она взглянула на часы над каминной полкой. — Я собиралась в кино. Пора идти, иначе опоздаю.

— Еще один вопрос, и все. Ваш муж работал на кого-нибудь, кроме рыжей?

— Точно не знаю. Он вел несколько странных дел. Ему постоянно названивают разные люди. — Женщина встала. — О каком убийстве он говорил?

— Понятия не имею, — соврал я. — На вашем месте я бы не лез в эту историю. Не подскажете, куда он мог поехать?

Женщина покачала головой.

— Говорите, вчера вы видели его в Спрингвилле? — сказала она. — Я и не знала, что он туда ездил. Почему вы сами с ним не поговорили?

— Возможности не было.

Женщина с подозрением взглянула на меня:

— Он кого-то убил?

— Нет. Не знаю, о чем он говорил. — Я дал ей вторую двадцатку. — В ближайшие дни никуда не уезжайте. Возможно, вам придется побеседовать с полицией.

— Ну, меня это не пугает. — Она повела плечами. — Что они могут мне сделать? — Подойдя к выходу, она открыла дверь.

— Если муж с вами свяжется, даю сотню за информацию о его местонахождении. — Пройдя мимо женщины, я спустился на две ступеньки. — Найдете меня в «Калвер-отеле».

Я обернулся и поискал взглядом свое такси. Машина никуда не делась. Но на другой стороне дороги, поравнявшись с открытой дверью такси, стоял большой автомобиль с закрытым кузовом. Когда я приехал, его там не было. Я с интересом воззрился на него. Автомобиль был припаркован в тени, и рассмотреть, есть ли кто внутри, было невозможно. Внезапно в водительском окне что-то шевельнулось, блеснув в тусклом свете далекого уличного фонаря.

Таксист издал предупреждающий хриплый крик. Он был гораздо ближе к той машине и, должно быть, распознал движущийся предмет.

— Берегись! — завопил я, ныряя в кусты, обрамляющие дорожку.

Ночную тьму разорвала желтая вспышка. За ней последовал приглушенный хлопок помпового ружья, и воздух наполнился свистом дроби. Что-то болезненно впилось мне в левую руку. Краем глаза я заметил, что автомобиль отъезжает. Мой взгляд был прикован к миссис Хоффман. Она приняла на себя почти весь заряд. Женщину отбросило в прихожую. Ее пальцы скользнули по рваной ране на груди, затем она рухнула на колени и упала на потертый ковер лицом вниз. К тому времени, как я выбрался из кустов и подбежал к женщине, она была мертва.

ГЛАВА СЕДЬМАЯ

1

Единственным источником освещения в комнате была настольная лампа. Озерцо света заливало стол, стекая на ковер.

Капитан полиции Эд Хэкетт катал карандаш по регистрационному журналу — то в одну сторону, то в другую. В тени, за пределами светового круга, Миклин жевал потухшую сигару и хмуро пялился в потолок, а Фэншоу, зевая, тер глаза ладонями. Он уже спал, когда я позвонил ему из полиции и попросил приехать в участок. Сам я сидел у стола, баюкая ноющую руку. В левом бицепсе застряли четыре дробины, и настроение у меня было хуже некуда.

— Так вы не знаете, кто стрелял? — резко спросил Хэкетт, не поднимая взгляда.

— Понятия не имею. Таксист ведь рассказал, что не видел, кто там — мужчина или женщина. И был слишком напуган, чтобы записать номер машины. Что касается меня, то я так струхнул, что вообще ни о чем не думал.

— Стреляли в вас или в миссис Хоффман?
— Думаю, что в меня.
— Ладно. — Хэкетт внезапно поднял взгляд. — Посмотрим, удастся ли нам что-то выяснить. Начнем с самого начала. Как вы оказались в доме Хоффмана?

— Я узнал, что он работает на Джойс Шерман. Надеялся, что смогу его разговорить и он скажет, в чем именно заключается его работа. — Я рассказал, как нашел визитку Хоффмана в ящике стола Джойс и повторил слова миссис Хоффман. — Бьюсь об заклад, в ночь исчезновения Джойс собиралась встретиться с Хоффманом.

— Думаешь, это он ее похитил? — спросил Фэншоу.

Я покачал головой:

— Мне начинает казаться, что никакого похищения не было. Предположу, что они с Хоффманом все инсценировали, чтобы прикарманить выкуп.

— Господи боже мой! — взорвался Фэншоу. — С чего ты взял?

— Я исхожу из рассказа миссис Хоффман. Она слышала, как муж спрашивает Джойс насчет денег. Он собирался ее шантажировать. Они оба замешаны в убийстве консьержа в офисном здании на Четвертой улице.

— Вы говорите о Джо Мейсоне? — перебил меня Хэкетт. — О парне, которого зарезали в ночь со вторника на среду?

— Ага. В ночь похищения. Тем вечером я случайно оказался в том районе и видел, как из переулка, ведущего к двери Мейсона, выходит женщина. От нее пахло духами «Джой». А Хоффмана я встретил в китайском ресторане по соседству. По какой-то причине Джойс интересовалась страховыми полисами, выданными на имя Сьюзан Геллерт, и наняла Хоффмана, чтобы выяснить, где лежат документы. Он узнал, что импресарио девушки хранит их у себя в офисе, и Джойс с Хоффманом отправились туда, чтобы на них взглянуть. Вероятно, Мейсон услышал, как они взламывают дверь. Его зарезали, когда Хоффман инсценировал попытку ограбления в соседнем офисе, чтобы скрыть настоящий мотив проникновения.

— Вы хотите сказать, что Мейсона убил Хоффман? — спросил Хэкетт.

Я покачал головой:

— Уверен, что до прибытия полиции Хоффман не знал, что Мейсон мертв.

— Тогда кто его убил?

— Скажите, вы проверили тот нож, что я вам передал?

Помедлив, Хэкетт потянулся к телефону, что-то сказал в трубку, послушал и произнес:

— Отлично. Займись этим, Джек. — После чего устремил на меня жесткий взгляд серых глаз. — Откуда у вас этот нож, Хармас?

— Им убили Мейсона, верно?

— Похоже на то. Лезвие подходит к ране, а кровь на рукоятке — той же группы, что у Мейсона.

— Я нашел его в спальне Джойс. Готов поспорить, это она убила консьержа.

В комнате повисла тишина, какая бывает перед грозой.

— Вы можете это доказать? — тихо поинтересовался Хэкетт.

— Вряд ли. Но Хоффман может. Секретарша Джойс сообщила мне, что мисс Шерман пьет горькую. Обыскав ее комнату, я нашел тому множество подтверждений. Вероятно, Мейсон напугал ее своим появлением, и она зарезала его в приступе пьяной паники.

Хэкетт потер щетину на подбородке. Казалось, мое предположение ему не по душе.

— Давайте на время отложим эту тему. Вы упомянули некую Геллерт. Кто она?

— Это длинная история, но она переплетается с предыдущей. Хоть я и не знаю как. — И я рассказал ему о страховках от несчастного случая — все, включая нашу поездку на Мертвое озеро. Умолчал лишь о том, что мы проникли в офис Дэнни.

— Но с какой стати Джойс Шерман интересуется этой женщиной? — спросил Миклин. — Какая-то бессмыслица.

— Хотелось бы выяснить. Это помогло бы мне понять, зачем Геллерт купила такие необычные полисы.

— Первое, что нужно сделать, — произнес Хэкетт, — это разыскать Хоффмана.

— Я все равно не понимаю, почему ты говоришь, что мисс Шерман не похищали, — признался Фэншоу.

— Ну, давай поясню, — сказал я. — Допустим, Хоффман решил шантажировать ее убийством Мейсона. Джойс понимает, что он может выкачать из нее все деньги. Она соглашается встретиться с ним и отдает все, что удалось собрать, после чего исчезает. Я не в курсе баланса на ее счету, но, судя по ее резиденции, сомневаюсь, что у нее много свободной наличики. Исчезнув, она перекрывает себе доступ к огромным доходам. А ведь она к ним привыкла. Поэтому ей нужно обеспечить себя отступными. И тут она вспоминает, что застрахована от похищения. Полмиллиона — как раз то, что ей нужно. Но она понимает, что в одиночку такое не провернуть. Поэтому берет в дело Хоффмана. Они встречаются, и она рассказывает ему о своей задумке. Он пишет записку о похищении. Машину Джойс они бросают на Футхилл-бульваре, а уезжают на машине Хоффмана. Теперь им остается лишь забрать выкуп, разделить деньги и исчезнуть с глаз долой. Как вам такая версия?

— Версий у вас хоть отбавляй, — устало произнес Хэкетт. — Но это все догадки. Доказательств у нас нет. Я не говорю, что вы не правы, но ваше предположение мне не по душе. Будем искать Хоффмана. Найдем его — найдем и ключ к разгадке.

— А мне нравится его мысль, — заметил Фэншоу. — Нужно сейчас же рассказать все Мэддоксу. Думаю, нам не стоит торопиться с выкупом. Если Ллойду так нужна мисс Шерман, пусть сам собирает деньги. Если это и правда похищение, мы возместим всю сумму.

— Нам придется заплатить, — возразил я. — Райс подключил газетчиков. В такой ситуации мы не можем пойти на попятную. Просто подумай, как это будет выглядеть. Нет, выкуп придется заплатить, если только мы не докажем, что Джойс убила Мейсона. На все про все у нас три дня.

— Но ведь это уже доказано. Разве нет? — сказал Фэншоу. — Духи, визитка в столе, кинжал в коробке из-под шляпы. Что еще тебе нужно?

— Духами «Джой» пользуются тысячи женщин, — заметил я. — Что касается кинжала и визитки, их могли подложить. Так что доказательств у нас нет.

— Как быстро вы можете найти Хоффмана? — спросил Фэншоу, обращаясь к Хэкетту. В его голосе прозвучала умоляющая нотка.

Хэкетт пожал плечами:

— Завтра, через месяц, через год. Это как повезет.

— Просто прекрасно, — с горечью произнес Фэншоу. — Вы же понимаете, что, если не разыщете его через три дня, мы потеряем полмиллиона?

— Мне можете не рассказывать, — сказал Хэкетт, отодвигаясь от стола. — Я займусь этим прямо сейчас. — Он посмотрел на Миклина. — В свете новостей нам, наверное, стоит начать поиски мисс Шерман?

— Именно так, — ответил Миклин. — И лучше без шумихи. Если Райс узнает, что мы подозреваем его жену в убийстве, он засудит нас в два счета.

— Не будем вам мешать. — Фэншоу повернулся ко мне. — Пойдем, Стив. Попробуем выспаться.

Когда мы спускались на улицу, я сказал:

— Тебе нужно заняться сбором денег. Если Хэкетт не найдет мисс Шерман и Хоффмана, нам хана.

— Я поговорю с Мэддоксом. А ты будь поосторожнее, Стив. Если тебя хотят убить, то попытаются сделать это снова.

Вернувшись в отель, я принял меры предосторожности: запер дверь спальни и сунул под подушку пистолет.

2

Как я и ожидал, все утренние газеты пестрели заголовками о страховке и выкупе. Ну и шумиху они подняли!

У Мэддокса взяли интервью; под давлением он был вынужден признать, что компания заплатит выкуп, если Джойс Шерман не удастся найти до следующего звонка от похитителя.

Мне оставалось только ждать инструкций по доставке денег. Рука слегка воспалилась, потеряла чувствительность, и я решил по возможности не суетиться.

Позвонив Питу Игану, я справился о Хелен. Иган сказал, что она на озере, а сам он время от времени ходит ее проведать. По его тону я понял, что Хелен пустила в ход свои чары, и Питу это нравится.

— Она просила передать, что у нее все хорошо и чтобы вы не волновались. Перезвонит вам сегодня вечером, если будете на месте.

И Хелен действительно перезвонила, но я не стал рассказывать ей, что в меня стреляли, — иначе она решит, что меня снова попытаются напичкать свинцом, и тут же приедет. Пока что ее намерение остаться на Мертвом озере было весьма кстати.

Я сообщил ей, что Хоффман исчез и теперь у меня есть все основания считать Джойс Шерман убийцей Мейсона. Узнав это, Хелен удивилась не меньше моего.

— Ничего не понимаю. — Звук ее голоса заглушали щелчки на линии. — С какой стати знаменитая киногвезда интересуется страховыми полисами безвестной стриптизерши? Где связь?

— Я и сам понять не могу. Вся эта ситуация ставит меня в тупик.

И я говорил совершенную правду. Чем больше я обо всем думал, тем сильнее запутывался.

Пока я расслаблялся, полиция сбивалась с ног в поисках Хоффмана. Но, несмотря на усиленный розыск, им не удалось напасть на след — ни Хоффмана, ни Джойс Шерман. С каждым днем становилось все очевиднее, что компании придется платить выкуп.

Если бы не шум, поднятый газетчиками по поводу страховки, Мэддокс наверняка нашел бы способ избежать выплаты. Он считал мою версию об убийстве консьержа ключом к загадочному исчезновению Джойс Шерман и был в бешенстве оттого, что иск придется удовлетворить.

Фэншоу собрал нужную сумму, и теперь она находилась под вооруженной охраной. Я впервые видел такую кучу денег. Для удобства купюры сложили в две большие сумки.

На третий день, в ожидании инструкций от похитителя, мы — то есть я, Мэддокс, Фэншоу и Миклин — собрались в офисе Фэншоу.

Миклину было нечего рассказать, а когда приехал капитан полиции Хэкетт, по его мрачному, хмурому лицу мы поняли, что у него тоже нет новостей.

— Но этот парень должен где-то быть! — бушевал Мэддокс, расхаживая из угла в угол. — Полмиллиона коту под хвост! А все потому, что вы — чертовы халтурщики!

— Не исключено, что он уехал из страны, — недовольно проворчал Хэкетт. — Если у вас есть мысли, излагайте. И не нужно на меня орать.

— Я не собираюсь учить вас, как делать вашу работу! — отрезал Мэддокс. — У меня и своей невпроворот. Особенно теперь, когда моя компания начала выдавать такие бредовые полисы.

— Мне лучше поехать в резиденцию Шерман, — сказал я, устав от воплей шефа. — Как только мы получим инструкции, я вам позвоню. Если повезет, сможем придумать какую-нибудь ловушку.

— Даже не надейтесь, — заметил Хэкетт. — Вам придется проехать полстраны, прежде чем похитители дадут окончательные указания. Я знаю их уловки. Ловушка — именно то, чего они ждут.

— Почему бы не установить в машине коротковолновую радиостанцию? — спросил Миклин. — Так Хармас сможет держать с нами связь. А мы отправим вслед целую армаду машин. Будут держаться в миле от него, оставаясь незамеченными.

— А это чертовски хорошая мысль, — заметил Мэддокс. — Первое толковое предложение, которое я сегодня услышал. Что скажете, Хэкетт?

— Это можно устроить, — сказал капитан. — Отдам распоряжение прямо сейчас. Но никому ни слова, Хармас. Когда Миклин привезет выкуп, в вашем распоряжении будет самый быстрый полицейский автомобиль с лучшим оборудованием. Радиоантенну снимут, чтобы не выдать наш замысел.

— Отлично, — произнес я. — Если это все, я поехал.

По пути к своей машине я столкнулся с Аланом Гудьиром, тот направлялся в офис Фэншоу.

— Ну привет, — сказал я, останавливаясь. — Пожелай мне удачи. Еду домой к Шерман. Мы ждем инструкций по передаче денег.

— Так вы ее не нашли?

— Нет. Ни ее, ни Хоффмана.

— Выходит, нам придется платить? — Алан разволновался и побледнел. — Зря я решил продать ей ту страховку.

— Забудь. Вот тебе совет: не лезь в это дело, пока не просят. Им занимается Мэддокс. И он, как всегда, вошел в роль бешеного быка.

Гудьир поморщился:

— Не полезу. Как же он меня достал! Каков шанс отследить деньги, Стив?

— После того как я с ними расстанусь? Ни единого. Купюры слишком мелкие. Фэншоу даже не успел переписать номера.

— Значит, если похитителей не удастся поймать, мы все потеряем?

— Похоже на то. Что ж, бывает и такое. По крайней мере, компания получит бесплатную рекламу.

— Неужели полиция не может устроить ловушку для похитителей? Наверняка что-то можно придумать.

— В моей машине будет радиостанция, — сообщил я. — Только никому ни слова. Если повезет, сможем загнать их в угол. Я буду держать связь с полицией. Примерно в миле за мной — вне поля зрения — будут их автомобили.

Лицо Гудьира просветлело.

— Ловко придумано. Но будь осторожен, Стив. Это опасная затея.

— Ну, надо же как-то зарабатывать на жизнь. Кстати, хотел спросить. Когда ты встречался с мисс Шерман, какое она произвела впечатление?

— В смысле?

— Говорят, она конченая пропойца. Это не бросилось в глаза?

Гудьир покачал головой:

— Ничего такого я не заметил. Когда мы говорили о делах, она была совершенно вменяемой.

— Ты видел ее секретаршу? Брюнетка-мексиканочка, фигура как песочные часы?

— Конечно. Она отвела меня к мисс Шерман.

— То есть ей было известно о полисе?

Гудьир снова покачал головой:

— Она знала, что я приехал продлить страховку от возгорания и угона. О новом полисе я ей ничего не говорил.

Надув щеки, я шумно выдохнул:

— Зря я пошел в следователи. Не работа, а кромешный ад. Десять раз на дню натыкаешься на глухую стену. Ну, мне пора ехать.

— Удачи, Стив. Жаль, что не могу поехать с тобой. Хотя следовало бы. Ведь все началось именно с меня.

— Забудь. — Хлопнув его по спине, я забрался в машину.

Минут через десять я был в резиденции Шерман.

Часы показывали пятнадцать минут седьмого. У главных ворот стояли два крепких копа. Я показал удостоверение, и меня пропустили.

Перри Райс, облаченный в безрукавку и белые фланелевые брюки, расхаживал по террасе.

— Заходите! — позвал он, перегнувшись через балюстраду. — Есть какие-нибудь новости?

— Никаких. Он еще не звонил?

— Нет. — Глаза Райса горели лихорадочным огнем, пальцы подергивались. — Вы собрали деньги?

— Собрали. Сейчас они в офисе нашего филиала. Как только похитители выйдут на связь, Миклин привезет всю сумму.

— Как велено? Мелкими купюрами?

— Ага.

Райс вытер лицо носовым платком:

— Хорошо. В этом деле нельзя допустить промашку. Я хочу вернуть жену.

Я что-то буркнул и с надеждой глянул на столик, уставленный спиртным. Райс перехватил мой взгляд.

— Угощайтесь, — коротко сказал он. — Вынужден вас оставить. У меня много дел.

Он прошел по террасе и скрылся за двустворчатой дверью, ведущей в дом.

Присев, я налил себе огромную порцию виски с содовой. На террасе было очень тепло и тихо. Я бы с удовольствием расслабился и полюбовался садом, если бы не навязчивые мысли. Неужели Джойс Шерман действительно убила Мейсона? Каково это — отказаться от привычной роскоши? Где же она скрывается? С полчаса я просидел в раздумьях, но потом понял, что время не ждет; кроме того, мне стало очень жарко. И я решил найти себе собеседника. Лучше бы, конечно, Майру Лантис. Но чтобы скрасить ожидание, сойдет кто угодно.

Поднявшись, я заглянул в пустую комнату и прогулялся до конца террасы.

Ступени вели в низинку с розарием. Я помедлил, размышляя, стоит ли спуститься вниз и скоротать время за осмотром цветов, как вдруг услышал голоса.

Секунду спустя я понял, что они доносятся из открытого окна неподалеку, и не спеша направился туда.

На полпути я замер: один из голосов принадлежал Майре Лантис.

— Как ты можешь такое говорить? Возможно, она вернется. Ты же не знаешь наверняка.

Прижавшись к стене, я бесшумно приблизился к окну, стараясь не высовываться.

— Да пойми же, — произнес Райс, — она не вернется. Не могу сказать почему, но я в этом уверен. Как только они заплатят выкуп, мы сможем уехать отсюда. Ты же хочешь поехать со мной, верно?

— Да, больше всего на свете. Но я никуда не поеду, пока не буду уверена, что она не вернется.

— Говорю же, этого не произойдет! — сердито проскрежетал Райс. — Даже если ее еще не убили, она не могла столько выдержать без спиртного. Ты же помнишь, в каком состоянии она была тем вечером.

— Нельзя было ее отпускать, Перри. Сам знаешь, я не питаю к ней теплых чувств. Но даже мне было страшно смотреть, как она уезжает. Ты должен был ее остановить!

— Да будь она проклята! — злобно прошипел Райс. — Я рад, что она уехала. Жаль только, что все закончилось похищением. Лучше бы она разбилась.

— Перри, ее и правда похитили? Мне нужно это знать.

Повисла короткая пауза.

— Что, черт побери, ты имеешь в виду? — резко спросил Райс.

— Не смотри на меня так. — В голосе Майры прозвучал испуг. — Почему ты уверен, что она не вернется? Ты сказал, мы поедем в Париж. Где ты возьмешь деньги? Дорогой, прошу тебя, скажи мне правду. Я же не дурочка. Я оплачиваю счета и знаю, что у вас нет денег. Она задолжала тысячи долларов, и ты тоже. Как же...

— Изволь заткнуться, — прорычал Райс. — Я сыт всем этим по горло. Если не хочешь ехать со мной, так и скажи. Поеду один.

— Перри, ну зачем ты так? Ты же знаешь, что я хочу поехать с тобой. Я люблю тебя. Прошу...

— Тогда замолчи. Избавь меня от своих вопросов! Оставь меня в покое. Перед отъездом мне нужно много чего сделать. Ступай и найди себе занятие.

Я тихонько отошел от окна. Оказавшись в глухой зоне, я метнулся к своему креслу, но сесть не успел: напряженную, жаркую тишину разорвал пронзительный телефонный звонок.

Я сделал шаг к открытой двери, и тут на веранде появился Райс, белый как мел. Он бросил на меня волчий взгляд, и мне стало не по себе.

— Наверное, похитители, — сказал он. — Лучше бы вам ответить. И побыстрее! — Он махнул рукой в сторону комнаты.

Добравшись до телефона в три прыжка, я поднял трубку:

— Резиденция Шерман.

Сперва на линии было тихо. Потом приглушенный голос произнес:

— Кто у аппарата?

— Хармас, «Нэшнл фиделити». — Я узнал голос: этот же человек звонил и в прошлый раз.

— Деньги у вас?

— Да, все готово.

— Мелкими купюрами?

— Не крупнее двадцаток.

— Хорошо. Теперь слушайте. Знаете, где находится Элмо-Спрингз?

Я сказал, что знаю. Речь шла о крошечном городке в сотне миль к северу от Лос-Анджелеса, расположенном высоко в горах.

— У вас три часа, чтобы до него добраться. Так что не зевайте, — продолжал голос. — Дальнейшие инструкции получите на заправке «Синий треугольник». Если вздумаете валять дурака, Шерман не поздоровится.

— Только не горячитесь, — сказал я. — Мы хотим лишь одного: спасти мисс Шерман. Вы получите деньги, но где гарантии, что она вернется?

— Думаете, она мне нужна? Эта сука доведет меня до разорения. В том море спиртного, что она поглощает, можно устроить парусную регату.

— Дайте ей трубку. Я хочу с ней поговорить.

— Ее нет рядом, приятель. А будь она здесь, вряд ли смогла бы что-то сказать. Говорю же, она не просыхает.

— Где нам ее искать?

— Платите деньги, потом расскажу. А теперь поторапливайтесь. У вас три часа.

Раздался щелчок, и на линии стало тихо.

Набирая номер Фэншоу, я сказал Райсу:

— Элмо-Спрингз, через три часа. Там дадут новые указания.

— Что он сказал насчет Джойс? — тихо спросил Райс.

— Получив деньги, он сообщит нам, где ее искать.

Трубку снял Хэкетт. Я сказал ему, куда направляюсь.

— Принято, — произнес он. — Ожидайте машину. К тому времени, как доберетесь до Элмо-Спрингз, мы подтянем туда с десяток автомобилей. Будьте на связи. Удачи.

Поблагодарив его, я повесил трубку.

Райс подошел ближе.

— Они же не собираются ловчить? — требовательно спросил он.

Я покачал головой:

— Нет такой возможности. К тому же мы не меньше вашего хотим вернуть мисс Шерман.

Пристально посмотрев на меня, Райс что-то буркнул и удалился.

Я вышел на террасу. Минут через десять я увидел, как к дому стремительно приближается машина, и сбежал по ступенькам, чтобы встретить приехавших.

Из машины выбрались Миклин и Мэддокс. На заднем сиденье я разглядел две сумки с деньгами.

— Что ж, — сказал Миклин, — выдвигайтесь. Держите с нами связь. Мы будем сзади, но вне поля зрения. Если повезет, изловим мерзавца.

Я уселся за руль.

— Свяжусь с вами, как приеду в Элмо-Спрингз, — начал я, и тут внезапно появился Райс. Прежде чем Миклин успел ему помешать, он распахнул дверцу машины и злобно уставился на коротковолновую радиостанцию.

— Так вот что вы затеяли? — прорычал он. — Черт побери! Я же говорил вам не делать глупостей! Вон из машины!

— Стоять! — рявкнул Мэддокс, оттаскивая Райса назад. — Здесь командую я. Это наши деньги, и...

— Я запрещаю ему ехать на этой машине! — бушевал Райс. — Если с Джойс что-то случится...

Я завел двигатель, стремительно развернулся и рванул прочь от дома, оставив Райса на попечение Миклина с Мэддоксом.

Когда я выехал из резиденции Шерман, было около семи. Лос-анджелесское движение слегка задержало меня, но на загородном шоссе я наверстал упущенное. Гнать по извилистой горной дороге было невозможно, но средняя скорость держалась на вполне приличном уровне. Проделав половину пути, я опережал график на десять минут.

Притормозив на пустынном участке дороги, я ознакомился с радиостанцией, выдвинул короткую стальную антенну и дал позывной сигнал. Хэккетт ответил почти сразу.

— Только что проехал Ла-Каньяду, — сказал я в микрофон. — Просто разбираюсь, как пользоваться этой штуковиной.

— Вас хорошо слышно, — громыхнул голос Хэкетта. — Продолжайте движение. Мы в полумиле от вас.
— Выйду на связь из Элмо-Спрингз.

Выключив радиостанцию, я убрал антенну и помчался по хайвею Анджелес-Крест в сторону Каджона. Затем путь стал проще, и я успел в Элмо-Спрингз с запасом в пять минут. В конце главной улицы я заметил треугольный знак, подсвеченный синим неоном.

К плохо освещенной заправке (три колонки, а в качестве офиса — ветхая лачуга) вела короткая подъездная дорожка. Место было безлюдное.

Навстречу мне вышел заправщик в белом комбинезоне.

— Полный бак, — сказал я, выбираясь из машины, чтобы размять ноги. — Меня зовут Хармас. Мне сказали, здесь для меня будет весточка. Есть что?

— Есть, — ответил заправщик. — Письмо. Сейчас принесу.

Он ушел в свой курятник и тут же вернулся. В его руке был конверт, а на конверте — мое имя, написанное большими печатными буквами. Забрав конверт, я переместился под единственный фонарь, горевший над лачугой.

Сообщение было кратким: «Отсюда поезжайте в сторону Каньон-Пасса. Дальнейшие инструкции найдете под камнем у дорожного столба возле съезда с шоссе».

Сунув записку в задний карман, я вернулся к заправщику. Тот как раз прикручивал крышку бензобака на место.

— Тот парень, что передал вам конверт, — какой он был? — спросил я.

— Я его не видел. С полчаса назад мне позвонили. Человек сказал, что для вас оставят записку. Десять минут спустя на прилавке оказался конверт, а рядом с ним — пара долларов. Вот чудеса, да?

— Ага. Уверены, что не видели его? Потому что, если видели, станете богаче на десятку.

Заправщик погрустнел:

— Не видел, мистер. Честно. Плакала моя десятка.

Я дал ему пять баксов:

— Ладно, спасибо. Как добраться до Каньон-Пасса?

Он рассказал.

— Далеко отсюда?

— Миль тридцать с гаком. Как свернете с шоссе, мимо не проедете. Там только одна дорога.

Поблагодарив его еще раз, я отъехал. Где-то через милю я затормозил у обочины, выбрался из машины, установил антенну и связался с Хэкеттом:

— У меня письменные инструкции, но заправщик не видел, как оставили конверт. Направляюсь в сторону Каньон-Пасса. Знаете, где это?

Хэкетт тихо выругался:

— Знаю. Там только одна дорога, и негде спрятаться. Этот парень умен. Если мы поедем за вами, Хармас, то будем как на ладони. Он нас заметит.

— Сейчас уже темно. К тому времени, как я туда доберусь, станет еще темнее. Может, поедете за мной, не включая фар?

— Не выйдет. Вы не видели ту дорогу. По ней и с фарами-то проехать непросто. А без фар — чистое самоубийство.

— Что будете делать?

— Ждать внизу. Я отправлю три машины на ту сторону горы, чтобы заблокировать выезд. Но путь туда неблизкий. Вряд ли они успеют вовремя.

— Значит, отныне я сам по себе. Вы это хотите сказать?

— Выходит, что так. Мы можем разве что перекрыть дорогу, когда он будет спускаться. По крайней мере, другого пути у него нет.

— Все это прекрасно, когда речь идет о сохранности денег. Но такой расклад не очень-то полезен для моего здоровья. Допустим, этот парень надумает меня пришить?

— Я предупреждал, что дело может принять опасный оборот, — сказал Хэкетт. — Если хотите выйти из игры, оставайтесь на месте, пока мы не подъедем. Вас сменит Миклин.

— Я справлюсь. Выйду на связь у Каньон-Пасса.

— Отлично, — произнес Хэкетт. — Сейчас же вышлю машины. Не торопитесь. Чтобы блокировать дорогу с другой стороны, моим ребятам понадобится время.

Выключив радиостанцию, я завел двигатель. Что-то холодное и твердое уперлось мне в шею, и я обмер, ибо сразу понял, что это такое. Пистолет! Сидя без движения, я вцепился в руль, ожидая, что сейчас мне отстрелят голову.

— Не двигайся и не верти башкой. — Приглушенный голос раздался прямо над ухом. — Иначе твои чертовы мозги окажутся у тебя на брюках.

Ну ладно, я испугался. Признаю. Онемел от страха. Я узнал этот приглушенный голос. На заднем сиденье был похититель!

Должно быть, он пробрался в машину, когда заправщик заливал бензин. Соответственно, заправщик был его соучастником. Я видел его лицо и мог сдать его копам. Поэтому живым мне не уйти.

— Поезжай! — скомандовал голос. — Делай, что говорю. И не фокусничай — иначе тебе конец. — Холодное дуло пистолета уперлось мне в шею, отчего по спине у меня пробежали мурашки.

Переключив передачу, я поехал вперед. Где-то через милю голос произнес:

— Здесь налево. И не останавливайся.

Вместо того чтобы ехать в сторону Каньон-Пасса, я удалялся от него — и от последнего шанса на помощь. Стекая по носу, пот капал мне на руки. Хорошо, что Хелен меня не видела. В тот момент я точно не выглядел храбрецом.

— Значит, ты решил умничать, — насмешливо сказал голос. — Ну, посмотрим, кто из нас умнее. Лично я знаю, на кого ставить.

— Я не играю в азартные игры с незнакомцами, — произнес я, раздраженно отметив, что мой голос походит на лягушачье кваканье. — Куда мы едем?

— Рули и помалкивай, не то пристрелю!

Добрых двадцать минут мы ехали проселками, сворачивая то налево, то направо, то снова налево. Теперь я понятия не имел, где мы находимся. Наконец голос произнес:

— Ну ладно, приехали. Тормози.

Я остановил машину на узкой заброшенной дороге; с одной стороны росли трава и кустарник, а с другой — зияла черная пропасть. Было тихо и безлюдно, как в гробу. Внизу виднелись фары нескольких автомобилей, взбирающихся в гору. Лицо обдувал прохладный ветерок. Дышать было трудно — сказывалась высота. Ну, или страх.

— Что стало с Джойс Шерман? — спросил я.

— Сам-то как думаешь? Умерла от тоски по дому. Теперь заткнись и делай, что скажу. Вызывай копов и говори, что ты в Каньон-Пассе. И поубедительней, иначе продырявлю тебе башку.

— Умерла? То есть вы ее убили?

От удара по затылку у меня из глаз посыпались искры.

— Заткнись! — прорычал голос. — Вызывай копов!

Я вышел на связь с Хэкеттом.

— Добрался до Каньон-Пасса, — сообщил я. Пот стекал с меня ручьем. Теперь пистолет давил мне в правое ухо, и я знал, что, как только закончу разговор с капитаном, меня убьют.

— Скажи ему, что оставишь деньги под указательным столбом, как велено, — шепнул голос.

— Похоже, на этом все, Хэкетт, — сказал я в микрофон, осторожно перемещая правую руку к дверной ручке. — Я должен оставить деньги под указательным столбом.

— Рядом кто-нибудь есть? — спросил Хэкетт.

— Никого.

Близилась развязка. Через секунду Хэкетт отключится.

Должно быть, мы теперь в нескольких милях от Каньон-Пасса. Этому головорезу оставалось только убить меня, забрать деньги и скрыться.

— Ну хорошо, — сказал Хэкетт. — Оставьте деньги и возвращайтесь. Увидев красный свет, трижды мигните фарами, иначе мы откроем огонь. До встречи.

Нажав на ручку, я почувствовал, как дверца открылась. Когда связь прервалась, я дернул головой вверх, чтобы отбросить пистолет, и выпрыгнул из машины. Мелькнула вспышка, грохнул выстрел. Я бешено катился к обочине. Пистолет выстрелил снова. Пуля ударила в грязь прямо перед моим лицом. Извиваясь, я сполз за край обрыва. Теперь я видел похитителя. Приземистый, широкоплечий, он выскочил из машины и бежал ко мне. Времени достать пистолет у меня не было. Он мог увидеть меня и в третий раз уже не промахнется.

Он приближался, выставив пистолет вперед. Совершив над собой чудовищное усилие, я бросился в темную пустоту.

ГЛАВА ВОСЬМАЯ

1

Швырнув окурок в корзину для мусора, Хэкетт со свистом втянул воздух через ноздри.

— Так вы уверены, что это был не Хоффман?

— Нет, точно не Хоффман, — сказал я, осторожно вытягивая ноющие ноги. Было двадцать минут третьего ночи. Чувствовал я себя так, словно попал под поезд. Скатиться кубарем по горному склону — одно из тех приключений, что будут сниться мне в кошмарах до конца жизни. Если бы ребята, ехавшие в сторону Лос-Анджелеса, не услыхали моих воплей, меня бы здесь не было. — Хоффман высокий, а этот парень был низкорослый и коренастый. Вы взяли заправщика?

— Когда мы приехали на заправку, от него уже не было никакого толку. Ваш приятель прострелил ему голову.

— Вот черт! Я надеялся, что мы сможем его разговорить. Что ж, выходит, нас перехитрили. Как это воспринял Райс?

— Собирается уехать, — сказал Миклин. — Теперь он, похоже, уверен, что его жена мертва.

— Он был уверен в этом еще до моей встречи с похитителем, — сообщил я, после чего пересказал подслушанную беседу Райса с Майрой Лантис.

— Возможно, он замешан в этой истории, — задумчиво сказал Хэкетт.

— Теперь у нас две версии, — продолжал я. — Первая такова. Джойс Шерман убила Мейсона, и Хоффман начал ее шантажировать. Решив улизнуть, она инсценировала похищение, чтобы не остаться с пустым карманом. А вот вторая. Понимая, что Джойс катится по наклонной, и желая избавиться от нее, чтобы взять в жены эту Лантис, Райс устроил похищение. Обе версии достаточно правдоподобны. Может статься, что в реальности они переплетаются. Если за всем стоит Райс, то рано или поздно тот парень, что хотел меня убить, выйдет с ним на связь. Выкуп у него, и Райс захочет получить свою долю. Думаю, нужно приставить к нему пару ваших лучших сотрудников для круглосуточного наблюдения. Нужно сделать так, чтобы у него не было ни единого шанса добраться до денег. Тогда он, возможно, потеряет голову и сделает неверный ход.

— Ага, — сказал Хэкетт. — Это я устрою.

— Ну, я совсем выдохся. Пожалуй, мне пора на боковую. Волнений для одной ночи хватило. Что у нас дальше?

— Все уже решено, — мрачно произнес Миклин. — Начнем охоту за похитителем и попытаемся разыскать мисс Шерман.

Понятно, что такая задача не для одиночки. Здесь требуется методичный, терпеливый поиск, а это под силу только полиции. Так что я предоставил все копам, охотно и с чистой совестью.

А сам взял такси и отправился в «Калвер-отель». Шагая по фойе, я услышал свое имя, обернулся и увидел, что в мою сторону спешит Алан Гудьир.

— Боже мой! Стив, ты цел? — встревоженно спросил он, окинув взглядом мой перепачканный и порванный костюм.

— Все нормально. Мне просто нужно выспаться. Какими судьбами?

— Да вот, все думал о тебе. Интересно, как продвигается дело. Решил не беспокоить Фэншоу. Сидел здесь, дожидался твоего возвращения.

— Это, конечно, мило с твоей стороны. Но ты зря забиваешь себе голову. По-моему, тебе пора расслабиться.

— Так что случилось?

— Тот парень перехитрил меня. Я должен был поехать в Элмо-Спрингз, а там получить новые указания. Похититель незаметно влез в машину и ткнул в меня пистолетом. Забрал и деньги, и автомобиль.

— Он тебя не ранил?

Я печально усмехнулся:

— Старался изо всех сил, но мне повезло. Успел скатиться с обочины. Не спрашивай, как я не свернул себе шею. Момент был незабываемый.

Гудьир сделал глубокий вдох:

— Фух! Рад, что все обошлось. Я уж боялся, что ты попал в беду. Значит, он удрал?

— Ага. Прежде чем начать стрельбу, он сказал мне, что Джойс Шерман мертва. Копы с ним согласны, но все равно будут ее искать.

— То есть похититель убил ее?

— Наверное, да.

— А что полицейские? Обещают его найти?

— Ты же знаешь полицейских. Эти оптимисты всегда надеются на лучшее. Готов спорить, в похищении замешан Райс. Сегодня копы приставят к нему хвост и организуют прослушку телефона.

— Райс? — в замешательстве спросил Гудьир. — С чего ты решил, что он имеет отношение к этому делу?

— Кое-что слышал. Они с Майрой Лантис планируют сбежать. Слушай, Алан, я едва стою на ногах. Ты не против, если я пойду спать?

— Конечно. Извини, что пристал. Сам понимаешь, я за тебя до смерти волнуюсь.

Тут к нам подошел дежурный администратор:

— Мистер Хармас...

— Что такое?

— Некий господин звонит вам уже два часа. Говорит, дело срочное.

— Что за господин?

— Он отказался назвать имя, — негодующе заметил администратор. — Говорит, вы его вспомните, потому что однажды он ударил вас в челюсть.

Я и думать забыл про усталость.

— Хоффман! — взволнованно сказал я, поворачиваясь к Гудьиру. — Это Хоффман! Он оставил сообщение? — спросил я у администратора.

— Просил, чтобы вы немедленно приехали в отель «Блэкс».

— А это еще где?

Администратор посмотрел на меня свысока, подняв свой аристократический нос. Похоже, он был невысокого мнения об отеле «Блэкс».

— На побережье, недалеко от Оушен-парка. Это не самое респектабельное место, мистер Хармас.

— Ну, меня этим не удивишь, — сказал я и продолжил, обращаясь к Гудьиру: — Нужно поговорить с Хоффманом. Быть может, это переломный момент в нашем деле.

— Неужели все так срочно? — спросил Гудьир, шагая за мной к выходу. — Оставил бы до утра. Уже почти три часа ночи. Тебе нужно отдохнуть.

— Сам отдыхай, — усмехнулся я. — А у меня дела.

Вырвавшись вперед, я сбежал по ступеням, огляделся в поисках такси и подал знак водителю. Гудьир тоже подошел к бордюру.

— Не хочешь, чтобы я составил тебе компанию? — спросил он.

— Пожалуй, нет. Хоффман не будет говорить при свидетелях. За меня не волнуйся, я в порядке. До скорого! Я расскажу, как все прошло. — Распахнув дверцу автомобиля, я запрыгнул внутрь и скомандовал: — Отель «Блэкс», возле Оушен-парка.

Путь к побережью занял чуть больше двадцати минут.

— Вы тут поаккуратнее, приятель, — сказал водитель, когда я расплатился. — В такое время суток здесь небезопасно. Хотите, чтобы я вас подождал?

— Нет, спасибо. Я буду осторожен.

Я стоял на тротуаре, пока красные габариты такси не растворились во тьме. Район казался тихим и безлюдным.

Далеко в море, отражаясь от черного неба, сверкали огни плавучих казино. Ароматы океана смешивались со слабым рыбным душком, вонью гудрона и бензиновых паров. Темные пирсы выдавались в тихое, словно покрытое масляной пленкой море. Над водой висела жиденькая дымка, то и дело скрывающая корабельные огни; их отблески то появлялись, то снова пропадали.

Повернувшись, я взглянул на отель «Блэкс» — высокое узкое здание с мерцающей вывеской над дверью. Вход был застекленным, свет изнутри падал на грязный тротуар.

Преодолев четыре ступеньки, я толкнул дверь. За ней оказалось еще шесть ступеней, а дальше — стойка администратора.

За стойкой сидел тощий мужчина небольшого роста. На кончике носа у него были очки в толстой оправе, перед ним лежала развернутая газета.

Как только я вошел, он поднял на меня взгляд. Его лицо оставалось совершенно безучастным — как у козы во время дойки.

— Похоже, вы страдаете от одиночества, — сказал я, облокотившись на стойку. — Или его скрашивают ду́хи ваших предков?

Мужчина придвинул газету к себе, накрыв ею правую руку. Я знал, что он нащупывает пистолет в потайном ящичке стойки. Глядя в жесткие глазки, я понял, что он выстрелит без лишних размышлений.

— Повторите. А то я не расслышал, — просипел он, глядя мне прямо в глаза.

— Не нужно артиллерии, — сказал я, стараясь не шевелить руками. — Я просто хотел сойти за компанейского парня. И как вижу, напрасно. Я Хармас. Мой друг звонил мне из вашего отеля. Он ждет меня.

Мужчина не отводил взгляда и не спешил вынимать руку из-под газеты.

— Как его зовут?

— Он слишком дрожит над своим именем. Сомневаюсь, что оно есть в вашем журнале. Разве это имеет значение?

Задумавшись, мужчина подвигал во рту зубным протезом.

— У вас есть визитка? — спросил он после выразительной паузы.

— Разумеется. Только не стреляйте, когда я буду ее доставать. На случай, если вам интересно, мой пистолет лежит в заднем кармане брюк.

— Думаете, вы герой боевика? — сказал мужчина, вынимая руку из-под газеты. — Наш район и без того тревожный. Зачем меня нервировать?

Я расслабился:

— Простите, виноват. Теперь понимаю, что перестарался. — Я достал бумажник.

Изучив мою визитку, администратор кивнул и вернул ее мне:

— Третий этаж, комната номер три. Стучите четыре раза, иначе придется вынимать свинец из живота.

— Когда-нибудь я сам здесь поселюсь, — пообещал я. — А то совсем размяк.

Вернув очки на переносицу, мужчина снова углубился в чтение, словно я внезапно перестал существовать.

Я поднялся по лестнице, стараясь не шуметь и не касаться пыльных перил.

На третьем этаже мне встретилась босая девушка в сине-желтом кимоно. Ноги у нее были немытые, а в руках она держала кувшин с водой. Волосы ее доходили до плеч — от одного их вида у меня разыгралась чесотка.

Девушка одарила меня лучистой улыбкой, полы кимоно разъехались в стороны, и я увидел, что под ним почти ничего нет.

— Привет, красавчик, — сказала она, останавливаясь. — Заблудился?

— Просто гуляю, — отшутился я, протискиваясь мимо девушки. — Решил ознакомиться с местным колоритом. Если можно назвать это колоритом.

Улыбка исчезла с ее лица.

— Очередная пустоголовая мразь, — сказала она. — Да-да, в щегольской новенькой шляпе.

Мы разошлись. Возле комнаты номер три я остановился, чтобы вытереть пот с лица. Это местечко мне не нравилось, а жильцы нравились еще меньше. Я постучал четыре раза, отчетливо, но негромко, чтобы не потревожить спящих соседей. Ничего не произошло. Я подождал, прислушался, но ничего не услышал.

Из-за соседней двери доносился мерный храп, громкий и изматывающий, словно звук электропилы, которая вгрызается в сучковатое полено.

Постучав снова, на этот раз чуть громче, я украдкой посмотрел по сторонам, ожидая услышать проклятия или увидеть летящие в меня предметы.

Из ванной комнаты появилась девушка в кимоно, но уже без кувшина и направилась ко мне.

— Почему бы тебе не выбить дверь к такой-то матери? — спросила она, проходя мимо. — Будет меньше шума.

Впрочем, она уточнила, о какой матери идет речь.

Я проводил ее взглядом. Открыв дверь в конце коридора, она обернулась, показала неприличный жест и ушла к себе в комнату. Я поскреб затылок — не потому, что был озадачен, просто он зачесался.

И очень осторожно повернул дверную ручку, но дверь не открылась. Осмотревшись еще раз, я нагнулся к замочной скважине. С другой стороны был вставлен ключ, но я видел, что в комнате горит свет. Собственно, только это мне и удалось рассмотреть. Глубоко вдохнув, я постучал снова, на этот раз громко; так громко, что джентльмен по соседству выключил свою электропилу. И снова ничего не произошло.

Я пошел по коридору в направлении лестницы и не останавливался, пока не спустился в фойе. Мужчина за стойкой, сдвинув очки на кончик носа, хмуро глянул на меня.

— Он никуда не выходил? — спросил я, слегка запыхавшись.

— С какой стати? Он вас ждал, — произнес мужчина, откладывая газету в сторону.

— Я стучу, а он не открывает. В комнате горит свет, и дверь заперта изнутри. Сможем что-нибудь сделать или мне вызвать копов?

Мужчина подскочил, словно его кольнули штыком.

— Вот только давайте без глупостей, — сказал он. — Никаких копов мне здесь не нужно. Может, он крепко спит.

— Крепче, чем хотелось бы. У вас есть универсальный ключ или мне придется стрелять в замок?

— Раз уж такое дело, я, пожалуй, поднимусь, — произнес мужчина. — Думаете, что-то случилось?

ДЖЕЙМС ХЭДЛИ ЧЕЙЗ

— Посмотрим и узнаем.

Он стремительно пошел впереди, а я — за ним по пятам. Добравшись до третьего этажа, мы оба едва дышали.

Девушка в кимоно совершала очередное путешествие в ванную комнату.

— Привет, кудрявый, — сказала она, обращаясь к мужчине. — Что за переполох?

— Ты бы хоть прикрылась, шалава грязная. Пока я тебя ботинком не отоварил, — произнес администратор, не повышая голоса.

Я ожидал взрывной реакции. Но вместо этого девушка расплылась в заискивающей улыбке и быстро удалилась, как и положено человеку, которого вот-вот отоварят ботинком.

— Какие у вас тут милые, душистые постояльцы, — сказал я, торопясь к комнате номер три.

— Только вашего мнения мне и не хватало. Нормальные люди, если знаешь, как с ними обращаться.

Громко постучав в нужную нам дверь, мужчина немного подождал, сделал шаг назад и пнул ее всей подошвой. Похоже, на него нашла охота пинаться.

— Уверены, что сейчас время изображать Джеймса Кэгни? — спросил я. — Просто откройте дверь.

Чуть повозившись с замком, мой спутник сумел вытолкнуть ключ из замочной скважины, после чего осторожно отомкнул дверь.

— Лучше встаньте в сторонку. Вдруг он занервничает, — посоветовал администратор, отступая вбок. Повернув ручку, он толкнул дверь. Ничего не произошло. Никто не стрелял. Мы осторожно заглянули в освещенную комнату.

Хоффман сидел в кресле, безвольно свесив руки и опустив голову на грудь. Кровь пропитала его пиджак и лужицей растеклась по полу.

— Вот почему этого бродягу завалили именно здесь, а не где-то еще? — спросил мужчина, входя в комнату.

Склонившись над Хоффманом, я приподнял ему голову, осторожно опустил ее снова и дотронулся до его руки. Она была еще теплой. Хоффмана убили совсем недавно.

— Вот проклятье, — не унимался мужчина. — У меня же здесь бандитов больше, чем в тюрьме. Вы погодите пока. Нужно вытурить пару персонажей. Прибраться до приезда копов.

Опрометью выскочив за дверь, он побежал по коридору.

Я оглядел жалкую комнатушку. Прохладный ветерок с моря залетал в открытое окно, принося с собой клочья тумана. Шагнув к подоконнику, я увидел пожарную лестницу. Должно быть, убийца забрался по ней. Сделать это было несложно. Вернувшись к телу Хоффмана, я расстегнул пиджак, рубашку и осмотрел рану на груди, прямо под сердцем. Удар, нанесенный чем-то вроде мясницкого ножа, был весьма сильным — на коже вокруг раны образовался приличный синяк. Я огляделся в поисках ножа, но не нашел его.

В карманах Хоффмана не было ничего интересного.

Под кроватью лежали два чемодана, но в них тоже не оказалось ничего примечательного.

Внезапно на меня накатила усталость. Теперь точно будет не до сна. Придется ждать Хэкетта, а потом сидеть с ним остаток ночи. Я негромко застонал. Жаль, что в комнате не было спиртного.

Я вышел в коридор. Там уже кипела жизнь. Протиснувшись мимо меня, к лестнице устремились трое крепышей с чемоданами в руках; их одежда была надета поверх пижам. На втором этаже я встретил двух девушек, тоже с чемоданами. Оттолкнув меня, они сбежали вниз; я заметил, что их пальто наброшены на ночные рубашки.

Спустившись на первый этаж, я подошел к администратору, караулившему телефон.

— Три минуты, приятель, — мрачно сказал он. — Наше заведение обязано предоставлять какой-никакой сервис.

К выходу направился последний беглец — толстяк с круглым белым лицом и глазами как у загнанного зверя. Открыв дверь, он неловко махнул пухлой рукой в сторону стойки.

— Это последний. — Администратор глубоко вздохнул. — Кто будет звонить: я или вы сами?

— Сам, — сказал я, протягивая руку к телефону.

2

Настойчивый стук в дверь пробудил меня от тяжелого сна. Кое-как открыв глаза, я вгляделся в часы на прикроватной тумбочке. Согласно циферблату, сейчас было десять минут одиннадцатого, а солнечный свет, одержав победу над задернутыми шторами, убедительно свидетельствовал: не вечера, а утра. Самочувствие у меня было паршивое, да и вид, наверное, не лучше. Я с трудом влез в халат и нетвердой походкой направился к двери.

Коридорный сунул мне телеграмму и звонко спросил, ждать ли ответа. В нем было сосредоточено все безжалостное дружелюбие человека, проснувшегося четыре часа назад.

Я ответил, что если надо будет, то позвоню администратору, жестом велел ему проваливать и закрыл дверь. Парень ушел с таким топотом, словно был обут в водолазные ботинки. А еще он насвистывал песенку, от которой моя голова чуть не взорвалась.

Я вскрыл телеграмму, она была от Хелен.

«Вчера вечером Конни собрали вещи и уехали с острова. В полдень встречай меня в аэропорту».

Мысль о предстоящей встрече была живительной — настолько, что я нашел в себе силы заползти под холодный душ. Пока я одевался, снизу принесли три чашки черного кофе. Это слегка привело меня в чувство, но, спускаясь в фойе, я все еще пошатывался. Поскольку мне удалось лечь только в 5:15 утра.

Смерть Хоффмана ввергла меня в депрессию. Я был уверен, что он готов к разговору. Думал, он расскажет мне, зачем Джойс Шерман интересовалась полисами Сьюзан Геллерт, и эта информация окажется ключом к разгадке. Полиция не нашла ни единой зацепки. Убийство было совершено ловко и аккуратно. Убийцу никто не видел. Поднявшись по пожарной лестнице, он прикончил Хоффмана и ушел так же незаметно, как появился.

Приехав в полицию, я провел бестолковый час в компании Хэкетта. Наиболее вероятным подозреваемым был Райс. Если он стоял за похищением, то в его интересах было не допустить, чтобы Хоффман разговорился. Но два детектива, следившие за Райсом, доложили, что вечером он не выходил из дома.

Поиски Джойс Шерман и ее похитителя оставались бесплодными. От переживаний Хэкетт сделался раздражительным.

— Смотрите на дело проще, — наконец посоветовал я, устав от его ворчания. — Скоро кто-нибудь оступится. Все это время им слишком везло. Настанет и наш черед.

Хэкетт усмехнулся. Похоже, мои доводы его не убедили.

Без десяти двенадцать я приехал в аэропорт, но самолет Хелен задерживался. Мне предстояло ждать минут двадцать. Настроение начало портиться снова, и я решил заглянуть в буфет на чашечку кофе. Делая заказ, я попросил продавца плеснуть в кофе рюмку виски. Взглянув на круги у меня под глазами, он сочувственно цокнул языком и потянулся к бутылке.

Вторая чашка благотворно повлияла на мою осанку. Внезапно рядом раздался голос:

— Мистер Хармас, верно?

Я поднял взгляд. Рядом со мной улыбалась черноволосая, шикарно одетая женщина. Сперва я не узнал ее, но затем вскочил с места:

— Ба, миссис Конн! Вас не признать в городской одежде. Как поживаете?

Вот ее я точно не ожидал увидеть. Ну и встреча! Интересно, случайная или не очень.

Широко улыбнувшись, девушка уселась рядом:

— Лучше всех. Готова поспорить, вы не ожидали меня увидеть. Я вас не сразу узнала. Надеюсь, вы не против моего общества?

— Рад встрече. Что привело вас в Лос-Анджелес?

— Я отправляюсь в Буэнос-Айрес.

— Неужели? А муж?

Состроив капризную гримаску, она покачала головой:

— Я его бросила.

— Да вы что? Когда?

— Вчера вечером. — Заказав кофе, девушка продолжила: — Не могу я больше жить на том острове. Забавно, но вы с женой сыграли в этом не последнюю роль. Наверное, разбередили мне душу. Хотите верьте, хотите нет, но до вас у меня месяцами не было гостей. Вот я и подумала, что пора уезжать, даже если Джек решит остаться. Мы все обсудили. Похоже, он был рад от меня избавиться. — Она рассмеялась. — Ни о чем не думает, кроме своих проклятых змей. Не очень-то приятно знать, что змеи важнее тебя, верно?

Я сказал, что она, наверное, права.

— Он остался на острове?

— Нет-нет, приехал сюда со мной, но решил не провожать. Обратно поедет в компании Сьюзан. Ей нужен отпуск, а ему — кухарка, так что пару недель они проведут вместе.

— Если она наденет черный парик, ваш супруг решит, что вы никуда не уезжали, — сказал я, внимательно следя за ее реакцией.

На долю секунды девушка отвела взгляд, а потом рассмеялась:

— А что, это мысль. Да на здоровье. Мне до смерти надоел Джек Конн, а ему до смерти надоела я. Наверное, этот остров маловат для двоих. Мы вроде как действовали друг другу на нервы.

— Как дела у вашей сестры?

— Отлично. Ждет новостей от Брэда по поводу нью-йоркских выступлений.

— Он сейчас в Нью-Йорке?

Коррин кивнула:

— Не знаю, получится ли у него все устроить. В любом случае почему бы не попробовать. — Допив кофе, она взяла предложенную мной сигарету. — Честно говоря, мне не очень-то хочется в Буэнос-Айрес. Я бы предпочла остаться поближе к Сьюзи. Но с прошлой работы прислали телеграмму, что мое место еще свободно. Я работала там до замужества и решила не упускать своего шанса. — Она подалась вперед, к огоньку моей зажигалки. — А вы как-то связаны с похищением Шерман? По-моему, я видела ваше имя в газетах.

— Было дело, — ответил я, внезапно насторожившись. — Повеселился на славу.

— Ужасное происшествие. Конечно, этим больше интересуется Сьюзи, но от таких новостей я тоже была в шоке. Думаете, она мертва?

— Возможно, — ответил я так спокойно, как только мог. — А почему ваша сестра интересуется похищением?

— Ну, в свое время они с Шерман дружили.

— Дружили? Я этого не знал.

— Еще до того, как Джойс начала сниматься в кино, — пояснила Коррин. — Года четыре назад они жили в одной квартире. В то время Джойс работала администратором в отеле, а Сьюзан выступала со мной. Джойс всегда говорила, что побьет Сьюзи на ее же поле. Так и вышло.

— Это было в Сан-Бернардино, верно?

Мне снова почудилось, что Коррин отвела взгляд. Затем она кивнула, и ее улыбка была вполне убедительной.

— Наверное, да. Точно не помню. Бедняжка Джойс. Так что скажете? Она мертва?

— Думаю, это очень вероятно. Ваша сестра поддерживала с ней отношения? Не знаете, они виделись в последнее время?

— Ой нет. Когда Джойс начала сниматься, Сьюзи надеялась на ее помощь. Тоже хотела попасть в Голливуд. Но ничего не вышло. Джойс зазналась — ну, вы знаете, как это бывает. Они поссорились и перестали общаться, и не по вине Сьюзи. Джойс бросила всех прежних друзей. Думаю, слава вскружила ей голову.

— Так бывает почти со всеми, — заметил я. Интересно, зачем она все это рассказывает? Уж точно не для того, чтобы поддержать разговор.

— Ваша супруга осталась в Спрингвилле, мистер Хармас? — непринужденно спросила Коррин, так непринужденно, что я чуть было не повелся, но вовремя заметил ловушку.

— Моя супруга? Боже упаси. А почему вы спрашиваете?

Коррин все еще улыбалась, но ее глаза пристально смотрели на меня.

— Мне показалось, что я ее видела. По берегу ходила какая-то девушка, похожая на вашу жену. Когда нечем заняться, я развлекаюсь, рассматривая окрестности в бинокль. Обожаю наблюдать за птицами. Мне показалось, что та девушка — миссис Хармас.

— Точно не она, — твердо ответил я, соскальзывая со стула. — Хелен все время была со мной. Пару дней назад отправилась в Сан-Франциско. А сейчас я должен ее встретить. Только что объявили о прибытии ее рейса. Мне пора бежать. Как окажетесь в Буэнос-Айресе, пришлите мне открытку. Когда-нибудь я и сам туда слетаю.

Пожимая мне руку, Коррин сказала:

— Если Сьюзи пробьется в Нью-Йорк, обещайте приехать к ней на выступление. Ей нужна будет максимальная поддержка.

— Конечно, — ответил я. — До свидания. Удачи.

К тому времени, как я оказался в зоне прилета, самолет уже вырулил к зданию аэропорта. Хелен вышла одной из первых.

Мы бросились друг другу в объятия. После необузданных приветствий, во время которых на нас косились со смесью зависти и восторга, я отпрянул и с восхищением посмотрел на жену:

— Тебе не помешает перекусить, милая. Соскучилась?

— Еще как, — улыбнулась Хелен. — Но нет необходимости рвать меня на части. — Пытаясь отдышаться, она поправила свою милую шляпку и решительно высвободилась из моих рук. — Напоминаю, что я буду в твоем распоряжении еще много лет. И совсем необязательно втискивать эти годы в одно неистовое приветствие.

— Ну, мы еще не добрались до отеля, — сказал я, забирая ее чемодан. — Это была лишь генеральная репетиция.

— Жду не дождусь, — рассмеявшись, отозвалась Хелен. — Ну, дорогой, выкладывай новости.

— Новостей много, — сообщил я по пути к «бьюику». — Но давай поговорим о делах, когда вернемся в отель. А сейчас мне и без того есть что тебе сказать. Например, что ты очень красивая. Я считал часы до твоего прилета и горжусь тем, что могу называть тебя миссис Хармас.

В отеле я представил Хелен неопровержимые доказательства того, как сильно я соскучился. По-моему, вышло весьма убедительно.

— Ну что ж, по-моему, пора двигаться дальше, — сказал я, немного отдышавшись. — Теперь иди ко мне на ручки и рассказывай, что видела.

— Я посижу в кресле, — твердо произнесла Хелен. — А то знаю я твои ручки.

— Может, ты и права. Ладно, будь по-твоему. — Я тоже плюхнулся в одно из кресел. — Теперь рассказывай, что было на Мертвом озере.

— В общем, все труды оказались напрасными, — призналась Хелен, подобрав под себя ноги. — Мы с Питом попеременно следили за островом. Глаз с него не сводили. И не увидели совершенно ничего интересного. По утрам Конн уходил охотиться на змей. Время от времени появлялась Коррин. Только и всего. Напрасно я надеялась, что к ним кто-то приедет. Вчера вечером они взяли сумки, уселись в моторку, приплыли к ожидающему их автомобилю, взятому напрокат, и уехали. Я подумала, что, пока их нет, неплохо бы проверить хижину. Даже дошла до причала, но тут вспомнила о змеях и повернула назад. — Резко взглянув на меня, она добавила: — И не вздумай смеяться! Я знаю, что струсила. Ну не смогла я пойти по той тропинке, понимая, что в любой момент могу увидеть змею.

— Я не смеюсь, — сказал я, похлопав Хелен по руке. — Я и сам бы не отважился.

— Но одну вещь я все же выяснила, — продолжала Хелен. — Наблюдая за островом, мы с Питом много беседовали. Я все расспрашивала его о Коннах. Надеялась, что он расскажет что-нибудь полезное. И он вспомнил одну важную вещь, Стив. Когда Сьюзан приезжала на Мертвое озеро, они с Конном заходили к Питу. Пока Конн чинил машину, Сьюзан выпила пару бокалов. Там был один парень, и он завел разговор о киноактрисах. Пит стоял за барной стойкой и тоже участвовал в той беседе. Парень сказал, что считает Джойс Шерман лучшей актрисой в мире. По словам Пита, Сьюзан хватила лишнего и принялась ругать Джойс Шерман последними словами. Говорила, что она дрянная актриса. Только и умеет, что бить на эффект. Рассказала, что жила с Джойс до того, как та стала сниматься в кино. Называла ее грязной шлюхой. Парень начал было спорить, и Сьюзан совсем взбесилась. Кричала, что, если бы не хороший режиссер, Джойс Шерман не хватило бы таланта даже красиво пройти по комнате. Тут появился Конн, Сьюзан внезапно умолкла, и они ушли. Пит вспомнил, как на улице Конн что-то сказал ей и Сьюзан явно испугалась.

Я усмехнулся. Теперь понятно, почему Коррин Конн потрудилась сообщить мне, что в прошлом Сьюзан была знакома с Джойс Шерман.

— Перед твоим прилетом я столкнулся с Коррин Конн, — сказал я. — Она сообщила, что Сьюзан в свое время жила с Джойс Шерман, а потом Джойс порвала с ней. Еще она спрашивала, не осталась ли ты на Мертвом озере. Сказала, что видела тебя.

— Я старалась не высовываться, — недовольно заметила Хелен.

— Она рассматривала берег в полевой бинокль. Вот и засекла тебя. Кстати, милая, для тебя есть задание. Съездишь в Сан-Бернардино? Я бы тоже поехал, но нужно сидеть здесь. Вдруг что прояснится с этим треклятым похищением.

— Конечно съезжу, — отозвалась Хелен. — Что нужно сделать?

— Пока эта девица разговаривала со мной, я не мог отделаться от мысли, что наша встреча — часть какого-то хитрого плана. Чересчур удобное совпадение. Слишком ловко она перевела разговор на отношения Сьюзан и Джойс. Должно быть, догадалась, что Пит все тебе рассказал, и постаралась, чтобы я услышал эту историю от нее. Поезжай в Сан-Бернардино, осмотрись. Разыщи отель, где Джойс работала до встречи с Райсом. Найди кого-нибудь, кто ее знал. Побеседуй. Хочу, чтобы ты покопалась в ее биографии. Там обязательно найдется человек, который ее помнит. Узнай, чем Сьюзан занималась года четыре назад. Если выяснишь, где жили девушки, и сумеешь поговорить с домовладельцем, такая информация может оказаться очень полезной. Походи по маленьким театрам, по агентствам, подними старые газеты.

— Что конкретно ты ищешь, Стив?

Я пожал плечами:

— Сам не знаю. Но хочу убедиться, что Сьюзан и Джойс действительно жили в одной квартире. Мало ли что удастся найти — если, конечно, поискать хорошенько. А в нашей ситуации сгодится любая зацепка.

— Сделаю. Отправлюсь туда завтра же утром. Теперь рассказывай о своих приключениях. У нас целых полдня, так что не стесняйся, с подробностями.

— Ну, устраивайся поудобнее. — Я потянулся за сигаретой. — История будет длинной.

И я рассказал о выкупе, о том, как катился с обочины горной дороги, о гибели миссис Хоффман, доказательствах, связывающих Джойс Шерман с убийством Мейсона и, наконец, об убийстве Хоффмана. Рассказ вышел долгим, но не дольше, чем наш последующий разговор.

3

На следующий день Хелен отправилась в Сан-Бернардино. Меня подмывало поехать с ней, но Фэншоу настоял на том, чтобы я остался в Лос-Анджелесе — на тот случай, если полиция найдет новую зацепку в деле о похищении. Мне оставалось только ждать, и это занятие оказалось невыносимо скучным.

Полиция сбилась с ног, однако новостей о похищении не было. Обычно в преступном мире находят информатора, но не в этот раз и по вполне понятной причине: уголовники не имели к этому делу никакого отношения. Мы подозревали Перри Райса, но против него не нашлось ни единой улики.

Он не пытался связаться с похитителем. Будучи под круглосуточным наблюдением, он не сделал ни одного подозрительного шага. Нас воодушевляло лишь одно: Райс отменил запланированное путешествие в Париж. Значит, предположил я, он не встречался с похитителем и пока не получил свою часть выкупа. Но доказательств у меня не было.

Майра Лантис так и жила с ним, изображая секретаршу. Мы-то знали, что там на самом деле, но и здесь не могли ничего предпринять.

Каждое мое утро начиналось с посещения полицейского участка, после чего я направлялся к Фэншоу. Так прошел один день, так же прошел и второй. Хелен звонила мне каждый вечер. Пока что ей не удалось выяснить ничего сенсационного. Она все еще искала отель, в котором Джойс работала до знакомства с Райсом. Дело шло небыстро. К нашему общему удивлению, никто не знал, что знаменитая кинозвезда в свое время работала в Сан-Бернардино администратором гостиницы.

Но третий день оказался богат на события. Для меня он начался, как обычно: я встал в начале девятого, неторопливо позавтракал, спустился в полупустое фойе и уселся просматривать газетные заголовки.

Примерно через полчаса мое внимание привлекла небольшая статья в самом низу страницы. Мельком глянув на нее, я перескочил к другой заметке, сосредоточился и перечитал заголовок.

Ощущение было такое, словно меня ударили по лицу.

ТРАГИЧЕСКАЯ СМЕРТЬ ТАНЦОВЩИЦЫ
НА БЕЗЛЮДНОМ ОСТРОВЕ
УКРОТИТЕЛЬНИЦА ЗМЕЙ УМИРАЕТ
ОТ ПОТЕРИ КРОВИ

Две секунды спустя я бешено мчался к машине.

ГЛАВА ДЕВЯТАЯ

1

В офисе царила напряженная атмосфера. Мэддокс восседал за столом Фэншоу. Для разнообразия он молчал, но его взгляд сулил беду.

У окна стоял Фэншоу. Он нервно теребил сигарету, роняя пепел на ковер. Увидев меня, он с облегчением выдохнул.

— Ты это видел? — отрывисто сказал Мэддокс, хлопнув по лежащей на столе газете.

— Ага. — Придвинув стул носком ботинка, я уселся. — Пока что информация скудная. Но похоже, эти страховки дороговато нам обойдутся.

— Думаешь, нам предъявят иск?

— Не знаю. Но в полисе не указана смерть от потери крови. Пока подробности неизвестны, я бы не исключал вероятность иска.

— Подробности известны, — сказал Мэддокс. — Я только что говорил с Национальной ассоциацией новостей. Девушка умерла вчера, во второй половине дня. Она гостила у Конна на острове. Очевидно, дожидалась поездки в Нью-Йорк. Конн говорит, что уплыл с острова в десять утра. Сьюзан же собиралась прибраться в хижине, пока его не будет дома. Хотела вымыть окна, спрашивала Конна насчет стремянки. Он сказал, где искать, но предупредил, что одна из ножек еле держится. Поскольку окна в его хижине не выше семи футов от земли, Сьюзан решила, что падать будет невысоко. «Ну и пожалуйста», — сказал Конн. — Мэддокс откусил кончик сигары. Закурив, он помахал рукой, чтобы разогнать дым, и продолжил: — За мытье окон она принялась только после обеда. В один прекрасный момент ножка стремянки подломилась, и девушка упала на стекло.

Она инстинктивно выставила вперед руки, чтобы защититься от удара. Стекло разбилось, глубоко порезав оба запястья и повредив артерии.

Пустячное происшествие превратилось в несчастный случай. Когда ты один, опасно резать артерии на обоих запястьях. Очевидно, кровотечение было обильным. Сьюзан ударилась в панику. Все комнаты в хижине залиты кровью. Похоже, она бесцельно бегала по дому — то ли пыталась найти бинты, то ли потеряла голову от испуга. В доме нашли два окровавленных полотенца. Когда Сьюзан обнаружили, ее запястья были перетянуты импровизированными тряпичными бинтами, но недостаточно туго, чтобы остановить артериальное кровотечение. Это неудивительно. Наложить тугую повязку на собственное запястье, когда руки вымазаны кровью, практически невозможно.

— Какой ужас, — сказал я.

Мэддокс пожал плечами:

— Завтра будет разбирательство. Вердикт очевиден: смерть от несчастного случая. Доказательств нечестной игры нет. Когда девушка истекала кровью, Конн забирал почту в «Спрингвилл-отеле». Его видели несколько свидетелей. Миссис Конн направлялась в Буэнос-Айрес. Дэнни был в Нью-Йорке. За Райсом следили приставленные к нему копы. У всех железобетонное алиби. К тому же на основании представленных доказательств шериф не станет рассматривать версию об убийстве.

— Разве что в случае, если девушка застрахована на миллион, — заметил я.

— Это ему известно. — Задумавшись, Мэддокс пустил струйку дыма в потолок. — Все сделано чисто, Хармас. В душе я знал, что именно так и будет. Что ж, я оказался прав. Ни один суд присяжных не сочтет это убийством. Все доказательства, найденные на острове, указывают на несчастный случай. Но это было убийство. Не будем обманываться. С тех пор как Дэнни уговорил этого осла, Гудьира, составить чертов полис, девушка была обречена. Теперь подождем. Посмотрим, хватит ли у них наглости предъявить иск.

— Несомненно, хватит, — сказал я. — Почему бы и нет?

— Если задуматься, смерть от потери крови — очень удобный способ убийства. Никакого шума, жертва умирает не сразу, у злодея есть время устроить себе алиби, и все выглядит как несчастный случай.

— У вас нет никаких улик, указывающих на убийство, — сказал Фэншоу, отходя от окна. — Если девушку убили, то кто это сделал? У всех подозреваемых неопровержимое алиби. В деле замешаны другие лица?

Мэддокс сделал предупреждающий жест:

— Вопрос не ко мне. Я не полицейский. Расследовать убийства — не моя работа. Я занимаюсь выявлением мошенничества. А сейчас мы имеем дело с мошенничеством! Смотрите: человек, застрахованный на миллион долларов, умирает при подобных обстоятельствах меньше чем через месяц после покупки полиса. Нет, этот номер не пройдет. Совершено убийство!

— Итак, какие наши действия? — спросил я.

— Никаких. Сидим ровно. Следующий шаг должны сделать они, а не мы.

— Сделают. Долго ждать не придется.

— Пусть. Пока что забудем про эту статью. — Он постучал пальцем по газете. — Никто из нас ее не видел. Мы приложим все усилия, чтобы вставить им палки в колеса. Скажем, что полис выдавался только в рекламных целях — вот почему взносы были такими маленькими. Напомним, что и Дэнни, и девушка сказали тебе, что не собираются предъявлять иск. Вспомним каждое их слово, сказанное при свидетелях. Затем скажем, что они могут подать на нас в суд. Расскажем все присяжным. Пусть решают, кто прав, а кто виноват. Нас будет представлять Бергман. Никто, кроме него, не имеет шансов выиграть подобное дело. — Подавшись вперед, Мэддокс сердито посмотрел на меня. — Нужно сделать так, чтобы они испугались и решили не подавать иск. А если подадут — заставим отозвать. Надавим на них. Объясним, что, если иск признают недействительным, их обвинят не только в мошенничестве, но и в убийстве!

— Хотите, чтобы я присутствовал на разбирательстве? — спросил я.

— На разбирательстве? — рявкнул Мэддокс, подпрыгивая в кресле. — Ты вообще меня слушал? Я же сказал: мы все игнорируем. Если придем на разбирательство, присяжные сделают вывод, что мы признали свою ответственность. Мы не читали эту статью! Мы не знаем, что девушка мертва! Если ты там засветишься, Конн сразу перехватит мяч. А когда дело дойдет до суда, присяжные спросят, с какой стати мы объявились на разбирательстве, если не планировали выплачивать страховку. Мы не лезем в это дело. Ничего не предпринимаем. Понял? Совершенно ничего!

— Если не будем ничего делать, — заметил я, — тем самым сбросим пару сильных карт. Я бы хотел осмотреть хижину, подтвердить личность девушки и проверить ее отпечатки.

— Ничего не делаем, — повторил Мэддокс. Его лицо раскраснелось. — Это приказ. Говоришь, сбрасываем карты? Тут ничего не попишешь. Но если придем на разбирательство — даже если просто заглянем спросить, где туалет, — то будем бледно выглядеть в суде. Нам нужно держаться от всего этого подальше.

Я понимал, о чем он говорит, но уступать не хотелось.

— Позвольте напомнить, что Сьюзан с сестрой похожи как две капли воды, — сказал я. — Чтобы выяснить, не произошла ли подмена, нам нужно подтвердить личность погибшей. Если Сьюзан затеяла мошенничество, тело может принадлежать Коррин.

Мэддокс фыркнул:

— Ты же сам сказал, что Коррин отправилась в Буэнос-Айрес.

— Это по ее словам. Но мы не знаем, так ли это на самом деле. Возможно, то была Сьюзан. Надев черный парик, она решила обеспечить себе алиби. По крайней мере, я могу узнать, села ли она на корабль. Проверка не займет много времени.

— Проверь, если хочешь. — Мэддокс пожал плечами. — Но это пустая трата времени. Если миссис Конн сказала тебе, что плывет в Буэнос-Айрес, можешь ставить последний доллар, что так и есть. Они проворачивают фокус на миллион и не попадутся на такой мелочи.

— Пожалуй, вы правы. Но я все равно проверю. Когда-нибудь они оступятся. Но разве вы не понимаете, насколько важно подтвердить личность погибшей?

— Ничего не поделаешь! Нельзя! — Мэддокс грохнул кулаком по столу. — Если сможем доказать в суде, что нас не просили взглянуть на тело, что у нас не было возможности подтвердить личность, то сможем заронить зерно сомнения. Не факт, что из него что-то вырастет. Но если Бергман обыграет все правильно, то мы получим отсрочку. Возможно, даже посеем раздор среди присяжных.

— Я все равно думаю, что нужно подтвердить личность погибшей, — упрямился я.

Мэддокс уже готов был взорваться, но тут в дверь постучали. В комнату заглянула секретарша Фэншоу, мисс Фейвершем.

— Мистер Брэд Дэнни спрашивает мистера Хармаса, — сообщила она.

Мэддокс улыбнулся. Сейчас он являл собой нечто среднее между волком и тигром.

— Началось, — сказал он, поднимаясь на ноги. — Противник времени не теряет, да? — Мэддокс повернулся к Фэншоу. — Тебе лучше побыть здесь. Я пока не буду вмешиваться. Вы тоже останьтесь, мисс Фейвершем. Запишите каждое его слово. — Наконец он посмотрел на меня. — Следи за языком, Хармас. Мы ничего не признаем. Понял? Скажи ему подать претензию в письменном виде. Если попробует давить, отказывайся от любой ответственности. Говори, что если он хочет получить выплату, то может подавать в суд. Договорились?

— Да, — произнес я.

Мэддокс вышел из комнаты, и Фэншоу сказал:

— Пригласите мистера Дэнни.

2

Фэншоу жестом велел мне сесть за стол, а сам остался у окна.

— Говорить будешь ты, — едва слышно произнес он. — Я не буду встревать в разговор без необходимости.

Дверь открылась, и в комнату вошел Дэнни, бледный и осунувшийся. Он сразу же направился ко мне, протянув руку для приветствия, а мисс Фейвершем тихонько отошла ко второму столу и незаметно раскрыла свой блокнот.

— Вы слышали? — спросил Дэнни, пожимая мне руку.

— Рад новой встрече, — сказал я, жестом приглашая его присесть. — Говорят, вы были в Нью-Йорке. Как все прошло?

— Какая разница? — резко произнес он. — Вы слышали о Сьюзан? Она мертва!

— Мертва? Что случилось?

Шагнув к столу, Фэншоу забрал газету (о ней мы и думать забыли), сложил ее и бросил в мусорную корзину.

— Ужасная смерть. — Дэнни уселся в кресло. На его лице читалось неподдельное горе и отчаяние. Парень определенно был потрясен случившимся. — Бедняжка рассекла артерию. Она была на том окаянном острове. Рядом никого не оказалось. Она... она истекла кровью.

— Боже мой! — произнес я, садясь за стол. — Примите мои искренние соболезнования. Когда это случилось?

— Вчера. Я только что вернулся из Нью-Йорка. Прочитал об этом в газете. Тут же позвонил в «Спрингвилл-отель», и Пит Иган рассказал мне подробности. Конн не потрудился связаться со мной, а Коррин уплыла в Буэнос-Айрес. После обеда поеду в Спрингвилл.

— Чем я могу помочь?

— Пожалуй, ничем. Но все равно спасибо. Я зашел, чтобы побеседовать с вами насчет той страховки.

«Начинается», — подумал я, переглянувшись с Фэншоу.

— Кстати, знакомьтесь. Это Тим Фэншоу, управляющий здешним филиалом.

Фэншоу подошел к Дэнни, и они обменялись рукопожатием.

— Итак, что вы хотели узнать? — спросил я, когда они закончили с формальностями приветствия.

— Ну, Сьюзи умерла, и теперь страховка не имеет смысла. Я хотел уточнить по поводу взносов. Мне придется уплачивать их до конца года?

На секунду я не поверил своим ушам. Судя по тому, как напрягся Фэншоу, он был удивлен не меньше моего.

— Ну что вы! Выплаты автоматически прекращаются в момент смерти, — сказал я, стараясь сохранить выражение лица непроницаемым.

Дэнни с облегчением выдохнул:

— Ну что ж, прямо гора с плеч. Сейчас у меня неважно с деньгами. Я боялся, что придется платить и дальше.

Обратившись в пару манекенов, мы ожидали, что он начнет намекать по поводу иска, но этого не произошло. Напротив, Дэнни сказал:

— Знаете, мистер Хармас, зря она придумала этот трюк со страховкой. Если бы не те полисы, она осталась бы жива.

Это заявление прозвучало так неожиданно, что я уставился на Дэнни раскрыв рот:

— Что вы имеете в виду?

— Ну, она поссорилась со мной именно из-за страховки. Мы поругались, и она уехала на Мертвое озеро.

— Она с вами поссорилась?

— Да. Вы же помните, что она хотела использовать эти полисы для рекламы?

— Да, разумеется, — сказал я, придвигаясь поближе к столу.

— Весь смысл был в том, чтобы устроить рекламу заранее. Чтобы ее имя услышали нью-йоркские менеджеры. Ну, я решил, что номер полностью отшлифован, и сказал, что готов запустить историю в прессу. К моему удивлению, она отказалась. Мол, подумала и решила, что не стоит сбивать себе цену, опускаясь до такого трюка. Номер и без этого отличный. Да, так и сказала. Представляете? Сбивать себе цену! Страховка на миллион долларов — это, по ее мнению, слишком дешево.

— Ну, девушки иногда чудят, — осторожно произнес я. — Когда я видел ее на сцене, публика была в восторге. Возможно, она решила, что ее номер лучше, чем на самом деле.

Дэнни кивнул:

— Именно так. А я сдуру рассказал ей о своих планах. Господи! Вы бы видели, как она взбесилась! Говорила, что если я не смогу устроить ей выступление в Нью-Йорке, то я не импресарио, а пустое место. Честно говоря, я и сам слегка рассердился. Мы же прилично заплатили за эти полисы, и я не мог позволить, чтобы деньги оказались выброшены на ветер. Услышав это, Сьюзан заявила, что страховка понадобится, когда мы закрепимся в Нью-Йорке. — Дэнни печально взглянул на меня. — Я, как последний тупица, принялся с ней спорить, и тут она совсем разъярилась. Удивительное дело — мы с ней были знакомы много месяцев, а я и не подозревал, что у нее такой взрывной характер. Она меня бросила. Сказала, что поедет к Конну и чтобы я не появлялся, пока не устрою дела в Нью-Йорке.

— Очень жаль, — сказал я. — Я об этом не знал. То есть полисы так и не пошли в дело?

Дэнни покачал головой:

— Нет. Пустая трата денег. Потому-то я к вам и пришел. Я не могу позволить себе лишних расходов.

— В этом нет необходимости. Взносы отменяются автоматически. — Я подтолкнул к нему пачку сигарет. — Угощайтесь.

Дэнни закурил.

— Вы только что сказали, что решение купить страховку приняла мисс Геллерт. Раньше мне казалось, что это была ваша мысль.

Дэнни обескураженно посмотрел на меня:

— Нет, ну что вы! Это была мысль Сьюзи. Поначалу она мне не особенно нравилась. А когда я изменил свое мнение, Сьюзи сама уже потеряла к ней интерес.

— Но к Гудьиру обратились вы?

— Да. Как ее импресарио, я сопровождал сделку, но, по сути, все устроила Сьюзи.

— Устроила? Что именно?

— Договорилась с мистером Гудьиром, чтобы он уделил мне время. Именно она выбрала вашу компанию.

— Должно быть, мне дали неверную информацию, — сказал я. — У меня сложилось впечатление, что вы встретили Гудьира случайно.

— Нет-нет, — удивленно сказал Дэнни. — Нашу встречу устроила Сьюзи.

— Вы не знаете, как она с ним познакомилась?

— Нет, не знаю.

— Ну, не важно, — сказал я. — Мне страшно жаль, что все закончилось таким образом.

— Спасибо. Ну, не буду отнимать у вас время. Просто хотел узнать насчет взносов. Так мне точно не нужно ничего делать?

— Совершенно ничего. Нам понадобится копия свидетельства о смерти. Как только мы ее получим, взносы отменятся автоматически. Если хотите, я возьму на себя общение с остальными компаниями.

— Конечно хочу, — с благодарностью произнес он. Поставив на стол потрепанный портфель, Дэнни вынул из него десять полисов, аккуратно перевязанных красной ленточкой. — Наверное, они вам нужны. — Он положил их передо мной.

Я чуть не выпал из кресла. Без этих документов ни у Дэнни, ни у кого-то еще не будет ни малейшего права на иск. Должно быть, на моем лице отразилось изумление.

— Что-то не так? — спросил Дэнни.

— Нет-нет. — Я посмотрел на Фэншоу; тот, выпучив глаза, уставился на полисы. — Я о них позабыл.

Дэнни подтолкнул их в мою сторону:

— Вы только напишите мне, когда их аннулируют, хорошо?

— Сделаю, — сказал я, чувствуя, как по лбу струится пот.

Уничтожив полисы, я сведу к нулю вероятность мошенничества. Без документов никто не сможет предъявить нам иск. С другой стороны, полисы принадлежат семье Сьюзан Геллерт, и я, как представитель «Нэшнл фиделити», не имею права их забирать. За этими бумагами миллион долларов, независимо от того, будет ли иск нечестным — если его когда-нибудь предъявят. Я протянул руку. Моя ладонь зависла над стопкой полисов. Затем, медленно и мучительно я положил руку на место. Забрав документы, я бы воспользовался невежеством Дэнни. Это было непорядочно. К тому же, если выяснится, что мы уничтожили полисы, зная о возможности предъявить иск, репутация компании будет подорвана раз и навсегда. На это я пойти не мог.

Не проверяя, согласен ли со мной Фэншоу, я подвинул полисы обратно к Дэнни:

— Вам нужно сохранять их, пока не закончится расследование. В любом случае полисы нужно приобщить к бумагам мисс Геллерт и отправить ее юристу.

— Что, правда? — Дэнни озадаченно уставился на меня. — Они же не имеют никакой ценности. Разве это необходимо?

Я пристально смотрел ему в глаза, пытаясь понять, не ломает ли он комедию. Может, он хочет, чтобы я сам сказал, что полисы не имеют никакой ценности, и тем самым подставил себя под удар? Но, глядя в его честное, смущенное лицо, я отказался от этой мысли.

— Нельзя уничтожать личные бумаги покойной без согласия душеприказчиков, — медленно произнес я. — У Сьюзан был юрист?

— Не знаю. Сомневаюсь. Наверное, стоит уточнить у Конна.

— Да, стоит уточнить.

Спрятав полисы в портфель, Дэнни поднялся на ноги:

— Мне пора идти. Иначе не успею в Спрингвилл. Спасибо за все, мистер Хармас.

Когда он ушел, я потушил сигарету, отодвинулся от стола и глубоко вздохнул.

— Ну давай, — сказал я, не глядя на Фэншоу. — Говори, раз уж тебе так хочется.

— Я бы поступил так же, — мрачно признался Фэншоу. — Но я рад, что это пришлось сделать тебе, а не мне. Других вариантов у нас не было. Как считаешь, он говорил правду?

— Правду и ничего, кроме правды, — заметил Мэддокс, входя в комнату. — Я все слышал. — Он испепелил меня взглядом. — Тебе не кажется, что стоило переговорить со мной, прежде чем спокойно вернуть ему документы?

— Зачем ждать? — спросил я. — Думаете, вы проделали бы это с большей ловкостью? Да вас бы удар хватил.

Мэддокс хотел что-то сказать, но передумал и усмехнулся.

— Наверное, хватил бы, — согласился он.

3

Я был совершенно уверен, что, как только Дэнни передаст полисы Конну, нам будет предъявлен иск. Время шло, и я считал, что Мэддокс допустил ошибку, не позволив мне подтвердить личность мертвой девушки, которую, как заявлял Конн, звали Сьюзан Геллерт.

Если вместо нее убили Коррин и я сумею это доказать, вся схема рассыпется. Несмотря на приказ Мэддокса, я решил съездить в Спрингвилл, проникнуть в морг и удостовериться, что там действительно лежит тело Сьюзан. Если проделать все поздно вечером, то риск, что меня заметят, будет незначительным.

Я сказал Мэддоксу, что поеду в «Южно-Американские пароходные линии» выяснять, действительно ли Коррин отплыла в Буэнос-Айрес, а сам вернулся домой.

Поднявшись к себе в номер, я уселся за телефон. После пятиминутного разговора с клерком пароходной компании я убедился, что девушка по имени Коррин Конн действительно отплыла вечером того дня, когда я встретил Коррин в аэропорту. Ни я, ни клерк не знали, действительно ли за этим именем стоит та самая девушка, но такое доказательство вполне годилось для суда.

Затем я позвонил в Сан-Бернардино — в гостиницу, где остановилась Хелен. Мне сказали, что она вышла, но перед этим пыталась связаться со мной. Я оставил длинное сообщение, заинтриговав телефонистку рассказом о смерти Сьюзан. Лишь трудовая дисциплина помогла ей воздержаться от вопросов.

Повесив трубку, я извлек из чемодана бутылку скотча — ту самую, что всегда вожу с собой на случай экстренной необходимости. Необходимость была не такой уж экстренной, но мне предстояла долгая поездка, и я решил подкрепиться заранее. Сделав первый глоток, я собрался было повторить, как вдруг зазвонил телефон.

Надеясь услышать голос Хелен, я схватил трубку и важно произнес:

— Стив Хармас на проводе.

Никогда не упускаю возможности произвести впечатление на жену. Но звонила не она. В трубке звучал голос Алана Гудьира.

— Ты видел газету? — спросил он неестественно высоким голосом. — Эта чертова девица, Геллерт, умудрилась сыграть в ящик!

— Ага, знаю, — сказал я. — Как раз собирался тебе позвонить. — Это было неправдой. Я совсем забыл про Гудьира. — Я был в офисе. Мэддокс рвет и мечет.

— Ты, похоже, совсем не волнуешься! — надрывался Алан. — Что мы будем делать? Что решил Мэддокс?

— Полегче, Алан. Пожалей мои барабанные перепонки.

— Все тебе шуточки! — сказал он. — Ты обо мне подумал? Представляешь, каково мне сейчас? Что мы будем делать?

— Ничего. С какой стати нам что-то делать?

Повисла короткая, тревожная пауза.

— Это слова Мэддокса? — Алан наконец справился с голосом.

— Ага.

— То есть мы не станем выплачивать страховку?

— Пока что нам не предъявили иск. С чего ты решил, что придется платить?

— Конечно придется! Она умерла от потери крови! В полисе это не учтено. Любой толковый юрист, взглянув на полис, сразу же увидит пространство для иска.

— Ну, как сказать, — заметил я. — Дэнни знает, что полисы были куплены исключительно в рекламных целях. Если Конн решит дать им ход, то сразу станет ясно, что он преступник.

Алан молчал. Я слышал, что он тяжело дышит.

— Ты, наверное, опять шутишь? — наконец спросил он. — Вы с Мэддоксом были правы, а я ошибался. Здесь что-то нечисто. Уверен, что девушке помогли умереть такой смертью!

— То есть ты думаешь, что ее убили? — спросил я, тупо уставившись в стену напротив.

— Судя по всему, да. Какое-то безумие! Что Мэддокс говорил обо мне? Наверное, винит во всем меня?

— Он не сказал про тебя ни слова.

— Это еще хуже, — взволнованно произнес Гудьир. — Я уже обошелся компании в полмиллиона. А теперь новое дело. Это я виноват, что продал ту страховку. Черт! Не буду ждать, пока Мэддокс меня вышвырнет. Лучше уволюсь сам. Чтоб я продал хоть еще один полис? Да ни в жизнь!

— Бога ради! — нетерпеливо перебил я. — Алан, возьми себя в руки. Зачем Мэддоксу тебя увольнять? Ты же наш лучший продавец. И ты не первый, кого одурачили. Кроме того, нам еще не предъявили иск. Не стоит так волноваться. Сходи в бар, пропусти стаканчик. Тебе это не помешает.

— Не нужно мне стаканчиков! — Похоже, у Алана началась истерика. — Вся моя репутация псу под хвост! Мне конец! Уволюсь сам, пока меня не вышвырнули.

— Ты спятил, — сказал я, внезапно поняв, что Гудьиру совсем худо. — Не дури. Если уж на то пошло, сходи к Мэддоксу, поговори с ним. Он быстро вернет тебя в чувство. Стоит ему узнать, что ты собрался увольняться, он все сделает, лишь бы ты передумал. Так что зайди к нему. Побеседуй.

— Прямо сейчас и зайду — с заявлением по собственному желанию.

— И думать забудь. Мэддокс тебя не отпустит.

— Хочу с тобой увидеться. Говори где.

— Не сейчас. Мне нужно бежать. Увидимся завтра утром.

— Почему не сегодня вечером?

— Извини, Алан. Мне нужно уехать из города. Скорее всего, до утра не вернусь. Давай ты заглянешь завтра, после одиннадцати?

— Ну ладно. Сейчас пойду разговаривать с Мэддоксом.

— Вот и славно. Главное, не волнуйся. Ну пока. — И я повесил трубку.

Схватив стакан, я проглотил остатки скотча и задумался, стоит ли предупредить Мэддокса, что у Гудьира поехала крыша. Пожалуй, не стоит. Мне нужно отправляться в Спрингвилл, а если я позвоню Мэддоксу, он может поручить мне какую-нибудь работу, и никуда я не уеду.

Я спустился вниз и забрал «бьюик» из гаража. Десятью минутами позже, с полным баком и пистолетом в наплечной кобуре, я выехал из Лос-Анджелеса и направился в Спрингвилл.

4

В резком свете луны пыльная дорога казалась белой. В четверти мили от города я съехал на обочину, чтобы спрятать машину в зарослях кустарника.

Необходимо было действовать очень осторожно. Если меня заметят и Мэддокс узнает, что я его ослушался, придется искать новую работу. Закрыв машину, я направился к городу, стараясь держаться в тени деревьев.

В окнах по большей части было темно; свет горел только в отеле, салуне и в паре хибарок. Остальные жители, судя по всему, улеглись спать.

Морг находился в конце главной улицы, рядом с офисом шерифа. Я приметил это здание, когда в последний раз приезжал сюда с Хелен.

Лес поредел. Остановившись за деревом, я хорошенько рассмотрел улицу. Вечер выдался теплый, и человек шесть, переговариваясь, все еще сидели на ступеньках салуна. Пройти мимо, оставшись незамеченным, было невозможно, и я тоже уселся, решив подождать.

Ждать пришлось долго. Наконец в двенадцатом часу последний полуночник решил, что пора домой. Огни салуна погасли, и я отважился выйти из своего укрытия. Теперь на главной улице не было ни души. Я решил, что можно приступать к делу.

Держась в тени зданий, я тихонько пробирался вперед, вслушиваясь и всматриваясь в темноту.

Когда я проделал половину пути, где-то залаяла собака.

Я метнулся к стене салуна. Собака все лаяла, и было слышно, как она гремит цепью. Эти звуки напугали бы даже укротителя львов. Я надеялся, что цепь окажется достаточно прочной.

Чтобы не проходить мимо собаки, я свернул за салун. Там оказался узкий переулок, идущий параллельно главной улице. Через пару минут быстрой ходьбы я оказался за офисом шерифа.

В одиноком окне горел свет. Бесшумно приблизившись, я заглянул внутрь.

Шериф, человек гигантских размеров, сидел за столом, покуривая трубку. Над его головой клубился сизый дым, а на столе лежал ворох формуляров. Похоже, он устроился там на всю ночь.

Я пошел дальше. В дальнем конце здания был «обезьянник», а еще дальше — приземистая деревянная лачуга. Подойдя ближе, я увидел, что на двери белой краской написано: «Морг».

Обойдя вокруг здания, я выяснил, что единственное окно закрыто крепкими ставнями. Света не было видно. Приложив ухо к ставням, я убедился, что в здании никого нет, вернулся к двери и пришел к выводу, что открыть ее будет нетрудно. Достав отмычку, я приступил к делу. Немного повозившись, я одолел замок, вынул фонарик из заднего кармана брюк и медленно, очень медленно отворил дверь. Открываясь, она издала резкий скрип. Я оглянулся на освещенное окно, ожидая увидеть там фигуру шерифа. Ничего не произошло. Шагнув внутрь, я провел лучом фонарика по комнате. Похоже, это была приемная. У стены стояла каталка. Кроме того, там был стол, стул и телефон.

Напротив меня была дверь с белой эмалированной табличкой «Покойницкая».

Шагнув вперед, я повернул ручку и открыл дверь. Луч фонарика разрезал горячую, душную тьму. Пахло дезинфицирующими средствами и формальдегидом. В свете мелькнула глубокая раковина с белым краном и три стола: один операционный, с батареей ламп, и два раздвижных. На одном из последних покоилось тело, накрытое белой простыней. Я подошел поближе, тяжело дыша и нервничая, словно старая дама, знающая, что у нее под кроватью прячется грабитель. Рукой, дрожащей значительно сильнее, чем хотелось бы, я приподнял простыню и направил луч фонарика так, чтобы все рассмотреть.

На столе лежала Сьюзан Геллерт; ее печальное мертвое лицо казалось восковым, а кожа была белой, как свежевыпавший снег. Да, передо мной была именно Сьюзан: те же черты лица, те же волнистые светлые волосы. Я сдвинул простыню чуть ниже. Над правой грудью было маленькое родимое пятно, темно-красное, в форме полумесяца. Пару секунд я глазел на него, пытаясь вспомнить, видел ли я эту отметину раньше. Во время первой встречи с Коррин я стоял совсем рядом, и ее тогдашний топ не помешал бы мне заметить это пятнышко. С другой стороны, когда Сьюзан танцевала на сцене, я сидел довольно далеко; к тому же такой дефект кожи легко замазать, и на расстоянии это будет совсем незаметно. Даже на основании одного только родимого пятна можно было прийти к выводу, что мертвая девушка передо мной — это Сьюзан.

Дактилоскопический набор был при мне. Я торопливо снял отпечатки с каждого пальца холодной мертвой руки. Быстро проверив результат, я убедился, что отпечаток большого пальца соответствует оттискам на полисах, и разочарованно убрал набор в карман. Несомненно, передо мной была Сьюзан; а ведь я так надеялся доказать, что это не она.

Накрыв ее лицо простыней, я тихо направился к выходу, повернул ручку и услышал, как за дверью что-то едва слышно скрипнуло.

Застыв на месте, я прислушался. Сердце колотилось о грудную клетку, как свежевыловленная форель. Я ничего не слышал, но в воздухе повисло ощущение опасности. Я был уверен, что в здании кто-то есть.

Выключив фонарик, я убрал его в карман, после чего медленно открыл дверь, пока ее створка не уперлась в ограничитель. Я же, не двигаясь, вслушивался в темноту.

Ничего не произошло. Передо мной была стена кромешной тьмы. Я попытался убедить себя, что все выдумываю, но ощущение опасности никуда не делось. В голове мелькнуло воспоминание о мертвом теле Сьюзан Геллерт, лежащем на столе позади меня. По спине пробежал холодок — сначала вверх, потом вниз, как вагончик на американских горках. Очень осторожно я сделал два бесшумных шага в соседнюю комнату.

И тут началось. Почуяв движение справа, я метнулся вбок. Холодная сталь рассекла пиджак и оцарапала мне руку. Я услышал тихое ворчание, от которого весь покрылся холодным потом. Чьи-то пальцы нащупали мое лицо. Я присел и подался вперед, вытянув руки в темноту.

На меня обрушилось тело, твердое и мускулистое. Сталь снова рассекла пиджак, на сей раз подбираясь к ребрам. Падая, я бешено замахал руками. Удар моего кулака пришелся кому-то в лицо. Человек выругался. Я услышал, как нож упал на пол. Затем противник схватил меня за грудки; его руки перебрались повыше и стиснули мое горло стальной хваткой. Я попытался лягнуть человека, но не попал в него и завалился на спину. В мою грудь врезалось колено, лишив меня возможности сделать вдох. Ухватившись за толстые волосатые запястья, я неистово пытался оторвать руки противника от своего горла, но его пальцы сжимались, будто тиски, и я ничего не мог с этим поделать.

В ушах заколотился пульс, и я понял, что вот-вот лишусь чувств. Кто бы он ни был, душитель оказался силен как бык.

Я бил его кулаками по лицу, но мои удары казались снежинками, падающими на оконное стекло. Тьма перед глазами превратилась в пылающий красный шар.

Я попытался занести руку для нового удара, но она была тяжелой, как свинец. Я попытался закричать. И тут красный шар взорвался у меня в голове, и мир погрузился во тьму и безмолвие.

5

Голубоглазый шериф пододвинул ко мне бутылку виски, не сводя сочувствующего взгляда с моего лица.

— Глотни, — сказал он. — Похоже, тебе это не помешает.

Я глотнул. Казалось, вместо виски мне подсунули молоко.

— Повезло тебе, что я успел вовремя, — продолжал шериф. — Ножик-то что надо, профессиональный.

Он кивнул на стол. Там лежал нож с узким лезвием.

— Что надо, — проквакал я, трогая распухшее горло. — Вы его видели?

— Он услышал мои шаги и смотался. Я так спешил, что забыл взять пистолет.

Я налил себе еще виски, зная, что вот-вот придется отвечать на вопросы, а я пока что слишком взволнован, чтобы выдумать убедительную историю. Понятно, что моей репутации конец. И не только моей, но и репутации Мэддокса. Этот шериф с сочувствующим взглядом голубых глаз не отпустит меня, пока не услышит удовлетворительного объяснения. И по его виду я понимал, что удовлетворить его будет непросто.

Пока я был без сознания, он обшарил мои карманы. На столе веером лежали мои визитки, права и бумажник. Шериф знал, кто я и кого представляю.

— Послушай, сынок, — ласково произнес он. — Ты можешь загреметь в тюрьму за то, что вломился в морг. Но, полагаю, на то были причины. Приехал, чтобы опознать девушку?

— Ага, — ответил я.

— Она была у вас застрахована?

— Послушайте, шериф. Я оказался в трудном положении. Она — наш клиент, но мы подозреваем, что дело нечисто. Думаем, что ее убили. Я приехал удостовериться, что в морге лежит Сьюзан Геллерт, а не ее сестра-близнец по имени Коррин Конн. Если пойдет молва, что я здесь был, моей компании — и девяти другим — придется выложить миллион долларов.

Шериф тихонько присвистнул.

— Лучше поведай мне всю историю, сынок, — сказал он, поудобнее усаживаясь в кресле. — Возможно, я смогу помочь.

Его вежливость не ввела меня в заблуждение. Я должен был все ему рассказать, иначе неприятности мои умножатся. И я все рассказал. Это заняло некоторое время, но шериф получил всю историю целиком, включая рассказ о похищении Джойс Шерман.

— Признаю, все это выглядит неважно, — согласился он, дослушав меня до конца. — Но ты взял не тот след. Эта девушка погибла случайно. Вопрос об убийстве не стоит. Я тщательно все проверил. Как только Конн сообщил, что обнаружил труп, я подумал, уж не он ли прикончил девушку. Этот парень мне не нравится. Он смахивает на злоумышленника. Так что я отправился на остров, настроенный очень серьезно, и был весьма внимателен. Проверил стремянку: она действительно подгнила, и одна из ножек сломалась. Проверил окно: оно и правда было разбито, а остатки стекла в раме перемазаны кровью. Те следы, что удалось найти в грязи рядом с хижиной, принадлежат Конну и девушке — других не было. Скажешь, этого недостаточно? Так слушай дальше. В момент смерти на острове не было никого, кроме этой девушки. Док говорит, она умерла часа в три дня. Хорошо, допустим, он на три часа ошибся. Уехав с острова, Конн появился в отеле в десять утра. Один парень по имени Джейк Окли браконьерит на озере, когда Конн уезжает на большую землю. Тем утром он прятался на берегу — ждал, пока Конн уедет. Он своими глазами видел, как Конн переплыл через озеро. Окли рыбачил там до начала пятого. Между десятью утра и половиной пятого на острове не было гостей. Потом вернулся Конн. Услышав, как тот заводит моторку, Окли снова спрятался. Он видел, как Конн вышел на берег, две минуты спустя побежал к причалу и снова поплыл через озеро. Явился прямо ко мне и сообщил, что обнаружил тело девушки. Окли все еще был там, не понимая, что происходит, когда мы с Конном и ребятами переплыли на остров и начали поиски. Когда я туда добрался, на острове не было никого, кроме мертвой девушки. Могу поклясться. Я прочесал и хижину, и весь остров чуть ли не зубной щеткой. Это был несчастный случай. Можешь выкинуть из головы все мысли об убийстве.

— Простите, — сказал я, — но мне все равно не верится. Это было убийство. Хотя я не понимаю, как его совершили.

Шериф пожал плечами:

— Что ж, сынок. Если сумеешь это доказать — желаю удачи. Но после показаний Окли любой суд присяжных назовет это происшествие несчастным случаем.

— А что, если Конн заплатил Окли, чтобы тот рассказал эту байку? — спросил я.

Шериф усмехнулся:

— Нет. Я Джейка с детства знаю. Этот парень прямой как штык. К тому же он Конна терпеть не может. Нет, твоя версия никуда не годится.

— Вам обязательно указывать в отчете, что я был здесь? — спросил я. — Сами видите, в какой я ситуации. Мы хотим, чтобы Конн довел дело до суда. Если он сумеет доказать, что я ездил сюда опознать девушку, мы проиграем.

Шериф благожелательно ухмыльнулся:

— В чужие дела я не лезу. Но если меня вызовут в суд, то под присягой придется все рассказать.

Я кивнул. Разумеется, в покойницкой на меня напал Конн. Должно быть, он узнал меня и решил втянуть в дело шерифа, чтобы тот мог подтвердить, что я приезжал сюда.

Я попался и ничего не мог с этим поделать.

— Остается только скрестить пальцы и надеяться на лучшее, — сказал я. — Поеду-ка я в Лос-Анджелес, пока не вляпался еще во что-нибудь. Сожалею о своем поступке.

— Больше так не делай, сынок. Иначе застрянешь здесь надолго. Пока ты не уехал, хочешь взглянуть на тело еще раз?

Я покачал головой:

— Наверное, нет. У вас есть ее фотография?
— Завтра будет. Пришлю ее тебе.
— Нужно, чтобы было видно родимое пятно. Сможете это устроить?
— Конечно.

Я брел по главной улице, надеясь, что Конн еще что-нибудь не выкинет. Я был чертовски зол на себя и буквально жаждал новых неприятностей.

Но никто не обращал на меня ни малейшего внимания.

6

Часов в одиннадцать утра я приехал в офис Фэншоу. Они с Мэддоксом корпели над делом Шерман. Прикрыв за собой дверь, я проследовал к столу Мэддокса; тот хмуро следил за моими движениями.

— Где ты был? — рявкнул он. — До тебя не дозвониться. Куда ты вчера ездил?

— Простите, — сказал я. — Я ездил в Спрингвилл. Хотел найти брешь в этом деле, но не нашел. Вместо этого выдал все наши секреты.

Я ожидал, что Мэддокс взорвется, но этого не произошло. Он сидел совершенно неподвижно. Глаза его внезапно превратились в гранитные камешки, а у рта выступила пена, но он держал себя в руках.

— Насколько все плохо? — спросил он с досадой.

— Хуже не бывает.

— Садись и рассказывай подробности.

Я сел и рассказал подробности.

— Ну что же, надеюсь, ты доволен собой, — сказал он, когда я договорил. — Угодил прямиком в ловушку. Черт побери! Ты забил гол в собственные ворота.

— Наверное, вы правы, — согласился я, обливаясь потом. Извиняться не было смысла. Мэддокс был равнодушен к извинениям — и раньше, и теперь.

Откусив кончик очередной сигары, он сказал:

— Слыхал, что Гудьир уволился?

— Да. Он собирался.

— Честно говоря, мне не жаль, что он ушел. До поры до времени он был хорошим продавцом, но в конце концов запутался. Перестал понимать, что хорошо, а что плохо. Как и ты.

— В таком случае мне тоже лучше уволиться.

Я с надеждой ждал, что Мэддокс возразит мне, но этого не произошло. Закурив, он погрузился в раздумья, и это были самые долгие две минуты в моей жизни.

— Твои действия, — наконец сказал он, — могут обойтись нашей компании в сто тысяч долларов. И остальным компаниям тоже. Это не было случайной ошибкой. Это было явное, тупое, безответственное вредительство. Тебе было сказано не лезть в это дело. Было сказано почему. Было сказано и раз, и другой, и ты все равно полез прямо в капкан. И нет ничего, что могло бы оправдать твое поведение. У меня есть все основания выставить тебя за дверь прямо сейчас. В любом случае придется сообщить обо всем остальным компаниям — ведь за расследование отвечаю я. Скорее всего, мне скажут, что тебя нужно уволить. Когда мой человек перестает подчиняться приказам, он выходит на тонкий лед. Что будешь делать, Хармас?

— Наверное, увольняться, — сказал я, будучи сам себе противен. — А что тут можно сделать?

Мэддокс изучающе смотрел на меня.

— Точно уверен, что делать нечего? — спокойно спросил он. — Ты заварил эту кашу. Может, тебе ее и расхлебывать?

— Если бы у меня был шанс все исправить, я бы так и сказал. А ведь нам еще не предъявили иск. Любой мой шаг заводит меня в тупик. Пожалуй, чтобы распутать это дело, нужен человек поумнее, чем я.

— Хармас, ты работаешь на меня семь лет, — заметил Мэддокс. — И до сих пор меня не подводил. Вот что я сделаю. Дам тебе месячный оклад и месячный отпуск. Я не желаю знать, куда ты поедешь или что ты будешь делать; но если ты вернешься, раскрыв это дело, то останешься работать, как будто ничего не произошло. В противном случае возвращаться тебе не стоит. — Он черкнул что-то на клочке бумаги и бросил его на стол. — Отнеси это в кассу, получи деньги. Тем временем я передам дело Олли Джексону. Посмотрим, вдруг оно окажется ему по зубам.

Джексон тоже работал у нас следователем. Олли всегда считал, что из нас двоих он поумнее; я же придерживался обратного мнения.

— То есть вы хотите заменить меня Джексоном? — спросил я, удивленно глядя на Мэддокса.

— Джексон умеет выполнять приказы, Хармас. Эту работу получит он. Если раскроешь дело самостоятельно — что ж, отлично. Но сейчас мне нужно подключить надежного следователя, а Джексон — парень надежный.

Я щелчком переправил ему клочок бумаги с запиской.

— Оставьте себе в качестве салфетки. При случае высморкаетесь, — сказал я, стараясь не срываться на крик. — Я увольняюсь!

И вышел из офиса, хлопнув дверью.

ГЛАВА ДЕСЯТАЯ

1

Я приехал в Сан-Бернардино как раз к обеденному времени. Хелен сидела в ресторане с видом затворницы, и я незаметно к ней подкрался.

— Приятного аппетита, — шепнул ей на ухо. — Возможно, это последний дорогой обед в твоей жизни.

Она подскочила так, словно под стулом взорвалась петарда. Обернувшись, Хелен повисла у меня на шее. Посетители ресторана следили за этой сценой с явным удовольствием.

— Эй, полегче, — попросил я. — Не то испортишь репутацию этой гостинице.

— Стив! Откуда ты взялся?

— Только что приехал. — Высвободившись из ее объятий, я присел за столик. — Как там твои командировочные? Двоих потянут?

Хелен внимательно посмотрела на меня:

— Что-то случилось, дорогой?

— Для начала позволь мне позаботиться о своем желудке. А потом я поведаю тебе печальную историю.

Заглянув в меню, я заказал самое дорогое блюдо. Когда официант удалился, я продолжил:

— Я крепко напортачил, и Мэддокс нашел мне замену. Он предложил мне месячный отпуск с сохранением жалованья. Если за это время я не раскрою дело, то могу не возвращаться. На мое место назначен Олли Джексон.

В глазах Хелен сверкнули искры.

— Как он смел так обойтись с моим мужем? — произнесла она. — Сейчас я ему позвоню...

— Спасибо, милая, но в этом нет необходимости. Я уволился. Как думаешь, твоей зарплаты хватит, чтобы обеспечить нам комфортную жизнь?

— То есть как — уволился? Серьезно? — переспросила Хелен, широко раскрыв глаза.

— Пришлось. Фамильной гордости Хармасов нанесли смертельный удар. Более того, чек на следующую зарплату я швырнул Мэддоксу в лицо. И добавил, что он может в него высморкаться.

— Считаешь, это был разумный ход?

Я покачал головой:

— Боюсь, что нет. Вернувшись в отель, я подсчитал свои финансовые запасы. Оказалось, у меня ровно тридцать пять долларов, и ни цента больше. Но должен сказать, было очень приятно показать Мэддоксу зубы.

— Да, — с сомнением в голосе произнесла Хелен. — Ну, придется как-то справляться. Говоришь, ты напортачил? Так что случилось?

— Много чего. И я не виню Мэддокса.

Официант принес мой заказ. Приступив к еде, я рассказал Хелен, что произошло. Она слушала так внимательно, что забыла о еде.

— Я бы поступила точно так же, — сказала она, когда я закончил. — Необходимо было убедиться, что погибла именно Сьюзан. Почему Мэддокс отказывается это понимать?

— Ты же его знаешь. Он думает только о том, как бы не дать ход иску и перевести все в юридическую плоскость. Чем больше я об этом размышляю, тем сильнее удивляюсь, насколько хитро преступники все провернули. Ума не приложу, каким образом они убили девушку. Шериф клянется, что в момент смерти на острове никого не было. Его слова уже обеспечивают злоумышленников железным алиби. Если не сможем доказать, что девушку убили, нам конец. Хоть Мэддокс и планирует побороться в суде, в нынешней ситуации на победу нет ни единого шанса.

— А может, несчастный случай подстроили? Понимаю, что это не очень убедительно. Но вдруг Конн специально выдал девушке гнилую лестницу, надеясь, что она порежется об оконное стекло?

Я покачал головой:

— Нет. Она вполне могла упасть в другую сторону, не касаясь окна. Нет, я абсолютно уверен: кто-то подготовил антураж, а потом намеренно рассек девушке запястья. Но как убийца сбежал с острова до прибытия шерифа? Вот этого я понять не могу.

— Может, переплыл озеро? Для этого не обязательно нужна лодка.

— Если бы дело было ночью — вполне. Но все произошло днем. Этот Окли говорит, что все время был на берегу. Он бы заметил плывущего человека: там открытое пространство шириной с четверть мили.

— Тогда получается, что убийца спрятался на острове.

— Шериф это отрицает. Говорит, что подозревал Конна в убийстве девушки. В поисках доказательств он разве что не разобрал хижину на части.

— Стив, как ты думаешь, Дэнни в этом замешан?

Я покачал головой:

— Уверен, что нет. Он все время был в Нью-Йорке, а когда принес мне полисы, вел себя совершенно искренне. Разыграть эту сцену он не мог. Откуда ему было знать, что я не возьму документов? А если бы я их взял, на этом бы все и кончилось. Нет, Дэнни использовали. Уверен, он не понимал, для кого руками жар загребает. — Я отодвинулся от стола. — Пойдем в гостиную, выпьем кофе. Расскажешь свои новости. Тебе удалось что-нибудь узнать?

— Приехав сюда, я первым делом составила список гостиниц и пошла по адресам, — начала Хелен. — Ты не представляешь, как их много. От всей этой ходьбы с разговорами у меня голова пошла кругом. Никаких результатов. Ни в одном отеле не работала девушка по имени Джойс Шерман. Я подумала, что она сменила имя, когда начала сниматься в кино, и пошла по второму кругу. Проверила всех администраторов, работавших в здешних отелях за последние пять лет. И снова ничего. По большей части они и сейчас на месте, а всех уволившихся я проверила. Ох, Стив! Столько беготни, и все впустую. Я совершенно уверена, что Джойс Шерман никогда не работала здесь администратором.

— Ну, это уже что-то, не так ли? Твои усилия не были напрасными. Ты выяснила, в какой гостинице останавливался Райс?

— Выяснила. — Хелен взяла у меня сигарету. — В «Риджент-отеле». Пробыл там две недели и уехал, не заплатив по счету. Их детектив рассказал мне, что как-то застукал Райса с девушкой — та была у него в номере. По описанию это могла быть Коррин.

— В тот момент Коррин была в Сан-Бернардино?

Хелен кивнула:

— Они обе были здесь — и Коррин, и Сьюзан. Показывали стриптиз в ночном клубе. Я отыскала этот клуб и побеседовала с управляющим. Он очень хорошо их помнит. А еще он запомнил Райса. Говорит, что Коррин вызывала у Райса нешуточный интерес. Он часто ходил к ней в гримерку.

— Что насчет Сьюзан и Джойс Шерман? Они действительно жили вместе?

Хелен покачала головой:

— Нет. По крайней мере, не здесь.

— Уверена?

— Да. Управляющий клубом дал мне адрес дома, где жили Сьюзан и Коррин. Сегодня утром я туда заходила. Теперь у дома новый владелец. Когда там жили девушки, хозяйкой была другая женщина, и я узнала ее адрес. Собиралась навестить ее после обеда. Женщину зовут миссис Пейсли, она живет в Барсдейле. Это крошечный городок в сотне миль отсюда. Съездим вместе?

Пока она говорила, я не сводил с нее глаз.

— Что с тобой, Хелен? — спросил я. — Ты сама не своя. Переработала?

— Наверное, у меня воображение разыгралось, — помедлив, ответила она. — Последние два дня у меня такое чувство, что за мной следят. А прошлой ночью мне показалось, что кто-то пытался открыть дверь моей спальни.

— Пытался открыть дверь, но кто? — спросил я, стараясь не выказывать тревоги.

— Не знаю. Я спросила, кто там, но ответа не было. А посмотреть я не решилась.

— Почему ты думаешь, что за тобой следят?

— Просто ощущение. Я никого не видела и была очень внимательна, но ощущение никуда не делось. Честно говоря, я слегка нервничаю.

— Больше тебе не придется беспокоиться. — Я похлопал ее по руке. — Да, поехали к миссис Пейсли. И хватит волноваться, хорошо?

— Конечно. Только не попасть бы нам в беду, Стив.

Я понял, что Хелен нервничает гораздо сильнее, чем кажется.

— Слушай, давай-ка я поеду в Барсдейл, а ты отправишься домой. Хорошо бы проверить, как там наша квартира.

Хелен покачала головой:

— Я тебя не брошу, Стив. Пока ты рядом, все будет в порядке. Просто я засиживалась допоздна. И еще это тягостное чувство, что за спиной всегда кто-то есть.

— Ты уверена, что не выдумываешь?

— Не знаю, но осторожность не помешает. Этот жуткий Конн не идет у меня из головы. Постоянно вспоминаю, как он сидел в лодке и говорил, что сначала стреляет, а потом приносит извинения. И он не шутил. Конн — человек опасный.

— Когда нужно защитить жену, я тоже опасен. Вот увидишь. Давай снимем комнату на двоих. Я отнесу сумку в номер, и отправимся в Барсдейл. Хочу обернуться до вечера. Если ничего не выясним, то, наверное, нам лучше поехать в Лос-Анджелес. Желательно быть на месте, когда предъявят иск.

— Дорогой, ты не забыл, что уволился?

— Я ушел от Мэддокса, но дело бросать не собираюсь, — произнес я. — Думаешь, я допущу, чтобы Джексон утер мне нос? Буду вести независимое расследование. Если сумею раскрыть дело, Мэддоксу придется выложить кругленькую сумму. Независимый следователь, доказав факт мошенничества, получает один процент от суммы страховки. Теперь прикинь, сколько это от полутора миллионов, и начинай выбирать себе норковую шубу.

— Начну, когда ты раскроешь дело, Стив, — улыбнулась Хелен. — Пока что мы и близко не подобрались к разгадке.

— Как знать, — сказал я, поднимаясь на ноги. — Один неверный шаг, и вся их комбинация рассыпется на части. Попомни мое слово.

2

Барсдейл оказался еще меньше Виллингтона: универсам, пара заправок, салун и автостанция — вот и все достопримечательности.

— Это, конечно, не «Мейсис», — заметил я, останавливаясь возле универсама, — но здесь могут знать, где живет миссис Пейсли.

Хелен вошла вслед за мной. В дальнем конце большого зала, забитого всяким товаром — от мыла до веников, — находился бар.

— Похоже, мы попали в нужное место, — сказал я, направляясь к бару. — Что будешь пить?

— Пиво, — ответила Хелен. — И побольше.

Из-за уставленного консервными банками прилавка появился хозяин магазина, приземистый толстяк с дружелюбным красным лицом. Он подошел к барной стойке.

— У помощника сегодня выходной, — пояснил он. — Чем могу служить?

Мы заказали пиво.

Наполняя бокалы, толстяк заметил:

— Здесь нечасто видишь новые лица. Проездом или планируете остановиться?

— Мы по делу — и сразу обратно, — сказал я. — Уверен, здесь мало кто останавливается. Да и что тут смотреть?

— Аграрные пейзажи, очень красивые. Как проедете еще пять миль, начнутся фермы. Зайдите ко мне вечером, глазам своим не поверите. Человек пятьдесят соберется. Трижды в неделю у нас танцы.

— Ну, должны же быть какие-то развлечения. На мой вкус, тут чересчур тихо. Я ищу дом миссис Пейсли. Не подскажете, куда ехать?

— Есть такой, милях в пяти отсюда. — Толстяк с любопытством посмотрел на меня. — Не знал, что у старушки есть друзья.

— Это деловой визит. Так как туда добраться?

— По главной улице: как выедете из города, третий поворот налево, съезд на грунтовку. Не заблудитесь. Там только этот дом и есть.

— Спасибо. А вы сами знакомы с миссис Пейсли?

— Ну, она иногда заходит. — Хозяин магазина покачал головой. — Наверное, стоит вас предупредить. Она с чудинкой. Пару лет назад схоронила мужа. Они хотели устроить здесь ферму. Купили неплохой кусок земли, десять акров. Посадили апельсиновые деревья, привели все в порядок, тут старик-то и помер. Сердце подвело. Нельзя ему было ударяться в фермерство. А они приехали сюда, потому что старушка так захотела. Так что она винит во всем себя. Ну и вроде как тронулась.

Мы с Хелен переглянулись.

— Действительно тронулась?

Толстяк покачал головой:

— Не думаю. Просто иногда она ведет себя странно. Воображает, что муж еще жив. Ничего серьезного.

Допив пиво, я встал из-за стойки:

— Что ж, пора навестить вдову. Как думаете, мы ее застанем?

— Теперь она всегда сидит дома.

— Будем надеяться, с памятью у нее все в порядке, — сказал я по пути к машине. — Рад, что поехал с тобой.

— И я рада, — с чувством отозвалась Хелен.

Хозяин магазина сказал правду: едва выбравшись за город, прокатившись по главной пыльной улице (впрочем, на звание города крохотный Барсдейл явно не тянул), мы увидели фермы и апельсиновые рощи, раскинувшиеся на многие акры. Барсдейл был тихим и неприметным, но хозяйство в здешних местах, несомненно, вели аккуратно и не в убыток.

Доехав до поворота, я сбавил скорость и свернул на грунтовку.

Минут десять мы ехали в гору. По обеим сторонам дороги были персиковые сады; ветви деревьев сгибались под тяжестью плодов. Было уже половина девятого; солнце начало скрываться за холмами.

Через пару миль, оставив позади персиковые рощи, мы добрались до полоски земли, которую не обрабатывали уже много лет. В неухоженном саду стоял одноэтажный деревянный дом. Казалось, он готов рухнуть от первого порыва ветра.

— Похоже, приехали. — Я остановился перед большими воротами.

Мы выбрались из автомобиля. В одном из незанавешенных окон горел свет. Когда мы шли по заросшей сорняком тропинке, я заметил, как у окна мелькнула фигура — появилась и тут же скрылась из виду.

— Так, она дома, — шепотом сказал я, шагнув к входной двери. Там не было ни звонка, ни колотушки. Я постучал в растрескавшуюся панель костяшками пальцев.

Какое-то время мы ждали, рассматривая огород и неухоженные, бесплодные заросли апельсиновых деревьев. Затем дверь распахнулась; перед нами стояла высокая женщина лет семидесяти пяти. Ее длинное лицо было изрыто морщинами; в глубоко посаженных глазах застыло отсутствующее выражение. На голове у женщины красовалась соломенная шляпа, из-под которой торчали пучки седых волос, обрамляющие лицо. Темно-зеленое бархатное платье было латано-перелатано.

— Вы что-то хотели? — Она с детским любопытством смотрела на изящный льняной наряд Хелен.

— Моя фамилия Хармас, а это моя жена, — сказал я. — Насколько нам известно, несколько лет назад у вас был многоквартирный дом. Помните? В Сан-Бернардино.

Она нахмурилась:

— Разве? Я уж и не помню. А вам какое дело?

— Я навожу справки о Сьюзан Геллерт. Думаю, одно время она снимала у вас квартиру.

В пустом взгляде мелькнул интерес.

— Она попала в беду?

Казалось, если я отвечу утвердительно, женщина только порадуется. И я решил не церемониться.

— Думаю, ее убили.

— Убили? — Женщина удивленно уставилась на меня. — Муж знал, что она плохо кончит. Но вы заходите. Ему будет в радость послушать ваш рассказ. Он не раз говорил мне, что ее убьют. Мистер Пейсли в таком хорошо разбирается. Я всегда прислушиваюсь к его мнению. Пока что он не ошибался.

Повернувшись, женщина пошла по темному коридору и скрылась в дальней комнате.

— Ну, начинается, — тихонько шепнул я.

Освещенная масляной лампой комната оказалась то ли кухней, то ли гостиной. К потухшему камину было придвинуто кресло; перед ним стояли истертые шлепанцы. Когда мы вошли, миссис Пейсли говорила креслу:

— Просыпайся, Хорас. К тебе пришел один джентльмен. Говорит, что ту девку, Геллерт, убили. Все, как ты пророчил. — Она повернулась ко мне. — Простите, что муж не встает. Недавно он сильно разболелся. Чуть не умер. — Придвинувшись ко мне, она прошептала: — У него слабое сердце. Только он об этом не знает. Так что я стараюсь его не волновать.

— Простите, — сказал я, покрываясь испариной. — Не уверен, что стоит его беспокоить.

— Присаживайтесь. Он послушает. С удовольствием выслушает каждое ваше слово. Только не докучайте ему вопросами. Если что — спрашивайте меня.

— Спасибо. — Я уселся в кресло с прямой спинкой. — Считается, что мисс Геллерт погибла в результате несчастного случая. Говорят, она мыла окно, лестница сломалась, и девушка порезала артерии на обоих запястьях. Я — страховой следователь. Сьюзан была застрахована у нас, и мы полагаем, что ее убили. Поэтому мы собираем информацию — любую, что получится найти.

— Ты слышал, Хорас? — Повернувшись к пустому креслу, старуха скрипуче хохотнула. От этого звука волосы у меня встали дыбом. — Мыла окно! Эта потаскушка мыла окно! Вот в это я никогда не поверю. Чтобы она затеяла что-то мыть? Да никогда в жизни. Обе они — лентяйки. Жили по уши в грязи. Мистер Пейсли не раз говорил им, что в жилище нужно поддерживать чистоту.

— Когда произошел несчастный случай, она гостила у Джека Конна, — сказал я. — Недавно он женился на Коррин Геллерт. Вы знаете его?

— Недавно женился? Да они сто лет как женаты. Знаю ли я его? Такого забыть непросто — паршивый уголовник! Помню, как он явился к ним, прежде чем его упрятали за решетку. Пришел и застал Коррин с тем агентом. Как же его звали? — Она снова повернулась к креслу. — Как звали того парня, что постоянно ошивался возле Коррин? У него еще был дорогой костюм и большой «кадиллак».

— Перри Райс? — предположил я.

Женщина с удивлением посмотрела на меня:

— Точно. Но мистер Пейсли и сам бы вспомнил. У него отличная память на имена. Да, так его и звали. Помню-помню, как это было. Мистер Пейсли поднялся к ним и попросил не шуметь. А этот Конн его вышвырнул. Я все видела. Коррин была совершенно голая. Райс стоял у стены, белый, как привидение. У Конна был пистолет. До сих пор не пойму, как мистер Пейсли отважился вмешаться. Ну а потом нагрянули копы. Они забрали Конна. Была перестрелка. Копы ему руку сломали, но он все равно буянил, когда его уводили. Я ту ночку навсегда запомнила.

Мы с Хелен жадно поглощали каждое ее слово.

— Уже тогда Коррин была замужем за Конном?

— Ну конечно. Он жил разбоем. Грабил заправки, магазинчики на отшибе. Копы гонялись за ним несколько недель. Когда его уводили, он все кричал, что Коррин его выдала. Неудивительно. Он все время прикарманивал ее деньги. Потом Коррин начала встречаться с этим Райсом и с радостью избавилась от Конна.

— Говорите, она выдала его полиции? Это доказано?

— Не знаю, доказано или нет, но я слышала, как они с сестрой ругались из-за этого. Тогда-то они и разбежались. Я думала, Сьюзан ее убьет. Пришлось посылать к ним мистера Пейсли, чтобы он прекратил ссору.

— Почему они ссорились? — спросил я. Похоже, наконец-то удалось выяснить что-то важное — впервые за время работы над этим делом.

— Да потому, что Сьюзан путалась с этим Конном. Она ни одного мужика не пропускала. Коррин этого не знала, но я-то все видела. Видела, как Конн приходил к ним в квартиру, когда Коррин не было дома. Он с этой потаскушкой часами развлекался.

— Так, значит, Сьюзан знала, что ее сестра выдала Конна полиции?

— Ну, это по ее словам. Еще она говорила, что убьет Коррин. Орала во всю глотку. Мистер Пейсли поднялся наверх и попросил, чтобы они перестали ругаться. Где-то через час Коррин спустилась с сумками и уехала. Больше я ее не видела. Сьюзан пожила у нас еще пару недель и тоже съехала. Ну и скатертью дорога!

— Что с ними стало?

— Про Коррин не знаю. Она вроде как уехала в Буэнос-Айрес. А Сьюзан отправилась в Лос-Анджелес. Мне говорили, что она там стриптиз исполняет, или что-то в этом роде. Я была рада от них избавиться.

— Они близнецы и похожи друг на друга как две капли, — сказал я. — Разве что одна — блондинка, а другая — брюнетка. Насколько я знаю, одно время Сьюзан носила черный парик — и попробуй тогда пойми, кто из них кто. Вот вы бы смогли отличить одну девицу от другой?

— Да легко. — Миссис Пейсли ухмыльнулась, продемонстрировав голые десны. — Они были бесстыжие — обе. Расхаживали по дому нагишом, и мистер Пейсли не раз с ними сталкивался. Так нельзя, говорила я, но они не слушали. У Коррин было родимое пятно. По нему-то я и отличала ее от сестры. Маленькая отметина в форме полумесяца, вот тут. — И она ткнула костлявым пальцем в плоскую грудь.

— Хотите сказать, отметина была у Сьюзан? — спросил я.

— У Коррин. А вам-то что об этом известно?

— Слыхал, что такое родимое пятно было у Сьюзан.

— Неправильно слыхали. Я эту отметину видела десятки раз. Маленький полумесяц. По какой-то причине она им гордилась. Сама мне его показала, хотя и показывать-то не нужно было. Этот полумесяц был такой же заметный, как и ваш нос.

3

Отъезжая от дома миссис Пейсли, мы с Хелен были изрядно взволнованы. Я потратил битый час, препираясь со старухой, но она твердила, что отметина была у Коррин, а не у Сьюзан. Если она точно знала, о чем говорит, — а чем дольше я с ней беседовал, тем яснее видел, что так и есть, — то в деле Геллерт появилась первая серьезная пробоина.

Если в морге лежала Коррин Конн, мы сможем объявить иск недействительным и начать дело о мошенничестве.

— Нужно найти другого свидетеля, более надежного, чем эта полоумная бабуля, — сказал я, в то время как Хелен, не сбавляя скорости, вела машину вниз по склону. — Приглашать ее в качестве свидетеля — пустая трата времени. Любой адвокат порвет ее на лоскуты. Наверняка кто-то еще знает о родимом пятне Коррин.

— Еще нужно разобраться с отпечатком на полисе, — напомнила Хелен. — Он не совпадает с отпечатком Коррин.

— Давай-ка пораскинем мозгами, — сказал я. — Мы всегда считали, что в отпечатках есть что-то подозрительное. Допустим, Сьюзан выдавала себя за Коррин. Почему нет? Такое объяснение выглядит разумно. Когда мы встречались с ней в Виллингтоне, она с готовностью сообщила нам адрес Коррин. То есть она знала, что мы планируем наведаться к ее сестре. Ей не составило бы труда в тот же вечер — пока мы спали в Виллингтоне — поехать на Мертвое озеро, надеть черный парик, нанести на кожу бронзатор и на следующее утро встретить нас, доверчивых, в образе Коррин. Помнишь, с какой легкостью я получил ее отпечатки? У тебя еще сложилось впечатление, что девушка хотела, чтобы они у нас были.

— Но у нас также есть отпечатки Сьюзан, — заметила Хелен. — Помнишь то зеркальце, что я стащила в гримерке? Отпечатки совпали с пальчиком на полисах.

— Ты же не видела, как она берет зеркало в руки, верно? Вдруг она подложила его нарочно. Допустим, взяла зеркало у Коррин и положила его на стол, зная, что ты не пройдешь мимо?

— Может, ты и прав, Стив, — возбужденно сказала Хелен. — Но где все это время была Коррин?

— Возможно, в Буэнос-Айресе. Затем, завершив приготовления, Сьюзан или Конн убедили ее вернуться, заманили на остров и убили. После этого Сьюзан, притворившись сестрой, вернулась в Буэнос-Айрес, чтобы обеспечить алиби на тот случай, если Коррин хватятся. — Внезапно у меня появилась мысль. — Знаешь, кто может подтвердить слова миссис Пейсли? Мосси Филипс! Он фотографировал обеих девушек. Возможно, он запомнил родимое пятно. Ну что, ты готова провести всю ночь на колесах? Чем быстрее доберемся до Лос-Анджелеса и встретимся с Филипсом, тем быстрее раскроем это дело.

— Хорошо. Ты пока что поспи. Сменишь меня на полпути. Такими темпами к часу ночи будем на месте.

— Может, лучше ты поспишь, а я поведу?

— Сейчас я в норме, но через пару часов устану. Перебирайся на заднее сиденье, сможешь вытянуть ноги.

— Ты прочла мои мысли. — Когда Хелен остановила машину, я продолжил: — Другая жена заставила бы мужа сидеть за рулем всю дорогу. Признай, что я неплохо умею выбирать себе жен.

— Рада, что ты доволен, дорогой. — По голосу было слышно, что Хелен действительно рада.

Но спать я не собирался. Нужно было тщательно обдумать новую информацию.

Значит, Коррин была замужем за Конном лет пять-шесть. В то время они с сестрой выступали в ночном клубе, а Конн пробавлялся грабежом заправок. Был мелким бандитом. Он перестал жить с Коррин примерно через год после свадьбы, но продолжал преследовать ее. Если ему не хватало денег, он требовал их у девушки. Когда сестры жили в Сан-Бернардино, у Сьюзан с Конном началась любовная связь. Коррин о ней ничего не знала, а если бы и знала — какое ей дело? У нее закрутился роман с Перри Райсом. Но ей до смерти надоел Конн с его неожиданными появлениями, а еще она боялась, что Конн узнает про Райса. Поэтому она подсказала полиции, где искать ее муженька. Узнав об этом, Сьюзан попыталась предупредить Конна, но опоздала. Конн попал в ловушку и был арестован. Отмотал четыре года. Разъяренная потерей любовника, Сьюзан грозилась убить сестру. Поэтому Коррин решила убраться подобру-поздорову. Она уехала в Буэнос-Айрес и, должно быть, прожила там все четыре года, пока Конн был в тюрьме.

Если сопоставить факты, можно предположить, как у Сьюзан родилась мысль о страховке. Она увидела шанс отомстить сестре и одновременно стать богаче на миллион.

Когда Конн вышел из тюрьмы, Сьюзан снова связалась с ним и рассказала ему о своей задумке. Конн переехал на Мертвое озеро, а Сьюзан, надев черный парик, время от времени появлялась в Спрингвилле, чтобы у жителей городка сложилось впечатление, что Коррин живет на острове. В таком труднодоступном месте провернуть этот фокус было несложно. Завершив приготовления, Сьюзан каким-то образом убедила сестру вернуться. Оказавшись на острове, Коррин стала пленницей злоумышленников.

На этом моменте я задремал. Мерное покачивание автомобиля, теплый ночной воздух и тот факт, что я провел за рулем всю вторую половину дня, сделали свое дело. Проспав около часа, я проснулся оттого, что Хелен трясла меня за руку.

— Моя очередь? — спросил я и зевнул так широко, что едва не вывихнул челюсть. — Где мы?

— Не знаю. Но у нас закончился бензин.

— Быть такого не может. — Усевшись, я удивленно смотрел на Хелен. — Когда мы выехали из Барсдейла, у нас еще оставалось полбака.

— Еще как может! Взгляни на датчик топлива.

Я посмотрел из-за ее плеча:

— Что за чертовщина? Наверное, где-то утечка. — Сон как рукой сняло. — Так где мы, хотя бы примерно?

— Пожалуй, милях в двадцати от Сан-Бернардино.

Выбравшись из машины, я включил фонарик и поднял капот. Утечка была нешуточной. Кто-то проколол патрубок карбюратора.

— Посмотри-ка, — сказал я. — Это сделано специально.

Подойдя поближе, Хелен заглянула под капот:

— Но когда и зачем?

— Наверное, когда мы останавливались в Барсдейле. Зачем — не знаю.

Хелен с тревогой оглянулась на темную дорогу.

— Там машина. Недалеко, — сказала она. — Перед тем как остановиться, я заметила свет фар.

Мы переглянулись.

— Думаю, пора прятаться, — произнес я. — Все это очень похоже на западню.

Едва я закончил фразу, как из темноты бесшумно выкатился длинный черный автомобиль.

— Берегись! — крикнула Хелен, выталкивая меня из света наших фар.

Зацепившись коленом за крыло автомобиля, я растянулся на дороге.

Черная машина была совсем рядом. Когда она проезжала мимо, в окне водителя полыхнуло. Дробовик грохнул так, что я едва не оглох. Дробь ударила в бок нашего автомобиля и разворотила асфальт в нескольких дюймах от меня. Хелен закричала, раздался рев двигателя, и черная машина умчалась во тьму.

Взглянув на Хелен, я похолодел. Пошатываясь, она сделала пару шагов в мою сторону и осела на дорогу.

4

— Хелен! — Мой голос сорвался на визг. Я метнулся к жене, паникуя, как никогда в жизни.

— Все нормально, дорогой, — выдохнула она, когда я встал на колени рядом с ней. — Он попал в плечо. Ничего серьезного, разве что кровь.

На секунду я застыл, пытаясь собраться с мыслями. Мне было страшно дотрагиваться до Хелен — вдруг я сделаю ей больно?

— Стив, — настойчиво сказала она, придвигаясь ближе. — Машина остановилась. Смотри, как бы он не вернулся.

Эти слова привели меня в чувство. Скорее всего, он вернется. Наверняка он видел, что не попал в меня. Этот человек так отчаянно хотел помешать нам добраться до Лос-Анджелеса, что проколол патрубок, преследовал нас и, наконец, открыл по нам стрельбу. Конечно же, он вернется.

— Отнесу тебя в безопасное место. — Я взял Хелен на руки, и она застонала от боли. — Прости, милая. Буду аккуратнее.

— Да ничего. Главное — отойти от дороги.

С большой осторожностью я сошел с обочины в кромешную тьму леса и, проделав шагов десять, врезался в дерево.

— Ни черта не видно! — прошептал я, останавливаясь.

Фары нашего автомобиля освещали дорогу и край лесополосы. Не углубляясь в чащу, я начал двигаться по кромке освещенного пространства, чтобы видеть, куда иду. Я надеялся найти дорожку, которая приведет нас к убежищу.

Кровь Хелен пропитала мой пиджак, и мне стало страшно. Хелен едва дышала; я то и дело оступался, и тогда она приглушенно стонала.

Отойдя от машины ярдов на двадцать, я увидел тропинку, ведущую в лес, свернул на нее и медленно пошел вперед, вглядываясь во тьму. И тут раздался шум мотора. Я оглянулся. Звук был совсем рядом, но машину я не видел. Похоже, водитель сдавал назад, не включая фары.

Я ускорил ход, и это оказалось фатальной ошибкой. Наткнувшись на ствол упавшего дерева, я растянулся плашмя, уронив Хелен на землю.

Я с трудом поднялся на ноги, весь потный и злой — в первую очередь на самого себя.

Включив фонарик, я увидел Хелен. Она лежала в нескольких ярдах от меня: глаза ее были закрыты, в лице — ни кровинки. Похоже, она потеряла сознание. Правая рука ее была вся в крови. От этого зрелища по спине у меня пробежали мурашки.

Не успел я сделать к ней и шага, как мелькнула вспышка и раздался сухой треск автоматического пистолета. Пуля просвистела в нескольких дюймах от моего лица.

Тут же выключив фонарик, я упал ничком. По безмолвному лесу прокатилось эхо новых выстрелов. Над головой просвистела очередная пуля.

К тому времени я уже успел достать пистолет и выстрелил в сторону вспышки, после чего перебрался через ствол дерева и попытался нащупать Хелен.

Мои пальцы коснулись ее руки, и тут лес оказался залит слепящим светом автомобильных фар.

По счастливой случайности мы оба находились прямо за деревом, и его ствол укрыл нас от света. С фарами нужно было что-то делать, и немедленно. Как только стрелок обойдет дерево, он прикончит нас в два выстрела.

Осторожно подняв голову, я тщательно прицелился. Рука моя была твердой, но первый выстрел не попал в цель. Я выстрелил снова. В паре ярдов от машины щелкнул пистолет, и пуля впилась в дерево дюймах в шести от моего лица. Однако мой второй выстрел угодил в одну из фар. Пригнувшись, я чуть подождал, после чего отполз к другому краю дерева, чтобы сменить позицию, и прицелился во вторую фару. Должно быть, противник заметил меня в момент выстрела. Его пуля сделала пробор в моей шевелюре, и это не преувеличение. Я распластался на земле, перепуганный до смерти. Но главное, что вторая фара тоже погасла. Окруженный уютной тьмой, я пополз в сторону Хелен, не обращая внимания на звон в голове.

Взяв ее на руки, я продолжил путь по тропинке — на ощупь, будто слепец. Под ногами то и дело шуршала листва, громогласно сообщая о моем передвижении, из-за чего я вспотел еще сильнее. Хотелось лишь одного — добраться до какого-нибудь укромного места и осмотреть Хелен. Шагая вперед, я четко осознавал, что в пистолете осталось четыре патрона, а запасной обоймы у меня нет.

Через несколько минут я остановился и прислушался. Где-то за спиной шуршали листья, но этот звук почти сразу же прекратился. Должно быть, идущий за мной стрелок угадал, что у меня на уме.

Хелен оказалась довольно тяжелым грузом, и я уже порядком устал, но нужно было двигаться дальше. Я снова пошел вперед, ободренный полоской лунного света за редеющими деревьями. Похоже, скоро я выйду на поляну.

Идти становилось проще, поскольку луна светила все ярче; в то же время я задавался вопросом, не видит ли меня стрелок, и старался идти не по тропинке, а рядом с ней.

Внезапно сзади раздался пистолетный выстрел, и у меня над головой вжикнула пуля. Метнувшись в чащу, я уложил Хелен за дерево, выхватил пистолет и развернулся к темной тропинке. Я ничего не видел и не слышал, но знал, что враг где-то рядом.

Подождав несколько минут, я отдышался и восстановил силы. Ничего не происходило. Нужно было идти дальше. Я страшно переживал за Хелен. С ее раной нужно было что-то делать. Я положил руку ей на плечо. Кровь вроде бы остановилась, хотя полной уверенности у меня не было.

Глаза уже привыкли к темноте, и я различил просвет между деревьями в стороне от тропинки. Я решил направиться туда и попытать удачи в лесу.

Взяв Хелен на руки, я двинулся вперед. Идти, не производя шума, оказалось невозможно. Сухие ветки трещали под ногами, словно петарды. Покрывающая землю сухая листва тревожно шуршала. Но я не останавливался, по возможности поворачивая то влево, то вправо и прекрасно понимая, что в любой момент могу получить пулю в спину.

Пройдя таким манером ярдов сто, я внезапно оказался па поляне, в центре которой стояла деревянная хибарка, залитая лунным светом. Судя по провисшей крыше и разбитому окну, хижина была заброшенной, но меня это не волновало. По крайней мере, там можно спрятать Хелен — конечно, если удастся добраться до хибарки живым.

Остановившись на краю поляны, в тени деревьев, я прислушался. Где-то справа шуршали листья и хрустели, ломаясь, сухие ветки. Стрелок был довольно далеко; возможно, он до сих пор шел по тропинке, не сообразив, что я свернул в лес. Если дверь хижины окажется заперта, я попаду в неприятное положение. Остается надеяться, что я сумею выбить ее, прежде чем стрелок возьмет меня на мушку.

Закинув Хелен на плечо, я стиснул пистолет в правой руке, сделал глубокий вдох и, спотыкаясь, направился к хижине.

Те двадцать ярдов показались мне бесконечными. Наконец я добрался до хибарки и, не сбавляя хода, изо всех сил пнул дверь; гнилая щеколда раскололась в щепки, а дверь распахнулась, повиснув на петлях. Я сделал неуверенный шаг во тьму, заключенную в четыре стены.

Войдя внутрь, я уложил Хелен на пол и закрыл дверь, подперев ее какой-то доской, после чего включил фонарик и осмотрелся.

В хижине была единственная большая комната; ее окно выходило на ту же сторону, откуда я пришел. Строение было ветхим, но стены выглядели довольно крепкими. Посмотрев в окно и убедившись, что угрозы нападения пока нет, я склонился над Хелен.

Она все еще была без сознания, но поверхностный осмотр подтвердил, что кровь остановилась. Снова глянув в окно, я удостоверился, что еще пару минут меня никто не потревожит, после чего достал карманный нож и срезал мокрый от крови рукав платья.

В плече у Хелен засело с полдюжины дробин. Кости были целы, но она тем не менее потеряла много крови. Сейчас я ничего не мог с этим поделать, поэтому вернулся к окну, и как раз вовремя: из-за дерева, росшего неподалеку от хижины, высунулась темная фигура. Я выстрелил, практически не целясь. Выстрел оказался неплох; я увидел, как от дерева, за которым пряталась фигура, отлетел кусок коры. Враг выстрелил в ответ. Я сделал еще пару выстрелов, после чего фигура скользнула в лес, скрывшись из виду.

Я ждал, стараясь вспомнить, сколько патронов у меня осталось. Кажется, два, но я не был в этом уверен.

— Стив...

Быстро повернувшись, я подошел к Хелен.

— Что происходит? — спросила она. — Неужели я потеряла сознание?

— Ага. Я тебя уронил, — сказал я, опускаясь на колени рядом с ней. — Как самочувствие?

— В голове слегка шумит, но в целом нормально. Что происходит?

— Он снаружи. Я притащил тебя в эту хижину. Не самое роскошное место, но, если продержимся до рассвета, все будет хорошо.

Выглянув в окно, я никого не увидел. На месте противника я бы не стал наступать со стороны окна; обошел бы хижину и подкрался к глухой стене. Что ж, так он и поступил.

Проверив пистолет, я выяснил, что у меня остался один патрон. В этот момент Хелен произнесла:

— Наверное, он за домом. Я что-то слышу.

Я не отходил от окна. Если враг надумает проникнуть в хижину, то путей у него два: окно или дверь. Пройти сквозь стену он не мог.

— Слушай, — сказал я.

Да, он точно был за домом. Мы слышали, как под его ногами шуршат сухие листья.

Шли минуты. Я ждал, не опуская пистолета. Внезапно доски скрипнули, что-то застучало в стену, а потом я услышал шаркающий звук и развернулся. Сердце мое заколотилось.

— Он на крыше, — прошептала Хелен.

Я присел рядом с ней:

— Ему до нас не добраться.

Жаль, что мне самому в это не верилось. Но я хотел успокоить Хелен.

В темноте что-то шлепнулось на пол.

— Что это? — Хелен сжала мою руку.

Включив фонарик, я поводил лучом по хижине. Ничего. Я направил свет на крышу.

Отверстия в крыше не было.

— Что-то упало в дымоход, — прошептала Хелен. — Ох, Стив! Неужели...

Поднявшись на ноги, я медленно направился к ржавой железной печке. Посветив на нее, я не увидел ничего, кроме пыли и паутины. И тут из-за пыльной завесы появилась шестифутовая гремучая змея. Попав в свет фонарика, она конвульсивно дернулась и скользнула за кипу испревших мешков.

Я торопливо отступил, чувствуя, как по спине струится пот.

— Где она? — в ужасе спросила Хелен.

Я подошел к ней:

— Вон там, за мешками. У меня остался один патрон.

— Тогда жди. Ничего не делай. Может... может, она уползет.

Первой моей мыслью было схватить змею и вышвырнуть ее наружу, но я знал, что стоящий там Конн ждет от меня именно этого. Я продолжал водить фонариком, не опуская пистолета и непрерывно переводя взгляд с кипы мешков на окно и обратно. Конн, пользуясь случаем, может подобраться к окну в надежде, что я не спускаю глаз с ползучей твари. Нужно быть готовым к нападению обоих врагов.

— Вон она! — приглушенно вскрикнула Хелен.

Длинное чешуйчатое тело скользило в нашу сторону. Я направил луч фонарика на змею, и она спряталась снова. Стрелять было нельзя — моя рука дрожала, а случись мне промазать — мы пропали.

— Можешь подержать свет? — спросил я сквозь зубы.

Хелен взяла у меня фонарик.

Я скинул пиджак:

— По возможности, свети ровно. Попробую накрыть ее пиджаком.

— Нет, Стив! Не подходи к ней!

— Не волнуйся. Я справлюсь.

Выпрямившись, я сунул пистолет в задний карман брюк и начал медленно придвигаться к змее, держа пиджак в широко расставленных руках, подобно тореадору с его красной тряпкой.

Хелен трясло так сильно, что фонарик прыгал у нее в руках. Змея же свернулась в клубок и отвела назад копьевидную голову.

Что сказать, мне было очень страшно. Я попытался сделать очередной шаг, но вид этой бестии парализовал меня. Я стоял с пиджаком в руках, а мои колени стучали друг о друга. Змея же отпрянула назад, готовая нанести удар.

Когда тварь сделала бросок, я хлестнул ее пиджаком, сбив траекторию, и сразу же отпрыгнул, вытащил пистолет и попытался прицелиться ей в голову. Змея застыла перед новым броском, но рука моя дрожала. Чертыхнувшись, я бросил пистолет на пол и снова схватился за пиджак.

В этот момент в окне появилась тень. Раздался грохот выстрела. Я не сразу понял, убили меня или нет. Метнувшись к пистолету, я схватил его, развернулся и услышал окрик:

— Стоять!

— Не стреляй, Стив! — крикнула Хелен. — Это полиция!

Я отбросил пистолет так, словно он был раскален докрасна, и медленно сел на пол.

В дверном проеме стоял патрульный, и я был у него на мушке.

— Поднимите руки!

Я поднял руки, озираясь в поисках змеи. Она лежала, свернувшись в клубок. Патрульный отстрелил ей голову.

— Отличный выстрел, — сказал я. На шоссе взревел мотор автомобиля, но мне было на это плевать. — Черт возьми, отличный выстрел, братишка!

ГЛАВА ОДИННАДЦАТАЯ

1

Тремя днями позже я приехал в Лос-Анджелес, оставив Хелен в больнице Сан-Бернардино. Мне очень не хотелось бросать ее, но поехать со мной она не могла. По заверениям врача, осложнений не ожидалось, и я решил, что пора вернуться к работе.

Полицейские Сан-Бернардино задали мне множество вопросов, но я не стал рассказывать им всю историю. Пока что я не был готов раскрывать карты и не хотел, чтобы копы меня опередили. Поэтому я заявил, что на нас напал грабитель и мы спрятались в хижине, где нас поджидала змея. Похоже, копы мне поверили. Патрульный сказал мне, что услышал стрельбу и пошел проверить, в чем дело. Самого стрелка он не видел, но слышал, как он уезжает. Я не сомневался, что на нас напал Конн. Кто еще мог подкинуть гремучую змею? Но я решил не называть его имени. Ответив на все вопросы полицейских и попрощавшись с Хелен, я отправился в Лос-Анджелес.

Сперва я заехал в гостиницу и забрал почту. Шериф Питерс сдержал слово: он прислал мне фотографию-«четвертушку» с телом Коррин Конн — теперь я был уверен, что в морге лежала она, а не ее сестра.

Фото было хорошее, родимое пятно просматривалось четко. Несколько минут я вглядывался в фотографию, пытаясь убедить себя, что передо мной Коррин. Без толку. Все равно мне казалось, что я вижу Сьюзан.

Нужно было выяснить, предъявлен ли нам иск. Я заехал в офис Фэншоу.

Там был Мэддокс. Когда я вошел, он смерил меня свирепым взглядом.

— Чего тебе надо? — требовательно спросил он. — Тебе сюда приходить незачем. Ты уволился!

— Я считал, что это кабинет Фэншоу, — заметил я, прикрывая дверь. — Если он хочет, чтобы я ушел, я уйду.

Фэншоу усмехнулся:

— Заходи, Стив. Как поживаешь?

— Потихоньку. А как ваш Джексон, справляется?

— Пока что нет, — сказал Фэншоу, и Мэддокс издал смешок, от которого шевельнулась бумага на столе.

— Я пришел предложить свои услуги, — пояснил я. — Разумеется, они обойдутся вам гораздо дороже, чем раньше, но я готов сделать вам предложение.

— Будь ты последним живым следователем на планете, я бы все равно тебя не нанял, — презрительно заметил Мэддокс. — А теперь выметайся!

Я повернулся к Фэншоу. Он выжидающе смотрел на меня.

— Какие новости? — спросил я. — Иск уже предъявили?

— Да. Миссис Конн приехала вчера утром. Иск был предъявлен во второй половине дня. Она наняла Эда Райана, лучшего специалиста по сомнительным делишкам. Иском будет заниматься он. Похоже, у нас нет шансов.

— Вы будете настаивать на суде, верно?

— Благодаря тебе, — воскликнул Мэддокс, стукнув кулаком по столу, — у нас не с чем идти в суд. Какая разница, что мы планировали делать? Ты уже показал, что мы признаем свою ответственность.

— Вот несчастье. — Я покачал головой. — Ну, не страшно. Я пришел с предложением. Сколько я получу, раскрыв это дело?

Оба — и Фэншоу, и Мэддокс — удивленно уставились на меня.

— Что ты хочешь этим сказать? — осведомился Мэддокс.

— По-моему, я выразился предельно ясно. Вам не нравилось, как я веду дело, поэтому я уволился. Теперь я независимый следователь. И я все еще готов работать над делом, если вы предложите достаточную компенсацию.

— Ты мне не нужен! — рявкнул Мэддокс. — Проваливай!

— Хорошо, раз уж вам так угодно. — Я встал. — Будь по-вашему.

— Погоди минутку, — быстро произнес Фэншоу. — Ты можешь раскрыть это дело, Стив?

— Я могу закончить расследование через шесть часов.

— Блефуешь? — осведомился Мэддокс, склонившись над столом, словно бык, готовый к атаке.

— Нет. Я раскрою это дело, если вы предложите достаточную компенсацию. Вы и девять других компаний. — Я улыбнулся. — Речь о миллионе долларов. Вы только что признали, что у вас нет шансов. Я могу спасти ваш миллион, если вы готовы заплатить мне по независимой ставке.

Мэддокс быстро все подсчитал.

— Ты погоди, — сказал он. — Не нужно спешки. Да, если мы наймем тебя как независимого следователя, ты подзаработаешь. Признаю это. Но надолго ли тебе хватит этих денег? Я предлагаю не ворошить прошлого. Возвращайся к нам, Хармас, и я тебя в обиду не дам. Подумай о будущем.

— Это очень мило с вашей стороны. Как наденете водолазный костюм, напомните, чтобы я поплакал у вас на плече. Говорите, подзаработаю? Речь, вообще-то, идет о десяти тысячах. Я уже давно мечтаю о собственном деле. Мне надоело слушать ваши указания — кстати, по большей части дурацкие. Или работаете со мной как с независимым следователем, или я ухожу, а вы остаетесь все расхлебывать.

Мэддокс готов был взорваться, но Фэншоу перехватил мяч.

— Если раскроешь это дело, Стив, — сказал он, — я прослежу, чтобы тебе выплатили один процент. Захочешь — еще и восстановят на прежней должности. Если Мэддокс заартачится, пойду прямиком к деду.

Внезапно Мэддокс изобразил волчью ухмылку.

— Хорошо, — сказал он. — Приступай. Ты нанят. Не обещаю, что ты вернешься в компанию. Но если докажешь факт мошенничества, мы тебе заплатим.

— Один процент?

— Да, черт побери! Один процент.

— Договорились, — сказал я. — Устройте так, чтобы сегодня Райан мне не мешал. Если повезет, завтра на блюдечке принесу вам ключ от этого ларчика. Сумею доказать, что погибла не Сьюзан Геллерт, а ее сестра, Коррин Конн, — считайте, дело в шляпе.

Мэддокс шумно выдохнул:

— Ты до сих пор разрабатываешь эту версию? Если это все, что у тебя есть, ничего ты не раскроешь.

— Это вам так кажется, — сказал я и, подмигнув Фэншоу, выскользнул из офиса.

На обратном пути я заглянул к мисс Фейвершем, секретарше Фэншоу.

— Скажите, личные дела хранятся у вас? — спросил я. — Мне нужно проверить кое-что по нашим сотрудникам.

Мисс Фейвершем достала папку.

— Не знаю, можно ли вам ее показывать, мистер Хармас, — с сомнением сказала она. — Это конфиденциальная информация.

— Нет нужды беспокоиться, — заметил я. — И можете убрать из папки свое дело. Я интересуюсь не вами, но только потому, что я благовоспитанный женатый человек.

Залившись краской, она выполнила мою просьбу.

— Мне не хотелось бы, чтобы кто-то знал о моей личной жизни, — игриво произнесла она. — Хотя мне нечего стыдиться.

— Если думаете, что мне неизвестно о ваших пяти замужествах, — сказал я, забирая папку у нее из рук, — то допускаете серьезную тактическую ошибку.

— Боже мой, мистер Хармас! — воскликнула она. — Да будет вам известно, что я ни разу не была замужем.

— У вас еще масса времени, — таинственным голосом сказал я. — Я умею заглядывать в будущее.

2

Полчаса спустя я остановился у фотоателье Мосси Филипса. Было начало одиннадцатого, но железная решетка, закрывающая вход, все еще стояла на месте.

На противоположном тротуаре прохлаждался коп. Он смерил меня равнодушным взглядом. Из мусорного бака, стоящего позади ателье, появилась черная кошка. Усевшись на самом солнцепеке, она принялась умываться.

Выбравшись из машины, я перешел улицу и остановился перед входом в ателье, глазея на железную решетку. У меня появилось тревожное чувство: что-то здесь не так. Да, дела у Мосси Филипса шли вяло, но он не показался мне человеком, способным проспать начало рабочего дня или взять выходной, не оставив записку на двери.

Справа был переулок; должно быть, он вел к черному ходу. Оглянувшись на полицейского, который начинал проявлять легкий интерес к моей персоне, я поманил его рукой.

Он неохотно приблизился, помахивая дубинкой.

— Тут нельзя оставлять машину на весь день, — сказал он, остановившись рядом со мной.

— Я и не собираюсь. — Достав одну из своих визиток, я сунул ее копу прямо под красный мясистый нос.

Он внимательно прочитал ее, беззвучно шевеля губами, после чего покосился на меня и спросил:

— И что мне теперь делать? В пояс кланяться или рухнуть замертво?

— Пользуясь своим служебным положением, я собираюсь проникнуть в помещение, — спокойно ответил я. — Хочу, чтобы вы меня арестовали.

— Чего? — Лицо копа стало багровым, а толстая шея — еще толще.

— Расслабься, братишка, — сказал я. — Мы с тобой зайдем в эту контору с черного хода и выясним, что произошло с Филипсом.

— А что с ним могло произойти?

— Сегодня он не открылся. А у меня с ним деловая встреча. Хочу убедиться, что он не проспал.

Не дожидаясь ответа, я направился к переулку. Полицейский медленно пошел за мной, размышляя, не решил ли я над ним подшутить.

Дверь черного хода была приоткрыта, а деревянная панель у замка — расколота в щепки.

— Только посмотри на это, — сказал я догнавшему меня копу.

Взглянув на сломанный замок, он сменил дубинку на пистолет, набычился и распахнул дверь.

Я пошел вслед за ним — по короткому коридору и в студию. Казалось, по комнате прогулялся смерч. По полу были раскиданы тысячи фотографий и все папки, которые Мосси Филипс содержал в таком порядке. Ящики железных шкафов были выдвинуты, да так и брошены. В камине я увидел целое пепелище. Подойдя поближе, я вгляделся в пепел: кто-то сжег там множество фотографий.

— Что, черт побери, здесь хотели найти? — поинтересовался коп. — Денег тут отродясь не было.

— Давай поищем хозяина, — сказал я, выходя из студии в приемную.

Мы нашли его возле прилавка; он лежал там с размозженным затылком. Должно быть, убийца подкрался к нему сзади.

— Матерь божья! — Коп резко втянул в себя воздух. — Ну почему это случилось в мою смену?

Нагнувшись, я коснулся руки старого негра. Она была еще теплой.

— Его убили буквально пятнадцать минут назад.

— А я как раз стоял снаружи. — Коп тяжело задышал. — Побудьте здесь. — Он направился к телефону.

Через двадцать минут в ателье явился весь убойный отдел во главе с капитаном Хэкеттом. Парни занялись своим делом, а Хэкетт отвел меня в сторонку.

— А вы как здесь оказались? — спросил он. — Вам что-то известно?

— Думаю, Филипс мог подтвердить, что погибла не Сьюзан, а Коррин Конн. — И я рассказал о родимом пятне. — Готов поспорить, Конн догадался, что я отправлюсь сюда, и приехал первым.

Хэкетт засомневался:

— Может, то был обычный воришка. Посмотрим, что накопают мои ребята.

Закурив, мы некоторое время наблюдали за их действиями.

Похоже, ничего накопать у ребят пока не получалось.

— Как насчет Джойс Шерман? Удалось что-то узнать? — спросил я.

Хэкетт покачал головой:

— Поиски продолжаются, но она может быть где угодно. Думаю, мы ее не найдем.

— Я слышал, у Конна есть судимость. Возможно, вам стоит его проверить. Его взяли лет пять-шесть назад в Сан-Бернардино. Отмотал четыре года. Бьюсь об заклад, что Филипса завалил именно он.

— Проверю, — сказал Хэкетт. — Заберем вашего Конна и выясним, чем он занимался, когда убили Филипса.

— Да, займитесь. — Потушив сигарету, я продолжил: — Если я вам больше не нужен, то пойду. У меня есть кое-какие дела.

— Хорошо, — сказал Хэкетт. — Но далеко не уходите. Вы можете мне понадобиться.

Оставив парней за безуспешными поисками улик, я вышел на улицу и забрался в «бьюик». Возле ателье уже собралась изрядная толпа. Новости об убийстве распространялись по улице быстрее лесного пожара.

Остановившись у драгстора в конце улицы, я позвонил в больницу Сан-Бернардино. Мне сказали, что Хелен спала хорошо и ее состояние не вызывает опасений. Я попросил передать, что загляну к ней завтра вечером.

Выйдя из драгстора, я сел в машину, закурил и уставился в окно, погрузившись в напряженные размышления. Мосси Филипса убили с одной целью: чтобы он не заговорил. Теперь я был почти уверен, что на острове погибла не Сьюзан, а Коррин. Вся миллионная махинация пойдет прахом, как только я докажу, что Сьюзан Геллерт еще жива. Убийца это знал. Должно быть, у Филипса были фотографии Коррин с родимым пятном; потому-то их и сожгли. Что ж, фото раздобыть не удалось. Придется поискать что-то еще.

Внезапно мне пришло в голову (не понимаю, почему я не подумал об этом раньше), что Коррин — брюнетка, а Сьюзан — блондинка. Если в морге лежит Коррин, у нее должны быть крашеные волосы.

Что же я не подумал об этом раньше, когда осматривал тело в Спрингвилле? Ужасно злой на самого себя, я вернулся в драгстор и набрал номер шерифа Питерса.

Казалось, тот был рад меня слышать.

— Шериф, — сказал я, — у меня есть основания полагать, что тело принадлежит Коррин Конн. Доказать это несложно. Вы не могли бы взглянуть на корни ее волос — не темные ли они?

— Ты же не думаешь, что тело все еще у меня, сынок? — удивленно спросил шериф. — Его забрал Джек Конн. Через два дня после разбирательства девушку кремировали.

— Кремировали? — взвыл я. — Это точно?

— Точнее не бывает. А что я мог поделать? Коронер решил, что смерть произошла в результате несчастного случая. У Конна было полное право забрать тело. Но у меня остались ее отпечатки. Конн попросил снять их и приложить к делу. Сказал, что собирается подавать иск в страховые компании и не хочет неразберихи с подтверждением личности.

— Отпечатки мне не нужны, — раздраженно сказал я. — У меня они тоже есть. Что ж — спасибо, шериф. Как-нибудь увидимся. — И я повесил трубку.

Открыв дверь телефонной будки, я пару раз полной грудью вдохнул ароматы драгстора, размышляя, каким будет мой следующий ход. Если я не могу доказать, что вместо Сьюзан в морге оказалась Коррин, то нужно доказать, что вместо Коррин по городу разгуливает Сьюзан.

Снова закрывшись в будке, я позвонил Фэншоу.

— Это Хармас, — сказал я, услышав его голос. — Ты не знаешь, где остановилась миссис Конн?

— Нет. Наверное, могу уточнить у Райана. Вдруг скажет. Но он спросит, почему я интересуюсь.

— Несомненно, спросит. Нет. Так дело не пойдет. Думаешь, она поселилась в гостинице?

— Понятия не имею. Кстати, надеюсь, ты продвигаешься. Полчаса назад заходил Райан. Он требует дать делу ход. Теперь он нам и дня спокойного не даст.

— Продвигаюсь, — соврал я. — К вечеру или раскрою это дело, или распишусь в собственном бессилии.

Закончив разговор, я позвонил в полицию и попросил соединить меня с Хэкеттом.

— Что слышно об убийце Филипса? — спросил я.

— Возможно, это Конн. Мы нашли свидетеля, видевшего, как около десяти утра с черного хода ателье вышел мужчина. Конн подходит под описание. Сейчас мы его ищем.

— Может, поискать на Мертвом озере? Он мог уехать туда.

— Я звонил шерифу Питерсу. Тот взял пару человек и прямо сейчас направляется на остров.

— Мне нужно найти миссис Конн, да побыстрее. Есть соображения, где искать?

— Зачем она вам?

— Это не телефонный разговор. Если повезет, с ее помощью мы раскроем похищение Шерман.

— Что за шутки?

— Если мне удастся разыскать миссис Конн — все, наше дело считай раскрыто, а с ним и дело о похищении Шерман.

— Чем я могу помочь?

— Найдите миссис Конн. Чем скорее, тем лучше; у вас это получится быстрее, чем у меня. Посадите троих людей на телефон. Пусть обзвонят все отели и доходные дома в городе. Она должна быть неподалеку — на случай, если Райану понадобится переговорить с ней по поводу иска. Сможете это сделать?

Хэкетт сказал, что сможет.

— Я перезвоню вам через час. И еще одно, капитан: не ходите к ней. Сначала мне нужно с ней побеседовать.

— Вероятно, она будет с Конном.

— Это вряд ли. — Я повесил трубку, прежде чем он успел возразить.

Открыв дверь будки, я глотнул свежего воздуха, вытер лицо и снова закрыл дверь. Набрал номер Алана Гудьира.

Он тут же взял трубку.

— Это Стив, — сказал я. — Через три минуты могу быть у тебя. Хочешь, зайду? Продолжим наш разговор.

— Было бы неплохо, — ответил Гудьир. — Ты слышал, что я уволился?

— Слышал, — произнес я. — Я тоже уволился.

— Да ты что? Когда?

— Сразу после тебя. Сейчас зайду и расскажу.

— Отлично.

Гудьир снимал квартиру на Сансет-бульваре — на последнем этаже здания с таким внушительным вестибюлем, что им не побрезговал бы и миллионер.

Новенький автоматический лифт поднял меня на десятый этаж.

Гудьир ждал меня у двери своей квартиры.

— Неплохо ты устроился, — сказал я, закрывая дверь лифта.

— Да, местечко хорошее. Но мне теперь не по карману. В конце недели съезжаю. Где тебя носило, Стив? Я тебя уже три дня ищу.

— Извини. Я поскандалил с Мэддоксом и уволился. Хелен была в Сан-Бернардино, и я решил ее проведать. Только сейчас вспомнил, что ты хотел со мной поговорить.

Он проводил меня в огромную гостиную.

— Вот это я понимаю, жизнь, — сказал я, окинув взглядом комнату. — Господи Исусе! Ты будешь скучать по этой роскоши.

Гудьир закрыл дверь:

— Наверное. Так ты уволился, Стив?

Пододвинув кресло, достаточно большое, чтобы в нем можно было даже выспаться, я уселся:

— Мэддокс решил передать дело Олли Джексону. Вот я и ушел.

— Подумать только. — Казалось, Гудьир потрясен. — Что собираешься делать, Стив? Пойдешь в другую компанию?

Я покачал головой:

— Хочу подзаработать деньжат. Если раскрою это дело, то получу гонорар на обычных условиях: один процент. А один процент от миллиона — это вполне себе сумма.

Алан походил по комнате, сунув руки в карманы. Его лицо было хмурым.

— Ты и правда можешь раскрыть дело?

— Разумеется. — Вынув сигарету, я не спеша вставил ее в уголок рта. — Уже раскрыл.

— Но как? — Остановившись, Алан изумленно смотрел на меня. — То есть ты можешь доказать факт мошенничества? Доказать, что девушку убили?

— Думаю, да. А еще я разобрался с похищением Шерман.

Алан подошел ко мне и уселся рядом:

— Ну же, рассказывай!

— Когда убили Хоффмана, я подумал о тебе, Алан, — серьезно произнес я. — Кроме нас с тобой, никто не знал, что я собираюсь с ним встретиться. Когда мы расстались, ты позвонил Конну и велел ему заткнуть Хоффмана, верно?

Алан тупо смотрел на меня:

— Ты о чем, Стив?

— Да ну, брось. Бесполезно. Ты связан и с похищением, и с убийством Коррин. Это ясно как божий день. Кроме того, ты сказал Мэддоксу, что встретил Дэнни случайно, но это не так. Ту встречу устроила Сьюзан Геллерт. Это, конечно, мелочь. Но эта мелочь раскрыла мне глаза. Ты постоянно появлялся и выспрашивал информацию. Я рассказал тебе о коротковолновой радиостанции и чуть не погиб, потому что ты меня подставил. Именно ты сказал, что Сьюзан оставила свой отпечаток на полисе случайно. Но это был не ее отпечаток — он принадлежал ее сестре.

— Надеюсь, ты шутишь, Стив, — сказал Гудьир, гневно глядя на меня. — Или шутишь, или спятил.

— Также мне известно, как убили девушку на острове. Знаешь, Алан, с одним мошенничеством ты бы справился, но два — это уже чересчур. Похищение Джойс Шерман сошло бы тебе с рук, но второе преступление оказалось слишком уж причудливым.

— Пожалуй, я не хочу больше это выслушивать, — тихо сказал Гудьир.

— Как знаешь, — произнес я, поднимаясь на ноги. — Я думал, ты будешь признателен мне, если я приду и все расскажу. Пока что я никому об этом не говорил. Ну, мне пора бежать. Не надейся, что сумеешь выпутаться, Алан. Не сумеешь. Твоя затея трещит по швам.

Он ничего не ответил, и я направился к выходу. Не успел я открыть дверь, как Гудьир сказал:

— Погоди.

Повернувшись, я посмотрел на него.

— Ну ладно. Ситуация слегка вышла из-под контроля, — невозмутимо произнес он, — но еще можно все исправить. Речь идет о полутора миллионах долларов. Ты хочешь получить один процент. Я дам тебе треть.

— Почему треть? Что не так с половиной? — спросил я, возвращаясь к своему креслу.

— Треть. В деле я, девушка, а теперь и ты.

— А как же Конн?

— От него придется избавиться. Уж больно он опасен. Думаю, как только мы получим деньги, он попытается меня убить. Похоже, ему слишком нравится убивать людей.

— Ты забыл про Райса, — сказал я. — Разве его имени нет в списке?

— Не думаю, что о нем стоит беспокоиться. Полицейские так обложили его, что он и шагу ступить не может. Он не осмелится ничего предпринять. Как только иск будет удовлетворен, мы с девушкой — и ты, если решишь присоединиться к нам, — планируем скрыться. Чтобы выдать нас, Райсу сначала придется выдать себя.

— Те полмиллиона, что компания выплатила за Шерман, они у тебя?

Гудьир кивнул:

— Конечно у меня. А Райан продавит иск максимум через неделю. Я предлагаю тебе треть. За то, что будешь держать рот на замке, Стив.

— Рот на замке? Только и всего?

Гудьир помедлил.

— И поможешь мне избавиться от Конна. Пока он жив, все мы в опасности.

— Видели, как он выходит из ателье Филипса. Полиция его ищет.

— Не найдут. Он не первый раз в бегах.

— Знаешь, где он?

Гудьир кивнул.

Потянувшись к пепельнице, я потушил сигарету.

— Ты, должно быть, спятил, Алан. Как тебе в голову взбрела такая мысль? Ты же отличный продавец, обеспеченный человек. Зачем было ввязываться в эту авантюру?

— Обеспеченный? — переспросил он. — Это как посмотреть. Я трачу вдвое больше, чем зарабатываю. Сижу по уши в долгах. Нужно было что-то делать. Полтора миллиона — это же просто сказка! Но тогда я не знал про Конна. Убийство — это не по мне.

Я внимательно посмотрел на него:

— Неужели? А ведь Коррин Конн убил именно ты.

Гудьир побелел:

— Проклятье! Это неправда! Ее убил Конн! — Придвинувшись ближе, он сверлил меня злым взглядом.

— Когда она умерла, Конн был в Спрингвилле. Забирал почту. Девушку убил ты, Алан.

Ему удалось взять себя в руки.

— Окли все время наблюдал за озером, — сказал он. — Меня он не видел — ни на пути туда, ни на пути обратно. Интересно, как ты докажешь, что девушку убил я.

— Я понял это только сегодня утром, когда просмотрел твое личное дело, — признался я. — Оказывается, во время войны ты служил в подводном флоте. Боевой пловец, так? Уверен, где-то на озере припрятан твой костюм с аквалангом. Тебе было несложно доплыть до острова под водой, убить девушку и вернуться обратно, оставшись незамеченным. Отличная идея, Алан. Вот только ты забыл про запись в личном деле.

Гудьир встал. Лицо его стало жестким, как гранит.

— Так ты со мной? — спросил он. — Даю треть суммы, как только иск удовлетворят.

— Его не удовлетворят, — сказал я. — Тебе конец, Алан. Если бы ты не убивал девушку, я дал бы тебе время скрыться. Но теперь ты не отвертишься. Прости. Наверное, ты был не в себе, когда решился на такое. Но ты решился, и за это придется ответить.

Шагнув к столу, стоявшему в оконной нише, Гудьир вынул из ящика пистолет и направил его на меня.

— Я доведу это дело до конца, — произнес он хриплым, дрожащим голосом. — Сейчас у меня полмиллиона. Если я не получу остального, то обойдусь без тебя. Меня не остановить — ни тебе, ни кому-то еще.

— Брось валять дурака, — заметил я. — Ну, убьешь ты меня, и что? В таком доме пистолетный выстрел повлечет за собой массу проблем. Ты не сможешь выйти отсюда. — Я встал. — Пожалуй, пойду в полицию. У тебя есть двадцать минут. Сам решай, что делать. Но в любом случае ты попался.

Повернувшись к нему спиной, я направился к двери.

— Стой! — скомандовал Гудьир.

Услышав щелчок предохранителя, я повернул голову:

— Пока, Алан. И удачи. — Открыв дверь, я шагнул в коридор, а он так и остался стоять, опустив пистолет.

— Пока, Стив, — произнес он.

Я закрыл за собой дверь и направился к лифту. Мы с Гудьиром дружили с того момента, как он устроился в компанию. Что сказать — он мне нравился. Открывая дверь лифта, я чувствовал себя отвратительно.

Внезапный звук выстрела ударил мне прямо в сердце.

3

Последние детали головоломки встали на место только в пять вечера. Я провозился бы еще дольше, но додумался зайти к Майре Лантис, подружке Перри Райса.

Не успел я изложить свое ви́дение ситуации, как она, потеряв самообладание, заговорила, и весьма убедительно. Нет, она не имела отношения к похищению Джойс Шерман. Нет, она не участвовала в заговоре и не собиралась выдоить полтора миллиона из страховых компаний. Как только Майра поняла, что Райсу вот-вот предъявят обвинение в убийстве, она стала на диво сговорчивой, ответила на мои вопросы и разрешила еще раз осмотреть спальню Шерман.

Того, что она рассказала, было достаточно, чтобы считать дело раскрытым. Я отправился в полицию и потратил полчаса на объяснения с Хэкеттом. Убедив капитана, я позвонил Мэддоксу и пригласил его присоединиться к нам.

Не прошло и десяти минут, как Мэддокс твердой походкой вошел в кабинет, где сидели мы с Хэкеттом. Пока я беседовал с Гудьиром, люди капитана нашли Коррин Конн. Она остановилась в квартире на Каньон-драйв.

— Вы должны мне пятнадцать штук, — сказал я, когда Мэддокс уселся напротив меня. — Дело раскрыто, и ничто не мешает нам взять злодеев за жабры.

— Это действительно так? — осведомился Мэддокс. — Если да, я готов выложить деньги. Райан мне всю душу вымотал.

— Поехали? — нетерпеливо спросил Хэкетт.

— Так точно. Мы собираемся нанести визит миссис Конн, — пояснил я Мэддоксу. — Мы трое и пара детективов — на случай, если она вздумает чудить.

— Рассказывай, — приказал Мэддокс, выходя вслед за нами из кабинета. — Как ты раскрыл дело?

— Как? Нарушая приказы, — ухмыльнулся я. — Если бы я не пошел вам наперекор и не поехал в Спрингвилл, дело не сдвинулось бы с мертвой точки. Именно поэтому вам придется выложить пятнадцать штук.

— Перестань корчить самодовольного болвана, — прорычал Мэддокс. — Кто за всем стоит?

Я подвинулся, пропуская его на заднее сиденье, а сам уселся спереди, рядом с одним из детективов.

— Гудьир, — сказал я.

Пока мы ехали к дому на Каньон-драйв, никто не произнес ни слова.

Остановившись в нескольких ярдах от дома, мы вышли на тротуар и быстро поднялись по ступеням. Хозяйка уже знала, что мы приедем, и тут же открыла нам дверь.

— Второй этаж. Дверь напротив лестницы, — взволнованно прошептала она, выпучив глаза. — Она весь день не выходила из комнаты.

Хэкетт приказал одному детективу остаться в вестибюле, а второму — обойти здание и следить за черным ходом, после чего посмотрел на меня:

— Ваш выход. Я продолжу там, где закончите вы.

— Черт возьми, кто-нибудь расскажет мне, что здесь происходит? — фыркнул Мэддокс. — Что вы молчали всю дорогу?

— Не было времени. К тому же я хотел создать надлежащую атмосферу. Вы ведь хотите получить максимум за свои деньги, разве нет?

Я поднялся по лестнице первым, остановился у двери, постучал и замер в ожидании.

ДВОЙНАЯ ПОДТАСОВКА

Спустя секунду дверь открылась. На меня смотрела женщина, похожая на Коррин Конн. В ее голубых глазах читалось удивление.

— Мистер Хармас, что...

— Здравствуйте, — сказал я. — Можно войти?

— Ну... мне бы не хотелось вас приглашать. У меня не прибрано. Кто эти джентльмены?

— Слева направо: мистер Мэддокс, «Нэшнл фиделити», глава отдела претензий, и капитан полиции Хэкетт, — перечислил я. — Хотим побеседовать с вами по поводу иска.

Она покачала головой:

— Прошу прощения, но вам следует говорить с моим адвокатом, мистером Райаном.

— С ним мы уже поговорили. Он отказался вас представлять, миссис Конн. Или можно называть вас мисс Геллерт? — Я сделал шаг вперед, и девушке пришлось отступить в большую, неплохо обставленную гостиную.

Мои спутники вошли следом за мной, и Мэддокс закрыл дверь.

Сьюзан попятилась, в лице ее не было ни кровинки. Мы уселись.

— Буду краток, — сказал я. — С моей стороны будет честно рассказать вам все, что я знаю. Мистер Мэддокс пока не в курсе, так что потерпите, пока я буду вдаваться в детали.

— Я не хочу терпеть, — сказала Сьюзан. — Я хочу адвоката.

— Не думаю, что он вам поможет. Даже если захочет мараться об это дело. А он не захочет, — сообщил я. — Гудьир мертв. Перед смертью он все рассказал.

Девушка застыла, не произнося ни слова.

— Все началось в Сан-Бернардино пять лет назад. — Закурив, я устроился поудобнее. — Вы с сестрой, Коррин, работали в ночном клубе. Коррин вышла замуж за

Джека Конна, мелкого налетчика. Благодаря случаю Коррин познакомилась с Перри Райсом — тот искал девушку, из которой можно было бы сделать кинозвезду. Прежде чем податься в стриптизерши, Коррин изучала актерское мастерство. Райс решил, что его поиски увенчались успехом. Талант, красота, отличная фигура — у Коррин было все, кроме правильной биографии. Она была замужем за преступником, отсидевшим десять лет, и работала стриптизершей в низкопробном ночном клубе. Кроме того, она и сама успела побывать в тюрьме за непристойное поведение. Не самая лучшая история для кинозвезды. Газетчики все это раскопают на раз. Но Райсу нужна была звезда — иначе он не удержался бы на плаву. Погрязнув в долгах, он знал, что пора отрабатывать жалованье. Необходимо привести в студию нужную девушку, иначе его выбросят на улицу. Райс решил дать Коррин новое имя, новую внешность, новое прошлое. Для начала следовало избавиться от Конна. В любом случае Коррин порядком от него устала. Райс без труда уговорил ее выдать Конна полиции. Но Коррин допустила ошибку: она рассказала вам о своем поступке, не зная, что вы крутите с Конном любовь. — Сделав паузу, я поинтересовался: — Ну как вам это? Хотя самое интересное впереди.

Сьюзан молчала. Сидя без движения, с каменным выражением лица, она не сводила с меня глаз.

— Вы пытались предупредить Конна, — продолжал я, — но было слишком поздно. Конна арестовали, а Коррин сбежала в неизвестном направлении. Еще бы, ведь вы грозились ее убить. Она пустила слух, что отправилась в Буэнос-Айрес, но вместо этого вверила себя в руки Райса, позволив вершить ему свою судьбу. Он помог ей изменить внешность, фактически сделал из нее нового человека — и у него это отлично получилось. Коррин покрасила волосы. Райс нашел ей пластического хирурга, и Коррин вышла из его кабинета с новой миндалевидной формой глаз. Две нехитрые перемены — и девушка преобразилась. Затем Райс привез ее в Голливуд, рассказывая, что нашел ее в одном из отелей Сан-Бернардино. Так родилась Джойс Шерман.

— То есть Джойс Шерман — это Коррин Конн? — уточнил Мэддокс, вытаращив глаза.

— Ага. Но правильнее использовать прошедшее время. Джойс Шерман — или Коррин Конн — мертва. А перед нами ее сестра, Сьюзан, — продолжал я, кивнув на девушку, сверлившую меня злым взглядом. — В самом начале расследования Хелен предупреждала меня, что здесь кроется какой-то фокус. Она была права, а почему — скоро узнаете. Райс не ожидал, что Коррин добьется такого сенсационного успеха. Когда она в одночасье стала одной из самых высокооплачиваемых звезд, Райс решил закрепиться рядом с ней. Он убедил девушку, что теперь Конн не сумеет ее найти и о его существовании можно забыть.

Райс рассказал ей о преимуществах супружеской жизни, после чего женился на ней. Следующие два года все было весьма неплохо. Но богатство не пошло ей на пользу, — так уж она была устроена. Коррин начала пить. Райс изо всех сил старался положить этому конец, но ничего не вышло. Вскоре девушка стала напиваться до чертиков, и это начало сказываться на ее карьере. И тут на сцену выходит Конн; его как раз выпустили из тюрьмы. И вы, — я указал пальцем на Сьюзан, — снова с ним связались. Вы оба хотели отомстить Коррин за то, что она выдала Конна полиции. У вас зародилось смутное подозрение, что Джойс Шерман — ваша сестра, и Конн отправился в Голливуд на разведку. Он узнал Коррин. Узнал, что она теперь замужем за Райсом, — вот вам идеальная ситуация для шантажа. Конн вышел на Райса и потребовал денег за свое молчание. Но к тому времени у Райса были свои соображения по поводу Коррин. Он уже видел письмена на стене и понимал, что через несколько месяцев Коррин вышвырнут из кинобизнеса. Она пила беспробудно, была не в состоянии учить роли и с трудом передвигалась по съемочной площадке. Говард Ллойд собирался избавиться от нее и ждал окончания контракта.

И тут появился продавец страховых полисов, пытаясь продать Райсу страховку от несчастного случая. То был Алан Гудьир. Райс решил, что с ним можно будет договориться, и рассказал о своих планах Конну. Тому затея понравилась, и он согласился помочь — ведь как только они провернут дело, будет несложно убить Райса и забрать весь куш себе. Итак, Конн бросил шантажировать Райса и стал его сообщником.

Райсу сопутствовала удача. Гудьир жил не по средствам и погряз в долгах. Выслушав предложение Райса, он решил не упускать шанса и присоединился к злоумышленникам. План был претенциозным и в то же время простым в реализации. В случае успеха вы четверо получили бы полтора миллиона долларов да еще избавились бы от Коррин. Райс смог бы жениться на Майре Лантис, а вы с Конном свершили бы свою месть.

Затея была такой: вы покупаете десять страховых полисов на миллион долларов, но с минимальными взносами. Гудьир продает вашей сестре страховку от похищения с покрытием в полмиллиона. Как только эти приготовления будут завершены, Конн похищает Коррин и везет ее на остров. Девушке осветляют волосы, после чего убивают ее таким способом, чтобы можно было подать иск в страховые компании. Затем вы красите волосы в черный цвет, исполняете роль Коррин и забираете деньги.

Для начала Гудьир продал вашей сестре страховку от похищения. Первоклассный продавец, он с легкостью убедил Коррин купить этот полис. Затем, выбрав время, когда наш друг Мэддокс был в отъезде, Гудьир подсунул шефу компании страховку от несчастного случая на ваше имя.

Поскольку вместо вас должна была умереть Коррин, нужно было сделать так, чтобы компании не усомнились в личности погибшей. Был выбран самый надежный вариант — отпечаток пальца Коррин на каждом полисе. Этим занялся Райс. Дождавшись, когда Коррин напьется, он проставил на полисы ее отпечаток. Но девушка была не так уж пьяна и почуяла неладное. Увидев полисы, она решила выяснить, что происходит, и наняла Хоффмана, чтобы тот следил за Райсом. Хоффман застукал его в вашей компании — вашей и Конна. Коррин поняла, что вы что-то замышляете, и велела Хоффману разыскать полисы. Он выяснил, что документы лежат в офисе Дэнни. Вместе с Хоффманом Коррин отправилась в офис и узнала, что вы застрахованы от несчастного случая на миллион долларов.

Выходя из здания, она столкнулась с консьержем, Мейсоном, и тот признал в ней кинозвезду Джойс Шерман. Нужно было заткнуть ему рот. Коррин была пьяна и напугана. Она зарезала консьержа.

Тем временем Гудьир следил за моими действиями. Узнав, что я собираюсь встретиться с вами, он вас предупредил. Вы взяли у Райса зеркальце с отпечатками Коррин и положили его так, чтобы у меня возникло искушение его забрать. Вы знали, что я захочу встретиться с вашей сестрой, и подготовились.

Незадолго до приобретения полисов Конн арендовал остров. Вы — надевая парик и пользуясь бронзатором — время от времени приезжали на остров, чтобы создать впечатление, что там живет Коррин.

Когда мы с женой ночевали в Виллингтоне, вы поехали на Мертвое озеро, надели парик, нанесли на кожу крем и на следующий день встретили нас под видом Коррин.

Закурив очередную сигарету, я спросил:

— Ну как вам мой рассказ?

— Вы ничего не докажете, — злобно произнесла девушка. — Это ложь!

— Докажу, — уверил я. — Но вернемся к Коррин. Убив Мейсона, она решила скрыться. Зная, что Райс планирует избавиться от нее, она думала только о побеге. И тут Хоффман начал ее шантажировать. Коррин хотела встретиться с ним и расплатиться в ту самую ночь, когда вы с Райсом планировали ее похитить. Похитителем был Конн, а Хоффман стал свидетелем похищения и решил держать язык за зубами, пока не появится возможность извлечь выгоду из этой информации.

Вы с Конном увезли Коррин на остров и держали ее там, пока не получили выкуп. Да, когда мы приезжали к вам, она действительно была на острове. И это она кричала, а не попугай. Я все проверил. У вас никогда не было попугая. Позже вы под видом сестры решили встретиться со мной и сообщить, что отправляетесь в Буэнос-Айрес. Вам нужно было скрыться на момент обнаружения тела предполагаемой Сьюзан.

Гудьиру оставалось только убить вашу сестру. Во время войны он был боевым пловцом. Ему надо было лишь надеть акваланг, погрузиться в озеро, переплыть на остров, убить Коррин и вернуться назад. Окли так ничего и не заметил.

План был идеальным, если бы не одно «но». Вы забыли о родимом пятне Коррин. О нем знали два человека: миссис Пейсли (на ее счет вы не беспокоились, ведь такого свидетеля не станут слушать в суде) и Мосси Филипс, сделавший фото Коррин для номера с раздеванием. Я поехал в Спрингвилл, чтобы проверить личность вашей сестры. Там меня и заметил Конн. Он попытался свернуть мне шею, но ему, к счастью, помешали. В другой раз он попробовал разделаться со мной и моей женой после поездки к миссис Пейсли, но ему снова помешали. Конн убил Филипса и уничтожил все фотографии, на которых было заметно родимое пятно Коррин. Гудьир пробовал откупиться от меня, чтобы я оставил его в покое. Я отказал ему, и он покончил с собой.

О родимом пятне знал еще один человек — Майра Лантис. Она готова дать показания под присягой. Я побывал в комнате Джойс Шерман и снял ее отпечатки: такие же стоят на страховых полисах. Теперь нам остается доказать, что ваши волосы окрашены. Сделать это несложно. — Я взглянул на Хэкетта. — Пожалуй, пора передать это дело вам, капитан. Приступайте и можете с ней не церемониться.

Не успел Хэкетт подняться на ноги, как дверь за спиной Сьюзан распахнулась. В комнату скользнул Конн, в руке у него был пистолет 38-го калибра.

— Только попробуйте двинуться с места. Всех перестреляю! — прошипел он.

Встав с места, Сьюзан взглянула на меня; ее глаза блестели. Мы не шевелились.

— Забери у них пушки, — приказал Конн.

— Встаньте! — скомандовала она, приблизившись к Мэддоксу.

Мэддокс встал. Вид у него был слегка ошарашенный. Обыскав его, Сьюзан убедилась, что он не вооружен, и повернулась ко мне:

— Теперь вы!

Я позволил ей ощупать меня, искоса поглядывая на Конна.

Ствол его пистолета был направлен между мной и Хэкеттом. Сьюзан, шагнув мне за спину, выудила мою пушку из наплечной кобуры и переместилась к Хэкетту. Тот следил за ее движениями: на колене — шляпа, под шляпой — рука, на лице — равнодушное выражение.

Сьюзан велела ему встать, и он встал. Она потянулась к его пиджаку; он выбил мой пистолет у нее из руки, резво сдвинулся вбок — так, чтобы девушка оказалась между ним и Конном, после чего выронил шляпу, показав присутствующим свой 45-й.

Два пистолетных выстрела слились в один.

Тяжелая пуля Хэкетта впилась Конну в лоб; Конн отлетел к противоположной стене и осел на пол.

Пуля Конна угодила в Сьюзан. Прижав руки к животу, девушка сложилась пополам, словно у нее в пояснице был шарнир. Всхлипнув, она испустила долгий вздох, упала на колени и распростерлась у ног Хэкетта.

4

Час спустя мы с Мэддоксом вошли в офис Фэншоу. Тот с нетерпением ждал нас. Едва взглянув на сияющее лицо Мэддокса, Фэншоу понял, что дело раскрыто.

— Ну вот, — сказал Мэддокс, потирая руки, — мы разделали их в пух и прах. Эх, как я порадовался, когда эта мелкая сучонка получила по заслугам! Я из-за нее неделями глаз сомкнуть не мог. С самого начала было понятно, что с ее страховкой дело нечисто. Еще этот крысеныш, Гудьир, — я сразу сказал, что он не наш человек. — Усевшись за стол, Мэддокс торжествующе улыбнулся. — Это было наше лучшее дело, Хармас.

Оглянувшись на Фэншоу, я заметил, что тот ухмыляется, прикрыв рот рукой.

— Но я не работаю на компанию. Я же уволился, помните? — сказал я. — И я, черт возьми, намерен приписать некоторые заслуги себе. Вы должны мне пятнадцать штук, а если не сдержите слово, мне придется потревожить деда.

Выбрав сигару, Мэддокс закурил и выдул клуб дыма мне в лицо.

— Если тебе так хочется, получишь ты свои деньги, — произнес он. — Но если ты сам себе не враг, то забудешь про увольнение и продолжишь работать на меня. Со мной у тебя большое будущее, Стив. Будешь получать на сто долларов больше. Как тебе такое?

Я уселся:

— Мне нужны мои пятнадцать штук!

— То есть ты хочешь сказать, что больше не желаешь со мной работать? — Мэддокс удивленно вылупил глаза.

— Подумаю об этом через месяцок. После отпуска, — устало сказал я. — Вот что мне нужно: шикарный отпуск длиной в месяц. Буду сорить деньгами, как пьяный матрос. Только я, Хелен и полные карманы долларов. Что может быть лучше? Так что выписывайте чек, да побыстрее. Сегодня вечером я должен быть в Сан-Бернардино. Нужно сообщить новости супруге.

— Вот что я сделаю. Дам тебе пять штук и шесть недель оплачиваемого отпуска. А еще ты вернешь свое место и получишь сто баксов прибавки. — Голос Мэддокса звучал умоляюще. — Справедливее не бывает. Ну что?

— Жулик вы — вот что, — гневно сказал я. — Согласен. Но только если прямо сейчас выпишете мне чек на пять штук. А еще пообещаете пять штук детишкам на образование.

— Договорились! — Перегнувшись через стол, Мэддокс протянул мне руку, после чего черкнул записку кассиру. Передавая ее мне, он опомнился: — Эй, погоди-ка? Что ты там говорил про образование? У тебя же нет детей.

— Будут, — пообещал я, выбираясь из кресла. — Пока что я не мог позволить себе детей. Теперь же настало время продолжить род Хармасов. Воспитаю парня, чтобы в старости было на кого положиться.

Когда я шел к двери, Фэншоу, усмехнувшись, заметил:

— Смотри, как бы близнецы не получились.

Содержание

НЕ МОЕ ДЕЛО 5

ДВОЙНАЯ ПОДТАСОВКА 237

Чейз Дж. Х.

Ч 36 Двойная подтасовка : романы / Джеймс Хэдли Чейз ; пер. с англ. А. Полошака. — СПб. : Азбука, Азбука-Аттикус, 2020. — 480 с. — (Звезды классического детектива).

ISBN 978-5-389-17388-0

Мастер захватывающего сюжета, знаток человеческих душ, своего рода Бальзак детективного жанра, Джеймс Хэдли Чейз за полвека писательской деятельности создал порядка 90 романов, которые пользовались успехом у читателей во всем мире, и многие из них были экранизированы. В настоящем сборнике представлены романы «Не мое дело» и «Двойная подтасовка». На их страницах читатель впервые встретится с обаятельным, ироничным и проницательным Стивом Хармасом, корреспондентом газеты «Нью-Йорк кларион», а впоследствии страховым следователем, который выведет на чистую воду даже самых изобретательных мошенников.

УДК 821.111
ББК 84(4Вел)-44

Литературно-художественное издание

ДЖЕЙМС ХЭДЛИ ЧЕЙЗ
ДВОЙНАЯ ПОДТАСОВКА

Ответственный редактор Оксана Сабурова
Художественный редактор Валерий Гореликов
Технический редактор Татьяна Тихомирова
Компьютерная верстка Елены Долгиной
Корректоры Анастасия Келле-Пелле, Татьяна Бородулина

Главный редактор Александр Жикаренцев

Подписано в печать 09.06.2020. Формат издания 75 × 100 $^{1}/_{32}$.
Печать офсетная. Тираж 5000 экз. Усл. печ. л. 21,15.
Заказ № 3080/20.

Знак информационной продукции
(Федеральный закон № 436-ФЗ от 29.12.2010 г.): 16+

ООО «Издательская Группа „Азбука-Аттикус"» —
обладатель товарного знака АЗБУКА®
115093, г. Москва, ул. Павловская, д. 7, эт. 2, пом. III, ком. № 1

Филиал ООО «Издательская Группа „Азбука-Аттикус"»
в Санкт-Петербурге
191123, г. Санкт-Петербург, Воскресенская наб., д. 12, лит. А

ЧП «Издательство „Махаон-Украина"»
Тел./факс: (044) 490-99-01. E-mail: sale@machaon.kiev.ua

Отпечатано в соответствии с предоставленными материалами
в ООО «ИПК Парето-Принт».
170546, Тверская область, Промышленная зона Боровлево-1,
комплекс № 3А.
www.pareto-print.ru

A-MCD-25925-01-R

ПО ВОПРОСАМ РАСПРОСТРАНЕНИЯ ОБРАЩАЙТЕСЬ:

В МОСКВЕ

ООО «Издательская Группа „Азбука-Аттикус"»

Тел.: (495) 933-76-01,
факс: (495) 933-76-19

e-mail: sales@atticus-group.ru;
info@azbooka-m.ru

В САНКТ-ПЕТЕРБУРГЕ

Филиал ООО «Издательская Группа „Азбука-Аттикус"»

Тел.: (812) 327-04-55,
факс: (812) 327-01-60

e-mail: trade@azbooka.spb.ru

В КИЕВЕ

ЧП «Издательство „Махаон-Украина"»

Тел./факс: (044) 490-99-01

e-mail: sale@machaon.kiev.ua

Информация о новинках и планах на сайтах:

www.azbooka.ru
www.atticus-group.ru

Информация по вопросам приема рукописей
и творческого сотрудничества
размещена по адресу:
www.azbooka.ru/new_authors/